古典詩歌研究彙刊

第八輯

龔鵬程 主編

第 8 冊

唐人之隱
——一種文學社會學角度的觀察（下）

林燕玲 著

國家圖書館出版品預行編目資料

唐人之隱——一種文學社會學角度的觀察（下）／林燕玲
著 — 初版 — 台北縣永和市：花木蘭文化出版社，2010〔民
99〕
目 4+252 面；17×24 公分
（古典詩歌研究彙刊 第八輯；第 8 冊）
ISBN 978-986-254-316-0（精裝）
1. 唐詩 2. 詩評 3. 文學社會學
820.9104 99016395

ISBN - 978-986-2543-16-0

9 789862 543160

古典詩歌研究彙刊
第八輯 第 八 冊 ISBN：978-986-254-316-0

唐人之隱——一種文學社會學角度的觀察（下）

作　　者　林燕玲
主　　編　龔鵬程
總 編 輯　杜潔祥
出　　版　花木蘭文化出版社
發 行 所　花木蘭文化出版社
發 行 人　高小娟
聯絡地址　台北縣永和市中正路五九五號七樓之三
　　　　　電話：02-2923-1455／傳真：02-2923-1452
網　　址　http://www.huamulan.tw 信箱 sut81518@ms59.hinet.net
印　　刷　普羅文化出版廣告事業
初　　版　2010 年 9 月
定　　價　第八輯 20 冊（精裝）新台幣 28,000 元

唐人之隱
——一種文學社會學角度的觀察（下）

林燕玲 著

目

次

第四章　存在缺點的掄才制度

　　文化現象的完整的詮釋除了文本、尚有制度與社會層面。文本分析只能提供有限度的詮釋，例如仕與隱的衝突，是傳統知識分子人生方向決定時的掙扎，有了文本觀念上的掌握，接下來我們必須對歷代乃至唐代的掄才制度有所了解，才能深入體會這種仕／隱二元對立的衝突與唐代人的企圖調和矛盾。

　　如緒論所述，文化分析的第二個階段是制度分析，眾所周知的，每個時代的文化現象各有其社會環境與結構問題影響著文學作品的創作與流通，如作家的社群與地位、文學被鼓勵的方式、唐代士人在企圖調和仕與隱的對立過程中，必然會面對或利用當時的朝廷政策與制度為自己尋找到充分的立足點，於是做唐代掄才制度的全面性觀照可以觀察到隱逸觀念如何影響文人的選擇，此為第二階段所要探討的主題。

　　科舉在盛唐時代是士人入仕的主要途徑，但並非唯一途徑，在唐代，立功邊關、舉薦徵辟乃至任子制度、制舉考試等，等都是入仕途徑。唐代以比較寬闊的仕進之路，或者讓期望進入仕途的文人可以選擇不同的方式求仕，也或者，當某種方式失敗時，可以選擇另一種方式，這樣的掄才制度看來確實是多元的，充滿更多可能性，卻也相對的存在不少缺點，是討論隱逸文化時必須檢視的重點。本章的制度探

討是建立在仕／隱對立的概念下所做，檢視朝廷提供的入仕途徑的多元與艱難，可以對比出文人選擇隱逸的複雜考量。

　　隋唐之後，科舉制度由興起而確立，儒家「學而優則仕」、「內聖外王」的觀念也進一步制度化了，考試方式也由漢代的薦舉轉化成以儒家經典或文學爲內容，於是士人的面貌是純學問的，可以藉由考試分高低，而不是可以自由心證的道德修養，因此開闢了士人與政權之間確定可行且較公平的道路。更進一步的拉近了士人與政治間的關係。以致唐朝士人往往汲汲於在朝做官，在朝做官的快速門徑是進士及第，但進士及第並不容易，據《冊府元龜》卷 639 之記載，進士科每年應試者嘗有千數，但所錄取者不過百分之一、二，而這些失意舉子面對挫敗要如何自處呢？仕與隱的衝突到了唐代，在時代背景中，被塗上了講求實際的色彩，一方面有統治者在宗教和文化上的兼融併蓄，活躍了士人的思想層面；一方面有唐朝肇建之初，確實得到不少隱居賢人的鼎力相助、於是徵聘隱逸人士來參與政事，成了唐代朝廷的傳統；加以唐代社會相較前朝安定、繁榮，給予文人較優閑生活的環境，對那些求仕困難的讀書人而言，由隱而仕，往往有「終南捷徑」可走；對那些有官祿之人，由仕而隱，甚至邊仕邊隱，也有名利雙收之效，當宋祁與歐陽修在《新唐書》之〈隱逸列傳〉序中說：

> 唐興，賢人在位眾多。其遁戢不出者，纔班班可述，然皆下概者也。雖然，各保其素，非託默於語，足崖壑而志城闕也。然放利之徒，假隱自名，以詭祿仕，肩相摩於道，至號終南、嵩少爲仕途捷徑，高尚之節喪焉。[註1]

表達的是兩人對唐代士人隱逸的認知，確實別有目的，並不是全然單純放逸山林的自我逍遙，且作爲歷來論者所肯定的唐代士風，其形成既與當代的掄才制度相關，探討制度的種種面向便成爲本章的重要環節。

〔註1〕 《新唐書》卷 219，〈隱逸傳序〉，頁 3480。北京：中華書局，1999年。

第一節　多元的入仕之路

誠如本論文在第二章第四節的論述，唐代文人入仕方式並非既定印象只來自科舉，而是尚有許多其他掄才方式的存在，故本小節擬由科舉、制舉、薦舉、入幕等幾個唐代士人的入仕模式作制度上的探討，雖看來是背景資料的整理，卻是掌握唐代掄才制度的基礎，而作為唐代奠定基礎並影響中國文人入仕文化達千餘年的科舉考試是首要論述的掄才制度，此制度對於考試資格、科目、考試過程都有相關規範，分述如下：

一、科舉考試

（一）考試資格的限定

具有一定的考試資格，是唐代舉子參加進士科考試的必要前提；瞭解唐代進士科考試對舉子資格的規定，則是我們評價這一制度的必要前提。按照唐代法律和科舉考試的有關規定，無論是州府推薦的鄉貢還是學校推薦的生徒參加進士科考試，都必須符合以下要求：

1. 性別要求舉子必須是男性，否則不能報考。

2. 身份要求舉子必須「身家清白」，家庭出身和個人職業都符合報名規定。身份要求的首要條件是「良人」而非「賤民」。〔註2〕

唐代官賤錄屬於官府，在諸司供役；私賤「身系於主」，屬於「家僕」。〔註3〕從這樣的規定看來，唐律非但不承認他們有獨立的人格，並且將他們列於資財，比於畜產，因為這些人的身份，「不同人例」。

〔註2〕 在唐代社會的階級結構中，『良人』是指統治階級裡的皇室貴族、官僚、僧道，還包括被統治階級的一般『百姓』。『賤民』是指官私奴婢，還包括官户（番户）、雜户、工樂户、太常音聲人、部曲、客女等官私賤民。李季平《唐代奴婢制度》，頁57～57。上海：上海人民出版社，1986年。

〔註3〕 一般來說，官私奴婢地位最低，從《唐律疏議‧名例六》明確規定：「奴婢賤民，律比畜產。」同書〈名例四〉：「及生產蕃息者，謂婢產子、馬生駒之類。」同書〈賊盜一〉：「奴婢、部曲、身系於主。」劉俊文《唐律疏議箋解》，頁37～38。北京：中華書局，1996年。

所以，賤民當然不能參加科舉考試。〔註4〕

即使是良人，報考進士科仍有限制。《唐六典》卷二〈尚書吏部〉條記載：「凡官人身及同居大功以上親，自執工商，家專其業，皆不得入仕。」〔註5〕《舊唐書·職官志》亦載：「凡習學文武者爲士，肆力耕桑者爲農，巧作品用者爲工，屠沽興販者爲商，工商之家，不得預於士。」〔註6〕執工商之業的人不得入仕，當然就沒有資格報考進士科。

此外，州縣小吏和犯法者不得參加科舉考試，唐憲宗元和二年的敕文中就有此規定：「進士舉人，曾爲官司科罰，曾任州縣小吏，雖有辭藝，長吏不得舉送，違者舉送官停任，考試官貶黜。」〔註7〕

3. 德行要求考生必須「明於理體」，爲鄉里所稱，有較好的社會聲名。〔註8〕中唐以後，隨著科舉弊端漸顯，舉子素質也有所下降，朝廷不得不強調對德行的注重，敕令中多次提及舉子的德行要求，並作出了相應的規定。唐憲元和二年十二月敕：

> 自今已後，州府所送進士，如涉疏狂，兼虧禮教，或曾任
> 州府小吏，有一事不合清流者，雖薄有辭藝，並不得申送。
>
> 〔註9〕

〔註4〕 《舊唐書》卷 199 下，〈李謹行傳〉，頁 3635。記載營州都督李謹行「家僮數千人，以財力雄邊，爲夷人所憚」。見北京：中華書局，1999 年版。同書卷 182，〈李處存傳〉，頁 3695。記載：王宗「善興利，乘時貿易，由是富擬王者，仕宦因貲而貴，侯服玉食，僮奴萬指」。

〔註5〕 唐·李林甫《唐六典》卷 2，〈尚書吏部〉，34 頁。北京：中華書局，1992 年。

〔註6〕 《舊唐書》卷 43，〈志第 23·職官志二〉，頁 1239。北京：中華書局，1999 年。

〔註7〕 《舊唐書》卷 14，〈本紀第 14·憲宗紀上〉，頁 279。北京：中華書局，1999 年。

〔註8〕 唐高祖武德四年（621 年）四月十一日的規定：「敕諸州學士及早有明經及秀才、俊士、進士、明於理體，爲鄉裡所稱者，委本縣考試，州長重覆，取其合格，每年十月隨物入貢。」可見唐代科舉還存在薦舉制的殘餘，舉子的聲譽在州府的選拔推薦和省試的錄取過程中影響不小，因而舉子能否爲「鄉里所稱」是重要的資格條件。

〔註9〕 宋·王溥《唐會要》下冊，卷 76，〈貢舉中·進士〉，頁 1633。上海：上海古籍出版社，1991 年。

文宗開成元年十月，又敕旨規定考生：

> 如有缺孝弟之行，資朋黨之勢，跡由邪徑，言涉多端者，
> 並不在就試之限。〔註10〕

若是考生「跡涉疏狂」，「兼汗禮數」，「缺孝弟之行」，在州府考試中被發現，是不得舉送的；若在省試前後被發現，還要追究舉送者的責任。

4. 才學要求考生必須具備一定的經史知識和從政能力。學校的生徒由中央和地方州府分別審送，所推薦的考生必須是在學滿一定時間且學業有成的人。〔註11〕一般情況下，唐進士科考生的推薦名額是有規定的，但若考生「確有才行」，則不須限數。〔註12〕

5. 服紀要求考生必須遵守傳統倫理道德規範，居喪期間或避父祖名諱時不能參加科舉考試。因為孝悌乃人倫之本，有助社會風氣，故有唐皇帝喜歡標榜自己的孝道，《唐大詔令集》卷76便載述〈代宗行再期服詔〉云：

> 三年之喪，天下達禮，苟或變革，何以教人！〔註13〕

〔註10〕宋・王溥《唐會要》下冊，卷76，〈貢舉中・進士〉，頁1633。上海：上海古籍出版社，1991年。

〔註11〕如唐・李林甫《唐六典》卷21，〈國子監〉條記載：「掌判監事，凡六學生每歲有業成，上於監者，以其業與司業祭酒試之，明經帖經、口試、策經義、進士帖一中經、試雜文、策時務，徵故事，其明法、明書算亦各試所習業，登第者，白祭酒，上於尚書禮部。」，頁558。北京：中華書局，1992）又，地方州縣學校的生徒，則由地方長吏擇送學業有成者舉送禮部參加省試。《新唐書》卷44，〈選舉志上〉記載：「每歲仲冬，州、縣、館、監舉其成者，送之尚書省。」（，頁761。北京：中華書局，1999年。）

〔註12〕杜佑《通典》卷15，〈選舉典・選舉三〉記載：「大唐貢士之法，多循隋制，上郡歲三人，中郡二人，下郡一人，有才能者無常數。」（唐・杜佑《通典》卷15，頁142。台北：大化，民國67年。）

〔註13〕參考宋敏求《唐大詔令集》卷76，〈典禮・服紀〉，頁389。上海：學林出版社，1992年。此一觀念在唐律中亦可查到具體條文：「諸聞父母若夫之喪，匿不舉哀者，流二千里；喪制未終，釋服從吉，若忘哀作樂（自作、遣人等），徒三年；雜戲，徒一年；即遇樂而聽及參預吉席者，各杖一百。」（《唐律疏議箋解》卷10，〈職制律〉頁799。北京：中華書局，1996年。）不論是因逢奏樂而送聽者，遇逢禮宴之席參預其中者都必須有所懲處。同書《府號官稱犯父祖名》條還規定：「諸府

可見唐代舉子在居父母喪期間求仕，是必須接受處罰的。

其他像冒犯父祖名諱亦不得應舉，如唐代詩人李賀父名晉肅，因為諧音，便不能應「進士」科。有的舉子即使獲得參加考試，但如果遇到特殊情況，也可能失去考試資格，例如「父名皋，子不得於主司姓高下登科、父名龜從，子不列姓歸人於科第。」〔註14〕進士考試時，遇到題目有家諱，就必須託病主動退出：

> 凡進士入試，遇題目有家諱，謂之『文字不便』，即托疾，下將息狀來出，云：『牒某，忽患心痛，請出試院將息。謹牒如的。』暴疾亦如是。〔註15〕

6. 身體要求考生須無病殘疾患，並具備入仕從政所需要的身體標準。如唐進士及第後的吏部試，即有身、言、書、判四項，《唐六典》卷二《尚書吏部》條記載：「以四事擇其良，一曰身，二曰言，三曰書，四曰判。」〔註16〕

《通典》卷十五〈選舉三〉亦云：

> 其擇人有四事，一曰身，取其體貌豐偉：二曰言，取其詞論辨正：三曰書，取其楷法遒美：四曰判，取其文理優長。……凡選，始集而試，觀其書、判，已試而銓，察其身、言。〔註17〕

可知要求入仕之人體格健壯，形貌端正算是基本要求。

所以，唐代進士科考試對舉子資格不僅有明確具體的要求，而且

号、官稱犯父祖名而冒榮居之：祖父母、父母老疾無侍，委親之官：即妄增年狀，以求入侍及冒哀求仕者：徒一年。」（《唐律疏議箋解》卷10，〈職制律〉，頁806。北京：中華書局，1996年。）

〔註14〕宋·洪邁《容齋隨筆》卷11，〈唐人避諱〉，頁487。上海：上海古籍出版社1987年影印《文淵閣四庫全書》本。

〔註15〕宋·錢易〈南部新書〉丙，載《宋元筆記小說大觀》第一冊，頁311。上海：上海古籍出版社，2001年。

〔註16〕唐·李林甫《唐六典》卷2，〈尚書吏部〉，頁27。北京：中華書局，1992年。

〔註17〕唐·杜佑《通典》卷15，〈選舉三〉，頁142。台北：大化，民國67年。

限制不少，可以想見被限制的考生數量應當也是極為可觀的。唐代科舉比較察舉制、九品中正制來說，在舉子的推薦方式與政權的開放範圍等方面都具有明顯的進步，但也必須看到，唐代科舉制度沒有，也不可能為社會所有成員提供機會，允許進入進士考場的仍然是統治階級所認可的社會成員中的少部分人。

（二）考試科目

探討唐代的掄才制度，必然被引用的資料是《新唐書》卷 44 的〈選舉志〉：

> 唐制，取士之科，多因隋舊，然其大要有三：由學館者曰生徒，由州縣者曰鄉貢，皆升于有司而進退之。其科之目，有秀才、有明經、有俊士、有進士、有明法、有明字、有明算、有一史、有三史、有開元禮、有道舉、有童子。而明經之別，有五經、有三經、有二經、有學究一經、有三禮、有三傳、有史科。此歲舉之常選也。其天子自詔者曰制舉，所以待非常之才焉。〔註18〕

唐代取士之途，以考試方式而言分有二種：一曰常選（或曰常貢、常舉），一曰制舉；依身分而論有三：一曰生徒，一曰鄉貢，一曰非常之才，前兩者身分是應常選，後者身分是應制舉。不過這段記載，只是講述了主要制度，卻沒有細節說明，所以仍無法窺知整個制度演變的過程，所以針對考試制度演變過程，有略加說明的需要。

唐代的科舉科目不但數量多，極有可能是設置最多的朝代，而且對後世的影響極大，宋元明清各代科舉制度基本上是沿襲唐代略有損益而已。關於唐代科舉科目的變化情況及其原因紛雜，研究者看法不盡相同，在此只討論秀才、進士、明經和武舉等科目的變化，重點說明進士科「一枝獨秀」得以長期延續的原因。

據《唐摭言》，唐高祖武德四年四月十一日，敕諸州學士及早有明經及秀才、俊士、進士、明於理體，為鄉里所稱者，委本縣考試，州長

〔註18〕《新唐書》卷 49，〈選舉志上〉，頁 761。北京：中華書局，1999 年。

重覆，取其合格，每年十月隨物入貢。〔註19〕此詔爲開唐科舉的先聲。

《唐六典》卷四《尚書禮部》條云：

> 凡舉試之制，每歲仲冬，率與計偕。其科有六：一曰秀才，
> （原注：試方略策五條。此科取人稍峻，貞觀已後遂絕。）
> 二曰明經，三曰進士，四曰明法，五曰書，六曰算」。〔註20〕

《通典》記載略同，亦認爲唐代常貢之科爲秀才、明經、進士、明法、明書、明算等六項。清人王鳴盛在其《十七史商榷》卷八十一〈取士大要有三〉一目中寫道：

> 其實若秀才則爲尤異之科，不常舉。若俊士與進士，實同名異。若道舉，僅玄宗一朝行之，旋廢。若律、書、算學，雖常行，不見貴。其餘各科不待言。大約終唐世爲常選之最盛者，不過明經、進士兩科而已。〔註21〕

茲分別說明如下：

1. 秀才科

唐代秀才科是唐代科舉科目中具有代表性的科目，錄用人才注重博識高才。《唐六典》卷二〈周書吏部〉云：

> 其秀才試方略策五條、文、理俱高者爲上上，文高理平、理高文平者爲上中，文、理俱平者爲上下，文、理粗通爲中上，文劣理滯爲不第（原注：此條取人稍峻，自貞觀後遂絕）。
> 〔註22〕

《通典》卷十五〈選舉三〉載「初，秀才科等最高，試方略策五條，有上上、上中、上下、中上凡四等。」〔註23〕可以看出兩書關於考試

〔註19〕五代·王定保《唐摭言》卷1，〈統序科第〉。收入《歷代筆記小說集成·唐代筆記小說》第2冊，頁428。河北教育出版社，1994年。

〔註20〕唐·李林甫《唐六典》卷4，〈尚書禮部〉，頁109。北京：中華書局，1992年。

〔註21〕清·王鳴盛《十七史商榷》卷81，〈取士大要有三〉，頁865。《叢書集成初編》本，頁3525。台北：商務印書館，1959年。

〔註22〕唐·李林甫《唐六典》卷2，〈尚書吏部〉，頁44～45。北京：中華書局，1992年。

〔註23〕唐·杜佑《通典》卷15，〈選舉三〉，頁142。台北：大化，民國67年。

內容的記載是一致的。唐代秀才科自武德四年（621 年）下詔設科，到永徽元年，三十年間的舉選人數查《文獻通考》卷二十九〈選舉二〉所引《唐登科記總目》記載共 29 名，平均每年僅有一名，錄取極為困難。杜佑《通典》卷十五〈選舉三〉云：

> 初，秀才科等最高……貞觀中，有舉而不第者，坐其州長，由是廢絕。〔註24〕

馬端臨《文獻通考》卷三可以作為佐證：

> 齊宋以來，州有秀才之舉。隋唐之代，其科最上。正（貞）觀中，有舉而不第者，坐其州長，由是其科廢。〔註25〕

封演的《封氏聞見記》卷三〈貢舉〉亦載：

> 國初，明經取通兩經，先帖本，乃按章疏試墨義策十道；秀才試方略策三道；進士試時務策五道，考功員外郎職當考試。其後，舉人憚於方略之科，為秀才者殆絕，而多走明經進士。〔註26〕

可見秀才科取士之難，終被廢科。

2. 進士科

唐代進士科設於高祖武德四年在所有常科中，進士科因其考試內容在不斷的改革調整中趨向完備，對於優秀人才的選拔貢獻良多，因而倍受士人所重視。而此風氣之形成，肇始於高宗武后時，至玄宗以後大盛。〔註27〕毛漢光曾由兩《唐書》列傳、碑帖拓本中蒐集任官於唐廷者，共得 3371 人，其中科舉出身者佔 1098 人，即佔官吏總數 32.3%，高達 1/3（以武后至玄宗時期及憲宗朝以後人數最多）。而進士出身者又佔科舉總人數 24.6%，幾達 1/4（亦以武后至玄宗及德宗

〔註24〕唐・杜佑《通典》卷 15，〈選舉三〉，頁 142。台北：大化，民國 67 年。

〔註25〕宋・高承《事物紀原》卷 3，〈學校貢舉部〉第 16，頁 118。《叢書集成初編》本第 1209 冊。台北，商務印書館，1959 年。

〔註26〕唐・封演《封氏聞見記》卷 3，〈貢舉〉。收入《歷代筆記小說集成・唐代筆記小說》第 1 冊，頁 118。河北教育出版社，1993 年。

〔註27〕參閱陳寅恪《陳寅恪先生文集》，〈唐代政治史述論稿〉中篇〈政治革命與黨派分野〉，頁 61～63。台北：里仁書局，1981 年。

朝以後人數最多），明經與制科出身者僅佔 7.7%，遠遜於進士科。然此並非進士科錄取名額多，而係「唐代政府與民間重視進士科的結果」。〔註 28〕明經科所以較不爲社會所重，其因在明經考試以帖經墨義爲功，枯躁乏旨趣，且不能發揮新義，致「士鄙其學而不習，國家亦賤其科而不取，故惟以攻詩賦人進士舉者爲貴」。〔註 29〕

唐代舉子在進士科考中以後，還通過吏部的選試，才能授官，考中甲第的進士授官從九品上，考中乙第的進士授官從九品下。從授官行政級別來看，進士科出身之人並不比其他科目出身的人授官級別高，何以會出現如《唐摭言》作者所說的「縉紳雖位極人臣，但不由進士者終不爲美」〔註 30〕的情況呢？進士躍爲諸科之貴與武則天相關。武則天自永徽六年被立爲皇后，光宅元年正式稱帝。爲了鞏固自身的統治地位，她「不惜爵位，以籠四方豪傑自爲助」。〔註 31〕變革科舉制度是其中籠絡人心的重要措施，對社會影響很大。德宗時禮部員外郎沈既濟曾就此指出：

> 初，國家自顯慶以來，高宗聖躬多不康，而武太后任事參決大政，與天子並。太后頗涉文史，好雕蟲之藝。永中始以文章選士。及文淳之後，太后君臨天下二十餘年。當時公卿百辟無不以文章達，因循日久，浸以成風。至於開元、天寶之中……，五尺童子，恥不言文墨焉。是以進士爲士林華選，四方觀聽，希其風采，每歲得第之人，不決辰而周聞天下。〔註 32〕

〔註 28〕毛漢光《唐代統治階層社會變動》（政大博士論文），頁 254，表 35「唐科舉入仕者統計表」，1969 年。

〔註 29〕參看馬端臨《文獻通考》卷 30，〈選舉考〉，頁 281。北京：中華書局，1986 年。

〔註 30〕五代・王定保《唐摭言》卷 1，〈散序進士〉。收入《歷代筆記小說集成・唐代筆記小說》第 2 冊，頁 429。河北教育出版社，1993 年。

〔註 31〕《新唐書》卷 76，列傳 1，〈后妃傳上・則天武皇后〉，第 2848 頁。北京：中華書局，1999 年。

〔註 32〕唐・杜佑《通典》卷 15，〈選舉三〉，頁 142。台北：大化，民國 67年。

所以，有唐一代，自武后以降，「眾科之目，進士尤為貴，而得人亦最為盛，歲貢常不減八、九百人，縉紳雖位級人臣，而不由進士者終不為美」。〔註33〕以至雖在開元二十四年以後復有秀才舉，「其時進士漸難，而秀才本科無貼經及雜文之限，反易於進士」時，卻未見有士人多趨秀才科而冷落進士科場的記載。〔註34〕

　　再者，進士及第者升遷往往比較迅速，利祿爵位誘使人們「趨之入鶩」。據統計，唐代進士及第者位及宰相的較之其他科問出身之人要多得多，唐代宰相368人，進士出身者143人，佔39%；從唐憲宗到唐懿宗期間共有宰相133人，其中進士出身者有98人，約占宰相總數的74%，〔註35〕進士出身者位居高官，特別是位極人臣現象的出現，對人們思想觀念的改變與報考科目的選擇必然產生很大的影響力。

3. 明經科

　　唐代明經科設於高祖武德四年，四月十一日至五年十月，諸州典貢明經143人。明經科考試注重經義，是要求舉子熟讀並背誦儒家的經典文本與注疏的考試方式。

　　唐代時把儒家經典分為大經、中經和小經三類，《禮記》、《左傳》為大經，《毛詩》、《周禮》、《儀禮》為中經，《周易》、《尚書》、《公羊傳》、《穀梁傳》為小經。明經科考試的具體科目有二經、三經、五經、學究一經、三禮等科。二經考試，舉子必須要通大經、小經各一經或通二中經方為合格；三經考試舉子需要通大經、中經、小經各一經；至於五經考試，舉子則需要大經全通，其他各經任選。《論語》、《孝經》為各種考試組合中的必考內容。〔註36〕

　　而考試方法，據《新唐書・選舉誌》記載：

〔註33〕元・馬端臨《文獻通考》卷29，〈選舉二〉，頁275。北京：中華書局，1986年。

〔註34〕余子俠〈唐代秀才科考論〉。載《中國史研究》1997年第五期。

〔註35〕吳宗國《科舉制與唐代高級官吏的選拔》，載《北京大學學報》1982期第一期。

〔註36〕參考許友根《唐代狀元研究》，頁36～39。吉林人民出版社，2004。

　　凡明經、先帖文、然後口試，經問大義十條，答時務策三

　　道。〔註37〕

可知明經科考試分為三場：第一場帖經文，第二場口試，第三場則試策文。首場的考試方法為：每經十條，通十條為上上，通八條為上中，通七條為上下，通六條為中上，皆為合格。考時務策三道，通兩道為合格。帖經、口試、時務策三項考試皆合格者，依據成績高低分四等錄取，經吏部試合格可分別授予從八品下、正九品上、正九品下、從九品下的行政級別身份與相應官職。〔註38〕

　　清人徐松在撰寫《登科記考》一書時已感覺到唐代明經科的錄取人數比較秀才、進士等科錄取的人數要多，但明經及第的具體人名可考者卻少得很，《登科記考》一書記載唐初到天寶末將近一百四十年登科者的姓名，明經及第所能考出的卻只有 24 人，遠遠比不上唐代明經科正常錄取的一科人數。傅璇琮的《唐代科舉與文學》第五章中，對上述情形進行了探討，他認為明經的名聲不及進士，但錄取的名額要比進士多，是否可以從及第後授官情況來加以解釋，明經科出身的大多為州縣一級的官吏，在唐代前期還有不少明經出身之人官至宰相；但成為著名文人的卻極少，而唐代的士人，卻往往用文章來衡量人物，進士中出的文人較多，貶抑明經，是出於受進士科文人的影響，唐代的登科記重點是進士，從推崇進士的角度出發，自然就不記載明經及第的人和姓名；再者，唐代在安史之亂時曾實行「輸財得官」之法，明經可以用納錢而買得，進士則不能。至少由此可以看出唐代統治者的態度，進士的的地位是在明經之上的。

　　此外，唐代重進士而輕明經的態度，還表現在考試時對待考生的禮數上。沈括《夢溪筆談》卷一記載：

　　　禮部貢院試進士日，設盛，有司具茶湯飲漿。至試學究，

　　　則悉撤帳幕氈席之類，亦無茶湯，渴則飲硯水，人人皆黔

〔註37〕《新唐書》卷 44，〈選舉志〉，頁 128。北京：中華書局，1999 年。
〔註38〕參考許友根《唐代狀元研究》，頁 36〜39。吉林人民出版社，2004。

其吻，非故欲困之，乃防氈幕及供應人私傳所試經義，蓋
嘗有敗者，故事爲之防。歐陽文忠有詩：「焚香禮進士，徹
幕待經生」。以爲禮數重輕如此，其實自有謂也。〔註39〕

這樣的記載應該是比較符合史實的。許友根以爲，關於史載明經較少
的原因似乎還可以增加一點：明經科在長期的實施過程中，考試的主
要內容與方法變化不大，舉子只要熟讀經問注疏就可以考中，對於經
義不一定眞正理解，因而所錄取的人就不一定有眞才實學；加之取人
甚眾，難免魚龍混雜，明經出身之人就不能適應朝廷任用賢能的需
要。〔註40〕更值得注意的是，明經科考試在實際運作的過程中很少進
行有實際意義的改革，這就可能讓已存在的弊端得不到及時的糾正，
給予社會重進士輕明經的契機。

4. 武　科

唐代武科創立於武則天長安二年，據《唐會要》卷 59〈兵部侍
郎〉條記載：

長安二年正月十七日敕：天下諸州，宜教武藝，每年准明
經、進士貢舉例送。〔註41〕

《新唐書·選舉志》記載：

又有武舉，蓋其起於武后之時，長安二年，始置武舉。〔註42〕

《資治通鑑》卷 207 記載：

（則天后長安）二年春正月乙司，初設武舉。〔註43〕

唐宋兩朝人所撰寫的其他史籍，如《通典》、《冊府元龜》、《玉海》等，
均載唐代武舉的創立時間爲長安二年，創立武舉是武則天的歷史功績
之一，但武則天爲什麼要創立武舉，有何特定的歷史背景，卻未見史

〔註39〕沈括《夢溪筆談》卷 1，頁 1。北京：中華書局，1985 年。
〔註40〕參考許友根《唐代狀元研究》，頁 36～39。吉林人民出版社，2004。
〔註41〕宋·王溥《唐會要》卷 59，〈尚書省諸司下·兵部侍郎〉，頁 1210。
　　　　上海：上海古籍出版社，1991 年。
〔註42〕《新唐書》卷 44，〈選舉志〉，頁 761。北京：中華書局，1999 年。
〔註43〕宋·司馬光《資治通鑑》卷 207，〈唐紀二十三·則天皇后下〉，長安
　　　　二年春正月乙酉，頁 1395。台北：啓明，1960。

籍記載。其實，從政治角度看，這是武則天革新朝政的需要。創立武科讓習武之人進入統治集團，從而擴大國家的人才來源，鞏固也加強其統治基礎。

再者，從軍事上看，早在唐太宗貞觀末年，朝廷已有將帥乏人之憂。唐朝政府既需要選拔一定數量的將士統實軍隊，又需要採取措施建立新的募兵制度，激發人們的習武熱情，提高軍隊的戰鬥力，武則天的創立武舉正是為了選拔將帥，建立新的軍事制度。於是，鄉貢武舉制度便應運而生。

此外，武則天創立武舉其實不乏個人目的。武則天雖以周代唐，位尊九五，但畢竟仍有「僭越」之嫌，是名不正、言不順的皇帝；況且，以女性稱帝，史無前例，必然會遭到一些人的反對。為了鞏固自身的統治地位，武則天一方面施展手段鏟除政敵，另一方面又採取多種方式，培植並擴大其親信勢力。顯而易見，大批由武舉選拔的將官置放到軍隊中去，對於武則天的掌握軍權，鞏固大周天下是極其重要的。

唐武舉創立後，被列為常舉科目，由兵部主持，每年考試一次。武舉考試主要有兩方面要求：一是以騎射及運用武器為主的武藝技能，包括長垛、騎射、馬槍三項，是武舉考試中評定成績高低的標準。二是身材、體力、體能等身體條件和身體素質，包括步射、翹關、負重、材貌、言語等項，是武舉中選的基本條件。唐武舉及第以後，就可以得到兵部「告身」，取得做官的資格。舉子的身份、納課的年限是決定武舉及第除官的重要條件。唐代武舉及第人數待考。在《唐書》列傳中僅見郭子儀一人。《舊唐書》卷 120〈郭子儀傳〉記載：「（郭子儀）始以武舉高等，補左衛長史。」《新唐書》卷 137〈郭子儀傳〉也有相似記載。《冊府元龜》卷 650《貢舉·應舉》記載略詳：「郭子儀初以武舉補左衛長史，累以武藝登科，為諸軍使。」〔註44〕另據《金石萃編》卷 92〈郭氏家廟碑〉，郭子儀武舉及第後，授「左衛長上」。

〔註44〕宋·王欽若《冊府元龜》第 3 冊，卷 650，〈貢舉·應舉〉，頁 3432。
　　　　台北：大化書局，景明崇禎 15 年刻本。

「左衛長史」是從六品上職事官,「掌判諸曹、五府、外府稟祿,卒伍、軍團之名數,器械、車馬之多少,小事得專達,每歲秋贊大將軍考課。」〔註45〕郭子儀中武授「從六品上」官職,與進士及第所授的「從九品下」或「從九品上」相比,說明武舉及第除官是高於進士科的,至少在武舉創立初期是如此。〔註46〕

(三)考試過程及其改進

鄧嗣禹是最早具體論及唐代考試技術的改進者。鄧氏指出唐代考試技術有以下幾項特色:

1、帖經之始(指明經、進士兩科),事在高宗調露二(680)年。

2、殿前試人之始,事在武則天載初元(689)年二月十四日。

3、糊名考校之始,難定其年,惟武則天時已有其制,殆無疑問。

4、進士三場試之始,事在中宗神龍元(705)年。

5、禮部選士之始,事在玄宗開元二十四(736)年。

6、制舉試詩賦之始,事在玄宗天寶十三(754)載。

7、兩都試人之始,事在代宗廣德二(764)年。

8、恩科之始,事在昭宗天復元(901)年。〔註47〕

鄧氏差不多已將唐代重要的考試技術改進在條列中作了說明。

此處要強調的,是第五項有關貢舉主管機關的變更。開元二十四年以前,主管貢舉機關是在吏部,由考功員外郎主其事。後因舉人以考功員外郎層級太低而提出抗爭,〔註48〕於是自唐玄宗開元二十四年

〔註45〕《新唐書》卷49,〈百官志〉,頁839。北京:中華書局,1999年。

〔註46〕參見許友根《武舉制度史略》,頁6〜18。蘇州:蘇州大學出版社,1997年。

〔註47〕參看鄧嗣禹《中國考試制度》,頁84〜87。台北:台灣學生,民國71年。

〔註48〕趙翼《陔餘叢考》卷28「禮部知貢舉」條云:「唐初,明經、進士皆考功員外郎主試事。開元二十四年,考功員外郎李昂為舉人詆訶,帝以員外郎望輕,遂移貢舉于禮部,以侍郎主之。後世禮部知貢舉,自此始。然其時知貢舉者即主司,後世則知貢舉者但理場務,而主試則別命大臣。按,唐制知貢舉亦有不專用禮部侍郎而別命他官

由禮部主管貢舉試務後，直至明清不變。制度上雖是以禮部侍郎知貢舉，實際上在唐代已不遵守這個制度。五代及宋以後，別命他官（如六部尚書、侍郎、翰林學士等）知貢舉已是常態，禮部成為處理事務性工作，只是名義上仍稱禮部試或省試而已。〔註49〕

唐代考試有其作業流程，由報考到考試都有詳細規定：

1. 報　考

考試通常一年一考，即所謂歲舉。每年貢舉人在十月二十五日以前，會集於京師長安（有時是在東都洛陽）。其中的「舉人」（生徒），在中央是由國子監選送，地方的府、州、縣學學生，則與「貢人」（鄉貢）隨著朝集使到京師。地方的鄉貢，首先「懷牒自列於州、縣」牒就是狀，也就家狀，內容包括籍貫、三代名諱等。鄉貢首先要通過縣的考試，然後由縣申報到州或府；通過州或府考試，才報上中央尚書省。

地方報上中央的學子數量是有名額限定的，上州三人、中州二人、下州一人，但有特殊才行者，不限其數。這樣的規定，當包含地方的貢人、舉人在內。唐朝盛世的府、州數目，共有三百數十，因此，每年舉子理應有千人上下聚集京師。但論其實際，常有二、三千人之例。就在這個時候，舉子要立好五人聯保的保證書。〔註50〕

2. 赴京朝見、謁廟

每年在十一月一日，舉子集合於尚書省戶部，檢驗諸檔，完成報到手續。正月一日（元旦），百官賀正，舉子拜列於朝堂外。武則天後期，皇帝還親自引見，其後不變。玄宗開元五年，並規定朝見後，接著到國子監孔廟拜謁孔子，然後請學官開講，舉子們可提出質問。朝中清資官五品以上大臣及地方來的朝集使，都要前往觀禮，可謂相

者，……此又近代別命大臣主試之始也。（第三冊，卷 28，頁 13，
華世書局，1979 年。）
〔註49〕以上參考高明士《隋唐貢舉制度》，頁 98～100。台北：文津出版社，
1999 年。
〔註50〕《新唐書》卷 44〈選舉志〉，頁 761。北京：中華書局，1999 年。

當隆重。這個謁聖禮，象徵意義大於實質意義。標舉了朝廷提示舉子應尊聖、敬老以外，也提示舉子教育重於考試的意義。以後各朝代，都能遵循實施，同時也影響後來的高麗、朝鮮王朝。

3. 考 試

考試時間，通常在正月或二月舉行，但以正月居多。放榜時間，在正月、二月，或三月，但以二月居多。地方州、府考試，稱爲「解試」；中央尙書省的考試，稱爲「省試」。玄宗開元二十四年以前，省試設於吏部，以後則歸於禮部。考試地點，不論吏部或禮部主持，均設於該部南院，又稱貢院，直至清代，都在禮部貢院考試。放榜時，張榜於南院東牆有另築一個高達丈餘的榜牆，牆外圍有棘籬。〔註51〕唐朝偶見有糊名之制，但不久又作罷。

於是在科舉諸科目中，由於秀才科偏難，明經科過於刻板，進士科乃脫穎而出。唐朝自太宗以後，顯然較以往更重視進士科出身，有了政府的提倡，進士科遂成爲登「龍門」的捷徑。這種情況經過武則天的提拔，到玄宗時代，進士科受朝野崇重，已告確立。〔註52〕

4. 放 榜

放榜時間，在正、二、三月間，屬於春季，所以有稱爲「春榜」，也有稱爲「金榜」。及第者要拜謁座主並由知貢舉者率領新及第者參謁宰相。進士的第一名，俗稱爲狀頭、狀元，並無正式定名。至於錄取人數，原則上唐代每年舉行貢舉，但也常因某些事故而不貢舉。秀才科每年常錄取一人，最多三人。進士科最少一人，最多達七十九人。中宗以後，通常錄取二十人以上，晚唐則定額爲三十人，最多錄取四十人。玄宗開元年間，規定明經、進士及第，不得過百人；文宗時，規定進士最多四十人，明經一百二十人（稍後改爲百人）。據王定保

〔註51〕 王定保《唐摭言》卷15「雜記」條。收入《歷代筆記小說集成‧唐代筆記小說》第2冊，頁434。河北教育出版社，1993年。
〔註52〕 參見高明士《隨唐貢舉制度》，頁102～109。台北：文津出版社，1999年。

《唐摭言》卷 2「恚恨」條記載：

> 聖唐有天下，垂二百年，登進士科者，三千餘人。〔註53〕

據此，則進士科平均每年不及二十人。這樣的錄取數額，與宋代一次錄取數百名，差異甚大。所以隋唐的科舉制度在官場與士人階層間所引起的流動性，無法與宋代相比。約略而言，唐朝官場中由科舉出身者，大約三分之一左右，循特權管道入仕者，依然占大多數（2／3）。因此，科舉制度的實施，一般說來，還不致於完全動搖唐朝的政治社會結構。但科舉制度在隋唐時代已呈現新意義，尤其在中晚唐，寒門透過科舉出身，已足以與門閥出身者相抗衡，進而晚唐時出現所謂黨爭，這種情形是不可能出現在六朝社會裡的。〔註54〕

二、制舉考試

唐代制舉始於高祖武德五年，是年三月詔令京官五品以上及諸州總管、刺史各舉一人。若有志行可錄，才用未申，亦聽自舉。制舉源於漢代的制詔舉人，唐代制舉考試的情況，據杜佑《通典》記載：

> 其制詔舉人，不有常科，皆標其目而搜揚之。試之日，或在殿廷，天子親臨觀之。試已，糊其名於中考之，文策高者，特授以美官，其次與出身。開元以後，四海晏清，士無賢不肖，恥不以文章達，其應詔而舉者，多則兩千人，少猶不減千人，所收百才有一。〔註55〕

由此看來，在唐代的科舉考試中，制舉佔有重要的地位。唐代制舉科目數量，《唐會要》卷七十六〈貢舉中〉記載有六十三科，《文獻通考》卷三十三〈選舉六〉載有五十六科，宋王應麟《困學紀聞》認為：「唐制舉之名多至八十有六，凡七十六科。」〔註56〕其在《玉海》一書中

〔註53〕王定保《唐摭言》卷 2，〈恚恨〉條。收入《歷代筆記小說集成‧唐代筆記小說》第 2 冊，頁 473。河北教育出版社，1993 年。

〔註54〕高明士《隋唐貢舉制度》，頁 110。台北：文津出版社，1999 年。

〔註55〕唐‧杜佑《通典》卷 15，〈選舉三〉，頁 142。台北：大化，民國 67 年。

〔註56〕宋‧王應麟《困學紀聞》卷 14，〈考史〉，頁 412。上海：上海古籍

又云：「自志烈秋霜而下凡五十九科，自顯慶三年至大和二年，及第者二百七十人。」〔註57〕徐松經過對新、舊《唐書》、《唐會要》、《冊府元龜》、《文苑英華》、《雲麓漫鈔》等書的考證，認為唐代制逼科目名稱已超過百數。〔註58〕

　　制舉不始於唐，漢以來便有其制，《新唐書》卷44〈選舉志〉曰：

> 所謂制舉者，其來遠矣。自漢以來，天子常稱制詔，道其所欲問而親策之。唐興，……天子又自詔四方德行、才能、文學之士，或高蹈幽隱與其不能自達者，下至軍謀將略、翹關拔山、絕藝奇伎，莫不兼取。其為名目，隨其人主臨時所欲，而列為定科者，如賢良方正、直言極諫、博通墳典達於教化、軍謀宏遠堪任將率、詳明政術可以理人之類，其名最著。〔註59〕

此處指出漢以來，天子常有親策之制，其科目繁多。所謂制舉，《新唐書‧選舉志》曰：

> 唐制，取士之科，多因隋舊；……其天子自詔者曰制舉，所以待非常之才焉。〔註60〕

其要件即由天子自詔，以吸納所謂「非常之才」為目的。因此，制舉是以皇帝親試為原則，試於殿廷，皇帝親臨觀之或甚至親自考試。

　　制舉及第後，其「策高者，特授以美官；其次與出身。」〔註61〕例如高宗顯慶二年，劉仁願應制舉文武，以高第，升進三階。仁願在顯慶元年已是左驍衛郎將，正五品上，升進三階，成為正四品下。〔註62〕

出版社 1987 年影印《文淵閣四庫全書》本第 854 冊。

〔註57〕宋‧王應麟《玉海》卷 115，〈選舉‧唐制舉〉，頁 117。上海：上海古籍出版社 1987 年影印《文淵閣四庫全書》本第 946 冊。

〔註58〕清徐松《登科記考》，〈凡例〉，頁 6。北京：中華書局，1984 年。

〔註59〕《新唐書》卷 44〈選舉志〉，頁 761。北京：中華書局，1999 年。

〔註60〕同上。

〔註61〕杜佑《通典》卷 15，〈選舉典〉，頁 142。台北：大化，民國 67 年。《冊府元龜》卷 639，〈貢舉部‧總序〉，頁 2633。台北，大化，景明崇禎 15 年刻本。

〔註62〕根據清‧劉承幹輯《海東金石苑》卷 1，〈劉仁願紀功碑〉，頁 1。新

因此，可以看出文人在貢舉常科登第後，亦常再應制舉出身。其制舉登第者，可以立即授予官職，這一點與常舉猶需等待選試者不同，〔註63〕此部份將在下文另作討論。

三、入　幕

　　唐代行軍統帥及其所統軍將都配置有相當數量的僚佐人員，從而組成臨時性的軍事指揮機構。〔註64〕在唐人習慣中，前者被稱爲軍司，後者被稱爲營司。通常被稱爲幕府者則指行軍統帥府署，雖是臨時機構，但其僚佐有一定規定。

　　《舊唐書》卷43，〈職官志·兵部〉云：
　　　凡將帥出行，兵滿一萬人以上，置長史、司馬、倉曹、兵
　　　曹、胄曹等參軍各一人，五千人以上，減司馬。〔註65〕
雖未能反映幕府全貌，至少說明其中自有規定。

　　藉從軍征戰而建立功勛，報效國家，並獲得個人的榮名，是唐初一部分士人入幕的動機。唐初內亂不多，對外戰爭處於優勢進攻態勢，因而沒有長期防禦的任務。當發生戰爭時大多是派遣大將臨時出征。戰事結束，主將與從軍征行將士都會論功行賞，有的文士幻想在這種行軍征戰中爲國家貢獻才智，獲取功名。

　　進入開元盛世，士人對國家命運和個人前途充滿信心，總是希望能在一個聖明時代建立不朽功業，不甘心無所作爲，李白以「大鵬」自許，幻想一飛沖天，〔註66〕杜甫抱有「致君堯舜上，再使風俗淳」

　　　　文豐出版公司，1922年。
〔註63〕高明士《隋唐貢舉制度》，頁 111～112。台北：文津出版社，1999年。
〔註64〕孫繼民《唐代行軍制度研究》，頁135～192。台北：文津出版社，1999年。
〔註65〕《舊唐書》卷43，〈職官志·兵部〉，頁1239。北京：中華書局，1999年。
〔註66〕《全唐詩》卷167、168、180，〈臨路歌〉、〈上李邕〉、〈天臺曉望〉，頁1728、1740、1734，北京：中華書局，1996年。

的理想〔註67〕都是例子。但他們的時代邊境情勢已經有所改變，由於武后至玄宗時東西、西北部各族的強盛，唐朝早已不得不在邊境區大規模地設置軍鎮，長期屯駐邊軍。於是形成邊軍備禦和行軍征討相輔相成的邊防局勢。爲了激發士氣，保障邊境的穩定，朝廷於是大力獎勵邊功。不少邊將曾入朝爲相，邊鎮幕府僚佐地位也益顯重要，由此產生了士人投身邊塞的熱情，想借軍功而建功立業，是盛唐士人嚮往邊塞積極入幕的重要原因。〔註68〕

　　但開元、天寶時期是唐代社會盛極而衰的轉折時期，考察士人遠赴邊塞，並久留邊地，置身幕府，不少人是在科舉失敗或者身處卑職懷才不遇時才遠赴邊塞的，入幕是在入仕無門、久不得調時的不得已之舉。士人們不畏艱險，久從邊幕，與唐初社會政治形勢變化和當時選官制度關係密切。早在創建王朝的過程中，李世民就招募大量文士，形成穩定勢力集團，其中房玄齡、杜如晦爲秦王立下不世之功，天下底定之後，二人成爲十八學士之首，貞觀年間二人還先後爲相，被人作爲良相的典範，對文人有不小的感招作用，步入幕府，先任幾年幕職，再爭取入朝爲官，便成爲對文人有吸引力的一條途徑。

　　盛唐之後，文人入幕數量日益增加，節度使集方鎮大權於一身，權力不斷加強，兼職日益增多，如安祿山一身兼平盧節度使、度之、營田、陸運、押兩番、渤海、黑水等四府經略、處置、平盧軍攝御史大夫、管內採訪處置使等職。每個職務各有職責，此刻便需要有機構與人處理日常公務。據《新唐書・百官志》的記載，節度使知節度事，有行軍司馬、副使、判官、支使、掌書記、推官、巡官、衙推各一人，隨軍四人。如果節度使封了郡王，加上奏記一人；如果兼觀察使，加判官、支使、推官、巡官、衙推各一人；如果又兼安撫使；加副使、判官各一人；如兼支度、營田、招討、經略使，加副使、判官各一人；

〔註67〕《全唐詩》卷216，頁2252。北京：中華書局，1996年。
〔註68〕參考石云濤《唐代幕府制度研究》，頁472～528。中國社會科學院，2003。

支度使公署裡還另設遣運判官、巡官各一人，上述這些只是文件上的編制，事實上各署職員超編是常有的事，而這些官職大多由文士擔任，自然提供了文人入仕的另一種選擇。〔註69〕

安史之亂後，盛世不再，中央政權衰弱，各地藩鎮對中央政權的存在有舉足輕重的影響，爲了入仕升遷，獲取方鎮幕府實際的經濟利益，不少士人把藩鎮幕府作爲實現個人理想和抱負的橋梁，他們樂於外任幕職。其中有的人還進士及第，卻願意應方鎮之聘，圖幕府一席；有的人在朝廷或地方任閑散卑職，不甘心官小俸薄，仕途困頓，離朝入幕；還有的雖爲京官，職務已然不低，卻想在戶鎮一試身手，應知己之辟請，入方鎮充職。不過安史之亂後的唐代士人已經失去了盛唐時天眞浪漫的熱情，他們入幕的動機漸顯現實。

從政治方面看，把入幕充職作爲入仕升遷的門徑如前所述與唐代的科舉選官的制度有關，通過科舉入仕的人數極其有限，少數人僥倖地借此躋入仕途，無數的士人則望洋興嘆。科舉取士制度在實際執行和發展過程中又難免產生各種弊端。在具有等級特權的社會，要做到公平競爭實際上不可能。這又造成具有眞才實學的人未必通過科舉入仕，同時則有不少人通過非正當途徑藉以得志，此部分將留待下一節做探討。

眾所周知，科舉及第只是取得了「進士」，「明經」等出身，具備了任官的資格，還不算入仕。王鳴盛《十七史商榷》中引東萊呂氏的話說：「唐制，得第後不即釋褐，或再應皆中，或爲人論薦，然後釋褐。」〔註70〕這是說科舉及第後，還要通過兩種途徑方能得官，其一即所謂「再應皆中」，這是指應吏部銓試，又叫「關試」，通過吏部銓試，再由吏部授官；其二是「爲人論善」，如前所論，唐代任官有舉薦制，具備一定的條件，可以通過科舉任官或遷官。

〔註69〕 參考尚永亮《科舉之路與宦海浮沈──唐代文人的仕宦生涯》，頁101
～105。台北：文津出版，2000。

〔註70〕 王鳴盛《十七史商榷》卷41。《叢書集成初編》本，頁3525。台北：
商務印書館，1959年。

安史之亂以來，朝廷在方鎮用人的政策上放得很寬，於是方鎮辟署權力很大，不少未曾及第的布衣之士也可以入幕充職。在仕途擁塞的情況下，士人們越來越看好入幕之途。晚唐朝廷對方鎮使，府辟署僚佐雖有過不少限令，其中包括辟署對象的身份資格有一定的要求，但這時方鎮用人的範圍越來越大，數量越來越多。開元、天寶時期，只有邊境地區幾個作為大軍區的節度使府，幕府辟請人數有限。安史之亂後，形成了藩鎮林立的格局，多處藩鎮都在積極招攬人才，因此進入幕府的人數大為增加。

幕府吏雖不是職事官，但在幕府中既有幕職，又有虛銜，既有政治地位，又有優厚的待遇，不做官勝似做官。柳宗元〈送邠寧獨孤書記赴辟命序〉說：「獨孤生與仲兄寔連舉進士，並時管記於漢中，新平二連帥府，俱以筆硯承荷舊德，位未達而榮如貴仕。」〔註71〕後來雖朝廷限制「無出身者」入幕，但由於方鎮急於用人，且方鎮用人的自主權很大，常常違越朝廷旨令、採取各種對策擴大幕府員額，辟請各種人才入幕。

幕府為文士們提供了一個特殊的活動空間，特殊的生活空間必然造成特殊的士風。由於幕府賓主之間不是行政上的上下級關係，因此賓僚與府主之間相對平等，文士對待府主沒有敬畏之心理，在僚主面前表現就比較自由隨便；幕府文士不是正式的國家官吏，不受各種職官制度的約束，其中不少人富於才華，憑藉自己的才幹為人所用，一旦形成了較大的名聲，四方爭相延聘，甚至有機會應朝廷之召，入朝為官，所以他們對方鎮沒有強烈的依附意識，相反，由於幕府的特殊需要，方鎮往往對才名之士持禮敬態度，故對文士較遷就包容，這就為士人們平交諸侯直道自達創造了環境和條件。宋代的統治者從唐末士人依託方鎮中接受教訓，在立國之初，便竭力拓寬科舉入仕之途，以期收攬士人之心。宋人把失意士人看作飢渴之虎狼，注意到士人向

〔註71〕唐・柳宗元《四部刊要・柳宗元集》，卷22，頁590。台北：漢京文化事業有限公司，民國71年。

背對封建王朝長治久安的意義，選擇壓抑和削弱藩鎮的勢力，同時又以科舉籠絡士人之心，都是把唐末五代以來方鎮尾大不掉視為覆轍而採取的集權措施，因為作為後來者，宋人已然認識到唐王朝的瓦解不只是軍事的勝敗問題。

四、銓　選

　　王勛成認為：中國有選舉，大約始於漢代的「鄉舉里選」。在唐之前，舉與選是不分的，舉士和選官同為一事，凡被舉薦出來的士子，大都是即刻就選為官的，這無論是漢代的察舉制，還是魏晉南北朝的九品中正制，都是如此。而宋代舉人經會試後，再經殿試，可以立即授官，這種情況一直延續到晚清。只有唐代，舉與選分割得很清楚，舉士與選官分屬於不同的機構，各有自己的一套運行機制，與完整運作程式。〔註72〕

　　唐代舉子在貢舉及第後，只是具備任官資格，稱為「出身」，並不能馬上任官。出任職事官，唐朝規定還要參加吏部的考試，稱為「選」。吏部選人，一年一選，選人資格主要有二，一為貢舉出身者，一為前資官。前資官是指吏部考滿官罷而待注擬者。所謂考滿，指一年一考的制度，四考而罷官，六品以下官聽選。吏部選試，共考核四事：身、言、書、判。例如韓愈三試於吏部無成，十年之間還是布衣；甚至有出身二十年，仍不能獲祿者。〔註73〕

　　這種狀況到了玄宗開元十八年四月，侍中裴光庭（即裴行儉之子）作「循資格」的建議，定出了一套選官制度，〔註74〕規定了官吏的應

〔註72〕參考王勛成《唐代銓選與文學》，頁1。北京：中華書局，2001年。

〔註73〕杜佑《通典》卷15，〈選舉典〉云：「其選授之法，……自六品以下旨授。……凡旨授官，悉由於尚書，文官屬吏部，武官屬兵部，謂之銓選。」。（頁142，台北：大化，民國67年。）

〔註74〕據《通典》卷15，〈選舉典〉云：「（光庭）以選人既無常限，或有出身二十餘年而不獲祿者，復作「循資格」，定為限域。凡官罷滿以若干選而集，各有差等，卑官多選，高官少選。賢愚一貫，必合乎「格」者，乃得銓授。自下升上，限年躡級，不得踰越。」（頁143。台北：

選和升遷的資歷和年限，完全改變過去吏部求人不以資考爲限而唯才是舉的做法。吏部選試，依一定選數而赴試，稱爲常選，通常是一年一選；但是玄宗開元以後，也有非常選之試。〔註75〕

也就是說選試者本來有一定的限制，一定要選滿才能參加更高選試；但未達限制標準者可以參加博學宏詞與書判拔萃的考試，其詞美者，得不拘格限而授職。這種不依限制、而設科目於吏部的考試，謂之「科目選」。

「科目選」與「制舉」有其區別，主要在於科目選是吏部主試；制舉，則試於殿廷，名義上由皇帝親臨觀之或親試，實務由考策官負責。〔註76〕就制度而言，吏部每年須要進行銓選，但制舉則無定期，例如唐文宗大和二年三月舉行制舉後，即不見制舉記錄。

「科目選」如博學宏詞科，向來是「人尤謂之才」的科目，且能得「美仕」。〔註77〕所以中晚唐以來科目選盛行。明白區分了禮部、吏部考試之別。禮部應舉者，屬於未有出身、未有官者；吏部應選者，則屬於有出身、有官者。

「科目選」制度的存在，目的是鑑於依格限赴選者爲數甚眾，但官位有限，〔註78〕且如前引玄宗開元二十一年六月二十八日詔書所

大化，民國 67 年。）

〔註75〕《新唐書》卷 45，〈選舉志〉曰：「選未滿而試文三篇，謂之『宏辭』；試判三條，謂之『拔萃』。中者即授官。」頁 769。北京：中華書局，1999 年。又杜佑《通典》卷 15，〈選舉典・歷代制下〉有較詳細的說明：「選人有格限未至而能試文三篇，謂之『宏詞』；試判三條，謂之『拔萃』，亦曰『超絕』。詞美者，得不拘限而授職」。（頁 142。台北：大化，民國 67 年。）

〔註76〕《冊府元龜》卷 640，〈貢舉部・條制二〉，頁 3383。台北：大化，景明崇禎 15 年刻本。

〔註77〕韓愈《韓昌黎文集校注》卷 3，〈答崔立之書〉，頁 96。台北：世界書局，民國 61 年。

〔註78〕如高宗總章二部（669）年，參選者歲有萬人記錄；武則天如意元（692）年，更有數萬人之數。（以上參看《唐會要》下冊，卷 74，〈掌選善惡〉條。頁 1592，上海：上海古籍出版社，1991 年。）一般說來，參選者常在萬餘人之譜。（《舊唐書》卷 113〈曲晉卿傳〉。北京：中

示，有司拘守格限、循資選試，使天下賢俊，屈滯頗多，所以另設科
目以待茂異之才。

　　《唐會要》卷54「中書省」條記載大和三年五月中書門下奏：
　　　常人自有常選，停年限考，式是舊規。然猶慮拘條格，或
　　　失茂異，遂於其中設博學宏詞、書判拔萃、三禮、三傳、
　　　三史等科目以待之。今不限選數聽集，是不拘年數、考數，
　　　非擇賢能之術也。……據元和二年五月十八日具敕，敕內
　　　常參官並限年、考，各與遷轉，則官修者出滯，職曠者僥
　　　倖，恐非朝廷循名責實之意，積課語勞之道。……伏望從
　　　今以後，內外常參官並不論年、考，議事而遷位，位均以
　　　才，才均以望。位望均，然後以日月班之，而第用之。

這份奏章後來被准奏，採取「科目選」於是成了不論年、考的用人唯
才政策，是貢舉及第與低級官吏謀取官位的重要入仕途徑。

五、其他入仕途徑

　　隋唐時期文人入仕途徑主要來自科舉、制舉、入幕科目選等考
試，已如前述，此外，另有門蔭入仕、流外入仕。上書入仕、捐資入
仕等較特殊情況。

　　門蔭入仕是指官僚子弟憑藉其父、祖的官職、勛、爵、資歷、品
位獲得官職。因為其給授是來自父、祖家門的庇蔭，所以稱門蔭、官
蔭、蔭補、也稱任子。溯自漢代，歷代多有此入仕門徑。唐代開元制：
諸用蔭出身者，一品子正七品上，二品子正七品下，正三品子從七品
上，從三品子從七品下，正四品子正八品上，從四品子正八品下，正
五品子從八品上，從五品及國子，從八品下。三品以上官蔭曾孫，五
品以上蔭孫，孫降子一等，曾孫降孫一等。這是說凡居官五品以上皆
可蔭及子孫。所蔭官上至正七品，下至從八品不等。〔註79〕

　　華書局，1999年。）
〔註79〕參見唐‧李林甫《唐六典》卷2，〈尚書吏部〉，頁34。北京：中華
　　　書局，1992；與《唐會要》卷81，〈用蔭〉，頁1774。上海：上海古

　　所謂流外入仕，係指由胥吏、技術人員等普通吏員，累積一定的
年資後經考試遷轉進入流官的行列。因爲他們是非正途出身，不在朝
廷正式九品流官範圍內，所以稱「流外」、「流外入流」。這種流外官
吏名稱繁多，《通典・職官・官品條》記載有關流外、流內的區別：

> 隋置九品，品各有正從，自四品以下，每品分爲上下，凡
> 三十階。自太師使焉，謂之流內。……大唐自流內以上，
> 并因隋制……又制勳品九品，自衛錄事及五省令使焉，
> 謂之流外。〔註80〕

流外官分佈於省、台、寺、監以及地方府州衙門中，人數眾多而叢雜，
所以也稱「雜流」，他們普及於基層，佔全體官吏的絕大部分。經過
吏部考試銓選後，也可以任地方錄事、縣令、尉等官職，不過會爲正
途出身的官員──如進士科出身官員所瞧不起。〔註81〕

第二節　存在缺點的制度

　　由上可見唐代入仕途徑的多元與複雜，在期望野無遺才的前提
下，制度爲士人開闢了各種不同的入仕管道，卻也因爲沒有詳備的配
套措施，不同入仕管道間卻存在著缺點和縫隙，例如科舉制度中存在
的舞弊問題與選人多而官缺少的「守選」問題，探討如下：

一、科舉舞弊

　　研究者大多從唐代中後期的政治腐敗和社會風氣等方面進行科
舉制度弊病的分析，許友根認爲，除了政治與社會層面的原因以外，
其實唐代科舉制度自身的不完善也是科舉舞弊現象產生的重要原
因，而且極有可能是諸多原因之中最主要的原因。〔註82〕

　　唐代科舉制度的不完善首先表現爲地方州府對舉子資格的審查

　　　籍出版社，1991 年。
〔註80〕《通典》卷 19，〈職官・官品條〉，頁 184。台北：大化，民國 67 年。
〔註81〕參見徐連達《唐朝文化史》，頁 286～288。上海：復旦大學，2003。
〔註82〕許友根《唐代狀元研究》，頁 42。吉林人民出版社，2004。

（參考本章第一節所述）的流於形式。唐代科舉考生主要來自學館出身的生徒與縣州推薦的鄉貢。生徒是國子監、弘文館、崇文館以及州縣學館的學生，由所在學校考核合格後，直接申送尚書省參加考試。鄉貢則是不在館學而學有成者，「懷牒自立於州縣」，經資格審查後由所在州縣進行逐級考試，選出合格者按解額申送至京城長安參加尚書省的考試。應試舉子的資格審查主要包括籍貫、身份、品行和才學等方面。此項審查本是維護科舉考試的公正和權威。但光是報名就常未能嚴格執行。唐代對於地方州府申送尚書省舉子的數量，稱「解額」，有其規定。《唐摭言》卷 1〈會昌五年舉格節文〉條記載了當年參加明經、進士科考試的人數：

> 其國子監明經，舊格每年送三百五十人，今請送三百人；進士，依舊格送三十人；其隸名明經，亦請送二百人；其宗正寺進士，送二十人；其東監同華、河中所送進士，不得過三十人，明經不得過五十人。其鳳翔山南西道東道、荊南、鄂嶽、湖南、鄭滑、浙西、浙東、廊坊、宣商、涇邠、江南、江西、淮南、西川、東川、陝虢等道，所送進士不得過一十五人，明經不得過二十人。其河東、陳許、汴、徐泗、易定、齊德、魏博、澤潞、幽、孟、靈復、淄青、鄆曹、兗海、鎮冀、麟勝等首，所送進士不得過一十人，明經不得過十五人。金汝、鹽豐、福建、黔府、桂府、嶺南、安南、邕、容等道，所送進士不得過七人，明經不得過十人。〔註83〕

所有人數不能諸州各自申解、須按規定，解額最多的州府亦只能申送 15 名進士、20 名明經。在解額一定的情況下，舉子人數的多少將直接決定錄取率的高低，不加任何限制的異地取解，就難免發生「冒籍」行為，舞弊就不可避免了。於是產生了身份不合規定的舉子異地取得「解額」資格之事：《唐才子傳》卷 8〈邵謁傳〉記載：

〔註83〕五代‧王定保《唐摭言》卷 1，〈會昌五年舉格節文〉。收入《歷代筆記小說集成‧唐代筆記小說》第 2 冊，頁 428。河北教育出版社，1993年。

調，韶州翁源人。少爲縣廳吏，客至倉卒，令怒其不撍床
迎侍，逐去，遂截鬓者縣門上，發憤讀書。……咸通七年
抵京師，隸國子。時溫庭筠主試，憫擢寒苦，乃榜調詩三
十餘篇，以振公道。……北而釋褐。〔註84〕

《唐摭言》卷 8〈爲鄉人輕視而得者〉條記載：

許棠，宣州涇縣人，早修舉業。鄉人汪遵者，幼爲小吏，
洎棠應二十餘舉，遵猶在胥徒；然善爲歌詩，而深自晦密。
一旦辭役就貢，會棠送客至灞滻間，忽遇遵於途中，棠訊
之曰：「汪都（都者吏之呼也）何事至京？」遵對曰：「此
來就貢。」棠怒曰：「小吏無禮！」而與棠同硯席，棠甚侮
之，後遵成名五年，棠始及第。〔註85〕

法定不能參加科舉考試的州縣小吏卻參加了考試，還成功考上進士，
答案恐怕是：資格審查的流於形式了。

　　唐代科舉制度自身的不完善，還表現爲考試過程中的「行卷」、「公
薦」、「通榜」、「呈榜」等人爲因素對考試結果的制約，從而爲科舉舞
弊提供了條件。

　　唐代士子在參加禮部考試前，要進行「行卷」。程千帆在《唐代
進士行卷與文學》一書中，對「行卷」作解釋：

所謂「行卷」，就是應試的舉子將自己的文學創作加以編
輯，寫成卷軸，在考試以前送呈當時在社會上、政治上和
文學上有地位的人，請求他們向主司即主考持考試的禮部
侍郎推薦，從而增加自己及第的希望的一種手段。〔註86〕

投「行卷」是爲了「公薦」。「公薦」是唐代一種台閣近臣的推薦制度。
應該說，「行卷」「公薦」有其可取之處，可以避免一張考卷定取捨，

〔註84〕傅璇琮主編《唐才子傳校箋》第 3 冊，頁 453～454。北京：中華書
　　　　局，2002 年。
〔註85〕五代・王定保《唐摭言》卷 8，〈爲鄉人經視而得者〉，收入《歷代筆
　　　　記小說集成・唐代筆記小說》第 2 冊，頁 473。河北教育出版社，1993
　　　　年。
〔註86〕程千帆《唐代進士行卷與文學》。《程千帆選集》，頁 725。瀋陽：遼
　　　　寧古籍出版社，1996 年。

集中多人的意見盡可能公允取士。唐代確實也有公心推薦考生的事例，如顧況爲白居易延譽，韓愈推獎程昔範之類。但這樣的記載並不多，倒是出於私人目的、爲親戚、故舊、子弟，甚至是爲了回報賄賂、結交權勢而推薦考生的記載很常見。如果推薦者是高官重臣，無有不成者，《唐語林》卷7〈補遺〉條記載：

> 王起知舉，將入貢院，請德裕所欲。德裕曰：「安可所欲？
> 借如盧肇、姚頡，不可在去流內也。」起從之。〔註87〕

盡管在上位者期望是善良的，可是「行卷」、「公薦」沒有必要措施的保證，在實際運作過程中，卻逐漸走向人們願望的反面，成爲科舉舞弊的助力。

其實，唐代舉子「行卷」「求知已」的情態，歷來爲學者所垢。馬端臨《文獻通考》卷29〈選舉二〉注引江陵項氏之言云：

> 風俗之弊，至唐極矣，王公大人，巍然于上，以先達自居，
> 不復求士，天下之士，什什伍伍，戴破帽，騎蹇驢，未到
> 門百步輒下馬，奉幣刺再拜，以謁於典客者，投其所爲之
> 文，名之曰：「求知已」。如是而不問，則再如前所爲者，
> 名之曰：「溫卷」，如是而又不問，則有執贄於馬前，自贊
> 曰：「某人之過」者。〔註88〕

再如韓愈〈送李愿歸盤谷序〉中，說覓舉之人：

> 伺候於公卿之門，奔走於形勢之途。足將進而趑趄，口將
> 言而囁嚅。處穢汙而不羞，觸刑辟而誅戮。〔註89〕

學者大多持批判態度，將之視爲唐代的一種「社會病態」。寥寥數語，把這些書生不知差恥、小心翼翼，提心吊膽地追隨在達官貴人門下，以求入仕的一副可憐相勾勒出來，而唐代這種舉子卑躬屈節的情態，

〔註87〕周勛初校證《唐語林校證》卷7，〈補遺〉，頁624。北京：中華書局，1987年。

〔註88〕元・馬端臨《文獻通考》卷29，〈選舉二〉，頁274。北京：中華書局，1986年。

〔註89〕韓愈《韓昌黎文集校注》卷4，〈序・送李愿師盤谷序〉，頁142。台北：世界書局，民國61年。

以及王公大人們高高在上的情形，比比皆是。

　　並非沒有憑仗真才實學行卷的舉子和憐才愛士的顯人，否則，我們也就難以解釋唐代進士科舉制度何以曾經產生過許多有氣節、有學問、有貢獻的人物這一歷史事實了。〔註90〕重要的不是描述所由「社會病態」的現象，而是尋找形成這種現象的原因：有統治者想「引天下英雄入彀」的企圖；有知識分子希企「朝為田舍郎，暮登天子堂」的渴望；也有特定歷史時期所形成的社會氛圍，最重要的，科舉制度本身所存在的缺陷是主要因素之一。一個簡單的事實是：這種現象到了宋代以後就已基本絕跡，根本原因是宋代在總結分析前代科舉制度經驗教訓的基礎上，從制度建設上加強了科舉考試的防範舞弊措施，例如嚴格實行了「糊名」、「謄錄」和「考官鎖院」等制度。試卷上的考生姓名既然被糊，筆跡又因重新謄錄而無從辨識，自然提昇知名度與事先由名人推薦的方式，就不再有其可行性，從而行卷風尚也就自然隨之消失。〔註91〕誠如宋人歐陽修在〈論逐路取人箚子〉中所說：

> 竊以國家取士之制，比於前世，最號至公。……又糊名謄
> 錄而考之，使主司莫知為何方人士，誰氏之子，不得有所
> 憎愛薄厚於其間。故議者謂國家科場之制，雖未復古法，
> 而便於今世。其無情如造化，至公如權衡，祖宗以來不可
> 易之制也。〔註92〕

把唐代所謂「社會病態」的成因全部歸咎於唐代的讀書人是不夠公允的，制度面的不完善也有責任必須承擔。

　　此外，唐代考場管理鬆弛為主考官的舞弊也提供了方便，以考試方法為例：問義是唐代科舉考試的主要方法之一，基本要求是由考官當眾對舉子進行考試，並隨即宣佈評定成績的結果，這有利於瞭解考

〔註90〕參考程千帆《唐代進士行卷與文學》，頁 25。上海：上海古籍出版社，1980。

〔註91〕同上。

〔註92〕宋・歐陽修《歐陽修全集》卷 17，〈論逐路取人札子〉，頁 894。北京：中國書局，1986 年。

生對經典的掌握情況，也有利於對考官的監督。但實際上真正按規定實行公開考試的並不多見，考官往往是在沒有監督的情況下對考生進行考試，極易滋生舞弊現象。因此，落第舉子對此也常懷不滿，發榜後屢有喧鬧貢闈之事，指責主考官徇私舞弊，取捨不公。為解決這一問題，玄宗開元二十五年和天寶十一載朝廷兩次重申，舉人口試，宜對眾考定，並須當場宣佈考試結果。〔註93〕

　　唐代科舉考試主考官在確定錄取名單之前，通常會邀請一些有身份、有地位的人，依據考生考試成績和社會聲名，共同決定錄取名單，謂之「通榜」。與「公薦」不同之處在於：主考官是主動邀請別人參加評定等第，而非被動接受別人推薦考生。就立意而言，通榜可能會使主考官的錄取工作做的穩妥一些，這是通榜之「利」處，如貞元八年陸贄知貢舉，「考文章甚詳」，同時，「亦由梁補闕蕭王郎中礎佐之。梁舉 8 人無有失者，其餘則王皆與謀焉」。〔註94〕是年所錄 23 人，數年之內，居台省者十餘人。然而，通榜實質上是兩漢薦舉制的遺風，在唐代實際操作中也絕非是一項規範嚴格的工作，因而其「弊」處顯而易見，不僅參與通榜之人可以影響主考官，凡有一定權勢的人均可以例此影響，甚至是左右主考官；而主考官則「有脅於權勢，或撓於親故，或累於子弟，皆常情所不能免者」。〔註95〕《續玄怪錄》卷二〈李嶽州〉條記載了貞元二年李俊應進士舉，故人國子祭酒包佶為其向考官請托一事，李俊連不中第，所以包佶在放榜前一日換了朝服等待送榜單到中書省的春宮，春宮告知所託之事恕難符命，包佶仍以平日交情深厚為恃，無奈春宮拒絕，態度強硬，包佶只好說：

　　「季布所以名重天下者，能立然諾。今君不副然諾。移妄

〔註93〕宋・王欽若《冊府元龜》第 3 冊，卷 640，〈貢舉部・條制二〉，頁 3383。台北：大化書局，景明崇禎 15 年刻本。

〔註94〕韓愈《韓昌黎文集校注》卷 18，〈與祠部陸員外書〉，頁 116。台北：世界書店，民國 61 年。

〔註95〕宋・洪邁《容齋隨筆》卷 5，〈韓文公薦士〉，頁 701。上海：上海古籍出版社 1987 年影印《文淵閣四庫全書》本第 851 冊。

於某，蓋以某官閒也。平生交契，今日絕矣。」不揖而行。
春官遽追之曰：「迫於豪權，留之不得。竊恃深顧，外於形
骸，見責如虎，寧得罪於權右耳。請同尋榜，揩名塡之。」
祭酒開榜，見李公夷簡，欲揩。春官急曰：「此人宰相處分，
不可去。」指其下李溫曰：「可矣。」遂揩去溫字，注俊字。
及榜出，俊名果在已前所揩處。〔註96〕

李俊中舉在小說家筆下不足盡據；更何況貞元二年即由包佶知貢舉放
榜。〔註97〕但其「細節眞實」，能在一定程度上反映唐代科舉考試中
考官與故舊的關係，靠權勢左右主考官的事例是不勝枚舉的。

　　除了通榜之外，主考官也要向宰相呈榜。《唐摭言》卷8〈誤放〉
條記載：貞元四年，劉太眞知貢舉，「將放榜，先巡宅呈宰相。榜中
有姓朱人及第，宰相以朱泚近大逆，未欲以此姓及第，極遣易之。」
〔註98〕《雲溪友議》卷下〈因嫌進〉條記載：

元和二年，崔侍郎邠重知貢舉，酷搜江湖之士。初春將放
二十七人及第，潛持名來呈相府，才見首座李公。公問：「吳
武陵及第否？」主司恐是舊知，遽言：「吳武陵及第也。」
其榜尚在懷袖，忽報中使宣口敕，且揖禮部從容，遂注武
陵姓字，呈上李公。公曰：「吳武陵至是粗人，何以當其科
第？」禮部曰：「吳武陵德行雖即未聞，文筆乃堪采錄。名
已上榜，不可卻焉。」〔註99〕

這種向宰相呈榜之制在文宗大和八年被明令禁止，是年中書門下奏：

進士放榜，舊例，禮部侍郎皆將及第人名先呈宰相，然後
放榜，伏以委任有司，固當精愼，宰相先知取捨，事匪至
公，今年以後，請便令放榜，不用先呈人名，其及第人所

〔註96〕事見《續玄怪錄》卷2，〈李岳州〉，載《唐五代筆記小說大觀》上冊，
　　　　頁434～436。上海：上海古籍出版社，2000。
〔註97〕清徐松《登科記考》卷12，頁441。北京：中華書局，1984年。
〔註98〕五代・王定保《唐摭言》卷8，〈誤放〉，頁472。收入《歷代筆記小
　　　　說集成・唐代筆記小說》第2冊。河北教育出版社，1993年。
〔註99〕唐・范攄《雲溪友議》卷下，〈因嫌進〉，載《唐五代筆記小說大觀》
　　　　下冊，頁1302。上海：上海古籍出版社，2000。

　　試雜文，及鄉貫三代名諱，並當日送中書門下，便合定例。

　　敕旨依奏。〔註100〕

於是向宰相呈榜之制武宗會昌三年以後正式被廢止。此外，亦有皇帝
直接干預主司錄取之事。唐玄宗時曾讓禮部放王如泚進士及第，被宰
相李林甫頂了回去，但此為特例。〔註101〕一般情況下，皇帝是有權
決定是否錄取的。《唐摭言》卷8〈已落重收〉條記載：

　　顧非熊，況之子，滑稽好辨，陵轢氣焰子弟，為眾所怒。
　　非熊既為所排，在舉場三十年，屈聲聒人耳。長慶中，陳
　　商放榜，上怪無非熊名，詔有司追榜放及第。〔註102〕

《唐摭言》卷9〈敕賜及第〉條記載：

　　韋保義，咸通中以兄在相位，應舉不得，特敕賜及第，擢
　　入內庭。……永寧劉相鄴，字漢藩，咸通中自長春宮判官，
　　召入內庭，特敕賜及第。〔註103〕

科舉制度本來的美意是讓所有符合條件的人均可「懷牒自立於州縣」
參加考試；具有平等性。但唐代科制度中的行卷、公薦、通榜、呈榜
等做法，卻為人為干涉科舉考試的結果提供了條件，使得這種開放性
和平等性得不到有效的制度化的統分保證和實現，這是唐代科舉在制
度建設上的重要缺陷，也是唐代科舉考試中舞弊現象出現的主要原因。

　　由於科舉考試的錄取名額有限，加之諸多社會因素的制約，能夠
金榜題名者畢竟是極少數，更多的舉子只能是皓首青燈，苦苦追求而
不得一售，於是違規犯禁，甚或鋌而走險，以種種舞弊手段獲取「功
名」的現象就不可避免地產生，舞弊者中有舉子，也有考官；有平民，
也有權貴。舞弊手法亦多種多樣：

〔註100〕宋・王溥《唐會要》下冊，卷76，〈貢舉中・進士〉，頁1633。上
　　　　　海：上海古籍出版社，1991年。

〔註101〕周勛初校證《唐語林校證》卷1，〈德行〉，頁1。北京：中華書局，
　　　　　1987年。

〔註102〕五代・王定保《唐摭言》卷8，〈已落重收〉。收入《歷代筆記小說
　　　　　集成・唐代筆記小說》第2冊，頁473。河北教育出版社，1993年。

〔註103〕同上，卷9，〈敕賜及第〉。頁477。

　　例如抄襲行卷──唐代舉子在參加省試前，要向禮部投遞自己平時寫作的詩文，以便讓主考官在錄取時參考，謂之「公卷」；同時向社會上達官貴人或著名學者呈送自己的作品，拜託這些人為自己揄揚聲名，增加自己及第的可能，謂之「行卷」。科舉主考官在錄取時很注重舉子的譽望，有的主考官還會邀集一些人共同酌定錄取名單，因此，舉子「行卷」作品水準如何，對於能否中舉關係極大。然而並非所有的舉子都能拿出令自己滿意也能讓別人賞識的作品，於是有人便抄襲別人的詩文，署上自己的名字投獻，《唐摭言》卷 2〈爭解元〉條記載：楊衡的表兄弟竊取了他的詩人應舉及第，楊衡知道後，就到長安找到這位表兄弟，很氣憤地問道：我那「一一鶴聲飛上天」的詩句還在嗎？表兄弟回答：「此句知兄最惜，不敢輒偷。」〔註104〕類似情節的故事還見載於《太平廣記》卷 161〈李秀才〉條、《唐詩紀事》卷 47〈李播〉條和《唐語林》卷 7〈補遺〉條，說明是時舉子竊取文內已成風氣，以至成為人們茶餘飯後的談資了。

　　其二是關節請託──唐代舉子在考試前往往要打通關節，請託權要，有的是公開進行的，如《封氏聞見記》卷 3〈貢舉〉條記載：

> 元宗時，士子殷盛，每歲進士至省者常不減千餘人。在館諸生更相造詣，互結朋黨以相漁奪，號之為「棚」，推聲望者為「棚頭」。權門貴戚，無不走謁，以此熒惑註司視聽。〔註105〕

也有私下交易，如《冊府元龜》卷651〈貢舉部〉條記載：

> （貞元）十一年，禮原郎呂澤知貢舉，滑擢之登第，為正人嗤鄙。渭連知三舉，後因入閣，遺失請託文記，遂出為潭州刺史。〔註106〕

〔註104〕五代・王定保《唐摭言》卷 2，〈爭解元〉。收入《歷代筆記小說集成・唐代筆記小說》第 2 冊，頁 435。河北教育出版社，1993 年。

〔註105〕唐・封演撰《封氏聞見記》卷 3，〈貢舉〉。收入《唐代筆記小說》收入《歷代筆記小說集成・唐代筆記小說》第 1 冊，頁 118。河北教育出版社，1994 年。

〔註106〕宋・王欽若《冊府元龜》卷 651，〈貢舉部・謬濫〉頁 3439。台北：

這位禮部侍郎如果不遺失「請託文記」，其舞弊的情況也許永遠不會
為外人所知。

其三是洩漏考題───在唐代科舉舞弊案中，高宗時考官洩漏考題
一案影響較大。據《封氏聞見記》卷 3〈貢舉〉條記載：

> 龍朔中，敕右史董思恭與考功員外郎權原崇同試貢舉。思
> 恭，吳士，洩進士問目，三司推，贓污浪藉。後於西堂輪
> 次告變，免死除名，流梧州。〔註107〕

也有考官是因私情而洩題的，《唐國史補》卷下記載：

> 崔元翰爲楊崖州所知，欲拜補闕，懇曰：願得進士。由此獨
> 步場中，然亦不曉呈試，故先求題目爲地。崔敖知之。旭日
> 都堂始開，敖盛氣白侍郎曰：「若試《白雲起封中賦》，敖請
> 退。」侍郎爲其所中，愕然換其題，是歲二崔俱捷。〔註108〕

此事發生在德宗建中二年，是年禮部侍郎於邵知貢舉。前列董思貪贓
洩題，身敗名裂，險些送了性命；而於邵因情洩題，卻未見有何處分。
《新唐書》卷 18 下〈宣宗紀〉還記載了大中九年吏部試宏辭科洩題
一事：

> 三月試宏詞舉人，漏洩題目，爲御史台所劾，侍郎裴諗改
> 國子祭酒，郎中周敬復罰兩俸料，考試官刑部郎中唐扶出
> 爲虔州刺史，監察御史馮顥罰一月俸料。其登科十人並落
> 下。〔註109〕

這說明不僅在禮部考試時有洩漏考題現象，在吏部考試中同樣存在這
種舞弊現象。

其四爲權貴把持───在唐代科舉舞弊中，權貴把持科舉現象極爲

大化，景明崇禎 15 年刻本。

〔註107〕 唐・封演撰《封氏聞見記》卷 3，〈貢舉〉。收入《歷代筆記小說集
成・唐代筆記小說》第 1 冊，頁 118。河北教育出版社，1994 年。

〔註108〕 唐・李肇《唐國史補》卷下，載《唐五代筆記小說大觀》下冊，頁
194。上海：上海古籍出版社，2000。

〔註109〕 《舊唐書》卷 18 下，〈宣宗紀〉，頁 417。北京：中華書局，1999
年。

突出，這是唐代科舉區別於後世科舉的一個重要特點。據《資治通
鑒》卷213〈天寶十二載〉記載：

> 國忠子暄舉明經，學業陋，不及格。禮部侍郎達奚珣畏國
> 忠權勢，遣其子昭應尉撫先白之。撫伺國忠入朝上馬，趨
> 至馬下，國忠意其子必中選，有喜色。撫曰「大人白相公，
> 郎君所試，不中程式，然亦未敢落也。」國忠怒曰：「我子
> 何患不富貴，乃令鼠輩相賣！」策馬不顧而去。撫惶遽書
> 白其父曰：「彼恃挾貴勢，令人慘嗟，安可復與論曲直！」
> 遂置暄上第。〔註110〕

在權傾朝野的宰相楊國忠要挾下，考官無可奈何。不過，楊國忠畢竟
還把科舉當成回事，讓楊暄參加了考試，而且參加的是明經科考試，
相比之下，德宗貞元年間，宗室李實任京兆府尹，恃寵強復，為政苛
猛，貞元十九年禮部侍郎權德輿知貢舉，李實私下向權德輿推薦了舉
子，未能如願，於是，他便寫了一份二十人的名單交給主考官，威脅
說：「可依此第之；不爾，必出外官，悔無及也。」這就是說，主考
官權德輿不及要取名單上的二十人，而且連名次先後也不能變化；如
果權德輿不聽話，就要被趕出京城。史載權德輿「雖不從，然頗懼其
誣奏。」〔註111〕

其實，科舉考試舞弊活動絕大多數還是在不為人所知道的「地下」
進行的，上述例證只是從文獻中能看到的片段，實際存在的舞弊現象
恐怕更為嚴重。當然唐代科試也非沒有防弊措施，從舉子的資格審核
到考試的現場管理乃至及第後的復試檢查，每一個環節上都有相應的
防弊措施，而且，唐代懲治舞弊的做法亦與後世極為相似：

例如對應考者資格的審核要求嚴格。其次是限制考官權限——將
考官鎖院，如同現在的入闈；讓他們當眾評卷，既可限制考官私下交
易，又可以使考生瞭解考場情形；試卷詳覆，如果復核過程中發現有

〔註110〕 宋・司馬光《資治通鑒》卷216，〈玄宗下〉天寶十二載冬十月戊寅，
　　　　 頁1474。台北：啓明，1960。
〔註111〕 《舊唐書》卷135，〈李實傳〉，頁405。北京：中華書局，1999年。

舞弊現象,可以推翻禮部的錄取決定,重新考試錄取;還有以「別頭考試」來限制權貴子弟的特權,上述這些都是唐代爲公允錄取考生所做的必要防弊措施。其三是從立法角度防弊。明確制定科舉考試法令規章,明確規定有關政策──例如針對貢舉所舉非人的懲罰:「凡貢舉非其人者,廢舉者,校試不以實者,皆有罰。」「一人徒一年,二人加一等,罪止徒三年」。〔註112〕

不過,唐代科舉的舞弊現象與防弊措施,與後世仍有區別:

其一是唐代取士重視名譽,重視素望,社會輿論和家族門第是考官決定取捨的主要依據,相比之下,舉子的考試成績卻顯得並不十分重要,這是察舉、九品中正等「薦舉」選人方法的遺風,很多在後世不可想像的舞弊行為,諸如舉子行卷、大臣公薦以及考官通榜等,在唐代都是公開進行的「合法」行為。然而,由「合法」到「違法」只有一步之遙,唐代法律上允許薦舉,但並不允許徇私,如果薦賢者出於公心,如史籍上所記載的顧況爲白居易延譽,韓愈推獎程昔範之類,確係佳話;如果薦賢者出於私人目的,爲親戚、故舊、子弟、甚至是爲了回報賄賂、諂媚權勢而薦舉舉子,則就很難避免舞弊了。同樣的道理,主考官出於什麼動機錄取人才,也直接取決是在公正地履行職責,爲國家選拔人才,還是在借機徇私舞弊。事實上,唐代科舉舞弊絕大多數是「合法」掩護「違法交易」。例如「行卷」、「公薦」和「通榜」等屬於「合法」行為,而其中卻存在著舞弊的事實。

其二、唐代顯然是一個比較重視法制建設的朝代,關於科舉制度的實施都有專門的條文。但科舉的運作決定於人,成文的法規和人際關係雖然都是影響科舉的重要因素,但微妙的人際關係往往能破壞法制而不能達到「以法爲治」的效果。

其三、科舉考試應注重考生的德行還是注重考生的才學在唐代是有爭議的。注重舉子的德行,有利於選拔政治統治人才,形成社會品

〔註112〕《新唐書》卷44,〈選舉志〉,頁761。北京:中華書局,1999年。

評人才的價值標準和取向；但是，過份地強調舉子的德行，忽視對舉子的才學等方面的要求，在一定程度上仍疏忽考試環節的嚴謹，難免有舞弊現象存在。

可見，作爲唐代士人重要出路的科舉考試在錄取率極低的現實下，在考試的每個環節中都有缺點存在，這部份雖未必與隱逸風氣有直接關係，但說到底能在科舉場上馳騁功名者恐怕還是有關係的權貴者，那些始終浮載科場，卻苦無所穫者在失望之餘，轉而經營其他門徑是可以理解的改變。

二、選人多而官缺少所產生的守選制度

在唐代，通過艱難的考驗後，就算是科舉及第了，也不意味著舉子從此平步青雲，因爲還有「守選」一關要熬。所謂守選，就是在家守候吏部的銓選期限。在唐代，凡屬吏部、兵部的選人都得守選，以下分項說明：

（一）及第舉子守選

對吏部而言，守選主要是指及第舉子和文職六品以下考滿罷秩的前資官。

及第舉子經過關試後，就成爲吏部的選人，就得遵守吏部的守選制度。唐朝實行科舉考試制度後，舉子及第之年紀愈益偏小，二十歲以前及第已不驚奇。由於明經以記誦爲主，出現神童是可預期的，據《登科記考》所載，韋溫 11 歲及第，康希銑、權月挹 14 及第，徐浩、元稹 15 及第，張志和 16 及第，白鍠 17 及第，殷元覺 18 及第，盧濤 19 及第等等。唐朝隨之設立了童子科，限定十歲以下的兒童方可入貢。像賈黃中六歲及第，劉晏、劉日新七歲及第，裴耀卿八歲及第。進士也有十幾歲就登第者，如苗苔符、賈黃中 16 及第，劉覃 17 及第，蘇環、郭震 18 及第，李叔恒 19 及第。

這些七、八歲、十幾歲就及第的舉子，因爲年紀太小，爲唐代守選制的產生似乎創造了口實。當然，有些及第舉子，尤其像童子科，

即使守選後授官，年歲也還是偏小，於是唐代規定：凡二十歲以前入仕者，不得任親民官，即直接治理人民的官。

　　唐代實行「三十始可出身，四十乃得從事。」〔註113〕的規定，這中間十年，就得守選。限年而仕，促進了唐代及第舉子守選制度的產生，但這只是表面現象。及第舉子守選的根本原因，與六品以下官員守選的原因一樣，是為了緩和官缺少而選人多這一社會矛盾。隨著國家的統一，社會的安定，經濟的繁榮，求仕者越來越多，而官位畢竟有限。貞觀初年，政府開始採取了沙汰制，使一部份考滿罷職的冗員被精簡了下來，這些人只好在家候選，等待空缺。既然已經入仕的官員尚且要停官待選，那麼剛剛及第的舉子就更不應該忙於入仕，應該有一段時間來加強吏治的學習，於是在他們中就率先實行起了守選制。

　　為了解決官缺少而選人多的問題，唐代曾制定了一系列的措施，甚至有時不得不採取停舉的辦法以減少選人。據《登科記考》所載，唐自開設科舉制以來，二百多年間，曾停貢舉十六次，也就是說有十六年不曾開科取士過，除有幾次因米貴、水旱、畿內不稔等原因外，大都未寫明原因，這些不寫明原因的停舉之年，又多出自吏治混亂的時代，如高宗時就有八次。中宗景龍三年停貢舉，其原因是上年冬，西京、東都各置兩鍚，「恣行囑請。又有斜封授官，預用秋闕」（《舊唐書》卷 7〈中宗紀〉），官缺都預用完了，當然就得停舉一年。〔註114〕

　　根據王勛成的看法，及第舉子的守選年限，因科目、等第不同而有所不同，落實到每個人身上，也不一樣。有的人承襲門蔭，或帶有勳官，本身已有品階，及第後，再加上科第品階，官階就高。就像《唐六典》卷 2〈尚書吏部〉就說：「若本蔭高者，秀才、明經上第，加本蔭四階；以下遞降一等。」官階高，守選年限當然就短。這在唐代是常有

───────────────

〔註113〕參考《全唐文》卷 30，〈玄宗・令優才異行不限常例詔〉，頁 341。北京：中華書局，1983 年。
〔註114〕以上參考王勛成《唐代銓選與文學》第二章〈及第舉子守選・守選緣由〉，頁 46。北京：中華書局，2001 年。

的事。一般來說，及第舉子過了關試，領取春關時，吏部就根據他們的
科第等級及本蔭等（若有的話）對其守選年限作有明確的規定。〔註115〕

　　有關進士及第者的守選年限的記述，《冊府元龜》卷 635〈銓選
部・考課一〉載有玄宗開元三年六月的詔文：

　　　　其明經、進士擢第者，每年委州長官訪察，行業修謹、書
　　　　判可觀者，三選聽集。並諸色選人者，若有闕無元景行，
　　　　及書判全弱，選數縱深，亦不在送限。〔註116〕

所謂「三選聽集」，就是守選三年，才可任其參加冬集。因找不到記
載，在此之前，進士及第者的守選年限不詳。但，很可能也是三年。
開元初，玄宗爲了勵精圖治，革除不實，就特意強調，只有「行業修
謹、書判可觀」的明經、進士及第者，才可「三選聽集」，其他既無
德行、書判又差的選人，既使守選年限再多，也不得送選。可見此前
進士及第、不管德行、書判進修程度如何，只要三年一到，就都可以
參選了。由此可以推斷，初盛唐時期，進士及第的守選年限一般是三
年，稱爲三選。〔註117〕

　　《全唐文》卷294 收有王泠然寫給張說的〈論薦書〉：

　　　　將仕郎守太子校書郎王泠然謹再拜上書相國燕公閣
　　　　下；……長安令裴耀卿於開元五年掌天下舉，擢僕高第，
　　　　以才相知；今尚書右丞王丘於開元九年掌天下選，拔僕清
　　　　資，以智見許。〔註118〕

王泠然是開元五年進士，至開元九年才被吏部侍郎王丘銓選爲太子校
書郎。《舊唐書》卷 100〈王丘傳〉云：

〔註115〕 王勛成《唐代銓選與文學》第二章〈及第舉子守選・守選緣由〉，
　　　　　頁 46。
〔註116〕 宋・王欽若等奉敕編《冊府元龜》卷 635，〈銓選部・考課一〉，頁
　　　　　3355。台北：大化書局，景明崇禎 15 年刻本。
〔註117〕 參考王勛成《唐代銓選與文學》第二章〈及第舉子守選・守選年限〉，
　　　　　頁 51。北京：中華書局，2001 年。
〔註118〕 王泠然〈論薦書〉，《全唐文》卷 294，頁 2980。北京，中華書局，
　　　　　1983 年。

> 再轉吏部侍郎，典選累年，甚稱平允，擢用山陰尉孫逖、
> 桃林尉張鏡微、湖城尉張晉明、進士王泠然，皆稱一時之
> 秀。〔註119〕

王泠然在開元五年春進士及第，至開元八年春守選期滿，是年十月赴
吏部參加冬集，於第二年即開元九年春被吏部侍郎王丘銓選爲太子校
書郎。由開元五年進士及第到開元八年冬集，這中間三年就叫「三
選」，即守選三周年。

韓愈〈貞曜先生墓誌銘〉云：
> 年幾五十，始以尊夫人之命來集京師，從進士試，既得，
> 即去。間四年，又命來選，爲溧陽尉。〔註120〕

「貞曜先生」即孟郊。據《唐才子傳》卷五載，孟郊貞元十二年進士
及第。及第後得守選三年，他在貞元十五年十月時到洛陽參加冬集，
寫有〈洛橋晚望〉等詩，第二年即貞元十六年春銓選時授官溧陽尉，
寫有〈初於洛中選〉一詩。孟郊由進士及第到授官恰爲四年，與〈墓
誌銘〉「間四年，又命來選，爲溧陽尉」相合，可知孟郊守選了三年。

晚唐詩人許棠在〈講德陳情上淮南李僕射八首〉詩中寫道：
> 丹霄空把桂枝歸，白首依前著布衣。
> 當路公卿誰見待，故鄉親愛自疑非。
> 東風乍喜還滄海，棲旅終愁出翠微。
> 應念無媒居選限，二年須更守漁磯。〔註121〕

許棠，據《唐才子傳》卷9載，字文化，宣州涇縣人，咸通十三年進
士及第。此詩是上於淮南節度使李蔚的。他在詩中慨嘆自己雖已及
第，但卻無人舉薦，只好在家「居選限」守選了，實際上這首詩是希
望李蔚能提攜自己入幕府爲從事。因詩寫於他及第後的第二年即咸通
十三年春天，已守選一年，還得再守選二年，故曰「二年須更守漁

〔註119〕《舊唐書》卷100，〈王丘傳〉，頁2120。北京：中華書局，1999年。
〔註120〕韓愈〈貞曜先生墓誌銘〉，《韓昌黎文集校注》卷6，頁256。台北：
世界書局，民國61年。
〔註121〕許棠〈講德陳情上淮南李僕射八首〉，《全唐詩》卷604，頁6985。
北京：中華書局，1996年。

礦」。以是可知許裳進士及第後，得守選三年。

以上三例分別記敘了盛唐、中唐、晚唐各階段進士及第守選的時間，進一步說明有唐一代，進士及第後其守選年限一般爲三年。

明經及第後的守選年限比進士科複雜得多了。在唐代，所謂明經，一般是指明二經。由於明經、三經、五經、九經科目不同，故及第後所授品階不同，守選年數也就不同。明經及第後，可以參加選拔，績優者可以補充國子監大成人員。這是爲國家培養高層次的經學專家人才的制度。這就是說，明經及第後，再在國子監學習三年，三年合格，就可出來選官。這與進士及第後守選三年是一樣的，可以說是明經中入仕最快的一種途徑。

另一種情況是「常選」，是按照吏部常調進行的銓選。對明經來說，過關試後先授散官銜，一般是從九品上之文林郎，然後到吏部當番上下。所謂「當番」，就是服雜役當差，如都省需要人送檔，各司需要人去幹雜務，吏部就派他們去。服役一次叫一番，一番四十五天，服役期間叫「番上」，服役期滿叫「番下」，一般爲兩番，也就是兩次。不願番上者，可納錢贖替。兩番後經吏部選拔審核後才定多集，也就是守選年限。開元三年六月玄宗詔中所說的明經、進士擢第者，「三選聽集」，當是指明經當番上下後之守選年限。

所謂「經學及第」，是指明二經而言的。一般來說，三十歲明經及第，就已經老了，而那些勢孤家貧的舉子，既無顯親可以相依，也無門路可以進取，至四十歲才明經及第，又得老老實實地按規定守選，八年後銓選時，方能得到一個小官。若是童子科及第，守選期就更長了。《冊府元龜》卷642〈貢舉部・條制四〉載後唐明宗長興元年八月敕：

> 其童子，准往例委諸道表薦，不得解送。兼所司每年所放
> 不得過十人，仍所念書並須是部帙正經，不得以諸雜零碎
> 文書虛成卷數。兼及第後十一選集，第一任未得授親人官。
> 〔註122〕

〔註122〕 《冊府元龜》卷642，〈貢舉部・條制四〉，頁3391。台北，大化書

所謂「正經」，是指大、中、小九經。據《新唐書》卷 44〈選舉志上〉載：「凡童子科，十歲以下通過一經及《孝經》、《論語》，卷誦文十。」所謂「能通一經」，就是要通整整一部經書，且能誦經文十卷。敕文最後說，童子科及第後要守選十一年方能參加吏部的冬集，而且銓選時第一任不得授予州縣之類的親民官。

在唐代諸科中守選年限最短的是進士科。這應也是有唐一代，尤其中唐以後，進士科及第者進身快捷的主要的原因。明經每年所取人數雖較進士多，所授品階也較進士高，但卻要先授散當番，且守選年限相對地長了很多，這就不難解釋爲什麼有些舉子由明經改應進士或中明經後又去試進士了。反過來，進士及第後再去應明經者卻沒有。

（二）不守選之例外

及第舉子守選，固然是爲了緩和選人與員缺之間的矛盾，但在守選期間，朝廷對他們還是有要求的，希望他們在學業上能再深造，並熟悉吏治與案情，增長實際才幹和社會知識。開元三年六月的玄宗詔令上就要求他們「行業修謹，書判可觀」；〔註 123〕大和九年十二月中書門下的奏章上也要求他們「必使練達，固在經歷」。〔註 124〕

在唐代，也確實有一些及第舉子，在守選期間，刻苦鑽研，學業大進，爲以後的仕進、做人，打下了堅實的基礎。如孫光憲《北夢瑣言》卷 8 載：

> 唐相國裴公坦，大和八年李漢侍郎下及第。自以舉業未精，遽此叨忝，未嘗曲謝座主，辭歸鄠縣別墅，三年肄業，不入城。歲時恩地，唯啓狀而已。至於同年，鄰於謝絕，掩關勤苦，文格乃變。然始到京，重獻恩門文章，詞采典麗，舉朝稱之。後至大拜，爲時名相也。夫世之幹祿，先資名第，既得之後，鮮不替懈。自非篤于文學，省顧賓實者，

局，景明崇禎 15 年刻本。

〔註 123〕《冊府元龜》卷 635，〈銓選部・考課一〉，頁 3355。台北：大化書局，景明崇禎 15 年刻本。

〔註 124〕《唐大詔令集》。台北，鼎文，1972 年。

安能及斯？裴公廟堂之期，有以見進德之無斁也。〔註125〕
裴坦進士及第後，深感自己舉進士時所修之學業未精，便在守選三年
中拒絕一切來往，專心苦讀，使文體大變。守選期滿到京城銓選時，
以文章獻於座主權，「詞采典麗，舉朝稱之」，後來成了名相。

及第舉子在守選期間，除在學業上要有所長進外，還應對吏治案
情有所瞭解和熟悉，以便作官後能在實踐中應用，故「判」就成了及
第舉子在守選期間的必修課程。白居易、元稹的百道判司就是他們進
士、明經及第後作於其間的判案練習。後來白居易以書判拔萃第三等
登科，元稹以平判入等，都是得力於守選期間的判詞實習的。

雖說唐代官員六品以下的官員考滿後都要守選，但也有例外，像
六品以下的常參官、供奉官諸如各司的員外郎、監察御史、拾遺、補
闕等就不守選。

在唐代，不守選者，除六品以下的常參官、供奉官外，還有歷任
政績特別卓著者。《舊唐書》卷43〈職官志二〉載：

> 凡內外有清白著聞，應以名薦，則中書門下改授，五品以
> 上，量加升進，六品以下，有付吏部量等第遷轉。若第二
> 第三等人，五品以上，改日稍優之。六品以下，秩滿聽選，
> 不在放限。〔註126〕

唐代官員，在其每一任上會有採訪使、按察使、或黜陟使對其作出評
價，因為評價是由採訪使、按察使、黜陟使所作，故每一任的評價就
叫「使狀」。〔註127〕對六品以下官員來說，第一等，任滿後不僅不守

〔註125〕孫光憲《北夢瑣言》卷八載。《唐五代筆記小說大觀》下冊，第 1835
　　　　頁。上海：上海古籍出版社，2000。
〔註126〕《舊唐書》卷 43，〈職官志二〉，頁 1239。北京：中華書局，1999
　　　　年。
〔註127〕據杜佑《通典》卷 15《選舉三》載：開元二十五年十二月，命諸道
　　　　採訪使考課官人善績，三年一奏，永為常式。至二十七年二月，敕
　　　　文：「……自今以後，諸道使更不須通善狀。每至三年，朕自擇使
　　　　臣，觀察風俗，有清白政理者聞者，當別擢用之。」（頁 142。台北：
　　　　大化，民國 67 年。）

選，還要由吏部按等第超資加官；第二等、第三等，任滿後也不守選，直接由吏部量資授官。

另外，若遇重大事件，皇帝也會特頒發制詔，規定一部分六品以下官員不守選。如《唐大詔令集》卷 99〈建易州縣〉就收有興元元年六月德宗〈改梁州爲興元府詔〉云：

> 宜改梁州爲興元府，其署置官資，一切並與京兆、河南府同。南鄭縣升爲赤縣，諸縣並升爲畿縣，縣官各令終考秩，至考滿日放選，依本資處分。〔註128〕

這是因爲建中四年十月，涇原軍在長安叛亂，迎朱泚爲帝，德宗逃至奉天縣，後又改幸梁州。事平還京前，下詔改梁州爲興元府，與京兆、河南府同。梁州州治南鄭縣升爲赤縣，其他諸縣升爲畿縣。原梁州的州、縣各類官員，考滿之日不再守選，可直接參加吏部銓選，並按原官資升遷改轉。《舊唐書》卷 12〈德宗紀上〉也載德宗自興元府回長安途經鳳翔府時，還下詔說：「府、縣置頓官，考滿日放選。」〔註129〕是說鳳翔府中那些曾安置供應德宗吃住行的六品以下府、縣官員，考滿後也不守選，即可參加銓選。

有些六品以下地位特殊的官員，考滿後也不守選。如《唐會要》卷 74〈選部上・吏曹條例〉載：

> 開元二十四年十二月二十四日敕。王子未出閣者。侍講。侍讀。侍文。侍書。並取見任官充。經三周年放選。與處分。

王子的老師們在任三年後，也不守選，由吏部授官改遷。由於六品以下官員的守選有了一定的期限，於是賞罰制度也就出現了。《新唐書・選舉志下》所說的「因其功過而增損之」即指此。

唐代重京官，輕外任，尤其對偏遠州縣的官，銓選注擬時一般選人都不願去，願去的是銓試不及格者，有時也用當地附近人去假攝，於是民困地荒，日益嚴重。於是吏部就奏請用減選方法鼓勵選人到那

〔註128〕《唐大詔令集》卷99，〈建易州縣〉，頁498。台北，鼎文，1972年。
〔註129〕《舊唐書》卷12，〈德宗紀上〉，頁217。北京：中華書局，1999年。

兒去：應守選四年、五年、六年者，減選一年；守選七、八、九年者，減選二年；守選十、十一、十二年者，減選三年。

　　還有，習業成功也可以減選，如《唐會要》卷 75〈貢舉上·明經〉載：

> 建中二年十月。中書舍人權知禮部貢舉趙贊奏：……如有義策全通者。五經舉人。請准廣德元年七月敕。超與處分。明經請減二選。〔註130〕

有時遇大赦，及第舉子亦可得到減選，如《唐大詔令集》卷 70〈寶歷元年正月南郊赦〉云：「其前資及有出身者，各減一選。」其「有出身者」，當包括舉子及第人在內。

　　任官考課中得上考者也可減選。《冊府元龜》卷 632〈銓選部·條制四〉載：

> （宣宗大中六年）五月詔：吏部選格一曰：縣令、司錄、錄事參軍，今任四上考，減兩選；餘官得四上考，縣令、司錄參軍得三（上）考，並減一選。〔註131〕

有時，工作無過錯也減選。《唐會要》卷 61〈御史臺中·館驛〉載：

> （貞元二年）十二月敕節文。從上都至汴州為大路驛。從上都至荊南為次路驛。知六路驛官。每一周年無敗闕。與減一選。仍任累計。次路驛官。二周年無敗闕。與減一選。三周年減兩選。〔註132〕

除以上情況可減選外，諸如州、縣升級，進納圖書，進獻可行之良策，與皇族結親，以及參與皇帝山陵知雜等等的六品以下前資官，都可得到減選。

　　不過，有減選也就有殿選，減選就是減少守選年數，殿選即添選，

〔註130〕《唐會要》卷 75，〈貢舉上·明經〉，頁 1626。上海，上海古籍出版社，1991 年。

〔註131〕宋·王欽若《冊府元龜》卷 632，頁 3339，〈銓選部·條制四〉。北京：中華書局，景明崇禎 15 年刻本。

〔註132〕《唐會要》卷 61，〈御史臺中·館驛使〉，頁 1247。上海，上海古籍出版社，1991 年。

就是增加守選年數。前者是獎勵，後者是懲罰。

（三）守選期間可以入幕府

守選期間，有的舉子會入幕。舉子及第後入幕府為幕僚，表面看來，似乎是不守選了，其實入幕仍是屬於守選期間的活動，而且是以前進士身份供職的，盡管有時也帶官銜，但入幕畢竟不屬吏部銓選後的正試任命，所以罷職後仍然是前進士。

有例為證：

例一，沈亞之〈李紳傳〉云：

> 李紳者，本趙人，徙家吳中。元和元年，節度使宗臣錡在吳。紳以進士及第，還過謁錡，錡舍之，與宴遊晝夜。錡能其材，留執書記。明年，錡以驕聞，有詔召，稱疾不欲行，賓客莫敢言，紳堅為言，不入，又不得去。……遂幽紳於潤之外獄，兵散乃出。〔註133〕

據《唐才子傳》卷6載，李紳元和元年進士及第。其子李濬〈慧山寺家山記〉亦謂其父「丙戌歲，擢第歸寧，為朱方強留之」。〔註134〕丙戌歲即元和元年。可知李紳在元和元年進士及第歸寧省家時，在潤州入浙西節度使李錡幕府，以前進士身份而被署於掌書記。他在〈憶過潤州〉詩序中說：

> 元和二年，余以前進士為鎮海軍書奏從事。秋九月兵亂，余餘以不從書奏飛檄之詐，遭庶人李錡暴怒，腰領不殊者再三。後軍平，尚書李公欲具事以聞，余以本乃勢節，非欲求容，請罷所奏。〔註135〕

元和二年九月李錡叛亂，要求李紳寫反叛檄文，李紳因不從被李錡囚禁獄中。李錡兵敗被誅後始放出。可見，李紳是元和元年及第後到元

〔註133〕沈亞之，〈李紳傳〉，《全唐文》卷738，頁7623。北京，中華書局，1983年。

〔註134〕同前引《全唐文》卷816，頁8591。

〔註135〕李紳，〈李憶過潤州〉詩序。《全唐詩》卷481，頁5471。北京：中華書局，1996年。

和二年十月間，一直以前進士身份在浙西節度使李錡幕府中為掌書記的，掌書記罷後，又為前進士。

例二，韓愈：

韓愈於貞元八年進士及第，又「三選於吏部卒無成」，於貞元十一年五月東歸河陽。按唐制，韓愈貞元十一年春守選期滿，是年冬就可參加吏部冬集，第二年春就可按當調銓選注官了。但由於三年的求仕，使他飽嘗了達官貴人以及宰相的白眼、冷落、譏笑與屈辱，科目選試的失敗又使他落下了鑽營躁求的名聲，於是他放棄了冬集銓授的機會，於貞元十二年七月以前進士身份入宣武節度董晉幕府為從事。董晉死後，韓愈又以前進士身份入徐泗濠節度使張建封幕府為節度推官，時間是貞元十五年秋，第二年五月，張建封死，韓愈也就離開了徐州幕府。〔註136〕

例三，皮日休：

《唐才子傳》卷八謂皮日休：「咸通八年，禮部侍郎鄭愚下及第」。皮日休於咸通八年進士及第後，又參加了第二年春吏部的博學宏詞科試，但卻落選了。他有首詩，題作〈宏詞下第感恩獻兵部侍郎〉，是給當時由禮部侍郎遷為兵部侍郎的座主鄭愚的。落選後，他就開始了東遊。他在〈太湖詩序〉中說：

> 咸通九年，自京東遊，復得宿太華，樂荊山，賞女几，度
> 轘轅，窮嵩高，入京索，浮渠至楊州，又航太堙，從北固
> 至始蘇。〔註137〕

漫遊到蘇州後已是咸通十年了，適逢諫議大夫崔璞為蘇州刺史，於是便袴辟為郡從事。據傅璇琮主編的《唐才子傳校箋》卷八〈皮日休〉載，崔璞於咸通十年秋出牧蘇州，至十二年春三月離任，「日休於咸通十年秋至十二年三月在蘇州崔璞幕中」，當是可信的。皮日休在〈江南書情二十韻寄祕閣韋校書貽之商洛宋先輩垂文二同年〉詩中說：「四

〔註136〕《新唐書》卷175，〈韓愈傳〉，頁4069。《舊唐書》卷160，〈韓愈傳〉，頁2857。北京：中華書局，1999年。

〔註137〕皮日休，〈李太湖詩序〉。《全唐詩》卷610，頁7034。北京：中華書局，1996年。

載加前字,今來未改銜。君批鳳尾詔,我往虎頭岩。」〔註138〕是說進士及第四年來,前進士銜仍未改變。因時仍在蘇州,故曰「我住虎頭巖」。所以,皮日休在崔璞幕府為從事時,是以前進士身份供職的,罷職後,仍以進士稱。

由以上幾例可知,進士及第後可入節度使或州郡幕府任幕府從事,仍屬於守選期間的事。前進士既可在家修守選,亦可在幕府任職守選。他們入幕府的目的,主要是解決家庭的生計問題。韓愈罷董晉幕府後,本可以赴長安等待銓選,但因全家三十多口人的生活問題沒有著落,才不得已入張建封幕府的。他在〈與李翱書〉中就道出了他的這一窘況:

> 僕之家本窮空,重遇攻劫,衣服無所得,養生之具無所有,家累僅三十口,攜此將安所歸托乎?舍之入京不可也,挈之而行不可也,足下將安以為我謀哉?此一事耳,足下謂我入京城有所益乎?〔註139〕

及第舉子入幕府除了經濟因素,當然也可以在實踐中鍛煉增長自己的吏治才幹,見識人情世故,對以後的仕進是有裨益的。及第舉子多是待夠守選年限就入京參加冬集,因為他們只有通過吏部銓選才能改變前進士的身份,成為國家的正式官員。

而唐代六品以下官員的守選,也與及第舉子的守選一樣,是為解決選人多而員闕少的矛盾所制訂的政策。據史載,唐平定南北,完成統一在高祖武德七年,「天下兵革新定」所以六品以下官員不守選。大約到貞觀初,才漸漸沙汰官吏,《唐會要》卷74〈掌選善惡〉載:

> 貞觀元年,溫彥博為吏部郎中,知選事。意在沙汰,多所擯抑,而退者不伏,囂訟盈庭。彥博唯騁辭辯,與之相詰,終日喧擾。頗為識者所嗤。〔註140〕

〔註138〕《全唐詩》卷612,頁7064。北京:中華書局,1996年。
〔註139〕韓愈〈與李翱書〉,《韓昌黎文集校注》卷3,頁104。台北:世界書局,民國61年。
〔註140〕《唐會要》下冊,卷74,〈選部上‧選舉善惡條〉,頁1592。上海:

可見，貞觀初已開始出現了選人多於員缺的問題，於是有了對官員的沙汰政策，這些沙汰下來的官員，可以每年都去參加冬集銓選，也可在家賦閑停候兩三年再去赴選。沙汰下來的官員當然是六品以下者，因爲他們人數多，而官職小，又多爲地方官，故精簡官吏會從他們開始。

貞觀年間，精簡後的文武朝官只留六百多人。《通典》卷 19〈職官一〉載：「貞觀六年，大省內官，凡文武定員，六百四十有三而已。」〔註 141〕《資治通鑒》卷 192 亦載：

> 上謂房玄齡曰：「官在得人，不在員多。」命玄齡並省，留
> 文武總六百四十三員。〔註 142〕

當時每年銓選，已達數千人，正如當時的侍中攝吏部尚書杜如晦對太宗所說：「今每歲選集，動逾數千人。」〔註 143〕每年有數千人參加銓選，而落選的人是大多數。這樣一來，每年落選的人越積越多，至高宗時已成一大社會問題。《通典》卷 15 云：

> 是時，吏部之法行始二十餘年，雖已爲弊矣，而未甚滂流。
> 故公卿輔弼或有未之覺者。太宗初知其微而未及更，因循
> 至于永徽中，官紀已紊，迨麟德之後，不勝其弊。〔註 144〕

至高宗顯慶二年，黃門侍郎知吏部選事劉祥道上疏陳銓選之得失時說：

> 今內外文武官一品以下，九品以上，一萬三千四百六十五
> 員，略舉大數，當一萬四千人。……又常選放還者，仍停
> 六、七千人。〔註 145〕

可見高宗時每年赴選者，已超過萬人。

至武后朝，每年到京城參加銓選者，已有數萬人之多。《太平廣

　　上海古籍出版，1991 年。
〔註 141〕杜佑《通典》，卷 19，〈職官一〉，頁 177。台北：大化，民國 67 年。
〔註 142〕司馬光《資治通鑑》卷 192，頁 1284。台北：啓明書局，1960。
〔註 143〕杜佑《通典》，卷 15，〈選舉三〉，頁 140。台北：大化，民國 67 年。
〔註 144〕同上。
〔註 145〕《舊唐書》卷 81，〈劉祥道傳〉，頁 1859。北京：中華書局，1999
　　年。

記》卷 185 引《朝野僉載》云:「唐張文成曰:『乾封以前,選人每年不越數千』」,當指太宗貞觀年間,至高宗時,以「十放六、七」來計算,每年參選者當在萬名以上。「垂拱以後,每歲常至三萬人」玄宗開元年間,人多員少的現象更加突出。據《資治通鑑》卷 213 載開元二十一年:「是時,官自三師以下一萬七千六百八十六員,吏自佐史以上五萬七千四百一十六員,而入仕之塗甚多,不可勝紀。」所謂官,指流內之數,吏指流外之數。《通典》卷 15〈選舉三〉就說得更詳細具體:

> 指格令,內外官萬八千八十五員,而合入官者,自諸館學生以降,凡十二萬餘員。其外文武貢士及應制、挽郎、輦腳、軍功、使勞、徵辟、奏薦、神童、陪位,諸以親蔭並藝術百司雜直,或恩賜出身,受職不爲常員者,不可悉數。大率約八、九人爭官一員。〔註 146〕

《通典》所言,當是開元末、天寶初之官員數。時可以入仕者有十二萬多,八、九人競爭一個官位是常態。

選人多而員缺少,引起了一系列的社會問題,這使統治者不得不採取對策。爲了緩和選人多而官位少引起的一系列社會矛盾,自高宗起採取了以下幾項措施:

一、設立「長名榜」,縮短被放選人滯留京城的時間。《通典》卷 15〈選舉三〉載:

> 自高宗麟德以後,承平既久,人康俗阜,求進者眾,選人漸多。總章二年,裴行儉爲司列少常伯,始設「長名姓屬榜」,引銓注之法。〔註 147〕

《資治通鑑》卷 201〈總章二年〉載:

> 時承平既久,選人益多,是歲,司列少常伯裴行儉始與員外郎張仁禕設「長名姓歷榜」,引銓注之法。〔註 148〕

〔註 146〕 杜佑《通典》,卷 15,〈選舉三〉,頁 140。台北:大化,民國 67 年。
〔註 147〕 同上。
〔註 148〕 司馬光《資治通鑑》卷 201,〈總章二年〉,頁 1349。台北:啟明書

這是將被放選人的姓名、仕歷公佈於榜，因被放選人的人數眾、姓名多，榜必然很長，故名「長名榜」。由此可見長名榜的設立，對緩解選人多而員缺少所造成的社會矛盾有其一定的作用。

其次，制定州縣等級與擴大官位名額也是必要措施，《通典》卷15〈選舉三〉載：

> 初州縣混同，無等級之差，凡所拜授，或自大而遷小，或始近而後遠，無有定制。其後選人既多，敘用不給，遂累增郡縣等級之差。〔註149〕

並注曰：

> 郡自輔至下凡八等，縣自赤至下凡八等。

州縣有了等級大小，不僅可以使按資授官有法可循，建官置吏也就有了差別。如《唐會要》卷69〈縣令〉載：

> （開元）二十九年七月敕：天下諸州縣，望縣、上縣不得過二十人，中縣不得過十五人，下縣不得過十人。〔註150〕

此道敕令增加了缺位，使選人有了更多的入仕機會。當然，比起每年不斷增加的新選人數目來，這些增加的缺位，也是粥少僧多，解決不了大問題。

於是，正員之外，又增置試官、員外、檢校等，主要是在武后、中宗、睿宗時代。《通典》卷19〈職官一〉載：

> 天授二年，凡舉人，無賢不肖，咸加擢拜，大置試官以處之，試官蓋起于此也。于時擢人非次，刑網方密，雖驟歷榮貴，而敗輪繼軌。神龍初，官復舊號。二年三月，又置員外官二千餘人，于是遂有員外、檢校、試、攝、判、知之官。逮乎景龍，官紀大紊，復有「斜州無坐處」之誦興焉。〔註151〕

局，1960。

〔註149〕杜佑《通典》，卷15，〈選舉三〉，頁140。台北：大化，民國67年。

〔註150〕《唐會要》卷69，〈縣令〉，頁1440。上海：上海古籍出版，1991年。

〔註151〕杜佑《通典》，卷19，〈職官一〉，頁177。台北：大化，民國67年。

至中宗晚年，韋后與安樂公主、長寧公主用事，又奏請「斜封官」。
據《資治通鑑》卷 209 載曰：

> 安樂、長寧公主及皇后妹郕國夫人、上官婕妤、婕妤母沛國
> 夫人鄭氏、尚宮柴氏、賀婁氏、女巫第五英兒、隴西夫人趙
> 氏，皆依勢用事，請謁受賕，雖屠沽臧獲，用錢三十萬，則
> 別降墨敕除官，斜封付中書，時人謂之「斜封官」。錢三萬則
> 度為僧尼。其員外、同正、試、攝、檢校、判、知官凡數千
> 人。西京、東都各置兩吏部侍郎，為四銓，選者歲數萬人。

同卷又載：

> 時斜封官皆不由兩省而授，兩省莫敢執奏，即宣示所司。
> 吏部員外郎李朝隱前後執破一千四百餘人，怨謗紛然，朝
> 隱一無所顧。〔註152〕

史載朝隱為官清正剛直，知吏部選事時，銓衡平允，為時所稱。他敢
於將斜封官一千四百多人駁回，這在當時是難能可貴的。斜封官之
多，有「三無坐處」之諺。《通典》卷 19〈職官一〉載：

> 時既政出多門，遷除甚眾，自宰相至于內外員外官及左右
> 台御史，多者則數逾十，皆無廳事可以處之，故時人謂之
> 「三無坐處」，謂宰相，御史及員外官也。〔註153〕

試官、員外官，斜封官的設置，引起了有識之士的不滿與焦慮，也使
吏治混亂、朝政昏暗的表現，歸根結底，是選人與官缺的矛盾的必然
反映。執政者既想用多封官來減輕選人多的壓力，又想博得貴戚親識
的擁護和支持。在當時正員有限的情況下，就盡量用試官、員外、檢
校、攝、判以及斜封等名目來增加官位，擴大名額。但這些官職的大
量設置，不僅加重了國家財政的負擔，而且時間一長，就會與正員搶
奪職務權力，新的矛盾也隨之出現。

在以上諸措施顯得收效不大的情況下，官員的守選制就應運而生
了。《新唐書》卷 45〈選舉志下〉云：

〔註152〕《資治通鑑》卷 209，頁 1410。台北：啓明書局，1960。
〔註153〕杜佑《通典》，卷 19，〈職官一〉，頁 177。台北：大化，民國 67 年。

開元十八年，侍中裴光庭兼吏部尚書，始作循資格，而賢
愚一概，必與格合，乃得銓授，限年躡級，不得逾越。於
是久淹不收者皆便之，謂之「聖書」。〔註154〕

「循資格」規定守選的年數是各有差等的，官階高者守選年數少，官
階守選年數多，賢愚一樣，不問才能，但必須符合選格條件，才能銓
選授官。對六品以下官員來說，守選期限最多十二年，最少一年。《新
唐書·選舉志下》就說：

凡一歲為一選、自一選至十二選，視官品高下以定其數，
因其功過而增損之。……視官品高下以定其數。〔註155〕

守選的實質，其實就是分期分批地會集京城，分期分批地輪流作官。
對官吏制度而言，官階越小，官位越多，官吏數量也就越多，考滿罷
秩而守選的人數會更多，每個人守選時間也就更長。此措施既大大地
減輕了數萬選人同時雲集京師的壓力，又為國家財政節省了一大筆俸
祿開支，同時又可以使所有選人（除犯法者外）都有做官升遷的機會。
至於停家積年的時間應該是多少，唐初是按習以為常的慣例來執行
的，並沒有一定的標準和確切的概念。其後裴光庭在「循資格」中規
定按官階大小作為守選年限標準，守選於是制度化、規範化了。從此
以後，選人按規定的年限自覺地在家守選，不再是盲目的心中無數的
停官積年待選了。對吏部來，銓選有了依據，有了法律條文，也省去
了許多麻煩。且冬集人數大量減少，詮選工作就可以作得更完備些。

對選人來說，守選年限不到，就不符合選格條件，沒有資格赴選。
只有守選期滿的人才能到京城參加冬集銓選，這也大大地減少了京城
糧草供應的負擔，免除了一大批人在路上來往奔波的辛苦，這可以說
是「循資格」的貢獻。

但「循資格」規定，「賢愚一貫」，不問才能，凡官罷滿都要守選，
以官階大小來定選數，守選期滿，即符合選格，才能授官。這樣一來，

〔註154〕 《新唐書》卷45，〈選舉制下〉，頁769。北京：中華書局，1999年。
〔註155〕 同上。

似乎只重視官資而不重視人才。現實是大多數小官員老於下位，甚且有出二十餘年不得祿者。賢能者多出身於貧寒，在朝中力單勢孤，既乏權勢請托，又無賄賂之資，罷官後，只能憑其才能、逢其機遇了。而那些出身於勢族權貴人家的選人，憑借錢權及門第資蔭，又有著相當的活動能力，若遇賄貨縱橫、贓汙狼籍的時代與選官，則連選連任，「不次超遷」的往往是他們。

三、科目選與制舉提供補救空間

如前所述，唐代舉子經禮部貢舉試錄取後，只叫及第，必須經過守選，才能釋褐授官。若守選期未滿而想提前入仕，只有兩條路，一是參加吏部的書判拔萃科試，一是參加制舉試，考中才算登科，可立即授官。對絕大多數及第人來說，只能是「皆守選而後釋褐」，走守選期滿赴吏部參加平選常調之路。而那些有才華的出身人，多是走「選未滿而再試」之路的，不過如願者畢竟是少數。

唐人重京官輕外任，相對而言，對品級並不十分看重。六品員外郎出任四品刺史，八品監察御史出任六品縣令，這應該說是升，然而卻多是有過犯者才會如此，所以也就成了貶。這就導致了許多有才華出身人，他們進士、明經及第後，寧肯遲幾年釋褐，也不願走求選期滿赴吏部參加平選常調之路，而非要登科不可。因為往往守選期滿，只能授與一般縣尉，最高不過州府參軍，或縣簿尉。但如果前進士以宏詞、拔萃登科，授官就不一樣，可能是校書郎、正字、或是畿赤縣簿尉，儘管這些官職不及州府參軍的品級高，卻是清要之官，且能博得有才能者的名聲，被人多薦為拾遺、監察御史等敕授官的可能性會大得多。

官員守選也是一樣，若老老實實走平選常調的授官之路，怕到老也熬不到五品的官位。如歐陽詹在〈有唐故朝議郎行顎州司倉參軍楊公墓誌銘〉中所說的楊某，去世時「年六十七，凡入仕三十一年，歷官四政」，算起來只是七品的州參軍；王建進士及第而沒有登科，在仕途上他只能走銓選常調之路，故他在〈自傷〉詩中不無感慨地說：

四授官資元七品，再經婚娶尚單身。〔註156〕

所以有才華的六品以下官員，秩一滿，就參加科目選試，若中選，不僅縮短了守選期，而且得到了官位，博得了才名，升遷就比常調快得多。如《舊唐書》卷123〈李巽傳〉：

> 李巽字令叔，趙郡人。少苦心爲學，以明經調補華州參軍，拔萃登科，授鄠縣尉。〔註157〕

卷136《盧邁傳》：

> 盧邁字子玄，范陽人。少以孝友謹厚稱，深爲叔舅崔祐甫所親重。兩經及第，歷太子正字，藍田尉。以書判拔萃，授河南主簿，充集賢校理。〔註158〕

卷168《韋溫傳》：

> 年十一歲，應兩經舉登第，釋褐太常寺奉禮郎。以書判拔萃，調補祕書省校書郎。〔註159〕

以上三人都是以官員身份應吏部科目選書判拔萃科的，登科後李巽授官畿縣尉，盧邁授官赤縣主簿，韋溫授官祕書省校書郎。不僅縮短了他們秩滿守選的年限，而且還爲他們以後的入朝爲官奠定了基礎。

有些人還兩次應科目選登科而授官，入朝被薦舉的機會就更多了，如唐代著名的駢文家陸贄，就是兩次登科目選而後入朝的。《舊唐書》卷139〈陸贄傳〉載：

> 年十八登進士第，以博學宏詞登科，授華州鄭縣尉。罷秩，……
> 又以書判拔萃，選授渭南縣主簿，遷監察御史。〔註160〕

再如蕭昕《舊唐書》本傳說他：

> 少補崇文進士。開元十九年，首舉博學宏辭，授陽武縣主簿。天寶初，復舉宏辭，授壽安尉，再遷左拾遺。〔註161〕

〔註156〕 王建〈自傷〉。《全唐詩》卷300，頁3451。北京：中華書局，1996年。

〔註157〕 《舊唐書》卷123，〈李巽傳〉，頁2394。北京：中華書局，1999年。

〔註158〕 同上，卷136，〈盧邁傳〉，頁2552。

〔註159〕 同上，卷168，〈韋溫傳〉，頁2981。

〔註160〕 同上，卷139，〈陸贄傳〉，頁2577。

〔註161〕 同上，卷146，〈蕭昕傳〉，頁2691。

陸贄、蕭昕前一次是以出身人登博學宏詞科授官的，後一次是以前資官登拔萃、宏詞科而授官幾縣尉的。

像陸贄、蕭昕那樣兩應科目選的人在唐代還不少，範傳正、陶翰、張巡都是史書有傳可稽者。在唐代，有才華的及第舉子和守選前官既中科目選，又登制舉科的人就更多，宦途的升遷也就更順利。

也有的人先登制科，後應科目選。如《新唐書》卷 165〈鄭珣瑜傳〉載：鄭珣瑜先以草澤民於大歷六年應制舉的，後以前資官應科目選判拔萃科的。〔註162〕

科目選與制舉的不同在於：科目選是吏部考試，制舉是皇帝下詔親試；科目選是吏部授官，仍屬旨授，也就是說只能在銓選範圍內授官，只能授予六品以下旨授內的官；而制舉，是中書門下授官，屬敕授，故拾遺、補闕、監察禦史等類官也可以授與，所以在授官上，制舉要比科目選優越。

另外，二者所解決的問題與考試的對象也略有不同。科目選解決的是選人中有才華者不必等守選期滿就可提前入仕的問題，是針對循資格有失才缺陷而進行的彌補性工作，也可以說是對平選常調的一個補充。故招考的對象只能是科考出身的人和守選中的官員兩類，而這兩類人原本就是吏部的選人，所以科目選仍在吏部選人這一範圍內進行，並未超出吏部總的銓選範疇，只是科目選是以科目考試來選拔優秀官吏的一種銓選方式而已。

而制舉既是爲國家招攬種「非常之才」人物的，故各種人才、各色身份的人都可參加，除有出身和前資官外，白身人和現任六品以下官吏都可應舉，其招試對象廣泛。同時，隨政治形勢的變化，政策、時宜的需要，制舉可以不定期地進行考試，時間不固定，而且考試科目也不固定，所考內容的政策性、實用性強。而科目選，時間固定，每年一次，

〔註162〕 《新唐書》，卷 165，〈鄭珣瑜傳〉：「大歷中，以諷諫主文科高第，授大理評事，調陽翟丞。以拔萃爲萬年尉。」頁 3934。北京：中華書局，1999 年。

考試時間定在每年冬季至第二年春季這一吏部選限時間內，考試科目也比較固定，博學宏詞、書判拔萃和平判是年年都設。此外，按考試人所應，還設有三傳、三史、三禮等科目。考試的內容按科目而定，有詩賦論，有判，有時還考經、傳、史之類。

　　所有考試方式的設置都是針對有才能的人而設的，主要是解決他們的入仕作官的問題，而有才能者，又多集中在進士、明經及第這類出身人和守選官員身上，所以算是對科舉考試與守選制度的一個補救措施。在科目選設立之前，制舉獨當了選拔各類賢才人士的任務，此階段制舉考試就頻繁；隨著科目選的設立與日益完善，漸漸地選拔人才的這一任務就多由科目選來承擔了，這也許就是開元以前制舉較多而天寶之後制舉較少的原因。

　　當然，制舉多與少的原因也必有政治形勢的變化與需要，國家的穩定，經濟的發展，以及君主本人愛才求賢的程度等等，都與之有著很大關係，科目選的設立對它更有著舉足輕重的影響。以玄宗一朝為例，以開元十八年科目選設立為界，分為前後兩期，前期自先天元年到開元十七年十八年間，共舉行過制科試十一次，後期自開元十八年至天寶十五年至二十七年間，共舉行過制舉試九次，前期明顯地多於後期。再如，根據《通典》卷15，自至德二年至天祐四年唐亡151年間，共舉行過制舉試十六次，尚不及玄宗一朝的多。再從人數來看，開元年間，其應詔而舉者，「多則二千八，少猶不減千人」。武后時，還出現了萬人應舉的宏大場面。但至德以後就明顯地少了。有數字記載的寶歷元年，敬宗下制詔設三科考試，《舊唐書》卷17〈敬宗紀〉說：「上御宣政殿試制舉人二百十九一人」。然無論是二百九十一還是三百一十九人，都遠遜於天寶以前的應舉人數。而這一時期的科目選，因年年都設，其登科人總數比登制科人總數要多得多。〔註163〕

〔註163〕參考高明士《隋唐貢舉制度》頁111～113。台北：文津出版社，1999年。

　　由此可見，天寶以後，隨科目選科目的設置日益增多和完善化、規範化，制舉就越來越衰落了，至太和二年以後停止。晚唐統治者曾多次有舉行制科試的打算，但心有餘而力不足，一次也沒有實施過。而科目選恰恰相反，一直處於方興未艾之階段，直至唐亡前還進行過博學宏詞科的考試。

　　以上關於科舉考試與守選所造成的問題，似乎與唐代隱逸關係不大，但換個角度看，如果掄才制度存在著權貴者可鑽研的缺點，在選人多但官缺少的問題下，士人努力尋求可掌握的入仕門徑是可理解的邏輯，掄才制度與隱逸風尚所產生的關係，則是下一所欲討論者。

第三節　唐代掄才制度與隱逸風尚的關係

　　前述掄才制度究竟與隱逸風氣有何關聯？茲分項敘述於下：

一、由科舉制度看

　　科舉制度在唐代可以《唐摭言》卷 1 之〈散序進士條〉作簡短的描述：

> 進士科始於隋大業中。盛於貞觀、永徽之際。縉紳雖位極人臣。不由進士者。終不爲美。歲貢常八九百人。謂之白衣公卿。又曰一品白衫。其艱難謂之三十老明經。五十少進士。
> 時有云：『太宗皇帝眞長策。賺得英雄盡白頭。』〔註164〕

從事科舉的人數多，是因爲進士及第是作官捷徑，自然成爲士人爭取標的，科考一次不能得，便再來二次，二次又不能得，再來三次、四次，以致於許多次，《唐才子傳》卷七說顧況之子顧非熊「在舉場垂三十年」，直至會昌五年才進士及第；〔註165〕又《文獻通考》卷 29〈選舉二〉：

> 昭宗天復元年赦文令中書門下選擇新及第進士中，有人在

〔註164〕見《唐摭言》卷 1。收入《歷代筆記小說集成‧唐代筆記小說》第 2 冊，頁 428。河北教育出版社，1994 年。
〔註165〕傅璇琮主編《唐才子傳校箋》卷 7，頁 380。北京，中華書局，2002 年。

> 名場才沾科級，年齡已高者，不拘常例，各授一官，於是
> 禮部侍郎杜德祥奏揀到新及第進士陳光問年六十九、曹松
> 年五十四、王希禹年七十三、劉象年七十、柯崇年六十四、
> 鄭希顏年五十九。〔註166〕

可見《唐摭言》云「三十老明經，五十少進士」是當時普遍的現象，
五十歲以上才中進士的人大有人在。

　　又據前引《冊府元龜》卷639記載，每年應科舉者嘗有千數，但
所錄取者不過其中的一、二十人〔註167〕的描述，可見當時累舉不第
者，不知凡幾，且科考制度弊端不少，已如前所述，更促使當代舉子
干謁成風，不以為恥，這種行為關係者科考功名的錄取與否，能見用，
自然仕宦之途有望；不見用，則趨向隱居或另謀出路，如舉不第而隱
居於盤谷的李愿，據韓愈作〈送李愿歸谷序〉說：

> 愿之言曰：『人之稱大丈夫者，我知之矣。利澤施於人，名聲
> 昭於時，坐於廟朝，進退百官，而佐天子出令，其在外，則
> 樹旗旄，羅弓矢，武夫前呵，從者塞途，供給之人，各執其
> 物，夾道而疾馳。喜有賞，怒有刑，才俊滿面，道古今而譽
> 盛德，入耳而不煩。曲眉豐頰，清聲而便體，秀外而惠中，
> 飄輕裙，翳長袖，粉白黛綠者，列屋而閒居，妒寵而負恃，
> 爭妍而取憐，大丈夫之遇知於天子，用力於當世者之所為也。
> 吾非惡此而逃之，是有命焉，不可幸而致也……。〔註168〕

由末引二句「吾非惡此而逃之，是有命焉」一語，可知李愿對於富貴
利祿，並非不熱衷，只可惜既不可幸而致之，也就會在不得已的失望
中隱居山林了。這是失意舉子的退路之一，這樣的人在《唐才子傳》

〔註166〕見馬端臨《文獻通考》卷29，〈選舉二〉，頁275。北京：中華書局，
　　　　1986年。
〔註167〕宋・王欽若等奉敕編《冊府元龜》卷639，〈貢舉部・條制一〉，頁
　　　　2382：「（玄宗開元）十七年三月國子祭酒楊瑒上言曰：『伏聞承前
　　　　之例，每年應舉常有數千，及第兩監不過一、二十人……』」。（台
　　　　北：大化，景明崇禎15年刻本。）
〔註168〕見清・姚鼐編纂《評註古文辭類纂》卷31，〈贈序類〉，頁876。台
　　　　北：華正書局，民國73年。

中就有不少，遑論那些散見於筆記小說中不知名姓的失意考生，此類隱逸的失意人，約略可分二組言之；其一者，就此隱居以終，不復出世，或者就其結果可以獲得後人肯定的評價，但他們仍算是受到國家掄才制度的影響，前途漫漫，只好歸去山林別業之中：

姓　名	內　容　分　析	出　處
沈千運	天寶中，數應舉不第，時年齒已邁。遨尤襄、鄧間，干謁名公，其時多艱，自知屯蹇，遂釋志，還山中別業。	《唐才子傳校正》卷2
張　碧	字太碧，貞元間舉進士，累不第，便覺三山跬步，雲漢咫尺。委興山林，投閑吟酌。	《唐才子傳校正》卷5
長孫佐輔	朔方人，舉進士不第，放懷不羈。後卒不宦，隱居以求其志。	《唐才子傳校正》卷5
方　干	大中中舉進士不第，隱居鏡湖中。家貧，素行吟醉臥以自娛。	《唐才子傳校正》卷7
任　蕃	舉進士不第，歸江湖，多遊會稽、苕、雪間。	《唐才子傳校正》卷7
趙　牧	大中、咸通中。累舉進士不第，有俊才，負奇節，遂捨場屋，放浪人間。	《唐才子傳校正》卷8
于武陵	大中中，舉進士，不稱意，攜書與琴，往來商、洛、巴、蜀之間，或隱於卜中，存獨醒之意。晚歸嵩陽別墅終老。	《唐才子傳校正》卷9
喻坦之	咸通中舉進士不第，久寓長安，囊罄，憶漁樵，還居舊山。	《唐才子傳校正》卷9
陳　搏	舉進士不第，時戈革滿地，遂隱名辟穀煉氣。	《唐才子傳校正》卷10

以上九人皆有共同特徵，即舉進士不第而歸隱山中，終身不復仕，但這是否表示了他們內心對仕宦了不牽掛？沈千運久舉不第，想來科舉對他而言，包藏了無限沉痛，他曾感懷賦詩：

　　一生但區區，五十無寸祿。〔註169〕

如果聖朝是優恤賢良的，那麼便應草澤無遺賢，如果考不上科舉只能說人生各有命，那麼對沈千運而言，難免要感嘆時運的蹇促了。於是，

〔註169〕傅璇琮主編《唐才子傳校箋》第1冊，卷2，頁425。北京：中華書局，2002年。

他浩然而生歸歟之志，還山中別業，究竟他是否真心棲遲？試看〈山中作〉一首：

> 棲隱無別事，所願早離塵。不辭城邑遊，禮樂拘束人。邇來歸山林，庶事皆吾身。何者為形骸？誰是智與仁？寂寞了閒事，然後知天真。咳唾驚榮華，迂腐相屈伸。如何巢與由，天子不得臣。〔註170〕

由詩意看，他的決心棲隱似乎是堅定的，再看高適賦〈還山行〉：

> 送君還山識君心，人生老大須恣意。看君解作一生事，山間偃仰無不至。〔註171〕

的確，人生已老大，看破功名是可以想見的結果？雖然沈千運心中或許仍有希冀，唐肅宗的備禮徵致也嫌晚了些，但他終其一生都沒有再作求仕的行動，遂真的令天子不得臣之。

再看張碧、長孫佐輔、趙牧、于武陵、任蕃、喻坦之、方干、陳摶等在屢試不第之後，心理難免充滿了自憐、自傲與憤世疾俗，任蕃不第後謁主司說：

> 僕本寒鄉之人，不遠萬里，手遮赤日，步來長安，取一第榮父母不得，侍郎豈不聞江東一任蕃，家貧苦吟，忍今去如來日也？敢從此辭，彈琴自娛，學道自樂耳。〔註172〕

表現出的是一派落魄書生的口吻，「侍郎豈不聞江東一任蕃？」有幾分的自負，卻因舉場失意，落得「彈琴自娛，學道自樂」，頗有「懷才不遇」之憾。任蕃詩作，亦展現落第的深深哀痛。

再，方干之〈感懷〉詩：

> 志業不得力，到今猶苦吟。吟成五字句，用破一生心。世路屈聲滿，寒溪冤氣深。前賢多晚達，莫怕髮霜侵。

《唐詩紀事》卷63說方干之詩乃「齊梁已來，未之有也」，可見方干

〔註170〕 見王仲鏞著《唐詩紀事校箋》卷22，頁325所引詩。成都：巴蜀書社，1989年。

〔註171〕 傅璇琮主編《唐才子傳校箋》第1冊，卷2，頁414。北京：中華書局，2002年。

〔註172〕 同上，卷7，頁346。

有詩名於當世，只可惜：

> 明主未巡狩，白頭閑釣魚。〔註173〕

一直到過世，除了留下遺憾與時人的感嘆，都沒有釋褐的機會，只在身後：「宰臣張文蔚，中書舍人封舜卿奏名儒不遇者十有五人，請賜一官，以慰冥魂，千其一也。」〔註174〕

另喻坦之有至友李頻贈詩：

> 從容心自切，飲水勝銜杯。共在山中長，相隨闕下來。修
>
> 身空有道，取事各無媒。不信昇平代，終遺草澤才。〔註175〕

科考是寒士唯一有機會公平競爭出頭的一條仕途捷徑，雖說「公平」，卻只是規定，在唐代，干謁名公風氣如此盛行，沒有媒介者、中舉何其困難？考生再不甘心，願意一考再考，沒有公平的主考官，一切仍只是徒然。也許在退隱山林之後，有機會藉清望致官也不一定，於是有了另一型態的退隱者，以隱待時，俟機而出，這一類的人，想怕就不算是真心想歸隱了。

姓　名	內　容　分　析	出　處
賈　島	初爲浮屠，名「無本」。連敗文場，囊篋空甚。其作詩當冥搜之際，前有王公貴人皆不覺，游心萬仞，慮入無窮，自稱「碣石山人」。〔註176〕嘗歎曰：知余素心者，惟終南、紫閣、白閣諸山峰隱者耳。以韓愈之助終及第。	《唐才子傳校正》卷 5
孟雲卿	天寶間不第，氣頗難平，志亦高尚，懷嘉遯之節。仕終校書郎。	《唐才子傳校正》卷 2

關於賈島之傳，究竟他是在累舉不第後出家爲浮屠，或「初爲浮

〔註173〕 王仲鏞《唐詩紀事校箋》卷 6，頁 940 所引詩。成都：巴蜀書社，1989 年。

〔註174〕 王仲鏞《唐詩紀事校箋》卷 6，頁 940 所引詩。成都：巴蜀書社，1989 年。。

〔註175〕 傅璇琮主編《唐才子傳校箋》卷 9，頁 443。北京，中華書局，2002年。

〔註176〕 此據《全唐詩》卷 574，〈賈島集〉4，頁 6687 之「碣石山人一軸詩，終南山北數人知。」北京：中華書局，1996 年。

屠」，《新唐書》卷176下的附傳云：「初爲浮屠」，《唐詩紀事》卷40
亦收其傳，然《唐才子傳》云其爲「初，連敗文場，囊篋空甚，遂爲
浮屠，名無本」。〔註177〕時間先後在心情上會產生很大差異，在唐代，
僧道亦可參加科考，〔註178〕故而賈島成了以此方式出仕者最著名的
例子，若他是因連敗舉場而出家，則出家成了暫時的退路，俟韓愈授
以文法，爲之去浮屠，賈島也終於考上了進士，以此觀之，賈島的隱
居只是隱身而不隱心，故屬於廣義的假隱。

　　至於孟雲卿懷嘉遯之節，孟郊〈哀孟雲卿嵩陽荒居〉亦云其嘗居
嵩山，〔註179〕孟雲卿兩唐書無傳，《唐才子傳》卷2云其仕終校書郎，
可見他並沒有隱居終身，故辛文房於傳未評曰：

> 雲卿稟通濟之才，淪吞噬之俗，栖栖南北，若無所遇，何
> 生之不辰也！身處江湖，心存魏闕，猶杞國之人憂天墜，
> 相率而逃者。匹夫之志，亦可念矣。〔註180〕

其心已不言而喻矣。

　　山林之中其實不乏像這樣科舉失意，等待機會的人。如張彪「初
赴舉，無所遇。適遭喪亂，奉老母避地隱居嵩陽。」〔註181〕皮日休
咸通七年射策不第，也曾經隱居鹿門。有唐一代，像張彪、皮日休這
樣因失意而隱歸的大有人在，尤以孟浩然、羅隱最爲典型。

　　孟浩然在〈書懷貽京邑故人〉中表現出對家世儒風及個人才華的
自負以及強烈的用世之心，然而唯一的一次應舉經歷卻使他大受打
擊，他在〈秦中苦雨思歸贈袁左垂賀侍郎〉中寫道：

〔註177〕傅璇琮主編《唐才子傳校箋》第5冊，卷5，頁230。北京，中華
　　　　書局，2002年。
〔註178〕此說參看傅璇琮《論唐代進士出身及唐代科舉取士中寒士與弟子之
　　　　爭》頁97～114。（出自《中華文史論叢》1984年5月2期，總30
　　　　期。
〔註179〕見《全唐詩》卷381，頁4271。北京：中華書局，1996年。
〔註180〕《唐才子傳校箋》卷2，頁79。北京，中華書局，2002年。
〔註181〕傅璇琮主編《唐才子傳校箋》第1冊，卷3，頁471。北京，中華
　　　　書局，2002年。

> 爲學三十載，閉門江漢陰。用賢遭聖日，羈旅屬秋霖。豈
> 直昏墊苦，亦爲權勢沉。二毛催白髮，百鎰錳磬黃金。淚
> 憶峴山墮，愁懷湘水深。謝公積憤懣，莊舄空謠吟。躍馬
> 非吾事，狎鷗宜我心。寄言當路者，去矣北山岑。〔註182〕

詩中以謝靈運自況，表現受黜後的不平與委屈。在「百鎰磬黃金」後，孟浩然黯然離開長安，回鄉隱居。

李白就不無感歎地說：「自古英達，未必盡用於當年」〔註183〕仕途的挫折與跎礙使隱逸思想很自然地站出來充當替補的角色。羅隱十舉不第，亂世無爲遂憤而歸隱。《鑒誡錄》卷8〈錢塘秀才〉條載：

> （隱）連年不第，舉子劉贊贈之詩曰：「人皆言子屈，獨我
> 謂君非。明主既難渴，青山何不歸。年虛侵雪鬢，塵枉汙
> 麻衣。自古逃名者，至今名豈微。」隱睹之，因起式微之
> 思，遂有《歸五湖》詩曰：「江頭日暖花又開，江東行客思
> 悠哉。高陽酒徒半凋落，終南山色空崔嵬。聖代也知無棄
> 物，侯門未必用非才。一船明月一竿竹，家住五湖歸去來。」

〔註184〕

不僅如此，那些執著入世的人觀念上也出現了「巖壑歸去來，公卿是何物」〔註185〕的憤世嫉俗的傾向和「漸喜交遊絕，幽居不用名」〔註186〕的超然世外的情調。陳子昂首次應試落第，內心感受是孤寂悽惶，展望前程更是迷茫，因而油然而生歸隱之念，「還因北山徑，歸守東陂田。」〔註187〕即使有幸科考及第也還得經吏部銓選，合格者經過守選，才可

〔註182〕《全唐詩》卷160，頁1659～1660。北京：中華書局，1996年。

〔註183〕〈金陵與諸賢送權十一序〉，王琦注《李太白全集》卷27，頁1295。北京：中華書局，1990。

〔註184〕《鑒誡錄》卷8，〈錢塘秀才〉。收入《歷代筆記小說集成‧唐代筆記小說》第2冊，頁582。河北教育出版社，1993年。

〔註185〕岑參〈下外江舟懷終南舊居〉，《全唐詩》卷198，頁2045。北京：中華書局，1996年。

〔註186〕杜甫〈遣意二首〉其一，《全唐詩》卷226，頁2439。北京：中華書局，1996年。

〔註187〕〈落第西還別魏四懍〉，《全唐詩》卷84，頁906。北京：中華書局，1996年。

授官，所得之官也是校書郎、縣尉、拾遺、補闕等微職而已。

　　《明皇雜錄》云：「……劉希夷、王昌齡、祖詠、張若虛、孟浩然、常建、李白、杜甫，雖有文名，俱流落不偶。」〔註188〕其中祖詠在開元十二年登進士第，後因友人王翰事牽連而遭貶，以後一直「流落不偶」，仕途很不順利。王維贈其詩云：「結交二十載，不得一日展」，〔註189〕「後移家歸汝墳間別業，以漁樵自終。」〔註190〕儲光羲二十一歲登第，感於職卑位賤，二十八歲時辭官歸隱。其〈赴馮翊作〉其一詩中就說：

　　　本自江海人，且無寥廓志。蹭蹬失歸道，崎嶇從下位〔註191〕

抒發了位卑職賤、久不遷調的滿腹牢落。常建亦因沉淪下僚而辭官歸隱。秦系、于鵠等也是在科舉場中角逐，終因功名無望轉而隱遁。李頎因仕途坎坷，入不得意，於是憤而辭歸。他在〈不調歸東川別業〉一詩中說：

　　　寸祿言可取，託身將見遺。慚無匹夫志，悔與名山辭。絋晃謝知己，林園多後時。〔註192〕

如果不幸再有戰亂，隱逸就更為經常了。綦毋潛開元十四年登進士，曾任右拾遺、集賢院待制等職，「後見兵亂，官況日惡，掛冠歸隱江東別業。」〔註193〕當然，這種隱逸只是暫時性的。

　　中晚唐時，科舉的流弊日益顯現，也使隱逸行止更為頻繁。由於唐時科舉，考生每於赴考以前，互相標榜，奔走鑽營，請托權貴以延譽自己，所以干謁、行卷之風盛起。詩人杜甫長安求仕時就曾奔走於豪貴權要之門；白居易初至京師應舉，也向當時著名詩人顧況行卷；

〔註188〕鄭處海《明皇雜錄》，頁640。北京：中華書局，1994年。
〔註189〕〈贈祖三詠〉，《全唐詩》卷125，頁1238。北京：中華書局，1996年。
〔註190〕《唐才子傳校箋》卷1，頁209。北京：中華書局，2002年。
〔註191〕《全唐詩》卷137，頁1392。北京：中華書局，1996年。
〔註192〕《全唐詩》卷132，頁1345。北京：中華書局，1996年。
〔註193〕《唐才子傳校箋》卷2，〈綦毋潛傳〉，頁47。北京：中華書局，2002年。

杜牧應禮部試時，向國子監博士吳武陵行卷，並受其讚賞與推薦；即使是古文運動的發起者韓愈亦難免俗。

《唐國史補》卷下載：

> 韓愈引致後進，爲求科第，多有投書請益者，時人謂之韓
> 門弟子。〔註194〕

加之以座主、門生以及同年等關係，互相援引，高據要津，把持科舉考試，乃至士風浮弊盛起。《文獻通考》卷29〈選舉〉二載江陵項氏批判唐代風俗之弊是到了極限的程度，王公大人不再如古往時代的求賢養士，反而天下之士：

> 什什伍伍戴破帽騎蹇驢，未到門百步輒下馬奉悄刺，再拜
> 以謁於典客者，投其所爲之文，名之曰求知己。

像這樣的狀況如果不被理會，就再做一次，稱爲溫卷，若再不被理會，則：

> 則有執贊于馬前自贊曰：「某人上謁者」〔註195〕

馬端臨認爲這不只是士人可鄙的行徑，當代治亂也可以由此窺見一斑。

這則材料將士人求官之迫切心理，謁見王公大人不惜卑躬屈膝刻繪得入木三分，這種士風確實爲前代所罕見。知名的杜甫人生中長安十年過的就是「朝扣富兒門，暮隨肥馬塵」的日子，在其《自京赴奉先縣詠懷五百字》一詩中他就萌生了「瀟灑送日月」的「江海志」，只是他始終是「不忍便永訣」的。

韓愈也曾兩次上宰相書，意在蒙其垂憐超擢。求渴者或有大遇，但更多的士人則是困頓牢落，不爲所用，只好隱逸林泉。在《全唐詩》中就有很多這樣落第辭歸和送友人落第歸鄉的作品，如殷遙的〈送友人下第歸鄉〉、王維的〈送丘爲落第歸江東〉、岑參的〈送魏四落第還

〔註194〕 李肇《唐國史補》卷下，頁 57。載《唐五代筆記小說大觀》。上海古籍出版社，2000。

〔註195〕 元‧馬端臨《文獻通考》卷29，〈選舉二〉，頁 275。北京：中華書局，1986 年。

鄉〉、劉長卿〈送馬秀才落第歸江南〉、盧綸〈落第後歸終南別業〉、趙瑕〈落第〉等。他們中既有歸鄉以候來年再試者，也有許多人在仕途挫折後遁跡田園。如盧象的〈送祖詠〉、〈送晶毋潛落第還鄉〉、王維〈送孟六歸襄陽〉。

　　總也有些不幸落了第，卻不死心的文士，如岑參〈送杜佐下第歸陸渾別業〉叮囑杜佐：「還須及秋賦，莫即隱嵩萊。」〔註196〕張喬〈江上逢進士許棠〉中也勸慰許棠：

　　　　詩人推上第，新榜又無君。鶴髮他鄉老，漁歌故國聞。平
　　　江流曉月，獨鳥伴餘雲。且了髫年志，沙鷗未可群。〔註197〕
功名不遂的文人借隱逸山林以維護自尊也是一種選擇。

　　武則天為了鞏固自己的政治地位而大加拔擢進士出身的賢人，果然更加促使天下英雄盡為之白頭，年年寒窗苦讀，年年名落榜外的滋味隱藏了許多沉痛，對於唐朝士人而言，抑鬱不得志的滋味是難以忍受的，落榜之餘要求身心的平靜，進入空門者大約不少，只是他們的生平名譽不被人所知。我們有幸可以由較可靠的史料知道幾位選擇退隱於江湖之外，栖心山林或等待另一個機會來臨的隱者，於是明白隱逸山林的處士之中，有累舉不第之人，除了藉詩作以見其內心哀痛，也向他們致以深深的同情。他們不是孤獨的一群，科舉考試在日後的一千餘年始終左右著讀書人的前途，有千萬的失意考生，也和他們一樣，幸運的、為人所知的，可以另外的方式致官，或得到身後賜官。並且有人為之抱不平；至於沒沒無聞者，只有無聲無息的存在於世上的某一段時間中，抑鬱以終了。

二、守選制度的影響

　　如前一小節所述，守選是因為選人多而官缺少所形成的一個制度，不只是科舉及第者有一定的守選規定，六品以下的小官在任官期

〔註196〕《全唐詩》卷200，頁2071。北京：中華書局，1996年。
〔註197〕同上，卷639，頁7326。

滿時也要守選，當守選的前進士、前官員越來越多，求得一官是如此的不易，影響干謁競進之風也必然越發熾盛，朝廷勢必得想辦法解決士人的出處問題。基本上，沒有在上位者有意、無意的倡導、獎勵，就不會有「上有所好，下必甚焉」的煩惱，所以唐室之所以重視隱者的原因在本論文的第二章第四節已有論述，因為處於特重氏族門閥的時代，唐室既缺乏巨大的地方力量為憑藉，本身又非真正的豪門巨室，血統混雜，基於政治上的考慮，唐皇室只好捏造自家族譜，以與當時之山東士族相抗衡，並由思想上著手，創造老君神蹟，〔註198〕謂李氏乃老子苗裔，老子又為道教之祖，如果皇室是這樣一位神仙祖宗之後，以使廣大群眾對之更加敬畏。於是李唐皇室自創業伊始，便大力傳播、弘揚老子神話，促使政治與宗教做緊密結合，以收攬民心，並且後代的唐室帝王也都與道教保持良好關係。因唐代既確認了老子為其遠祖，自然不能不尊宗道教，以高其門第與假神道設教來收人心。

相對的，唐室在建國之初，也確實得到一些道教人士的幫助，為之編造譜牒、神話來攏絡人心，再加上太平盛世，為了搜舉隱賢以示萬民歸心的動機，種種原因都加強了唐代帝王對草澤遺民的重視。太宗在秦王時，就已致力「徵求草莽、置驛招聘」。〔註199〕等他踐帝位，仍一本初衷，力主「山藪幽隱，尤須徵召」，〔註200〕故屢屢下詔搜訪遺逸，以後之君王，亦多留心於此，如前引《舊唐書》卷192〈隱逸傳〉對高宗、武后親自造訪幽人之宅的描寫，表示了高宗武后之向隱賢。又《唐會要》卷76〈貢舉中〉也羅列了唐代無

〔註198〕 神蹟參見上海古籍出版社印，1991年第一版之《唐會要》卷50，〈尊崇道教條〉，頁1013之內容。上海：上海古籍出版社，1991年。

〔註199〕 宋・王欽若、楊億等奉敕編《冊府元龜》卷97，〈帝王部・禮賢〉，頁509。（台北：大化，景明崇禎15年刻本。）「唐太宗初為秦王，徵求草莽，置驛招聘，皆自遠而至……。」

〔註200〕 宋・王欽若、楊億等奉敕編《冊府元龜》卷76，〈帝王部・褒賢〉，頁387。「（貞觀）十三年二月，特進魏徵抗表乞骸骨，帝曰：以卿正直，拔居左右，數進忠讜，用益國家，朕為四海之王，山藪幽隱，尤須徵召……」（台北：大化，景明崇禎15年刻本。）

定期之科舉名目與及第者，考諸《舊唐書》隱逸傳之內容，共收二十人之傳，其中十五人與其同代最高統治者高祖、太宗、高宗、武后、中宗、睿宗、玄宗、代宗、德宗、文宗等都有關係，可見唐代歷位君主都有獎掖隱淪的具體行動。〔註 201〕

　　朝廷推舉逸民之所以不遺餘力，按理說除了求才得賢之外，自然也在敦勵風俗，盼能藉獎重貞退的節操來息貪競之風，即使逸民隱士徵而不至，或應召赴京又疾辭，在過程上已足以爲教化助力。所以唐代天子，每每刻意搜揚隱逸，除命有司薦舉外，還令人自舉，難免有投機者運用巧智慧，以各種管道隱居以求清望，干謁以尋入仕機會。也由於帝王的鼓勵，徵召隱賢成了士人在科舉之外的出仕方式之一，本來希望能「激貪勸俗，野無遺賢」的美意到了投機分子的手中便成了走捷徑、圖美官的好方法。唐人在史上的評價原本就較功利，遇上了心圖不軌的人。隱居的內涵更要變質，這些人「托薜蘿以射利，假巖壑以釣名」，〔註 202〕完全不是無心仕競之人，且行爲較諸前述隱者更等而下之。《新唐書》卷 196 的〈隱逸傳〉序云：

> 放利之徒，假隱自名。以詭祿仕，肩相摩於道，至號終南、
> 嵩少爲仕途捷徑，高尚之節喪焉。

可見編寫《新唐書》的作者也肯定唐人之隱有投機放利之徒參雜其中，而這些人是連節操都談不上的。

姓　　名	內　容　分　析	出　　處
盧藏用	與兄徵明偕隱終南、少室二山，有意於當世，人目爲「隨駕隱士」。	《新唐書》卷 123
竇　群	以處士召入京，性狠戾，臨事不顧生死之人。	《舊唐書》卷 155《新唐書》卷 188

〔註 201〕十五人爲：王遠知、田遊巖、潘師正、劉道合、史德義、王友貞、衛大經、司馬承禎、王希夷、盧鴻（一）、白履忠、吳筠、孔述睿、陽城、崔覲。

〔註 202〕引自《舊唐書》卷 192，〈隱逸傳〉，頁 3480。北京：中華書局，1999年。

王 琚	交太子於遊獵間，謀殺太平公主而成勳臣，性毫侈，既失志，稍自放，不能遵法度，爲李林甫所誅。	《新唐書》卷 121
姜 撫	自言通僊人不死術，隱居不出。開元末召至集賢院，以常春藤、旱藕蒙上求官，事發而逃。	《新唐書》卷 204〈方伎傳〉
李 虞	李紳族子，隱而求薦，爲紳所誚。	《舊唐書》卷 173・李紳傳下《新北唐書》卷 181
吉中孚	初爲道士，後還俗，至長安謁宰相，有名於京師，第進士，累官。	《唐才子傳校正》卷 4
僧清塞	居廬嶽爲浮屠，後攜書投姚合以丏品第，因之加以冠中，使復姓字，然終不達。	《唐才子傳校正》卷 6
僧靈徹	與皎然居何山遊講，因以書薦包佶，佶又書致李紓，名動京師，後以誣奏，得罰徙汀州。	《唐才子傳校正》卷 3

　　這種假隱自名的風氣最爲人所熟知的例子便是盧藏用，《新唐書》卷 123、《唐詩紀事》卷 10 都記載了這樣一件事：

> 藏用字子潛……舉進士，不得調。與兄徵明偕隱終南、少室二山，學練氣，爲辟穀，登衡、廬、仿佯岷、峨……長安中召授左拾遺，……附太平公主，公主誅，玄宗欲斬之，後流放……始隱山中時，有意當世，人目爲「隨駕隱士」。晚乃徇權利，務爲驕縱，素節盡矣。司馬承禎嘗召至闕下，將還山，藏用指終南曰：「此中大有嘉處。」，承禎徐曰：「以僕視之，仕宦捷徑耳。」

　　觀其行徑，展現的是「司馬昭之心，路人皆知。」的語意，終南、少室二山原本就是唐代隱者聚集的二座名山，慕神仙，吃丹藥是在位者的喜好，朝廷本來就會宣召一些著名的道士入宮，盧氏其後又登的衡、廬、彷岷、峨也都是隱居的名山，其有意於當世之心，也就不言可喻，難怪時人要看他做「隨駕隱士」。司馬承禎的一句話不知道破了多少隱者的心事。據嚴耕望先生《唐人讀書山林寺院之風尚》一文所述，嵩山、終南、中條山、華山、少室山等都是近畿名山，在這幾個地方隱居，可以較易使名聲聞天子耳中，而受到

徵召，無怪乎有心人都會在此聚集，《新唐書》之隱逸傳說：「肩相
摩於道」，可以想見當年盛況。

盧藏用當然得到了他想要的東西，史書說他「晚乃徇權利，務爲
驕縱，素節盡矣」〔註203〕其實何必至晚年才素節盡失？從他隱居的
名山觀察，已不難想見他的別有所圖。

再看竇群的例子，早先的時後尙能以節操聞於人，召入宮之後
呢？且看其傳：

> ……群兄弟皆擢進士第，獨群以處士客隱毗陵，以節操聞。
> 母卒，齧一指置棺中，盧墓次終喪……貞元中蘇州刺史韋夏
> 卿薦之朝，並表其書，報聞，不召。後夏卿入爲京兆尹，復
> 言之，德宗擢爲左拾遺。時張薦持節使吐蕃，乃遷群侍御史，
> 爲薦判官，入見帝曰「陛下即位二十年，始自草茅擢臣爲拾
> 遺，何其難也？以二十年難盡之臣爲和蕃判官，一何易？」
> 帝壯其言，不遣。……武元衡、李吉甫皆所厚善，故召拜御
> 史郎中。元衡輔政，薦群代爲中丞，群引呂溫，羊士諤爲御
> 史，吉甫以二人躁險，持不下。群恚恨，反怒吉甫……上言
> 吉甫陰事。憲宗面覆登，得其情，大怒，將誅群，吉甫爲救，
> 乃免……召還，卒於行，年五十五……群很自用，果於復怨，
> 始召，眾皆懼，及聞其死，乃安。〔註204〕

綜合觀之，竇群爲了能名顯於時，不惜齧斷一指置母棺中，決心令人
佩服，如果沒有後來的行逕，大概看不出他別有居心。應召入仕之後
種種行爲，都顯示了他是個別有目的的有心人，《新唐書》本傳說他
「群狠自用，果於復怨」，〔註205〕《舊唐書》則說他「性狠戾，頗復
恩讎，臨事不顧生死」〔註206〕都表明了此人非正人君子，行事、性
格，前後大相逕庭，矛盾可怪，要說他的隱居是純心放逸，恐怕沒有

〔註203〕以上引文見《新唐書》卷123，〈盧藏用傳〉，頁4374。北京：中華
書局，1999年。
〔註204〕同上，卷175，〈竇群傳〉，頁4061。北京：中華書局，1999年。
〔註205〕同上，卷175，〈竇群傳〉，頁4061。北京：中華書局，1999年。
〔註206〕同上，卷155，〈竇群傳〉，頁2802。北京：中華書局，1999年。

太大的說服力。

再看王琚這個人，心機亦復深沉，《新唐書》卷 121 敘述了他的為人本是敏悟有才略，二十歲就參與謀刺武三思的大案，後事洩亡命揚州，玄宗為太子時與之相見：

> 自是太子每到韋、杜，輒止其家。……琚與太子謀殺太平公主，太子曰：「先生何以自隱而日與寡人游？」琚曰：「臣善丹沙。且工諧隱，願比優人」。太子喜，恨相知晚，事成。……帝於琚眷委特異，豫大政事，時號「內宰相」。

有人勸玄宗「王琚、麻嗣宗皆譎詭縱橫，可與履危，不可以與共安。方天下已定，宜益求純樸經術以自輔。」，玄宗有所領悟，開始疏遠他，但王琚卻自以為是建功勳臣：

> 性豪侈，既失志，稍自放，不能遵法度。

後來被李林甫安了罪名誅殺了。〔註207〕

王琚的死是被構陷，此無疑問，也不是討論的重點，重要的是他的行逕，如何是個儒者（在傳記中他著儒服）？他頗有膽識的以隱自薦於太子，過程曲折，其後謀殺太平公主成為功勳之臣，享盡榮華卻又不守法度，終於給了李林甫殺他的可乘之機。他的隱，自然包含了求功名利祿的目的。

而姜撫由傳記看來是個江湖術士，《新唐書》卷 240 的〈方伎傳〉說他是宋州人，自言通僊人不死術，隱居不出。可是到了開元末，太常卿韋縚祭名山，因訪隱民，當時姜撫自稱已「數百歲」，於是被召至東都舍集賢院。以常春藤、旱藕欺矇上求官，事發而逃。

唐相李紳的族子李虞乃以學知名，隱居華陽山，自言不願仕，時來省紳，雅與伯耆、程昔範有善，等到伯耆為拾遺，虞以書求薦，卻被李紳痛罵了一頓。李虞心有不甘，投靠了李紳的對頭李逢吉，想陷害李紳，事情後來沒成功，但李虞放著好好的宰相族叔不干謁，似乎頗有操守，可是等到他請求伯耆的保薦，被責備後又構陷自己的族

〔註207〕《新唐書》卷 121，〈王琚傳〉，頁 3429。北京：中華書局，1999 年。

叔，這種人品，恐怕不是前後一致甘心恬退的隱者。

爲了求取功名，仕途之上也有道士、僧侶加入行列，且看吉中孚、清塞、靈徹三例。前文已約略談過，唐代之道士、僧侶大多是有學問的知識份子，且科考並未規定僧侶、道士不得投考，是以在干謁，科舉的路上不乏僧侶、道士。吉中孚初爲道士，以山阿寂寥，後還俗是印證了隱居生活寂莫清苦，不去名利之心，就不能安於貧苦，難以眞正隱居。吉氏後至長安謁宰相，有薦於天子，日與王侯高會，再接著沒多久又第進士，登宏辭科，爲翰林學士……，〔註208〕這樣的人生記錄，要說吉中孚是個安於貧困的眞隱士，恐怕很難稱是。

清塞與靈徹則是佛門中人，清塞原居廬嶽爲浮屠，後往來終南、少室之間。〔註209〕寶曆中，姚合守錢塘，因加以冠巾，使復姓字。〔註210〕靈徹受詩法於嚴維，及維卒，乃與皎然居何山遊講，因以書薦於包佶，佶又書致李紓，貞元中，西遊京師，名振輦下。可惜當時緇流疾之，造飛語激動中貴，而得罪徙汀州，〔註211〕干謁之事遂無結果，是失敗的例子。

於是，在唐代在帝王獎披隱逸的政策下，無論是以入仕爲目的，或是已得政位的人都以隱逸爲尙，隱逸在欲仕者、在仕者及隱者之間快速滋長繁盛。

唐代除科舉制度爲中下層士人的重要進身之階，取人之路尙有「制舉」一途。天子「自詔四方德行、才能、文學之士，或高蹈幽隱與其不能自達者，下至軍謀將略、翹關拔山、絕藝奇伎，莫不兼取。」〔註212〕唐代統治者出於重才求賢的心理，熱衷於徵招隱逸，制舉是

〔註208〕《新唐書》，卷204，〈方伎‧姜撫傳〉，頁4442。北京：中華書局，1999年。

〔註209〕傅璇琮主編《唐才子傳校箋》第1冊，卷3，頁612。北京，中華書局，2002年。

〔註210〕同上，第5冊，卷6，頁297。北京，中華書局，2002年。

〔註211〕同上，第1冊，卷3，頁612。北京，中華書局，2002年。

〔註212〕周勛初校證《唐語林校證》卷4，頁323。北京：中華書局，1987年。

其形式之一。鄧嗣禹《中國考試制度史》所列與隱士有關的制舉就涉及七位皇帝，科目達 13 種之多，名目不同而實質則一：

皇　帝	時　間	科　目
高　宗	顯慶四年	養志丘園嘉遁之風戴遠科
	麟德元年	銷聲幽藪科
	乾封六年	幽素科
中　宗	神龍三年	草澤遺才科
	景龍二年	藏器晦跡科
玄　宗	開元二年	哲人奇士隱淪屠釣科
	開元十五年	高才草澤沈淪自舉科
	天寶四年	高蹈不仕科
代　宗	大曆二年	樂道安貧科
德　宗	建中元年	高蹈丘園科
	貞元十一年	隱居丘園不求聞達科
穆　宗	長慶二年	山人科
文　宗	太和二年	草澤應制科

　　進士、明經等考試及第後，還須經吏部銓選，合格後才可釋褐，而制舉則是「天子自詔」的考試，一經登第便可授官，應舉者一旦被帝王賞識就會大用。當時中書省集賢殿書院的任務之一就是「凡圖書遺逸、賢才隱滯，則承旨以求之。謀慮可施於時，著述可行於世者，考其學術以聞。」〔註 213〕唐代不少隱士顯然有多半有心以高人賢士的身份出仕。開元末期和天寶四載的高隱制舉結果應試者很多就是很好的證明。《唐大詔令集》中就有〈處分高蹈不仕舉人敕〉和〈處分制舉人敕〉兩道詔令是宣示兩個高隱制舉結果的，前者云：

> 卿等各因放貴，來赴朗庭，誠合盡收，以光是舉，然孔門
> 荷條，唯數七人；商山采芝，空傳四老今之應辟，其數顏

〔註 213〕《新唐書》卷 47，〈百官志二〉，頁 793。北京：中華書局，1999 年。

多，膚頃緣幸湯，粗令探噴，或全誠抗跡，固辭避於呈試，
或含光隱器，不耀穎於文詞，未測津涯，難於處置，語默
之際，用舍遂殊。……其弟子春等，並別有處分。自餘人
等，宜各賜物十段，用成難進之美、以全至高之節宜皆坐
食，食訖好去，仍依前給公乘還貫。其華陰郡李崗等十六
人，雖所舉有名，或稱疾不到，宜令本郡取諸色官物，各
賜二十段，以充藥物之資。〔註214〕

又天寶四年五月〈處分制舉人敕〉曰：

卿等來膺辟命，至城闕，周文多士，既葉於旁求，虞舜疇
咨，亦在於會議。爰命台省，詢於道業，或善行無跡，名
實難窺，或大器晚成，春秋尚富，津涯未測，輪楠何施？
事且隔于行藏、道遂分於出處。……其馬曾，常廣心、賀
蘭迪等三人，宜待後處分，崔從一、王元藉、韓宣、胡責、
趙玄獎等五人，年鬢既高，稍宜優異.各賜綠衣一副，物
二十段，餘並賜物十段，不奪隱淪之志，以成高尚之美。

〔註215〕

從皇帝的上述詔敕中，隱約透出應高隱制舉人數之眾的消息。在這
種歷史背景下，一些唐代士子也會奔競於試無定期的專舉隱士的制
舉科。他們多具有強烈的功名心，自然不會放過這個入仕好機會，
於是紛紛走上了以隱逸之高名應制舉的捷徑。這種隱居情況非常複
雜，就其形跡來看固然是隱，究其心態則不盡然，他們有時以隱士
自居，有時卻又不承認。當然他們投跡山林時，生活雖似蕭瑟，心
中卻充盈著熱切的希望，他們的隱居實際上是為仕宦做準備，以精
熟課業為重心。可是他們或者出於一時輕鬆的心理，或者不自覺地
承襲了傳統的推崇隱逸的態度，甚至為了自鳴清高，便自引為隱逸
者的同調。

　　總之，龐大的處士群，構成唐代隱逸的重要社會基礎。在科舉考

〔註214〕《唐大詔令集》卷106，頁549～550。台北：鼎文，1972年。
〔註215〕《唐大詔令集》，卷106，頁542。台北：鼎文，1972年。

試制度、守選制度與帝王重視隱逸的多元政策交織下，山林中丘園養
素者日漸增多，這樣的隱逸在意識形態上並不與現存政權對立，這些
人多半是入仕不得的失意文人，所以唐代隱逸已很少像前代隱逸那
樣，具有否定社會與政治的內涵，唐代隱逸或已隱鳴高，爲入仕做準
備；或科考失利，灰心喪志不得已而隱，或因守選制度而被迫修養身
性……等，在在都賦予隱逸以新的內容。

第五章　呼應隱逸價值的社會

　　文化分析不能忽略社會／歷史層面的觀察，也就是社會結構與歷史時期的研究，表面上看起來這似乎也是背景資料的研究，其實此處所提出的社會／歷史分析是指社會結構如何影響文學作品的生產、傳遞與接受。我們觀察文人社群如何著床於整體社會結構之中，同時也會發現此結構也相對影響著當時的政治、經濟活動；當某一文化（風氣）在文人階層意義逐漸被認同並且形成社會結構的一部分時，必然也對當代的社會結構／歷史時期產生影響，尤其當某文化受到官方機構的支持或被社會潮流所侵蝕時，原始意義便產生質變，從這裡我們可以看到時代社會環境的改變也會影響文化的意涵。例如隱逸風氣會因官方的支持、鼓勵而在社會上產生哪些效應？隱逸的內涵在唐代是否已被潮流所侵蝕？環境的變遷（如動亂、戰亂）是否影響著隱逸文化的本質（如由為仕而隱轉為避亂而隱）？好的社會／歷史分析可以呈現出社會結構是文學詮釋過程中的一部分，例如以隱逸的意義來看，唐代隱逸文化中的原始意義已然被賦予新的意義與面貌，這便是本章所欲探究的重點。

第一節　非終身選擇的隱逸

　　隱逸行為在唐代有著複雜的形式與內涵，並不具備統一的面貌，隱居對別有用心的文人而言常是一種階段性質的選擇，很少是終生的

志業，此類型的隱逸大體可以歸納幾個特質：

一、對前朝的繼承——以王績爲例

唐初五十年與其「說是唐的頭，倒不如說是六朝的尾」。〔註 1〕此觀點雖不免於狹隘，但對初唐隱逸的發展來說，確實如此。在一個看得見未來且蓬勃奮進的時代下，卻仍有人選擇遺跡丘園，是特別的現象。此中代表人物，即初唐山水詩人王績。

王績生于隋文帝開皇十年，卒于唐太宗貞觀十八年。作爲易代之際的遺民詩人，動亂的時世無疑對其思想和創作以深遠影響，這可以從其隱逸行跡和田園詩中找到答案。他一生三度入仕，又三度歸隱。據呂才《東皋子集序》載，隋大業中，王績應孝廉，除秘書正字，後「不樂在朝」，乞署外職。大業十年，托疾歸龍門；唐武德五年，詔征六合縣垂，待詔門下省，貞觀初罷歸；貞觀中，以家貧赴選，授太樂丞，不足一年掛冠而去。所以兩《唐書》均將其列入〈隱逸傳〉。與陳、隋舊臣虞世南、陳叔達以及北方儒士顏師古、孔穎達等不同，王績基本上沒有參與新朝的文化建設，除了個人簡傲的心性氣質外，對朝政官場的敏感使他對政治望而卻步。

王績有著「六代冠冕」的的出身和「家富墳籍」的家學，三兄王通更是隋末大儒。幼時的王績「嘗親受其調」。〔註 2〕這樣的家學素養使王績早年不能免的也有著建立功名與濟世的渴望。

　　明經思待詔，學劍覓封侯。繻緝頻北上，懷刺幾西遊。〔註 3〕
可見其早年是有強烈的出仕願望。隨著隋末社會的動亂，現實令他不僅濟世的理想不可實現，甚至有性命之虞。此時的王績第一次產生了避禍全身、歸隱田園的念頭。「中年逢喪亂，非複昔追求。失路青門

〔註 1〕　《類書與詩》頁 3，《聞一多全集》第三冊。三聯書店，1982 年。
〔註 2〕　〈答處士馮子華書〉，《王無功文集》，頁 149。上海：上海古籍出版社，1987 年。
〔註 3〕　〈晚年敘志翟處士正師〉，《王無功文集》，頁 110～111。上海：上海古籍出版社，1987 年。

隱，藏名白社遊。」〔註4〕是這一時期思想的告白。

唐代王朝的建立，也曾鼓動王績短暫的喜悅：「逮承云雷後，欣逢天地初。東川聊下釣，南畝試揮鋤。」〔註5〕在他眼裏，這個新王朝建立了太平治世，故他在〈答處士馮子華書〉中稱頌說：「亂極治至，王途漸亨。」〔註6〕在「唐年訪逸人」的再三徵召下，王績出仕了，但並不順利，貞觀初，其兄王凝因彈劾侯君集而得罪朝閣重臣，於是「王氏兄弟皆抑而不用」。〔註7〕仕途受挫之後，出於對官場「無處不營營」的體認，王績以歷史上帝王猜忌功臣的教訓勸誡王通門生，同時又是太宗寵臣的房玄齡說：

> 我欲圖世樂，斯樂難可常。位大招譏嫌，祿極生禍殃。……
> 功成皆能退，在昔誰滅亡。〔註8〕

這種禍福相因、功成身退思想無疑與其所受道家及易經思想有關，只是在王績身上表現得更爲消極而頹喪。其後他雖又入仕爲太樂丞，但「起家以祿仕，歷數載而進一階，才高位下」。〔註9〕的遭遇使他淡出世事。他之所以又走進官場只是因「良醞可戀」。待善釀酒的焦革夫婦死後，他也就養拙辭官，結廬河浩，躬耕東皋了。

無論從當時繁榮安定的時代，或從王績自身的淵源家學來看，王績都應該展現積極進取的形象才是，但事實卻相反，王績選擇了掛冠歸隱。他雖不是「言不怨時」、「行不憐物」的「樂天君子」，〔註10〕

〔註4〕 〈晚年敘志翟處士正師〉，《王無功文集》，頁110～111。上海：上海古籍出版社，1987年。

〔註5〕 〈薛記寶收過莊見尋率題古意以贈〉，《王無功文集》，頁55。上海：上海古籍出版社，1987年。

〔註6〕 〈答處士馮子華書〉，《王無功文集》，頁149。上海：上海古籍出版社1987年。

〔註7〕 王福畤〈錄東皋子答陳尚書書略〉，《全唐文》卷161，頁1645。北京：中華書局，1983年。

〔註8〕 〈贈梁公〉，《王無功文集》，頁72。上海：上海古籍出版社，1987年。

〔註9〕 〈自作墓誌文〉，《王無功文集》，頁184。上海：上海古籍出版社，1987年。

〔註10〕 陸淳〈刪東皋子後序〉，《王無功文集》，頁222。上海：上海古籍出

其隱逸也多少帶著憤世嫉俗的內涵，卻不可否認，王績的身上更多帶有魏晉名士風流色彩，體現出對前代隱逸的因襲與過渡，這使得王績的隱逸不足以代表有唐隱逸的新特色，反而更像是前代隱逸文化的延續者。

王績對前代隱逸的承傳主要表現在兩方面：一是沿襲魏晉名士嗜酒的習性，另一則為對棄世遺名行為的適應。隱逸與飲酒正是魏晉名士風流兩大基本內容，可以說，王績是有意承襲的。他作〈醉鄉記〉、〈五斗先生傳〉以倣劉伶的〈酒德頌〉和陶淵明的〈五柳先生傳〉，不管為官與辭官、寫詩為文、隱居交友都或多或少與酒有關。

酒之於王績是重要的，以至他自言：「平生唯酒樂，作性不能無」〔註11〕從《全唐詩》中收錄他的五十六首詩來看，以酒為名的詩題就達三十首，他從各個角度頌揚飲酒帶給他的樂趣與愉悅，既有魏晉名士飲酒的憤世與狂態，也有陶淵明飲酒的恬適。魏晉名士飲酒是其思考人生與命運的一種獨特行為方式，其中固不乏佯狂避世、全身遠禍的意味，在魏晉，七賢在竹林的詩酒嘯傲中尋求心靈的寄慰，有其歷史因素，而王績由於自身對政治的戒懼心理，對竹林名士展現了他的傾心：

　　　　阮籍生年獺，裕康意氣疏。相途一飽醉，獨坐數行書。〔註12〕
　　　　阮籍醒時少，陶潛醉日多。百年何足度？乘興且長歌。〔註13〕
　　　　浮生知幾日，無狀逐空名。不如多釀酒，時向竹林傾。〔註14〕

王績藉酒消胸中塊壘，發洩對時世的怨憤與牢騷，這一點與嵇康、阮

　　　　版社，1987 年。
〔註11〕〈田家三首〉其三，《王無功文集》，頁 66。上海：上海古籍出版社，1987 年。
〔註12〕王績〈田家三首〉其一，《王無功文集》頁 65。上海：上海古籍出版社，1987。
〔註13〕王績〈醉後口號〉，《王無功文集》，頁 58。上海：上海古籍出版社，1987 年。
〔註14〕王績〈獨酌〉，《王無功文集》，頁 62。上海：上海古籍出版社，1987 年。

籍、陶淵明是同調的。他抨擊禮教、耽於酒鄉，行爲方式與魏晉名士是相近的。〈題酒店壁絕句八首〉其五云：

> 此日長昏飲，非關養性靈。眼看人盡醉，何忍獨爲醒。〔註15〕

在盡日昏飲的背後有著批判世俗和逃避現實的頹喪，可以想見王績並不是一個「醉飲無節」之人，其醉酒雖不同於竹林名士的懼禍托醉，卻也有其深重的憂慮，醉飲的背後有著「誰知懷抱深」的孤憤。

　　然而唐王朝畢竟不是魏晉那樣的亂世，甚至王績本人也不否認這一點，而且他的後半生就生活在著名的「貞觀之治」下。唐太宗打破門第出身的限制，發展科舉，汲汲於搜求人才。當時士人不問門第高下，皆可懷牒自列於州縣，以鄉貢應試，爲士人提供了相對公平的入仕機會。這種從各階層中選拔人才的方法，正是李唐王朝鞏固統治基業的重要手段。當唐太宗高興地說：「天下英雄入吾彀中矣。」〔註16〕時，馬周、劉洎、孫伏伽、張玄素等皆以寒素之身而位列宰臣。《全唐詩話》卷1載，李義府得李大亮、劉洎之薦而爲太宗所賞識。太宗召令詠烏，李義府寫下：

> 日裏腸朝彩，琴中聞夜啼。上林如許樹，不借一枝棲。

皇帝說：「與卿全樹，何止一枝。」〔註17〕從故事中可知太宗用才的氣度。在這樣開放進取的時局中，王績卻沈醉酒鄉，藉飲酒逃避現實，退縮到個人隱退自足的隱逸生活裡，是特別的。

　　除飲酒風習是魏晉風度的承繼之外，王績隨緣自適的隱逸也鮮明體現出對前代隱逸的接受。他早期「思待詔」、「覓封侯」的儒學思想隨著王通的不遇與故去、個人仕途的蹇塞而逐漸淡化，老莊思想則在他心中日益抬頭。正如他在〈答刺史杜子松書〉中所說：「意疏體放，性有由焉；棄俗遺名，與日已久」，其字取「無功」，即取《莊子・逍

〔註15〕〈題酒店壁絕句八首〉其5，《全唐詩》卷37，頁484。北京：中華書局，1996年。

〔註16〕《唐摭言》卷1〈述進士〉。收入《歷代筆記小說集成・唐代筆記小說》第2冊，頁429。河北教育出版社，1993年。

〔註17〕《全唐詩話》卷1。何文煥《歷代詩話》。中華書局，1981年。

遙游》「神人無功」之意。他的〈自作墓誌文〉云：

> 王績者，有父母，無朋友，自爲之字曰無功焉。人或問之，
> 箕踞不對。蓋以有道於己，無功於時也。天子不知，公卿
> 不識，四十、五十而無聞焉，於是退歸。〔註18〕

這種棄世遺名心理在〈答程道士書〉也有所流露：

> 吾自揆審矣，必不能自致台輔，恭宣大道，夫不涉江漢，
> 何用方舟？不思雲霄，何用羽翮？故頃以來，都複散棄，
> 雖周孔制述，未嘗複窺，何況百家悠悠哉！〔註19〕

自認才智遠遜王通的王績，其失意感是濃烈的。後期的他更追求著隱
逸生活的恬適，多少帶有頹廢逃避的情緒，所以儘管王績是唐代第一
個追慕陶淵明的詩人，但隱逸條件的改觀，使得王績的隱逸成了尷尬
的存在。

二、慕隱時尚的流行

　　從唐初確立了尊禮道教徒式隱士的傳統，並下詔求訪棲隱，隱逸
風氣在高宗、武后時期相當興盛。《舊唐書・隱逸傳序》稱：

> 高宗天后，訪道山林，飛書岩穴，屢造幽人之宅，堅回隱士
> 之車。而遊岩、德義之徒，所高者獨行二盧鴻一、承禎之比，
> 所重者逃名。至於出處語默之大方，未足與議也。〔註20〕

高宗迷信道術，多次下令徵召諸州道術之士，合煉黃白，設制舉詔求
岩穴幽素之士。曾三次訪嵩山，在逍遙谷建隆唐觀，與潘師正過往密
切，授嵩山隱士田游巖崇文館學士，並在嵩山經營奉天宮，宮側爲田
宅，親書題額其門。武后秉政後，這種「訪道山林」的活動更爲頻繁。
這樣獎掖隱逸的舉措刺激了舉朝上下對隱逸行爲的趨尚。

　　而初唐以來，朝官在觀念上早把休沐田居看作是大隱的最好方

〔註18〕王績〈自作墓誌文〉，《王無功文集》，頁 184。上海：上海古籍出版
　　　社，1987。
〔註19〕王績〈答程道士書〉，《全唐文》卷137，頁 1323。北京：中華書局，
　　　1983 年。
〔註20〕《舊唐書》卷 192，〈隱逸傳〉，頁 3480。北京：中華書局，1999 年。

式。李嶠〈和同府李祭酒休沐田居〉說：「若人兼吏隱，率性夷榮辱」，
〔註21〕在暫時的田居生活中求得心靈的超脫，以達到性情平和、不計
榮辱的境界。他的〈田假限疾不獲還莊載想田園兼思親友率成短韻用
寫長懷贈杜幽素〉詩還說：

　　　及此承休告，聊將狎遯肥。十旬俄委疾，三徑且殊歸。……
　　　疲痾旅城寺，延想屬郊畿。〔註22〕

盧撰《初出京邑有懷舊林》說：

　　　內傾水木趣，築室依近山。晨趨天日宴，夕臥江海閒。松
　　　風生坐隅，仙禽舞亭灣。曙云林下客，霽月池上顏。雖曰
　　　坐郊園，靜默非人寰。時步蒼龍闕，寧異白雲關。〔註23〕

在山莊別業中休憩所感受的情趣使詩人體味到遠離世俗的逍遙自
在，所以李嶠會為困守京城，不能肥遯郊外的田園而感到遺憾。

　　初唐詩人不僅在自家田園感受著這種愜意滿足，而且在游賞同僚
的山池別業時也對這種「朝攜蘭省步，夕退竹林期」〔註24〕的大隱生活
流露出垂羨之意，如杜審言〈和韋承慶過義陽公主山池五首〉其一說：

　　　野興城中發，朝英物外求。情懸朱紱望，契動赤泉遊。〔註25〕

韋嗣立的驪山別業是當時著名的別業，據說中宗曾率領官員前去遊
賞，即席封韋嗣立為逍遙公。《全唐詩》有多首應制詩都歌詠了這次
盛事。如趙彥昭「廊廟心存巖壑中，鑾輿矚在灞城東。逍遙自在蒙莊
子，漢主徒言河上公。」〔註26〕張說更讚許韋嗣立為「丘壑夔龍，衣
冠巢許」。〔註27〕可以看到初唐階段朝與隱是曾經如此自然完滿的統
一在園林別業之中。

　　不過時代背景的差異，初唐的朝隱與六朝的朝隱在精神內涵上並

〔註21〕《全唐詩》卷57，頁687。北京：中華書局，1996年。以下引書同。
〔註22〕卷61，頁727。
〔註23〕卷99，頁1069。
〔註24〕張說〈酬崔光祿冬日述懷贈答〉卷88，頁970。
〔註25〕卷62，頁733。
〔註26〕〈奉和聖制幸韋嗣立山莊應制〉，卷103，頁1090。
〔註27〕〈扈從幸韋嗣立山莊應制並序〉，卷88，頁963。

不相同。六朝爲士族社會，當時士大夫以隱逸爲心，以仕宦爲跡，借朝隱來點襯其不問俗務的享樂生活。而初唐的朝隱則仍不廢經世之心，選擇在園林別業中實現自己的遺世之想與山林之思。當然這種轉變也非一時成就的，如宋之問就認爲仕宦不能稱爲「吏隱」，「大隱」並非合於道德的眞隱。他在詩中也屢屢表達著這樣的看法：「宦遊非吏隱」〔註28〕「大隱德所薄，歸來可退耕」〔註29〕但是隨購置別業的普及，宋之問早年一度引以爲羞的吏隱，在盛唐又被舉朝稱頌了。這種朝隱方式不僅是一種逃避政治是非、圓滑混世的人生哲學，更反映了盛世氣象下官宦階層的享樂生活，園林別業可以洗滌士人耽於物質享受的浮世俗氣，讓使士人變得優雅高尚些。

而盛唐的國力的強盛激發著士人濃烈的時代自豪感。士人在「開元全盛日」的輝煌歷史時期，喜歡在詩文中表現出一種強烈的濟世安邦的志向。例如李白以張良、謝安等歷史人物爲心儀的偶像，意欲「奮其智能，願爲輔弼，使海縣清一，寰區大定」，〔註30〕建立像他們那樣的奇功偉業。杜甫也終身心繫黎元，渴望「立登要路津」，以實現其「致君堯舜上，再使風俗淳」的宏大抱負。而高適、岑參或揚馬邊塞，或干謁上書，都鮮明地表現出一個信念：「萬里奉王事，一身無所求」〔註31〕即使隱居鹿門的孟浩然也說「吾與二三子，平生結交深。俱懷鴻鵠志，昔有鶺鴒心。」〔註32〕這樣的時代聲音在在反映著一般知識分子對當盛世政權的強烈企圖心。

在這樣的文化環境中，隱逸不免在某些人手上成爲實現政治理想的手段之一。當隱逸由消極避世的態度演變爲積極入世的手段，成爲

〔註28〕〈藍田山莊〉，《全唐詩》卷52，頁635。北京：中華書局，1996年。
〔註29〕同上，〈奉使嵩山途縅維嶺〉，卷51，頁624。
〔註30〕李白〈代壽山答孟少府移文書〉。《李太白全集》，頁593。北京，中華書局，1990。
〔註31〕岑參〈初過隴山途中呈宇文判官〉，《全唐詩》卷198，頁2025。北京：中華書局，1996年。
〔註32〕同上，孟浩然〈洗然弟竹亭〉，卷159，頁1626。

盛唐士人普遍認同的心理和觀念時，文人甚且以此互相標榜，構成詩歌中的熱烈主題，這樣的主流與昂揚奮發的盛唐時代精神是合拍的。正因如此，陳貽焮在《談孟浩然的「隱逸」》一文中說：

> 隱居有它的傳統，有它的內容，然而他的「隱居」，除了上面說過的在爲應試作準備外，本身也有著積極的入世意義。這是一種姿態，一種方式，以前的「竹林七賢」這樣，以後的「竹溪六逸」也這樣。這種「隱居」可以造成名譽，於進於退都是有利的。因此它與求仕進的思想是統一而不矛盾的。這種「隱居」的心情是「幽雅」的，它充滿了幻想和期望而無蕭瑟之感。〔註33〕

如同本論文第二章所論述，隱逸最初是一種針對仕而產生的文化，就客觀形勢言，有其不得已的無奈：士人爲了潔身守道，隱逸確實有其積極性的意義。如《論語・衛靈公》所云：「邦無道，則可卷而懷之」。可以視爲是針對「仕」的挫折而起的一種暫時性的生活態度，這便是孔子的「待時」之隱。而莊子的「身隱」是在「時命大謬」之際主動遺世超脫，追求個人的自在逍遙，其隱逸是出於對人世紛擾羈絆的拒絕，是出於個人性情上的選擇。比較起來，儒、道兩家隱逸有避人與避世之別，「道隱」與「身隱」之異。而且，從「隱逸」與「仕宦」相對的價值取向可以看出，隱與仕二者往往是不可兼得的。

　　隨著魏晉政治黑暗、社會混亂，致使名士因不滿現狀而隱。加之當代玄學大熾，也將隱逸推許爲高遠超卓的逍遙境界。王瑤說：

> 到隱士的行爲普遍以後，道家的思想盛行以後，已經無所謂「避」的問題，而只是爲隱逸而隱逸，好像隱逸本身就有它的價值與道理。……這套理論盛行以後，隱士地位的崇高，就得到了社會的承認。而且不論社會情形是否令人滿意，隱士始終是懷道的、高尚的。〔註34〕

〔註33〕陳貽焮《唐詩論叢》，頁 66。湖南人民出版社，1981 年。
〔註34〕王瑤《中古文學史論・論希企隱逸之風》，頁 190。長安出版社，民國 75 年。

視隱逸爲崇高的觀念一旦普遍被承認後，爲隱逸而隱逸的情形就逐漸增加，並突破了儒家隱逸的正統觀念。一方面，有人把「隱逸」的意義擴大，稱「小隱隱林藪，大隱隱朝市」，竟然反客爲主，把仕宦稱爲大隱，而眞正躲在山林裏的隱者反而降格爲小隱，抹煞了隱與仕的界限。另一方面，更有人把隱逸與求仕結合起來，以隱逸爲手段，以求仕爲目的。雖然當代也有人對隱逸觀念的這種變化不以爲然，嚴正聲討那些借隱求仕的假隱士如〈北山移文〉，以抵抗晉人所提出「出處同歸」爲出處的融合平衡作出努力的說法，可見較之入仕，時人還是以隱逸爲尊，而且，在當時齊一出處並非一日之功，能夠優遊于魏闕與山林間的還只是少數高門士族，風氣並未普及於整個士人階層中。

盛唐時隱逸成爲一種時代風尚。隨著科舉在初唐施行並在盛唐成爲士人階層共同追求的目標之一，也就意味著前代寒門士人與中央政權有機會彌平鴻溝，加上士人入仕途徑的多樣化，使得由隱入仕不僅可得盛名，甚且可得到免役或受賞賜的實惠，因而激發了庶族士人對布衣卿相的嚮往。相對的，唐代統治者也以涵容一切的氣度使得出處齊一，平衡仕隱的理想得以實現。

這樣的時代風氣已經與六朝有著性質上的區別。六朝是由門閥制度統治的時代，也是一個戰亂不休、人人自危的黑暗時代，豪門士流的慕隱除了附會風雅外，也往往帶有全身遠禍、及時行樂的因素。《隋書‧隱逸傳》在論及六朝隱逸之風時云：

> 魏晉以降，其流愈廣。其大者則輕天下，細萬物；其小者則安苦節，甘賤貧。……然皆欣欣於獨善，鮮汲汲於兼濟。
> 〔註35〕

而唐代是由亂世變爲治世，社會政治情況有一系列深刻變化，隱逸成爲通向功名的道路之一，與科舉考試、邊塞從軍、求仙學道、漫遊干謁一樣，都是名正言順的求仕方法，士人往往數途並用，隱逸成爲盛唐士人

〔註35〕《隋書》卷 77，列傳第 42，〈隱逸傳〉，頁 1752。台北：鼎文，民國 76 年。

積極進取生活的補充和精神調劑，與隱逸相近的山水田園詩人自不待言，即使邊塞詩人高適、岑參、李頎也有隱逸的行跡與詠隱的詩歌。

　　不過，盛唐士人多有隱逸行跡但又很少隱逸終身。可以說，隱逸是當時一種熱門的話題、一種時代潮流中的創作素材。如王昌齡〈淇上酬薛據兼寄郭微〉：「吾謀適可用，天道豈遼廓。不然買山田，一身與耕鑿。」〔註36〕對出處進退看得如此輕鬆，完全看不出消沉和頹廢之情，即使少數作品流露沮喪之情，但其實際上對未來並未失去信心，並不甘心做那種終身閉門不仕的隱士，他是以退爲進，待機而動的。

　　以隱待仕並不只是釋褐前所爲，即使爲官時也會因守選等原因而暫時隱居。當時貴族門閥把持各級政權的局面雖已被打破，但襲蔭制度的存在，還是讓許多出身庶族才智之士仍然仕進無門。所以盛唐士人也因仕途挫折而暫時放棄自己的濟世抱負，棄官歸隱。如王維〈不遇詠〉說：「今人昨日多自私，我心不說君應知。濟人然後拂衣去，肯作徒爾一男兒！」〔註37〕王維開元九年進士及第，爲大樂丞，不久坐事貶濟州司戶參軍，曾有一段隱居淇水的時日。離開淇上後，直到獻詩給張九齡被擢爲右拾遺之前，王維主要在嵩山隱居。但這種隱逸只不過是以退爲進的一種手段，並非眞正要遺世獨立。開元二十二年張九齡執政，次年三月王維便授爲右拾遺了。

　　儲光羲仕途的變幻使他也常懷獨善之志：「其如懷獨善，況以聞長生？」〔註38〕「昔賢居柱下，今我去人間。良以直心曠，兼之外視閒。」〔註39〕在〈安宜園林獻高使君〉一詩中也流露出歸隱之思：
　　　魚鱉樂仁政，浮沈亦至哉。小山宜大隱，要自望蓬萊。〔註40〕
儲氏約在開元十九年或二十年在安宜尉任上棄職歸隱，在太行山附近的

〔註36〕王昌齡〈淇上酬薛據兼寄郭微〉，《全唐詩》卷140，頁1429。北京：中華書局，1996年。以下引書同。
〔註37〕卷125，頁1260。
〔註38〕〈游茅山・其二〉，卷136，頁1378。
〔註39〕〈游茅山・其四〉，卷136，頁1378。
〔註40〕卷137，頁1390。

淇上賦閑。從「山澤時晦暝，歸家暫閒居」〔註41〕的句子可知他之所以隱居實出於不得已，其暫時閒居是在等待時機，為重新出山作準備。其後他又歷任汜水尉、馮詡尉後，開元末到天寶初他又再度隱居終南山。像儲光羲這樣頻繁出入於山林與魏闕的士人在唐代大有人在，前代的那種絕然世俗、以隱逸終身的士人在盛唐寥若星辰，真正代表盛唐隱逸特色的往往是那些身在魏闕而情游江海的眾多入仕者。

　　總之，「足崖壑而志城闕」是論者對唐代隱者的評價，也形象地道出了盛唐文人的隱逸心態。隱逸在當代既有高名之譽，又可藉以走上仕途、獵取祿位，所以盛唐文士多有隱逸經歷。然而有別於傳統隱逸或是身處亂世的全身守道之法，或是士族文人標榜適性優遊生活的藉口，盛唐人的隱逸既是人生失意的補償，也是時代特徵的體現，更常雜以懷才不遇的牢騷，只有在隱逸的本質上仍是待時而出的精神與傳統是相通的。

三、以隱求仕的手段

　　唐玄宗時期，隱逸成為引人注目的社會文化現象之一。當時隱逸隊伍特別龐大，成為繼魏晉後的一種社會風尚。統治者對隱逸的徵招獎掖，激勵了士人對隱逸的興趣和實踐，無論是公卿宰臣還是下層文人，都有隱居的願望和要求。文人並且不時在詩文中表達、標榜他們對山林、隱逸的企羨。

　　當時士人的隱居方式正如葛曉音所指出的那樣，大致有三種情況：一是中進士之前在家鄉隱居，這正是庶族士人的特點；二是在仕宦休沐之時，地點多是在任所附近，此所謂「大隱」；三是等候守選或待時出仕期間，其中包括仕宦不得意、久不遷調、遭受貶謫等，「通常是文人進行心理調節的時期。」〔註42〕盛唐士人大都有「置身青山，

〔註41〕〈田家雜興八首‧其二〉《全唐詩》卷137，頁1387。北京：中華書局，1996年。
〔註42〕葛曉音〈盛唐田園詩和文人的隱居方式〉，《學術月刊》1989年第11期。

俯飲白水，飽於道義，然後渴王公大人以希大遇」〔註43〕的經歷。他們大多以隱求仕，標榜清高，激揚名節，「但得天子知」以便曲線入仕，這樣的隱反而有求「顯」的一面。正如羅隱在〈鹿門隱書六十篇〉中所指出的：「古之隱也，志在其中；今之隱也，爵在其中。」〔註44〕高適、岑參、王昌齡、李白、王維的早期隱逸不出其外。即便是「紅顏棄軒冕，白首臥松雲」的孟浩然，其早期隱逸也不無以隱求仕的動機。可以說，盛唐這種以隱求仕的風尚是無庸質疑的，時人不僅不以此為忤，而且這種隱逸方式還得到統治者的包容。

　　盛唐時仕隱兼通成為當時隱逸的主流：士人既想濟蒼生、安黎民，又想擁有充分的個性自由，所以一方面積極進取，爭取功名；另一方面又瀟灑任性，不屑作循規蹈矩的儒生。而政治清明、經濟繁庶、文化開放的安定又為士人的全面發展提供了條件，於是，皇權與士人在歡愉的氣氛中得到了諧調和上下交征利的完美合作。由隱入仕成為盛唐士人矛盾而統一的精神支柱，他們隱居山林，養名待時，以獲得統治者的賞識與徵召，藉以獲取政治出路。這種以隱逸丘園為入仕的晉身之階的盛唐文人不勝枚舉。

　　孟浩然一度隱居澗南園、鹿門山，四十歲才赴長安求取功名。然而他也並非為隱居而隱居，在入世情緒普遍高漲的盛唐，他也有彈冠投刺之想。其「為學三十載」就是在為科舉入仕作準備。即使隱居和出遊時他也依然眷顧仕途，感歎自己「未能忘魏闕，空此滯秦稽。」〔註45〕由此看來，李白心中的孟浩然雖飄逸但並不真實，王士禛就說「襄陽未能脫俗」。〔註46〕

〔註43〕王昌齡〈上李侍郎書〉，《全唐文》卷 331，頁 3352。北京，中華書局，1983 年。

〔註44〕皮日休《皮子文藪》卷 9，〈鹿門隱書六十篇〉，頁 960。上海：上海古籍出版社，1959 年。

〔註45〕〈久滯越中貽謝南池會稽賀少府〉，《全唐詩》卷 160，頁 1660。北京：中華書局，1996 年。

〔註46〕王士禛《香祖筆記》卷 8，頁 1660。學苑出版社，2001 年。

　　王維十八歲時曾在洛陽東北一帶隱居。《哭祖六自虛》一詩中說：
「南山俱隱逸，東洛類神仙。……花時金谷飲，月夜竹林眠。」〔註47〕
詩自注云：「時年十八。」這時期的他既沒有仕途的失意，也不是爲宦
者即閑得逸的瀟散，只能看作是時代風氣的濡染使然。王維最初的隱
逸思想和隱逸行爲，正是由這種時代風氣孕育而成，反映了特定的時
代精神。而他後來去隱居嵩山，則是仕途受挫後的心理調適。

　　房琯「少好學，風度沈整，以廕補弘文生。與呂向偕隱陸渾山，
十年不諧際人事。開元中，作〈封禪書〉，說宰相張說，說奇之，奏
爲校書郎」〔註48〕常建罷籲胎尉後，在鄂州以隱居待時，希企再度入
仕，《唐才子傳》載其：

> 仕頗不如意，遂放浪琴酒，往來太白、紫閣諸峰，有肥遁
> 之志。……後寓鄂諸，招王昌齡、張債同隱，獲大名當時。
>
> 〔註49〕

這期間，他也嘗試以投贈干謁來博得有識之人的提攜援引。在〈贈三
侍御〉一詩中他對三位長官一番吹捧之後，婉轉表達了「責躬貴知己，
效拙從一官」〔註50〕的眞意，可見其用世之心、從宦的熱情並未泯滅，
而其隱居的實際效果則是「獲大名於時」。他在〈鄂諸招王昌齡張債〉
中雖稱頌隱逸生活的高雅情趣，但其實質不過是爲自己揚名造勢，隱
逸於他只是抬高身價、激揚聲節的手段而已。以後在種種努力均化爲
泡影後，他以隱求名的用世熱情才大大減弱。

　　高適五十歲之前一直仕途失意，他曾在淇上隱居躬耕，〈淇上別
業〉：

〔註47〕《全唐詩》卷 127，頁 1294。據葛曉音考證，詩中提到的金谷在河
　　　　陽縣，竹林爲魏晉竹林七賢遨游處，在河內山陽縣，可見當時隱居
　　　　地點位於洛陽東北一帶的郊縣。北京：中華書局，1996 年。
〔註48〕《新唐書》卷 139，〈房琯傳〉，頁 4625。北京：中華書局，1999 年。
〔註49〕傅璇宗《唐才子傳校箋》卷 2，頁 264～268。北京：中華書局，2002
　　　　年。
〔註50〕《全唐詩》卷 144，頁 1457。北京：中華書局，1996 年。

依依西山下，別業桑林邊。且向世情遠，吾今聊自然。〔註51〕
他的隱居自然也可見其待時的因素。

祖詠歸隱別業初期，也並非沒有重新出山的願望，他在〈汝墳秋同仙州王長史翰聞百舌鳥〉一詩中說：「且長凌風翮，乘春自有期。」〔註52〕可是此願最終沒能實現。

儲光羲二十八歲辭官歸隱，第二年又從江南轉隱終南山，三年後「有詔中書試文章」而得以再度出仕已如前文所述（頁267）。

李頎早年曾隱居嵩山十年，自言：「顧余守耕稼，十載隱田園。」〔註53〕他「十年閉戶潁水陽」讀書，目的也是爲了「業就功成見明主，擊鐘鼎食坐華堂」〔註54〕是有著明確的功名心的。

岑參隱居讀書目的在於獻書闕下，他兩次出塞間歇也曾隱居終南山，以此來調整仕途的坎坷。當時像這樣以隱求仕的盛唐士子可謂俯拾即是，這其中以李白最爲突出。

李白從青年時期就懷有「濟蒼生」、「安社稷」的宏偉抱負，並爲其實現而孜孜以求，鍥而不舍。他追求鴻功偉業，希望建立不世之功，經常以帝王師自期，想平交王侯，一步凌雲，隱逸求仙正是他實現政治理想的手段。出蜀前他曾在匡山隱居，在〈上安州裴長史書〉一文中他自言：

> 昔與逸人東嚴子隱於岷山之陽，白巢居數年，不跡城市，養奇禽千計，呼皆就掌取食，了無驚猜。廣漢太守聞而異之，詣廬親睹，因舉一人以有道，並不起，此則白養高忘機，不屈之跡也。〔註55〕

以偕隱招名，以巢居得太守薦舉，顯示李白不但自覺地在養其高士之

〔註51〕《全唐詩》，卷214，頁2232。北京：中華書局，1996年。

〔註52〕同上，卷131，頁1337。

〔註53〕同上，〈無盡上人東林禪居〉，卷132，頁1346。

〔註54〕同上，李頎〈緩歌行〉卷133，頁1349。

〔註55〕〈上安州裴氏史書〉，見《李太白全集》卷26，頁1205。北京：中華書局，1990。

名，而且還刻意向人宣揚其行跡之高潔，其以退爲進的動機由此可見。出蜀後他「酒隱安陸，蹉跎十年」，〔註56〕先後隱居壽山與白兆山桃花岩。大約開元二十二年又與元丹丘偕隱嵩山。在這「雲臥三十年，好閒復複愛仙」〔註57〕時期內，李白屢向地方長官干謁自薦，從開元十五年至開元二十二年先後有〈代壽山答孟少府移文書〉、〈上安州李長史書〉、〈上安州裴長史書〉、〈與韓荊州書〉等自薦之文。他在〈代壽山答孟少府移文書〉中云：

> 近者逸人李白自峨眉而來，爾其天爲容，道爲貌，不屈己，不干人，巢、由以來，一人而已。乃虯蟠蠖息，遁乎此山。僕嘗弄之以綠綺，臥之以碧云，嗽之以瓊液，餌之以金砂。既而童顏益春眞氣愈茂，將欲倚劍天外，掛弓扶桑。浮四海，橫八荒，出宇宙之寥廓，登云天之渺茫。俄而李公仰天長籲、謂其友人曰：「吾未可去也」。吾與爾，達則兼濟天下，窮則獨善一身。安能餐君紫霞，蔭君青松，乘君鸞鶴，駕君虯龍，一朝飛騰，爲方丈、蓬萊之人耳，此則未可也。〔註58〕

在這鋪張起伏、酣暢淋漓的行文中，可以清楚地見出李白隱逸求仙之政治目的明顯。開元十八年李白入長安遍謁諸侯、卿相，尋求政治出路。遭受挫折後，移家東魯，寓居任城，與孔巢父、韓准、裴政、張叔明、陶沔等隱于徂徠山西北峰石峰下之竹溪，聲名遠播，時人號爲「竹溪六逸」。繼而又與元丹丘一起學道于胡紫陽。此時他嘗自謂「吾不凝滯於物，與時推移。出則以平交王侯，遁則以俯視巢、許。」〔註59〕天寶初游會稽時，他又與道士吳筠偕隱。基於此，

〔註56〕〈秋于敬亭送侄耑游廬山序〉，《李太白全集》卷27，頁1295。北京：中華書局，1990。

〔註57〕〈安陸白兆山桃花巖寄劉侍御史〉，《全唐詩》卷172，頁1766。北京：中華書局，1996年。

〔註58〕《李太白全集》卷26，頁1205。北京：中華書局，1990。

〔註59〕〈冬夜於隨州紫陽先生餐霞樓送煙子元演隱仙城山序〉，《李太白全集》卷27，頁1295。北京：中華書局，1990。

胡適認爲李白是個山林隱士，他在《白話文學史》中說：

> 然而李白究竟是一個山林隱士。他是個出世之士，賀知章
> 所謂「天上謫仙人」。這是我們讀李白詩的人不可忘記的。
> 他的高傲，他的狂放，他的飄雙逸的想像，他的遊山玩水，
> 他的隱居修道，他的迷信符籙，處處都表示他的出世的態
> 度。他儘管說他有「濟世」「拯物」的心腸；我們總覺得
> 酒肆高歌，五嶽尋山是他的本分生涯。」〔註60〕

胡適看到了李白隱逸出世的一面，但將李白的隱逸出世視爲其思想
主流，顯然又太單純了。李白執著世情而不失超脫飄灑恐怕才是比
較完整的觀察角度。曾鞏在〈李太白文集後序〉中就說：「舊史稱
白有逸才，志氣宏放，飄然有超世之心，余以爲實錄。」〔註61〕這
種交遊道侶、嘯傲林泉的生活，充滿了超脫凡俗的浪漫主義情調，
其思想、性格、行爲可作爲盛唐知識份子的典型。

　　以上這些例子都說明了隱居成了唐代士人普遍的傾向。這些文
人士子一方面遁跡丘壑，另一方面又志在青雲，隱居不忘干謁，足
見這一時期的隱逸並非能用士大夫個人品行所能解釋。這些士人常
常是將隱逸作爲仕途進退之途，待時之隱沒有前朝隱者遁跡山林的
深衷和不得已，也沒有因政治黑暗、生死無常所帶來的絕望與恐
懼，反而充滿了功名之念和進取之心，即使有仕與隱的心靈煎熬，
也能在山水中消解精神的壓力。所以唐人徜徉山林，無論從外在表
像還是內在意蘊上都與晉宋六朝的隱逸大相逕庭。

第二節　讀書山林的風氣

　　唐代得官的門徑多元，已在本文第四章有所論述，其中科舉是中
下層士人一條重要的入仕路徑。魏晉南北朝的政治大都爲世族高門所

〔註60〕胡適《白話文學史》第十二章，頁248～249。胡適紀念館，民國63
　　　　年。
〔註61〕《李太白全集》卷31，頁1443。北京：中華書局，1990。

掌握，士族「平流進取，坐致公卿」，使得寒門庶族只能「鬱鬱沉下僚」。迄唐代重視科考，魏晉以來的門閥才受到打擊，庶族地位也獲得抬升。唐初貞觀、顯慶、開元先後官修《氏族志》、《姓氏錄》、《姓族系錄》，士族勢力受到了削弱；而庶族地位抬升，貞觀之治從精神上激發了下層士人建功立業的雄心壯志，武則天重視科舉則從客觀上提供了布衣寒素進入政權的現實條件，科舉的實施成為此一轉變的重要契機。

取士制度的變革激發了唐代士人的進取意識和功名欲望，在這種政治、文化風氣下成長的一代文士，大多胸懷壯志，抱負遠大，才氣橫溢而自視甚高。他們廣泛涉獵典籍，增強文化修養。李白「五歲誦六甲，十歲觀百家」〔註62〕、杜甫「讀書破萬卷，下筆如有神」〔註63〕、白居易「苦節讀書。二十以來，晝課賦，夜課書，間又課詩，不遑寢息」〔註64〕就是其中突出的例子。他們為入仕汲汲苦讀，以求一朝為宦。

而唐代科考初以策問為重，後來詩賦漸受重視。徐松《登科記考》卷2永隆二年條云：

> 按雜文兩首，謂箴銘論表之類，開元間始以賦居其一，或以詩居其一，亦有全用詩、賦者，非定制也。雜文之專用詩、賦，當在天寶之間。……開元以後，四海晏清，士無賢不肖，恥不以文章達。〔註65〕

從以上材料中我們可以初步得出結論，雜文起初並非專用詩賦，但到了開元、天寶以後，雜文一項以試詩賦為多。因此，後來的進士考試就以文詞為主，主要衡量考生的文學才能。《全唐文紀事》載開元二年高錯主試，進士李肱、張棠以詩被擢置高第；令狐楚鎮峰時舉行府試，馬植

〔註62〕〈上安州裴長史書〉，《李太白全集》卷26，頁1205。北京：中華書局，1990。

〔註63〕〈奉贈韋左丞丈二十二韻〉，《全唐詩》卷216，頁2252。北京：中華書局，1996年。

〔註64〕〈與元九書〉，《白居易集箋校》卷45，頁2792。北京：中華書局，1988年。

〔註65〕〈上安州裴長史書〉，《李太白全集》卷26，頁1205，中華書局，1990。

以賦奪魁，〔註66〕貞元中李程因賦而被主司擢為狀元，〔註67〕可見當時詩賦在科考中的地位。

　　詩文之作多不需像研習經籍那樣注重師學，而山林澤藪又多有知識修養的高僧逸士。這些高僧隱士往往在寺院精舍或隱居處所聚徒講經授業，為貧寒士子提供了求學的環境。進入唐代，由於科舉考試，許多學子為功名而習業山林。《唐摭言》卷 3〈慈恩寺題名遊賞賦詠雜記〉條載：

> 文皇帝撥亂反正，特盛科名，志在牢籠英彥。遹來林棲谷
> 隱，櫛比鱗差。〔註68〕

唐代士子為應科試，多讀書山林，以習舉業，從「林棲谷隱，櫛比鱗差」可知山林幽僻之地習業之盛況，乃成一代風氣。如：馬嘉運「退隱白鹿山，諸方來授業至千人」〔註69〕、盧鴻在嵩山，「廣學廬，聚徒至五百人」〔註70〕、岑參「十五隱于嵩陽，二十獻書闕下，嘗自謂曰：『雲霄坐致，青紫俯拾。』」〔註71〕、崔署「少孤貧，不應徵辟，志況疏爽，擇交於方外。苦讀書，高樓於少室山中。」〔註72〕、劉長卿「少居嵩山讀書」〔註73〕、「及強仕，殊不知書；一旦自悟其非，聞中條山書生淵藪，因往請益。……自是未半載，下筆成文，於是請下山求書糧。」，〔註74〕可見從太宗朝到晚唐這一風氣一直是綿延不衰的。

〔註66〕周勛初主編《唐人軼事彙編》，卷 14，頁 1325。上海：上海古籍出版社，1995 年。
〔註67〕同上，卷 21，頁 1147。上海：上海古籍出版社，1995 年。
〔註68〕《唐摭言》卷 3，〈慈恩寺題名遊賞賦詠雜記〉條。收入《歷代筆記小說集成‧唐代筆記小說》第二冊，頁 441。河北教育出版社，1993 年。
〔註69〕《新唐書》卷 198，〈儒學傳〉，頁 4333。北京：中華書局，1999 年。
〔註70〕同上，卷 196，〈隱逸傳〉，頁 4305。北京：中華書局，1999 年。
〔註71〕〈感舊賦〉，《岑參集校注》頁 437。上海：上海古籍出版社，1981 年。
〔註72〕《唐才子傳校箋》卷 2，頁 277、3120。北京：中華書局，2002 年。
〔註73〕同上，卷 2，頁 277、3120。北京：中華書局，2002 年。
〔註74〕〈上安州裴長史書〉，《李太白全集》卷 26，頁 1205。北京：中華書局，1990。

　　庶族士子選擇山林習業，既有食宿之便，也有豐富的藏書，又「愛茲多幽寂」借其幽靜的環境專心讀書，還可向隱士或高僧請教。嚴耕望在其〈唐人習業山林寺院之風尚〉一文中說，從南朝開始「當時第一流學者多屬僧徒，且兼通經史；貴族平民皆尊仰之。吾人想像當時教育中心固在世家大族，然亦必有不少士子就學於山林巨刹者。」〔註75〕這種情形在唐詩中往往可見，如盛唐處士閻防「放曠山水」，讀書于終南山豐德寺和崇濟寺；劉眘虛在〈寄閻防〉一詩中就勸其「應以修往業，亦惟立此身」；〔註76〕岑參「早歲孤貧」，十五歲起隱居於嵩山少室、太室兩峰間讀書達五年之久，「能自砥礪，遍覽史籍，尤工綴文」。〔註77〕中唐以後，此風更盛。這一點可以從李渤的事蹟得到印證。《舊唐書》卷171〈李渤傳〉載：

　　　　渤恥其家汙，堅苦不仕，勵志于文學，不從科舉，隱於嵩
　　　　山，以讀書業文為事。〔註78〕

白居易在〈秋霖中過尹縱之仙游山居〉一詩中稱賞在仙遊寺讀書的尹縱之時說：「林下有志士，苦學惜光陰。」于鵠「讀書林下寺，不出動經年」，〔註79〕其他如崔曙、張趣、張謂、徐商、朱慶余、劉柯等詩人亦有讀書精舍的經歷。他們讀書之餘，也曾走訪一些附近的山人、處士、隱者，抒寫對隱士的仰慕，對隱居生活的企羨或自得之情（可參考前文第三章第七節）。他們的隱居只是枯燥讀書生活的調劑，一時興到之作。這些人固然不能算是真隱居，但僅就形跡而言，也可說是曾有短期的隱逸行為。

〔註75〕嚴耕望《唐史研究從稿》，頁368。新亞研究所，1980。

〔註76〕劉眘虛〈寄閻防〉，《全唐詩》卷256，頁2869。北京：中華書局，1996年。

〔註77〕〈岑嘉州詩集序〉，《岑參集校注》，頁463。上海：上海古籍出版社，1981年。

〔註78〕《舊唐書》卷171，〈李渤傳〉，頁3021。北京：中華書局，1999年。

〔註79〕〈題宇文屬山寺讀書院〉，《全唐詩》卷310，頁3498。北京：中華書局，1996年。

　　貧寒者寄宿寺院習業，而比較有資財的則在山林中自結屋宇書齋，如〈崔愼由傳〉云：

> （父從）與仲兄能同隱山林，苦心力學……飲水栖衡，而講誦不輟，怡然終日，不出山岩，如是者十年。貞元初，進士登第。〔註80〕

《唐詩紀事》卷46〈劉軻〉條云：

> 樂天云：廬山自陶謝後，正元初有符載、楊衡輩隱焉今讀書屬文，結茅岩谷者猶一二十人。〔註81〕

在此類士人中，可以看出他們讀書山林，多隱於嵩山、終南、中條山、華山、少室山等，近京都的名山者眾，顯示了這幾座名山不光是隱逸的熱門地點，也是讀書人的學術重鎮：

姓　　名	讀書習業場所	出處
李　紳	嘗習業於華山。	《太平廣記》卷 27
劉長卿	少居嵩山讀書。	《唐才子傳校正》卷 2
徐　商	幼隱中條山。	《新唐書》卷 113
張　謂	少讀書嵩山。	《唐才子傳校正》卷 4
岑　參	十五隱於嵩陽。	《全唐文》卷 358·〈感舊賦〉
房　琯	性好隱遁，與呂向偕隱陸渾山〔註82〕伊陽山中讀書，凡十餘載。	《舊唐書》卷 111
李　賀	少時讀書昌谷。	《全唐詩》卷 392，〈昌谷讀書示巴童〉
徐彥伯	早年結廬太行山下。	《新唐書》卷 114
崔　從	寓居太原，與仲兄能同隱山林，苦心力學……如是者十年。	《舊唐書》卷 177

〔註80〕《舊唐書》〈崔愼由傳〉卷 177，頁 4577～4578，北京：中華書局，1999 年。
〔註81〕《唐詩紀事校箋》卷 46，〈劉軻〉條，頁 705。成都：巴蜀書社，1989 年。
〔註82〕陸渾山爲嵩山近諸山之一。見《中國歷代名人勝跡大辭典》，頁 174。旺文社股份有限公司，1993 年。

李商隱	早年習業王屋山、終南山。	《新唐書》卷203，〈文藝〉下
韓 偓	居紫閣峰〔註83〕讀書。	《全唐詩》卷682，〈歸紫閣下〉
皮日休	初隱居鹿門山。	《唐才子傳校正》卷8
殷文圭	初居九華，刻苦於學。	《唐詩紀事》卷68
許 渾	曾居西山讀書。	《唐才子傳校正》卷7
李 頻	少秀悟，長，盧西山。	《唐才子傳校正》卷7
李 中	嘗讀書盧山。	《全唐文》卷750〈壬申歲承命之任淦陽再過盧山國學感舊寄劉鈞明府〉
伍 喬	少隱居盧山讀書。	《唐才子傳校正》卷7
符 載	始與楊衡、宋濟習業青城山，復隱盧山。	《唐詩紀事》卷51
李 郢	初居餘杭，出有山水之興，入有琴書之娛，疏於馳競。	《唐才子傳校正》卷8
羊士諤	早歲嘗游女几山，有卜築之志。	《唐才子傳校正》卷5
邵 謁	韶州婺源縣，人居離縣之某湖，環室皆水，發憤讀書。	《唐才子傳》卷8
丘 為	初累舉不第，歸山讀書數年。	《唐才子傳校正》卷2
陳子昂	於梓州東南金華山讀書。	《唐才子傳校正》卷1
于 鵠	初買山於漢陽高隱，三十年猶未成名。大曆中，嘗應薦，歷諸府從事。	《唐才子傳校正》卷4

可見，選擇山林讀書，一方面考慮到清幽寂靜的山居比較適於讀書。所謂「陶鈞氣質，漸潤心靈者，人不若地。學者察此，可以有意于居矣。」〔註84〕林泉是陶冶性情、培養靈感的理想處所，易於觸動文思而習詩作文，對參加進士科考者而言可謂是理想的環境，所以他們隱居習業之地多是山水名勝之地。另一方面，山林讀書採取偕隱方

〔註83〕紫閣峰為終南山之峰名。同上，頁601。
〔註84〕徐鍇〈陳氏書堂記〉，《全唐文》卷888，頁9279。北京：中華書局，1983年。

式，則可以相互勉勵切磋，而不致於孤獨枯索。此外，選擇山林別業做爲讀書之地，也與唐王朝鼓勵隱逸有關：先隱逸修身養名，並充實學識文才，再出而投考或受薦舉，兩者可並行不悖。

　　當然，山林習業並非完全以養名爲主而等待薦舉，赴科考也是他們的主要目的之一。暫時的隱居只是心存魏闕，爲出仕做準備。唐代科舉在高宗咸亨以後，進士科遠比明經科受文人重視，而進士科尤重詩賦，因而詩賦習作遂成爲入仕的重要功夫。《通典》卷 15〈選舉〉三載武后時「始以文章選士」，導致「公卿百辟無不以文章達，因循日久，浸以成風，甚至連「五尺童子恥不言文墨焉。」〔註85〕所以李群玉說：「憐君少雋利如鋒，氣爽神清刻骨聰。片玉若磨唯轉瑩，莫辭雲水入廬峰。」〔註86〕李頎〈緩歌行〉直截了當地說，欲獵取功名富貴必須經過閉門苦讀的階段：

　　男兒立身須自強，十年閉戶潁水陽。業就功成見明主，擊
　　鐘鼎食坐華堂。〔註87〕

可見唐代的隱逸現象的普遍，宜於包括這類隱居讀書的情形。

第三節　仕宦待遇與生活方式

　　葛曉音觀察盛唐田園詩的創作環境，認爲不外乎以下三種：一是在郊館別業休沐之時，即所謂「亦官亦隱」；第二是借宿隱者「山居」或過訪友人「田莊」之時；第三是在作者自己閑居莊園之時。這三種情況都與盛唐園林別業在官僚階層，尤其是中下層士人中的普及有關。〔註88〕

〔註85〕唐・杜佑《通典》卷 15，〈選舉三・歷代制〉，頁 142。台北：大化書局，民國 52 年。
〔註86〕〈勸人廬山讀書〉，《全唐詩》卷 570，頁 6615。北京：中華書局，1996 年。
〔註87〕《全唐詩》卷 133，頁 1348～1349。北京：中華書局，1996 年。
〔註88〕葛曉音《詩國高潮與盛唐文化》，頁 93～107，北京：北京大學出版社，1998 年。

　　唐自開國以來，官員待遇良好，可以占田享有很多特權，唐代的園林別業多附有田園。《新唐書・食貨志》說：「自王公以下，皆有永業田。」最低的從九品官也有兩頃，而一般百姓只有二十畝永業田，相差十倍。此外，「凡諸州及都擴府官人」還有職分田，最低的九品也有一頃五十畝。〔註89〕開元十年至十八年雖一度停職分田，仍以每畝給粟二斗代之。同時，九品以上官員皆免課稅徭役，〔註90〕在職期間除享有規定的祿米外，還有其他食料、庶僕（六品以下）、防閣（五品以上）、雜用等收入。許多官僚於是得以憑政治經濟特權肆意擴大田莊，違法買賣口分田與永業田，以致玄宗時不得不下詔嚴禁，「王公百官勛蔭等家，應置莊田，不得逾於式令」。〔註91〕當時在朝京官都有園林別業，遍布於長安洛陽一帶。「郡縣官人，多有任所寄莊」。〔註92〕連官階最低的九品校書郎也都擁有自己的別業或花園。〔註93〕唐玄宗還「命侍臣及百僚每旬暇日尋勝地宴樂，仍賜錢，令所司供帳造食」，〔註94〕這樣豐厚的待遇給了朝廷到州縣的各級官吏提供了亦官亦隱的優裕條件。

　　唐制，官員十日一休沐，亦官亦隱主要是指這種假日的「休澣」。當時的詩人往往將徜徉園林別業的休假方式譽之為「大隱」。〔註95〕儲光羲就曾讚美說：

〔註89〕見《舊唐書》卷42，〈職官志〉，頁1217。北京：中華書局，1999年。

〔註90〕同上，卷51，〈食貨志〉，頁881。大歷五年後才開始對王公百官徵田稅。北京：中華書局，1999。

〔註91〕見玄宗〈禁官奪百姓口分永業田詔〉，《全唐文》卷33，頁365。北京：中華書局，1983年。

〔註92〕見玄宗〈禁官奪百姓口分永業田詔〉，《全唐文》卷33，頁365。北京：中華書局，1983年。

〔註93〕如綦母潛棄校書還江東後，李頎曾在他的別業題詩。天寶末進士于邵〈游李校書花藥園序〉說：「崇文館校書郎李公，寢門之外」的藥園「不知斯地幾十步，但觀其縹渺霞錯，蔥籠煙布」。《全唐文》，卷426，頁4346。北京：中華書局，1983年。

〔註94〕見《舊唐書》卷8，〈玄宗本紀〉，頁111。北京：中華書局，1999年。

〔註95〕晉・王康琚《反招隱詩》：「小隱隱陵藪，大隱隱朝市。」《新譯昭明文選》卷22，頁932。台北：三民書局，民國86年。

公府傳休沐，私庭效陸沈。方知從大隱，非復在幽林。〔註96〕

祖詠甚至把這種別業稱爲「田家」：

田家復近臣，行樂不違親。齊日園林好，清明煙火新。〔註97〕

這些雖是游宴時的虛美之詞，但亦官亦隱確是唐人多所歌詠的、也是最合乎唐代士人理想的一種生活方式。

　　早在南齊，謝朓就企圖將仕隱出處的矛盾統一在外郡爲官的模式中。以外郡爲隱的說法在唐代也時見。張九齡在不少場合所說的「隱論」實際上僅僅是指外郡可以清靜爲政，頗多游賞樂事。盛唐人重內輕外，京官外放不論官品高低，都被視爲有貶謫之意。所以唐代眞正理想的仕隱兼顧，當然還是當京官，在京城近郊購置別業。有些人甚且採取這種生活方式來逃避政治是非、表現自己的圓通的人生哲學（王維後期購置輞川別業即是一例）。但從別業的普遍性來看，這類「隱居」方式主要還是反映了整個官宦階層的休閒享樂生活，山林田園讓人洗滌了浮華世俗之氣，而更顯高尚優雅。

　　不但在職官吏優厚的待遇足以使他們有條件購置別業以享受山林之趣，就是一些被徵招又敕放還山的隱士，雖只掛得一個空銜，也能得到免役的實惠。《舊唐書・白履忠傳》載白履忠於開元年間被征赴京師，在京停留數月而歸，不沾斗米匹帛，他卻欣然說：「今雖不得，且是吾家終身高臥，免徭役，豈易得也！」〔註98〕這種特權是一般士子羨慕追求的實際的目標，就連杜甫也坦率地表示過「何日霑微祿，歸山買薄田」〔註99〕的願望。盡管盛唐選官嚴格，但能授一官，優渥的待遇便可積蓄起若干年的「偃息資」。正如沈既濟在〈選舉論〉

〔註96〕儲光義〈同張侍御鼎和京兆蕭兵曹華歲晚南園〉，《全唐詩》卷139，頁1416。北京：中華書局，1996年。
〔註97〕同上，祖詠〈清明宴司勳劉郎中別業〉，卷131，頁1336。
〔註98〕《舊唐書》卷192，〈隱逸傳・白履忠傳〉，頁3484。北京：中華書局，1999年。
〔註99〕杜甫〈重過何氏〉其五，《全唐詩》卷224，頁2399。北京：中華書局，1996年。

中所說：

> 第能乘一勞，結一課，獲入選敘，則循資授職。族行之官，
> 隨列拜揖，藏俸積祿，四周而罷。因緣侵漁，抑復有焉。
> 其罷之日，必妻拏華楚，僕馬肥腯，而偃仰乎士林之間。
> 及限又選，終而復始。〔註100〕

於是文人在守選或等待薦舉期間的暫時閑居，就又產生了不同的隱居形式。這種隱居方式正如前述包括兩類：一類是在釋褐之前為入仕作準備；一類是在得第之後等候選官，或罷官之後待時再選。孟浩然四十歲前隱居家鄉襄陽，高適在中有道科前隱於淇上，都屬於第一類。與中晚唐李賀、賈島、盧仝、孟郊等自言窮愁潦倒的士人相比，盛唐詩人的經濟條件似乎都算是寬裕的。孟浩然、祖詠、盧象、李頎等都有祖上傳下的「素產」和「舊業」。高適家貧，在淇上也有自己的別業。元結「三世單貧」，在天寶年間尚能從商餘山中買得三百多畝田，作成「亭廡」「堂宇」以「習靜」「保閑」。〔註101〕這就使他們在入仕以前也有「且樂生事」的環境，能保持較為從容的心情以欣賞山水，吟詠田園。

　　為守選而暫時賦閑的這一類隱居，以前並不受研究者注意，其實在理解隱逸文化方面很有參考價值。唐代文人賦閑有時不在自己的家鄉或祖業所在地，而是客居他鄉。如高適〈同群公題鄭少府田家〉詩題下原注說：「此公昔任白馬尉，今寄住滑臺。」〔註102〕白馬為滑州屬縣，這位鄭少府當是在郡縣任所附近有別業，所以便在此歸田了。此外，前幾年葛曉音發現：王維從濟州回到長安後，大約於開元十八年後曾隱於淇上，次年儲光羲也從安宜尉任上棄官來到淇上暫時賦閑。〔註103〕在時間點上，這是他們創作田園詩的重要時期。淇上既

〔註100〕《通典》卷18，〈選舉六‧雜議論下〉，頁170。台北，大化書局，1963年。

〔註101〕見元結〈述時三篇‧述居〉，《全唐文》卷383，頁3896。北京：中華書局，1983年。

〔註102〕《全唐詩》卷212，頁2205。北京：中華書局，1996年。

〔註103〕參見葛曉音《王維前期事跡新探》、《儲光羲和他的田園詩》，收入《漢唐文學的擅變》。北京：北京大學出版社，1990。

非他們的故鄉，又非郡縣住所寄。所以他們選擇此地隱居的原因有探索的價值。王維在〈贈房盧氏琯〉中說：「或可累安邑，茅茨君試營。」〔註104〕這裡引用了《高士傳》中的一則故事：閔仲叔客居安邑，因老病家貧，不能食容，日買豬肝一片，屠者不肯給。邑令聞知，敕吏經常供給。閔仲叔不願「以口腹累安邑」，移居於沛。不過王維使用此典，卻非拒絕接濟，而是表達希望客居盧氏縣以經營隱居的茅茨，請房琯照顧。王維後來雖沒有到盧氏縣去隱居，但這首詩透露了他居留淇上的一個重要原因，必定是依賴某個當州縣官的朋友的照顧，葛曉音認為這個人可能是丁寓，因為王維在離開淇上移居嵩山時，寫過一首〈至滑州隔河望黎陽憶丁三宇〉，結尾說「賴有政聲遠，時聞行路傳。」〔註105〕可證丁寓當時在黎陽縣（衛州屬縣，在河淇之間）為政。後來王維又作過一首〈丁宇田家有贈〉，詩中說：「撰予宅閭井，幽賞何由屢。道存終不忘，跡異難相遇。」〔註106〕「撰」即籌度、經營之意，詩意是說丁寓過去曾為他籌措隱居的宅閭，故人的道義終不相忘。但這時丁寓已解印歸隱渭川，而王維則已出仕，所以說出處「迹異」，相遇不易了。王維著名的〈渭川田家〉也應是訪丁寓時所寫的。〔註107〕

　　儲光羲在淇上離王維不遠，兩人有同時所作〈偶然作〉組詩。儲光羲「暫閑居」的生活來源，除了俸祿積蓄和田畝收入外，還有「公卿時見賞，賜賚難具紀」〔註108〕的詩句。王維在「自從棄官來，家貧不能有」的情況下，也常常「中心竊自思，儻有人送否」，〔註109〕

〔註104〕《全唐詩》卷125，頁1238。北京：中華書局，1996年。

〔註105〕同上，卷125，頁1240。

〔註106〕同上，卷125，頁1248。

〔註107〕參見葛曉音《王維前期事跡新探》、《儲光羲和他的田園詩》，收入《漢唐文學的嬗變》。北京：北京大學出版社，1990。

〔註108〕儲光羲〈同王十三維偶然作〉其八。《全唐詩》卷137，頁1386。北京：中華書局，1996年。

〔註109〕同上，王維〈偶然作〉其四。卷125，頁1254。

可見他們是經常能受到公卿和友人接濟的。李頎曾形容這類隱居方式是：「濩落久無用，隱身甘采薇。仍聞薄宦者，還事田家衣。」〔註110〕所以盛唐詩中的「田家」，不少是指祿薄位卑的下層官吏，雖暫時賦閑，卻從側面與官場保持密切聯繫。

葛曉音還認爲盛唐文人的隱居方式，還可以從地域選擇方面見出其特徵。一般來說，中進士以前多在家鄉隱居，亦官亦隱則在任所附近。而暫時的閑居則多數在出過著名隱士的風光優美的地區，江南如越中、廬山、襄陽等，北方則主要集中在終南山、嵩山、陸渾山、淇上、汝潁等地。終南山和嵩山離長安洛陽最近，王公貴人別業又多，是亦官亦隱的最佳居處。但未發跡者在此隱居，卻難免像盧藏用早年那樣被時人認爲「隨駕隱士」。所以較貧困的士人多選擇淇上和汝潁。在地理位置上，淇上即淇水兩岸，屬衛州，與滑州爲緊鄰，高適曾將這兩地聯係起來：「滑臺門外見，淇水眼前流。」〔註111〕這裡是靠近東都洛陽的沃壤雄州，「魚鹽產利，不可談悉」，〔註112〕王侯封地很多，朝廷對此地相當重視。

此外，淇上還有一些著名隱士的遺跡，如衛州荔門山有孫登長嘯處，嵇康曾在此與孫登同遊。他們都是唐代文人所仰慕的隱居人物（王維在〈偶然作〉中就表示過對他們的嚮往之意）。汝潁位於嵩山之南，向稱多士。此地：

> 畿甸殷壯，閭閻密邇。當天象之西郊，近皇居之百里。其
> 人和而賢俊，其地厚而淳美。〔註113〕

又頗多衣冠望族，連唐文宗都「欲爲太子求汝鄭間衣冠子女爲新

〔註110〕 李頎〈東京寄萬楚〉，《全唐詩》卷132，頁1339。北京：中華書局，1996年。

〔註111〕 同上，高適〈淇上送韋司倉往滑臺〉，卷214，頁2228。

〔註112〕 張元琮〈衛州共城縣百門陂碑序〉，《全唐文》卷260，頁2636。北京：中華書局，1983年。

〔註113〕 王泠然〈汝州薛家竹亭序〉，《全唐文》卷294，頁2977。

婦」。〔註114〕開元進士王泠然曾形容客居汝潁的貧病士子說：「游人夜到汝陽間」，「兩京貧病若爲居」，「未得貴游同秉燭，唯將半影借披書」。〔註115〕可見淇上、汝潁等地吸引一般士人的原因是：這幾處均爲重郡，地近皇居，頗多王公和衣冠人物。所以沒有條件在兩京閑居的士人便懷著結交貴游的希望來此暫時隱居，以尋求進取的機會。

　　如前所述，爲守選待時出仕而作準備的隱居，通常是文人進行心理調節的時期。在此之前，他們大多只擔任過縣尉、校書、參軍一類低階的官職，這類官職往往俗務羈束、文人才高遭讒被忌是常有的事，這使他們感到「出處兩不合」的困窘，此時隱居也變成了一種精神調劑。另一方面，這種閑居有時還與某一時期的政治背景有關。例如開元十四年張說罷相，受他提拔的王翰也被貶到汝州和仙州，張說和張九齡是唐代宰相中能超次擢賢者。開元十八年底張說去世，張九齡雖被擢爲祕書少監，但因「時屬（張說）朋黨，頗相排恨，窮栖歲余，深不得意」，〔註116〕一時很難引薦賢俊。而從開元十八年起，執掌吏部尙書的裴光庭一反以前「選司注官，唯視其人之能否」的慣例，選官制度開始「循資格」：「始奏用循資格，各以罷官若干選而集。……其庸愚沈滯者皆喜，謂之聖書，而才俊之士無不怨嘆」。〔註117〕

　　一直到開元二十一年裴光庭死後，張九齡爲相，立即「去循資格，置採訪使，收拔幽滯，引進直言」，〔註118〕王維也在此時被張九齡擢

〔註114〕周勛初校正《唐語林校正》卷 4，〈企羨〉，頁 356。北京：中華書局，1987 年。

〔註115〕王泠然〈夜光篇〉。《全唐詩》卷 115，頁 1173。北京：中華書局，1996 年。

〔註116〕見徐浩〈唐尙書右丞相中書令張公神道碑〉，《全唐文》卷 440，頁 4489。北京：中華書局，1983 年。

〔註117〕司馬光《資治通鑑》卷 213，〈唐紀第二十九〉，頁 1442。台北：啓明書局，1960。

〔註118〕《新唐書》卷 126，〈張九齡傳〉，頁 3492。北京：中華書局，1999 年。《舊唐書》卷 99，頁 2097。北京：中書局，1999 年。

為右拾遺。王維和儲光羲的閑居恰在裴光庭執掌選司時期，顯然也受到了裴氏選官「用循資格」的影響。由於這種隱居方式往往與文人所遭受的不公正待遇有關，因此他們常在閑居中認真地思考現實的不平和隱逸的意義。王維和儲光羲的兩組〈偶然作〉既坦率地道出了他們未能真正避世的原因，乃是因為「家貧祿既薄，儲蓄非有素」，又激烈地批判了那些憑門第居於高位的子弟以及靠容色末伎邀寵的小人。他們以「暫閑居」表明自己「息陰無惡木，飲水必清源」，〔註119〕要另待機會出山。因此這種隱居方式雖是待時而起的暫時賦閑，仍有其堅持「直道」的積極意義。

可以看到的是，愛好偕隱是唐代文人隱居方式的特色。如王維與儲光羲先後兩度在淇上和終南山一起隱居，在終南山與王維偕隱的還有裴迪、崔興宗等人。王昌齡早年在藍田與陶大同隱，後來常建又在渚招王昌齡和張僨偕隱。孟浩然在襄陽常與白雲先生王迴相游處。元結在商餘山中，也有「故人李才聞而來會」。此外，唐詩中還可看到不少「園廬二友接」〔註120〕的例子。

偕隱比獨隱更容易招名，如初唐時與王績同隱於河渚的仲長子光本來無以自顯，後因王績為之作傳而出名。而本來就較著名的文人相鄰而隱，當然就更引人注目。但文士引同道偕隱，更重要的是能促使他們將潛居田園的自得之趣發之於詩酒唱和中，相互啟發創作。同時彼此鼓勵，還可堅定栖隱的意志：

　　一知與物平，自顧為人淺。對君忽自得，浮念不煩遣。〔註121〕

偕隱讓唐人沖淡了在隱居中最難忍受的寂寞之感，他們既能獲得領悟自然的美感，也能因為被人理解和欣賞而平衡了心境。

而郊館莊園的修建大多追求山林田園的自然之趣，這也是促使官

〔註119〕王維〈寄崔鄭二山人〉，《全唐詩》卷125，頁1252。北京：中華書局，1996年。以下引書同。
〔註120〕孟浩然〈冬至後過吳張二子檀溪別業〉，卷160，頁1663。
〔註121〕王維〈戲贈張五弟諲三首〉其一。卷125，頁1239。

宦文人別業能產生田園詩的重要原因。唐詩中所說的「山亭」、「林亭」、「園池」等有的建在城裡，多數建在郊外。別業一般選擇風景佳勝之地，就其本來形態加以修葺，山水地貌皆出自然，規模和氣魄很大，較少人工穿鑿。與中晚唐的莊園的人工特性相比較，盛唐別業有順應自然的特色如王維的輞川別業。但據《唐語林》卷7載，洛陽郊外著名的平泉莊是徵士韋楚老的別墅，「周圍十餘里」，「有虛檻引泉水縈回穿鑿，像巴峽洞庭十二峰九派，迄於海門」，「四方奇花異草與松石，靡不置其後，怪石名品甚眾」。已是人工穿鑿布置的園林，與順應自然景觀的盛唐別業顯然迥異其趣（可參考本論文第三章第二節）。

　　孟浩然也曾稱道友人的別業是：「卜築因自然，檀溪不更穿」。〔註122〕可見盛唐朝野人士的別業以風光天然不加穿鑿為美，到處都是高朗的天空，開闊的田野，澄清的池塘，大片的叢林和幽靜的山谷，棲居者當然就很容易進入「山人」和「田家」的角色，吟唱出閑逸的田疇之詠來。

　　此外，文人的隱居方式對田園的創作是有直接影響力的。葛曉音認為首先，別業的創作環境造成了盛唐部分田園詩和山水詩相的融合。晉宋之交，陶淵明開創田園詩，謝靈運開創山水詩，由於二人的創作環境迥然不同，這兩種題材原是界限分明的。陶淵明長期過著村居生活，所表現的是純粹的田園意趣。而謝靈運的山居雖然包括田園，他本人卻認為「耕稼豈云樂」，所以在登山歷水之中從來不曾將審美眼光投向田園。到了初唐王績的隱居則及是在河渚間先人留下的十五六頃故田上，蓋十幾間茅屋，給自己開闢一塊清靜小天地，因而筆下所描繪的也是較典型的鄉村景色。

　　而從初唐開始興起的別業雖已給山水田園的融合提供了客觀條件，但其自然美尚未在官僚間的詩酒酬唱中反映出來。山水田詩尚未發展完成，迄盛唐別業普及到一般士人，有的接近普通田家，有的卜築在

〔註122〕孟浩然〈冬至後過吳張二子檀溪別業〉。《全唐詩》卷160，頁1663。北京：中華書局，1996年。

山水幽勝之處，大多兼有山水田園之美。山林莊園成為一般文人日常的生活環境，田園詩才可能因別業而產生，部份詩歌中山水和田園的描寫也才得以相互滲透，促使山水田園這兩種題材在盛唐匯成了大宗。

其次，唐代文人的隱居方式是以他們自己時代精神的理想來繼承隱逸傳統，所以唐代描繪山水田園的作品在內容上所表現的就與前代作品有很大的差異。以唐人認同的陶淵明田園詩來說，陶詩原本的精神在於自然真淳，在這一點上，唐代文人是有所繼承的。儲光羲曾為詩：

　　孔丘貴仁義，老氏好無為。我心若虛空，此道將安施？〔註123〕

　　靜念惻群物，何由知至真。狂歌向夫子，夫子莫能陳。〔註124〕

詩中對先賢所指出的各種人生道路做了重新思索，以尋找「至真」的途徑，而這正是陶詩的主旨所在。但唐代與東晉的時代畢竟不同。陶淵明在篡奪和動亂的時代中找不到自己的位置，畢生都在躬耕田園的生活中尋求人生的真諦，並將勤於壟畝的意義和人類社會發展的大問題聯繫起來思考，徹底否定當代的社會秩序，以堅定自己終身隱逸的意志，因此他的田園詩有一種極其深刻的內在理趣，思辨的深度和廣度絲毫不遜於阮籍和嵇康的玄理思索。〔註125〕而唐代文人則不同，盡管他們在暫時的挫折中也時常產生對社會現實的強烈憤慨和種種懷疑，但畢竟時代給予他們可期待的人生道路是確定的，所以他們對「明主」可以始終抱有幻想，隨時等待著更好的出仕機會，唐代文人少有終身堅持隱遁的打算，因而看待生活的態度總是相當實際。王維就說過他與陶淵明的區別在於：陶是「一慚之不忍，而終身慚」，「我則異於是，無可無不可」。〔註126〕他的隱居既有「安食公田數頃」〔註127〕

〔註123〕儲光羲〈同王十三維偶然作〉其二，《全唐詩》卷137，頁1386。北京：中華書局，1996。

〔註124〕同上，儲光羲〈同王十三維偶然作〉其五，卷137，頁1386。

〔註125〕參考馬積高等《中國古代文學史》第三篇第3章，頁377～392。台北，萬卷樓，民國87年。

〔註126〕王維〈與魏居士書〉，《王右丞集箋注》卷18，頁706。台北：河洛圖書。

〔註127〕同上。

的先決條件，就不可能像陶淵明那樣認真地區分可與不可的原則界
限。因此唐代文人的田園詩裡少思辨內容，也少有陶詩中那種理趣、
思辨與景物相契合的境界。

　　葛曉音認為唐代隱居方式決定了文人創作山水田園作品的切入
角度，他們多數是從觀賞的角度獲取印象，少有躬親農事的生活體
驗。但他們具備天生的藝術感受力以及對自然美的高度敏悟，因此詩
人們更多地從意象上接受了陶淵明所提供的一種現成的田園模式：雞
鳴狗吠，桑麻榆柳，村墟煙火，雞黍壺酒，窮巷柴扉……這些寓有安
貧樂道之意的特定意象，也常出現在唐詩中。此外還有江淹〈陶徵君
潛田居〉詩中「日暮巾柴車，路暗光已夕。歸人望煙火，稚子候簷隙」
〔註128〕幾句，因頗得陶詩神韻，也是唐代文人愛化用的意境。

　　倘若將丘為的〈泛若耶溪〉、祖詠的，〈歸汝墳山莊留別盧象〉、〈田
家即事〉、萬楚的〈題江潮莊壁〉、楊顏的〈田家〉、蕭穎士的〈山莊
月夜作〉、高適的〈淇上別業〉、王維的〈渭川田家〉、孟浩然的〈過
故人莊〉、〈贈王九〉等詩集中在一起，就可以看出，這些詩裡所描寫
的景象與陶詩很近似，可以說，陶詩的意境為唐代文人提供了較為容
易地進入田家角色的典型意境。

　　唐代的隱居生活特別展現一種太平、安樂的氛圍，凝聚成為唐代
山水田園詩平和、寧靜、優雅、的特質。例如陶淵明的可貴在於他能
展示出田家生活的寧靜之中所飽含的寒餒、辛勞。而唐人所展現的平
和則既包括以「閑寂之道」批判「物情趨勢利」〔註129〕的因素，也
有依靠佛教的人生觀所維持的虛靜和通達，更不排斥因生活優游而造
成的閑散和安適。「幸同擊壤樂，心荷堯為君」，〔註130〕「且共歌太

〔註128〕　《陶徵君潛田居》。《新譯昭明文選》卷 31，頁 1458。台北，三民
　　　　　書局，1997 年。
〔註129〕　見孟浩然〈山中逢道士雲公〉，《全唐詩》卷 159，頁 1626。北京：
　　　　　中華書局，1996 年。
〔註130〕　同上，王維〈晦日游大理韋卿城南別業四首〉其一，卷 125，頁 1246。

平,勿嗟名宦薄」,〔註131〕因一時不遇而產生的怨憤很容易消解在安樂太平的生活之中,亦官亦隱和暫時賦閑的隱居生活方式卻不容易按觸到鄉村平和表象下的深層內容。

所以,唐代盛世給官僚階層和中下層文人提供了優游田園的物質條件,使他們在仕隱的選擇上獲得較大程度的自由,他們的「隱」是富有時代色彩的。在唐代,田園詩中的主人公是身披田家衣的宦者,而不是親身體驗田家辛苦的農民;他們所美化的田園,也主要是自己及其同道所隱居的別業居多。唐中葉以後田家辛苦從天寶末期便作為一個重要的社會問題成為創作題材,例如中晚唐田園詩的風味與盛唐相較已大不相同。此時的文人大多沒有盛唐文人以隱待仕的優裕條件和偃仰士林的從容心境,許多文人於是走向節度參佐一途,〔註132〕終身奔波於幕府。還有許多文人蹉跎於科場,死守章句直到白頭。城市生活的日趨繁榮也吸引了大批士子離開田園,因此像王孟那樣優美閑雅的田園詩也就逐漸少了。

第四節 「吏隱」觀念的接受

盛唐時期到了安史之亂算是劃上了休止符,自此唐朝走向衰落之途,英明如玄宗,到了晚年也不免怠於政事,漸肆奢欲。開元二十四年,張九齡因諫玄宗不可易太子,招致李林甫的讒言,張九齡終致罷相,「自是朝廷之士皆容身保位,無復直言」,〔註133〕而李林甫呢?《資治通鑑》說他:

> (天寶二年)時李林甫專權,公卿之進,有不出其門者。

〔註131〕盧象〈贈程祕書〉,《全唐詩》卷 122,頁 1217。北京:中華書局,1996 年。。
〔註132〕權德輿〈送李十兄判官赴黔中序〉:「今名卿賢大夫,綠參佐而升者十七八,蓋刷羽幕廷而翰飛天朝,異日之濟否,視所從之輕重。」《全唐文》卷 492,頁 5019。北京:中華書局,1983 年。
〔註133〕《資治通鑑》卷 214,〈唐紀三十‧玄宗開元二十四年〉,頁 1449。台北:啟明書局,1960。

> 必以罪去之。〔註134〕

這是唐朝內政衰敗的標誌，李林甫執宰相位達十九年之久（自開元21年至天寶11年），可以說是造成唐朝政局腐敗的重要因素之一，為了鞏固一己的相位，他引進安祿山，埋下了安史之亂的種子，其後楊國忠為相，更一身兼四十餘職：

> 國忠為人強辯而輕躁，無威儀。既為相，以天下為己任，裁決機務，果敢不疑；居朝廷，攘袂扼腕，公卿以下，頤指氣使，莫不震慴。自侍御史至為相，凡領四十餘使。臺省官有才行時名，不為己用者，皆出之。〔註135〕

朝綱不振成為唐室衰落原因之一，宦官干政則更促進政治腐敗，唐室重用宦官始於玄宗時的高力士，開元末年甚至大臣奏疏，須經高力士過目，小事他即行處理，大事才奏請玄宗，李林甫、安祿山、高仙芝等人能取得將相位，皆出其力。唐肅宗之登位是李輔國之助，此後宦官權勢又得到進一步的擴大，於是直至唐亡，宦官之禍遂不絕，在政治日益黑暗的情形下，人民不只生活悲困，租稅繁重，更因朝廷連年用兵，卻又先後敗於南詔、契丹、大食等國，給予安祿山反叛的機會，此為節度使（藩鎮）割據的開始。

　　天寶末年以後，唐朝社會各種問題互相交織，全面爆發，原本一片昇平景象的大唐帝國暴亂不斷，大小起的抗爭持續至終唐。而唐朝後期政治上的重大問題在於藩鎮割據與宦官為禍。唐朝原本實行府兵制，開元十二年後土地制度遭到破壞，府兵制改為募兵，於是節度使得以擁兵自重，在經濟上又有獨立自主之權，可以自收稅、糧，自然不聽朝廷指揮。

　　在經濟問題方面，產生土地私有的狀況，上至官僚貴族，下至普通商人、地主都參與了對均田制的破壞，加之農民避兵亂、重稅而逃

〔註134〕《資治通鑑》，卷215，〈唐紀三十一·玄宗天寶二年〉，頁1460。台北：啟明書局，1960年。
〔註135〕同上，卷216，〈唐紀三二·玄宗天寶十一年〉，頁1471。

亡，更造成均田制的全面崩潰，為此產生了「兩稅法」，歷來對它的
優劣評斷並不是很好，不過，政治與經濟上的改革對當時的社會而言
是必然的。

　　牛李黨爭是唐朝後期的重大歷史事件，自唐憲宗至唐宣宗，前後
延續半個世紀之久，黨爭因為出身的不同，代表了士族一方的李德裕
反對進士考試的流弊——善詩賦者未必能經邦濟世，而且他厭惡進士
及第者朋黨勾結，所以在他執政時，取消了進士及第後的曲江大會，
以減少「座主」與「門生」之間的互相勾結，這個決定應是切中時弊
的，卻與進士出身的牛黨針鋒相對，兩黨爭鬥從憲宗開始歷經穆宗、
武宗、宣宗歷四朝之久才稍止。

　　此期間政局動蕩不安，到僖宗登位，由於長期以來的政治腐敗、
水利失修，致黃河以北發生旱災，無數百姓餓死，終於被迫作亂，其
中最著名的是高仙芝與黃巢二起。黃巢有較高的文化，但多次參加科
考都被抑而不得及第，於是憤而起事造反，征戰所經歷：山東、河南、
安徽、湖北、湖南、江西、浙江、福建、廣東、廣西、江蘇、陝西、
十二省，百姓所受的荼毒，不可勝計：

> ……江右、海南、瘡痍既甚，湖湘荊漢，耕織屢空。……
> 東南州府遭賊之處，農桑失業，耕種不時。就中廣、荊南、
> 湖南，盜賊留駐，人戶逃亡，傷夷最甚。〔註136〕

即使是富裕的江南地區，也不能免於傷亂，後黃巢之亂雖平，唐室也
再沒有能力振興國力了。

　　由上可知中晚唐之時局內有奸臣當道、宦官為亂、牛李黨爭、
外有民亂多起與藩鎮為禍，再加上外族凌夷，不論是政治、社會、
經濟都受到嚴重破壞，處在此內憂外患的局勢下，士人不論在朝在
野，想求自保是極自然的反應，辛文房在《唐才子傳》卷 1 中，有
一段議論：

〔註136〕引自《舊唐書》卷 19 下，〈僖宗本紀廣明元年制〉，頁 467。北京：
　　　　中華書局，1999 年。

> 唐興迨季葉，治日少而亂日多，雖草衣帶索，罕得安居。……
> 自王君以下，幽人間出，皆遠騰長往之士，危行言遜，重
> 撥禍機，糠核軒冕，掛冠引退，往往見之。躍身炎冷之途，
> 標華黃綺之列。雖或屢累丘園，勉加冠佩，適足以速深藏
> 於藪澤耳。……〔註137〕

為了避禍全身，宗教與隱逸成了最好的護身符，於是「退朝之後，焚香獨坐，以禪誦為士」者不少，於山林之中置別業、隱所者亦所在多有。至若在野處士，因戰亂因素避入林泉之際者，數量就更多了，這是局勢使然，不是士人內心的真願，以致我們可以看到唐人之「待時」是隱逸極重要的因素之一，辛文房說：「時有不同也，事有不侔也。」〔註138〕是有感而發的。

　　例如王維就不是個功成身退的隱士，他曾經歷安史之亂，身陷賊手，獲赦後他也不是就此絕意仕途，當王維蒙肅宗寬赦其罪時，寫下了這樣的詩：

> 忽蒙漢詔還冠冕，始覺殷王解網羅。日比皇明猶自暗，天
> 齊聖壽未云多。
> 花迎喜氣皆知笑，鳥識歡心亦解歌。聞道百城新佩印，還
> 來雙闕共鳴珂。〔註139〕

故而王維「晚年唯好靜，萬事不關心。」〔註140〕可能不全是王維的真性情，但不影響其高潔性格。《舊唐書》卷190〈文苑傳〉述王維奉佛後「居常蔬食，不茹葷血，晚年長齋，不衣文采……在京師日飯十數名僧，以玄談為樂。齋中無所有，唯一茶鐺、藥臼、經案、繩床而已。退朝之後，焚香獨坐，以禪誦為事。妻亡不再娶，三十年孤居

〔註137〕語見傅璇琮《唐才子傳校箋》卷1，頁3。北京：中華書局，2002年。

〔註138〕傅璇琮《唐才子傳校箋》卷1，頁3。北京：中華書局，2002年。

〔註139〕詩見《全唐詩》卷128．王維集第四〈既蒙宥罪旋復拜官伏感聖恩，竊書鄙意兼奉簡新除使君等諸公詩〉，頁1297。北京：中華書局，1996年。

〔註140〕詩見《全唐詩》卷126．王維集第二，〈酬張少府詩〉，頁1267。北京：中華書局，1996年。

一室，屏絕塵累。」〔註141〕生活悠閑而少牽掛。以時間來看，王維的年代跨越了盛唐與中唐初年，在吏隱一類的隱者中，算是際遇最好、宦途平順，令人羨慕的隱者；只是他自己恐怕沒有自覺要以隱鳴高，因爲這樣既隱又仕的方式，在中唐以後，因政局產生變化（安史亂後，唐之國力由盛轉衰，加上黨爭、藩鎮問題），當時文士若非失意者，有退隱的必要，宦途平坦的文人也多會展現「不求仕進」的形象，以求自保，而宗教（主要爲佛、道二教）則是個好選擇，既不違反當政者的信仰與愛好，又符合社會大眾所景仰的清高形象，故奉佛求道是當代之風尚，處身廊廟者在居官的同時，藉以找到一個精神的避難所，以政治角度看，王維並非眞正隱士，但以精神層面來看，他則是有智慧的文人。

中唐元和以後一些被貶被遷的著名文人，如韓愈、元稹、白居易、劉禹錫等，雖陸續由貶地被召回，但面對政局的變易和一再惡化，也都不同程度地產生了避離政治的想法，而無復昔日那種激切的參政情懷和批判精神了。韓愈在〈送諸葛覺往隨州讀書〉詩中，先是說諸葛覺「行年五十餘，出守數已六。京邑有舊廬，不容久食宿；台閣多官員，無地寄一足」；接著說自己是「我雖官在朝，氣勢日局縮。屢爲丞相言，雖懇不見錄。」〔註142〕在同時所作的另一首〈示爽〉詩裏，韓愈再次表述了希望離開朝廷、歸於林下的想法：「吾老世味薄，因循致留連。強顏班行內，何實非罪愆？才短難自力，懼終莫洗湔。臨分不汝誑，有路即歸田。」〔註143〕顯見他已觀察到朝中政治局勢的險惡，所以，沒過多久，韓愈便以疾病爲藉口，回到長安城南莊，過起他一生中最後一段雖短暫卻極富意趣的悠遊生活了。韓愈在離朝退居城南莊後，有〈南溪始泛三首〉，極寫退居林下的悠閒自鄉。其二云：

〔註141〕 事見《舊唐書》卷190下，〈文苑傳下・王維傳〉，頁3438。北京：中華書局，1999年。
〔註142〕 韓愈〈送諸葛覺往隨州讀書〉詩，《全唐詩》卷342，頁3838。北京：中華書局，1996年。
〔註143〕 同上，韓愈〈示爽〉詩，卷341，頁3823。

> 我云以病歸，此已頗自由。幸有用餘俸，置居在西疇。困
> 倉米谷滿，未有旦夕憂。上去無得得，下來亦悠悠。但恐
> 煩里閭，時有緩急投。願爲同社人，雞豚燕春秋。〔註144〕

再看白居易，他也是仕途平順的人，基本上並沒有不遂志的苦悶，可
是政治的波譎雲詭，使夾身在牛、李黨爭時代的白居易感到不能自安
的威脅，因爲「由來君臣間，寵辱在朝暮」〔註145〕爲了免禍，他的
表現總是很消極，轉而把心放在宗教之上，不但與僧侶結淨社，也自
號「醉吟先生」、「香山居士」，〔註146〕他在翰林學士任上，有「自題
寫眞」詩云：

> 我貌不自識，李放寫我眞。靜觀神與骨，合是山中人。蒲
> 柳貿易朽，麋鹿心難馴。何事赤墀上，五年爲侍臣。況多
> 剛狷性，難與世同塵。不惟非貴相，但恐生禍因。宜當早
> 罷去，收取雲泉身。〔註147〕

白居易晚年以刑部尚書致仕，官位正三品，職位不低，應當沒有經濟
上的困難，但他思想確確實實由「兼善天下」的志向轉爲「獨善其身」，
只是缺乏了實際行動，到了晚年又似罷官，又似不罷官；又似隱居，
又似不隱居，如果用「託仕監門，寄臣柱下，居易而以求志，處汙而
不愧其色，此所謂大隱隱於市朝。」〔註148〕來解釋，應是「吏隱」
一類，而他自創了「中隱」一詞名之：

> 大隱住朝市，小隱入丘樊。丘樊太冷落，朝事太囂諠。不
> 如作中隱，隱在留司官，似出復似處，非忙亦非閒。不勞
> 心與力，又免飢與寒。終歲無公事，隨月有俸錢。君若好

〔註144〕韓愈〈南溪始泛三首〉其 2，《全唐詩》卷 342，頁 3838。北京：中
　　　　華書局，1996 年。
〔註145〕同上，白居易〈寄隱者〉，卷 424，頁 4669。
〔註146〕白居易傳見傅璇琮《唐才子傳校箋》卷 6，頁 270。北京：中華書
　　　　局，2002 年。
〔註147〕白居易〈自題寫眞〉，《全唐詩》卷 429，頁 4726。北京：中華書局，
　　　　1996 年。
〔註148〕見《梁書》卷 51，〈處士列傳〉，頁 731～732。台北：鼎文書局，
　　　　民國 64 年。

　　　登臨，城南有秋山。君若愛遊蕩，城東有春園。君若欲一
　　　醉，時出赴賓筵。洛中好君子，可以恣歡言。君若欲高臥，
　　　但自深掩關。亦無車馬客，造次到門前。人生處一世，其
　　　道難兩全。賤即苦凍餒，貴則多憂患。唯此中隱士，致身
　　　吉且安。窮通與豐約，正在四者間。〔註149〕

杜甫〈院中晚晴懷西郭茅舍〉：「浣花溪裏花饒笑，肯信吾兼吏隱名。」
〔註 150〕已有「吏隱」的說法，但真正形成時代風氣並明確追求這種
生活方式的，是白居易。白居易晚年長期以太子賓客分司東都，定居
洛陽。俸祿不少，卻可以不理朝政，優遊於山水之中，自得其樂。這
種生活方式，正符合他躲避政治、追求閒適的意願。與這種既無凍餒
亦無憂患的「中隱」相關的，白居易還熱衷於「在家出家」的說法。
他的〈在家出家〉詩說：

　　　衣食支吾婚嫁畢，從今家事不相仍。夜眠身是投林鳥，朝
　　　飯心同乞食僧。清唳數聲松下鶴，寒光一點竹間燈。中宵
　　　入定跏趺坐，女喚妻呼多不應。〔註151〕

這種在家出家，比中隱更進了一步，已快接近禪境了。其實筆者以為
中隱就是吏隱，這是白居易經過長久窮達通塞磨煉之後的人生選擇，
超越中卻又飽含世情。他無法拒絕官職俸祿，但自認所取無多；他嚮
往自然山水和佛道的寧靜超然，但自認適可而止。他在不失俸祿產業
而又能清心寡欲的環境中，找到了自己的位置。白居易的中隱生活顯
然過得十分瀟灑，曾引起同時代不少人的欣羨：

　　　白尚書為少傅，分務洛師，情興高逸，每有雲泉勝境，靡不
　　　追遊。常以詩酒為娛，因著《醉吟先生傳》以自敘。盧尚書
　　　簡辭有別墅，近枕伊水，亭榭清峻。方冬，與群從子侄同遊，
　　　倚欄眺翫嵩洛。俄而霰雪微下，情興益高，因話廉察金陵，
　　　常記江南煙水，每見居人以葉舟泛，就食菰米鱸魚，近來思

<hr />

〔註149〕白居易〈中隱〉，《全唐詩》卷445，頁4991。北京：中華書局，1996
　　　　年。
〔註150〕同上，杜甫〈院中晚晴懷西郭茅舍〉，卷228，頁2483。
〔註151〕同上，白居易〈在家出家〉，卷458，頁5207。

之，如在心目。良久，忽見二人衣蓑笠，循岸而來，牽引水
鄉蓬艇。船頭覆青幕，中有白衣人，與衲僧偶坐；船後有小
竈，安銅甑而炊，屮角樸烹魚煮若，溯流過於檻前。聞舟吟
嘯方甚。盧撫掌驚歎，莫知誰氏。使人從而問之，乃曰白傅
與僧佛光，同自建春門往香山精舍。其後每遇親友，無不話
之，以爲高逸之情，莫能及矣。〔註152〕

這條載於《劇談錄》卷下的資料讓我們看到了白居易晚年生活的愜意
閒適情狀。中隱生活是安逸的，卻少了激情，天地是美好而狹小的。
就是在這樣的生活中，白居易享受著閒適，寫下了大量「閒適」之作。
白居易曾將自己詩歌分爲四大類別，其中最重要的是諷諭詩和閒適詩
兩類。諷諭詩志在「兼濟」，與社會政治緊相關聯，寫得意激氣烈；
閒適詩意在「獨善」，表現出淡泊平和、閑逸悠遠的情調。大和八年，
六十三歲的白居易作〈序洛詩〉一篇，聲稱「自（大和）三年春至八
年夏，在洛凡五周歲，作詩四百三十二首。隱喪朋哭子數篇外，其他
皆寄懷於酒，或取意於琴，閒適有餘，酣樂不暇，「苦詞無一字，憂
歎無一聲，豈牽強所能致耶！」〔註153〕看來，在悠閒的生活中，當
年曾熱心政治的詩人確實已無昔日的情懷了，他對人生道路的選擇已
然發生根本性的轉變，這樣的隱居，既不必負責任（因隱於閒官），
又有俸祿可領，實在安逸穩當。因爲隱士絕不是餐風飲露，辟穀療飢
的神仙，隱士仍有謀生問題極待解決，否則隱逸自適的生活就會變
質。胡震亨便委婉的表達了對白居易的不認同：

王績之詩曰：『有客談名理，無人索地租』。隱如是，可隱
也。陶潛之詩曰：『飢來驅我去』，『叩門拙言辭』。如是隱，
隱未易言矣。白樂天之詩曰：『昌寵已三遷，歸朝始二年，
囊中貯余俸，園外買閒田』。如是罷官，官亦可罷也。韋應

〔註152〕《劇談錄》卷下。收入《歷代筆記小說集成・唐代筆記小說大觀》
　　　　　第1冊，頁187。河北教育出版社，1993年。
〔註153〕白居易〈序洛詩序〉，《全唐文》卷675，頁6897。北京：中華書局，
　　　　　1983年。

物之詩曰:『政拙忻罷守,閒居初理生。聊租二頃田,方課
子弟耕』。罷官如是,恐怕正未易罷耳。韋與陶千古並稱,
豈獨以其詩哉。〔註154〕

隱逸有其經濟條件是肯定的,顯然,胡震亨可以肯定王績的了無負
擔,但敬佩陶、韋的粗淡生活,因爲那是不容易的。所以像白居易的
隱居既擁有巨資,且生活安逸便成了理想的歸隱模式。唐代這樣的「吏
隱」之士不少,由傳記可整理如下:

文　人	生　平　摘　要	出　處
孟　郊	調溧陽尉,縣有投金瀨,平陵城,林薄蓊翳,下有積水,郊間作水傍,命酒揮琴,徘徊終日賦詩,而曹務多廢,縣令白府,以假尉代之,分其半俸。	《新唐書》卷176
暢　當	以子弟被召參軍,貞元初爲太常博士,仕終果州刺史,多往來嵩、華間。結念方外,頗參禪道。天柱山有隱所。	《唐才子傳校正》卷4
殷　遙	天寶間常仕爲忠王府倉曹參軍。與王維交,同慕禪寂,志趣高疏,多雲岫之想,而苦家貧。死不能葬,一女纔十歲,日哀號於親,愛憐之者賵贈,埋骨石樓山中。有詩傳於今。	《唐才子傳校正》卷3
李　頎	開元23年進士及第,調新鄉縣尉,性疏簡,厭薄世務,慕神仙,結好塵暄之外。	《唐才子傳校正》卷2
馬　戴	會昌四年進士,苦家貧,爲祿代耕,歲廩殊薄,然終日吟事,清虛自如。	《唐才子傳校正》卷7
顏　維	以家貧親老,不能遠離,授諸暨縣尉,嚴中丞節度河南,辟佐幕府,遷餘姚令,終右補闕。少無宦情,懷家山之樂,以業素從升斗之祿,聊代耕耳。	《唐才子傳校正》卷3
曹　唐	初爲道士,又舉進士,咸通中爲諸府從事。生平之志甚激昂,始起清流,志趣澹然,有凌雲之骨,追慕古仙子高情,至是簿宦,頗自鬱抑。	《唐才子傳校正》卷8
盧　仝	干祿代耕,非近榮也。安卑從政,非離群也。	《全唐文》卷521〈舒州望江縣丞盧公墓銘〉

〔註154〕《唐音癸籤》卷25,見《景印文淵閣四庫全書》集部冊七七四,頁
　　　　1482之674（台灣商務印書館75年7月初版）

蕭　祐	少孤貧，隱居，徵拜爲左拾遺，累官至太和二年，卒於官。爲人喜遊心林壑，嘯詠終日，所交游多高士。	《舊唐書》卷 168
劉愼虛	開元間調洛陽尉，遷夏縣令，性高古，脫略勢利，嘯傲風塵，後欲卜廬阜，不果。交游多山僧道侶。	《唐才子傳校正》卷 1
司空曙	性耿介，不干權要，家無甔石，晏如也，後累官左拾遺，終水部郎中。以故，遷謫江右，多結契山林，暗傷流景。	《唐才子傳校正》卷 4

　　究其因，中唐以後的吏隱者，不少人是因經濟因素只好以干祿代耕，如顏維、馬戴、殷遙、盧仝、司空曙輩，正如胡震亨之論，隱居沒有薄田療飢，終究要向現實低頭，讀書人能以何方式營生？既拙於生計，出仕恐怕是較理想，且足以養家活口的方式，這是情有可憫的。至若以隱爲名，又戀棧仕祿者，就不是好事了。試看孟郊，爲了戀慕山水之勝，表現自己志不在仕位，竟「往坐水傍，命酒揮琴，裴回賦詩終日，而曹務多廢，縣令白府，以假尉代之，分其半俸」，居官者於公退之暇，持身略如隱士，是個人生活的自由，但若廢弛公務，且不以爲意，總是缺少了盡忠職守的態度。

　　在這類隱士中尚有以個性使然，厭薄俗務者，如李頎在傳記中未言其家貧，非出仕不足以養家，但云其「性疏簡，厭薄世務，慕神仙，服餌丹沙，期輕舉之道。結好塵喧之外，一時名輩，莫不重之。」〔註155〕也有一心隱逸，卻不被允許的，如劉愼虛，個性高古，不會縛於名利，卻欲卜廬阜而不能，只好以交游山僧道侶來聊慰隱逸之志。暢當也是以往來嵩、華間，喜結念方外，參禪道的仕隱之士。

　　這類隱士呼應了唐代士人的流行，使隱逸成了士人必備的生活經驗，人人以隱鳴高，即便明明出仕了，仍要很彈性的放逸山林一番。「吏隱」的表現是身雖居官而嚮往隱逸，雖希圖避世，又因物質生活的需要而不願失去利祿，在中唐，吏隱是士人在現實的環境

<hr />

〔註155〕見傅璇琮《唐才子傳校箋》卷 2，頁 351。北京：中華書局，2002年。

中有心的選擇。

第五節 避亂之隱的選擇

　　在局勢動亂、政局黑暗的時代裡，戰爭往往成為知識分子不得不避居山林的強大壓力，所有的隱居理由都可以士人自己選擇，唯獨戰亂沒辦法，那是最現實不過的隱居因素。唐代雖在歷史上稱盛世，但自玄宗朝安史之亂以後，國勢便日衰，直至終唐，都沒有一段較長時間的安定。在這種動亂的條件下，出仕的道路充滿了危機，士人們即或有心科考入仕，眼見天下局勢大亂，出仕不如隱晦，還是留在山林之中較安全。於是在隱逸的士人中，便有一部分的人因生不逢時，只好歸隱不出。茲整理分述如下：

一、避安史之亂者

姓　　名	內　容　分　析	出　　處
元　結	少居商山中，稱「元子」，安史亂起，逃入琦玗洞，稱琦玗子。	《唐才子傳校正》卷3
令狐峘	天寶末及進士第，遇祿山亂，隱南山豹林谷，谷中有別業。	《舊唐書》卷149
楊　綰	未任時，避難南山，止於令狐峘別業。	《舊唐書》卷149
李　華	祿山亂，李華為賊所得，偽署鳳閣舍人，華自傷墜節屏江南。	《舊唐書‧文苑》下，卷190
盧　綸	避天寶亂，客鄱陽，與吉中孚為林泉之友。大曆初，數舉進士不入第，歸終南別業。	《新唐書‧文藝》傳，卷203、《唐才子傳校箋》卷4
張子容	初與孟浩然同隱鹿門山，後值亂離，流寓江表，棄官歸隱舊業以終。	《唐才子傳校箋》卷1
王昌齡	以兵火之際歸鄉里，與常建、張償同隱，獲大名於當時，後為刺史閭丘曉所忌而殺。	《唐才子傳校箋》卷2
康　洽	遭天寶亂離，飄蓬江表。至大曆間，年已七十餘，龍鍾衰老。談及開元繁盛，流涕無從。往來兩京，故侯館穀空，咸陽一布衣耳。	《唐才子傳校箋》卷4

秦　系	天寶末，避居剡溪，自號「東海釣客」。	《新唐書‧隱逸》傳，卷196
齊　抗	少值天寶之亂，隱居會稽剡中讀書。	《舊唐書》卷136
皇甫冉	天寶十五年進士，因亂避地陽羨山中別業，耕山釣湖放適閑淡。	《唐才子傳校箋》卷3
蕭穎士	見安祿山寵恣，預見亂事，即託疾游太世山。	《新唐書‧文藝》中，卷202
陽　衡	天寶問避地至江西，與符載、崔群、宋濟同隱廬山。	《唐才子傳校箋》卷5
甄　濟	天寶中，隱居衛州青岩山，遠近服其仁。安祿山辟為范陽書記，查其有反意，遂託病亡歸。	《新唐書》卷194
權　皋	權德輿之父，安祿山強召之，偽稱病卒，逃於江南。……兩京蹂於胡騎，士君子多以家渡江東，知名之士李華、柳識兄弟者，皆仰皋之德而友善之。	《舊唐書》卷148
綦母潛	見兵亂，官況日惡，乃掛冠歸隱江東別業。	《唐才子傳校箋》卷2

　　以上諸人皆以避安史之亂歸隱者，屬中唐時期，至唐末天下大亂，士人避官隱居者量更多：

二、唐末避亂者

姓　　名	內　容　分　析	出　　處
司空圖	唐末大亂，乃隱於中條山之王官谷，自號耐辱居士，作休休亭，日與名僧高士遊詠其中。	《舊唐書‧文苑》下，卷190
張　濬	羸服屏居金鳳山，學縱橫術，以處士薦為官。黃巢之亂，稱疾，挾其母走商山。	《新唐書》卷185
孫　魴	唐末鄭谷避亂歸宜春，魴往依之。	《唐詩紀事》卷71
張　彪	初應舉不第，適逢喪亂，奉老母避地隱居嵩山。	《唐才子傳校箋》卷2
李　涉	早歲客梁園，數逢兵亂，避地南來，樂佳山水，卜隱匡廬香爐峰下石洞間，所居稱「白鹿洞」。後徙居終南。	《唐才子傳校箋》卷5
戴叔倫	初以淮、汴寇亂，攜族避地鄱陽。肆業勤苦，志樂清虛，閉門卻掃，與處士張眾甫、朱放素厚。	《唐才子傳校箋》卷5

朱　放	避歲饉，遷隱剡溪、鏡湖間。	《唐才子傳校箋》卷 5
鮑　溶	初隱江南山中，後避地遊四方。卒飄蓬薄宦，客死三川。	《唐才子傳校箋》卷 6
來　鵬	豫章人，家徐孺子亨邊，林園自樂。後遭廣明庚子之亂，避地遊荊襄，艱難險阻南返，中和客死於維揚逆旅。	《唐才子傳校箋》卷 80
陳　陶	屢舉進士不第，遂隱居不仕，自稱「三教布衣」。大中中，避亂入洪州西山，學神仙咽氣有得。	《唐才子傳校箋》卷 8
羅　隱	乾符初舉進士，累不第。廣明中，遇亂歸鄉里。亦嘗居九華山。	《唐才子傳校箋》卷 9
唐彥謙	乾符末，攜家避地漢南。	《唐才子傳校箋》卷 9
杜荀鶴	居九華，自號九華山人。擢第後，見時危勢晏，後還舊山。亦嘗居廬山讀書。	《唐詩紀事》卷 65，《唐才子傳校箋》卷 9
沈　彬	以離亂，南遊湖、湘，隱雲陽山數年，歸鄉里，獻詩南唐主李昪，赴辟。初經板蕩，與韋莊、杜光庭、貫休俱避難在蜀。	《唐才子傳校箋》卷 10，《唐詩紀事》卷 71
張　喬	巢寇為亂，遂與伍喬之徒隱居九華山。	《唐才子傳校箋》卷 10
呂　巖	值黃巢之亂，遂攜家歸終南，放跡江湖間。	《唐才子傳校箋》卷 10
王貞白	見世亂，退居著書，不復干祿。	《唐才子傳校箋》頁 10
曹　松	字夢徵，早年未達，嘗避亂居洪州西山。	《唐才子傳校箋》卷 10
唐　求	唐末遇亂，絕念鐘鼎，放曠疏逸，出處攸然，居蜀之味江山，人謂之「唐隱居」。	《唐詩紀事》卷 50

　　避亂因素之隱居，可說是傳統士人無法抗拒的選擇，並不是唐末文士的專利，初唐之際，天下未定，崔信明是前朝堯城令，當時竇建德僭號，是隋末反抗勢力中最大的一支，信明有族弟因仕為建德之鴻臚卿，於是勸信明降則當得美官，沒想到他回絕了：

> 昔申胥海畔漁者，尚能固其節，吾終不能屈身偽主，求斗筲之職。〔註156〕

並且立刻踰城而遁，隱於太行山。事實證明崔信明的眼光是正確的，他

〔註156〕《舊唐書》卷 190，〈文苑〉上，頁 3390。北京：中華書局，1999年。

後來在貞觀六年應詔舉得官，是屬於因時代動亂現不得不隱的人，等到隱居原因消失了，雖改朝換代，仍可以出仕。崔信明是南北朝來的大家族人，史書上載他常「矜其門族，輕侮四海士望」，〔註157〕在當代的評價並不好，但可見亂世之中高門也不能抗拒戰亂所帶來的影響。

　　唐室至安史之亂走向衰亂之局，在強蕃交兵，寇亂屬興之下，終唐之世，士庶所受兵燹荼毒，是可以想見的，當此之際，不要說是士人，即使平民百姓也一定冀求者陶淵明的「桃花源」那種男耕女織。黃髮垂髫，並怡然自樂的生活，然而現實生活中的紛亂。絕不允許這種平靜存在，故而知識份子要隱居韜晦，也就很自然了。《唐才子傳》卷1〈王績〉傳後有一段議論，便是談這一類隱逸：

> 唐興，迨季葉，治日少而亂日多，雖草衣帶索，罕得安居。當其時，遠釣弋者，不走山而逃海，斯德而隱者矣。自王君以下，幽人間出。旨遠騰長往之士，危行言遜，重撥禍機，糠覈軒冕，掛冠引退，往往見之。躍身炎冷之途，標華黃、綺之列。雖或累聘丘園，勉加冠佩，適足以速深藏於藪澤耳。然猶有不能逃白刃，死非命焉。夫蹟晦名彰，風高塵絕，豈不以有翰墨之妙，騷、雅之奇，美哉文章，為「不朽之盛事也」。恥不為堯、舜民，學者之所同志；致君於三、五，懦夫尚知勇為。今則捨聲利而向山栖，鹿冠烏几，使於錦繡之服；柴車茅舍，安於丹膜之廈；黎羹不糝，甘於五鼎之味；素琴濁酒，和於醇飴之奉；樵青山，漁白水，足於佩金魚而紆紫授也。時有不同也，事有不侔也。向子平曰：『吾故知富不如貧，貴不如賤；第未知死何如生！』此達人言也。易曰：「遯之時義大哉」。〔註158〕

觀察所論，隱居與時勢是脫不了干係的，由前述眾唐代士人的行跡可以得到印證。前述崔信明者亦是以時局不可為而遯逃。《資治通鑑》

〔註157〕《舊唐書》卷190，〈文苑〉上，頁3390。北京：中華書局，1999年。

〔註158〕傅璇琮主編《唐才子傳校箋》卷1，頁16～17。北京：中華書局，2002年。

卷 192〈唐紀〉八，太宗貞觀元年云：

> 唐初，士大夫以亂離之後，不樂仕進。〔註 159〕

可見「明哲保身」一直是士大夫奉守的隱逸準則。而在造成唐室走向衰敗的安史之亂中，因避地隱居的人開始大爲增加，此時的社會，民生凋蔽，蕭條悽慘，爲了躲避戰禍與賊人的強行應辟，只好遷往安全的地方，當時的隱所，不是在深山，就是在江表、江南，我們由前述安史之亂時的避亂隱者可以得到證明。其後乾符年間的黃巢之亂又掀起隱居的高潮，《舊唐書》卷 200 下〈黃巢傳〉描述這場亂事所帶來的浩劫：

> 京畿百姓皆砦於山谷，累年廢耕耘，賊坐空城，賦輸無入，穀食騰踊，米斗三十千，官軍皆執山砦百姓鬻賊爲食，人獲數十萬。朝士皆往來同、華，或以賣餅爲業。……賊怒坊市百姓迎王師，乃下令洗城，丈夫丁壯殺戮殆盡，流血成渠。……關東仍歲無耕稼，人餓倚牆壁間，賊俘人而食，日殺數千。賊有舂磨砦，爲巨碓數百，生納人於臼碎之，合骨而食。〔註 160〕

由內容來看，不難想見當日屍橫遍地，哀鴻滿路的慘狀，因此避難入山，絕念鐘鼎的人就大爲增加了。韓偓〈卜隱〉詩曰：

> 世亂豈容長愜意，景清還覺易忘機。〔註 161〕

〈贈隱逸〉詩又云：

> 莫笑亂離方解印，猶勝顛蹶未抽簪。〔註 162〕

正所謂「遯之時義大哉！」一個「時」字，可以想見包含有士人內心多少複雜、無奈的衝突。

綜合言之，此類因亂避的隱者，大抵傳論都有芳譽，或贊其素風可嘉，如王維贈詩綦毋潛：

〔註 159〕《資治通鑑》卷 192，〈唐紀八〉，頁 1284。台北：啓明，1960。
〔註 160〕《舊唐書》卷 200 下，〈黃巢傳〉，頁 3667。北京：中華書局，1999年。
〔註 161〕《全唐詩》卷 681，韓偓集二，頁 7802。北京：中華書局，1996 年。
〔註 162〕《全唐詩》卷 681，韓偓集二，頁 7804。北京：中華書局，1996 年。

明時久不遠，棄置與君同，天命無怨色，人生有素風。〔註163〕

或稱君子。如《唐才子傳》卷10評王貞白曰：

其深惟存亡取捨之義，進而就祿，退而保身，君子也。〔註164〕

或譽「隱君」，如唐求，《唐才子傳》卷10說他：

絕念鐘鼎，放曠疏逸，出處悠然。居蜀之味江山，人謂之
「唐隱居」。〔註165〕

能在危亂之際明哲保身，當然值得稱讚，但他們是不是就無心鐘鼎了
呢？恐怕不完全是。且看李昭象之〈寄獻山中顧公員外〉詩云：

抽卻朝簪著釣蓑，近來聲跡轉巍峨。祥麟避網雖山野，丹
鳳銜書即薜蘿。

乍隱文章情更逸，久閑經濟多術翻。深慚未副吹噓力，竟
困風埃爭奈何。〔註166〕

詩意大略隱而不靜，心有未甘，可以想見因時而隱的無奈。又如張南
史，《唐才子傳》說他：

游心太極，嘗幅巾藜杖，出入王侯之宅十年，高談闊視，
慷慨奇士也。〔註167〕

他在肅宗時為參軍後避亂寓居揚州揚子，以生平觀之，隱居在安史亂
前是手段，安史亂時是不得已，此絕非甘心雌伏之人。再看張濬，原
是個性通脫無檢，被士友擯薄之人，因不得志而羸服屏居金鳳山，學
縱橫術以捭闔干時，黃巢亂起，他不得已挾母避居商山。亂平後任官，
由史傳中見其議論咄咄，頗見用世之志。〔註168〕

顧雲也是位切於成名之士，未第時嘗以啟示陳於所知，只望「丙

〔註163〕傅璇琮《唐才子傳校箋》卷2〈暮毋潛傳〉，頁244。北京：中華書局，2002年。

〔註164〕同上，卷10〈王貞白傳〉，頁474。北京：中華書局，2002年。

〔註165〕同上，卷10〈唐求傳〉，頁460。北京：中華書局，2002年。

〔註166〕見《唐詩紀事校箋》卷67，頁1821。成都：巴蜀書社，1989年。

〔註167〕見傅璇琮《唐才子傳校箋》卷3，頁654。北京：中華書局，2002年。

〔註168〕見《新唐書》卷185，〈張濬本傳〉，頁4171。北京：中華書局，1999年。

科盡處，竟列於尾株之前也」〔註169〕等到避亂的隱居因素消失了，
他又出世爲宦，證明了避亂隱居不過是一時的不得已。有心鐘鼎食的
士人，隱居只是在等待機會，其存心絕不同於有素節的眞君子。

而從中唐後期到整個晚唐，承接中唐文人由政治回歸自我、熱衷於園
林、草木、奇石的餘緒，晚唐文人的追求和愛好也越形狹小、袖珍，
並將這些狹小、袖珍的東西放到詩中不厭其煩的加以表現。如姚合、
皮日休、陸龜蒙、吳融等人，在他們的詩作中，有不少這方面的描寫。
鄭谷〈七祖院小山〉歌詠小巧玲瓏的假山爲例：

> 小巧功成雨蘚斑，軒車日日扣松關。峨嵋咫尺無人去，卻
> 向僧窗看假山。〔註170〕

秀美的峨嵋山就在近旁，詩人卻懶得前往觀賞，反而把興趣全部放到
了眼前的假山之上。這是鄭谷的審美觀，也可以代表晚唐一代人的審
美觀。

晚唐文人對隱居生活的描寫是愜意的，文人特別留意生活中遠離
塵囂、細小瑣碎的事物，對漁、樵、耕、釣及筆、帕、扇、燈等充滿
興趣。鄭谷詩中頻頻出現漁者的形象；陸龜蒙與皮日休的唱和詩，所
描寫的有網、罩、釣筒、釣車、漁梁、叉魚、射魚、樵溪、樵子、樵
家、樵徑、樵斧、樵擔、酒星、酒泉、酒床、酒壚、酒樓、酒旗等漁、
樵、酒幾大系列，其中陸龜蒙的〈漁具〉二十首，〈樵人〉十詠，〈酒
中〉十六詠，皮日休全有相和之作。顯現晚唐文人將注意力由山水田
園移向了身邊的瑣事，以詠物爲主，藉以構造小巧尖新的詩境，從中
體味無窮的意味。

晚唐文人的這種生活方式和興趣愛好，與混亂頹唐、江河日下的
國運是緊密聯繫在一起的。多事之秋的時期，擔任高官的文人爲數不

〔註169〕見《唐詩紀事校箋》卷67，頁1821。成都：巴蜀書社，1989年。
李昉《太平廣記》卷184，第八則，頁1375。台北：文史哲出版社，
民國76年。
〔註170〕鄭谷〈七祖院小山〉，《全唐詩》卷675，頁7732。北京：中華書局，
1996年。

多，官場之上大部份精力多被複雜的黨爭和層出不窮的事變消耗殆盡，盛、中唐文人對社會政治那種強烈的參與意識和使命感、責任感在晚唐文人身上再難看到；且文人多數與政治無緣或沉淪下僚。雖然他們在年輕時也曾產生過一些類似前人的參政願望，但現實卻沒有給他們相應的機遇，他們在遇到一連串的挫折之後，難免失去了奮爭的信心，從而自覺不自覺地淡化了政治在心目中的地位，甚至產生對政治的拒斥心理。也就是晚唐那麼多文人熱衷於細小瑣屑之事的深層原因。

避居山林，走向隱逸，雖然有時代環境的影響，但實在也是晚唐文人不得已的選擇。既然官場風波險惡，只好避離政治，回歸自我，或沈醉於燈紅酒綠、婦人笙歌之中，走向獨善其身的隱逸之路了。

主客觀都不具備參政條件的情況下，晚唐文人只好選擇混迹市井、走向山林，在婦人歌舞或清靜寂寞中尋求感官的愉悅和精神的適意，國難當頭，仍醉生夢死，這是當時一方面的情形；另一方面，文人們普遍將目光射向了遠離塵世的自然。許渾〈李生棄官入道因寄〉詩云：

> 西巖一徑通，知學採芝翁。寒暑丹心外，光陰白髮中。水深魚避釣，雲迴鶴辭籠。坐想還家日，人非井邑空。〔註171〕

吳融〈贈方干處士歌〉更對處士方干的生活情趣作了不遺餘力的讚美：

> 不識朝，不識市，曠逍遙，閒徙倚。一杯酒，無萬事，一葉舟，無千里。衣裳白雲，坐臥流水。霜落風高忽相憶，惠然見過留一夕。一夕聽吟十數篇，水榭林蘿爲岑寂。拂旦舍我亦不辭，攜筇徑去隨所適。隨所適，無處覓。雲半片，鶴一隻。〔註172〕

在曠放閒散的氛圍裏，讓人感受到自足自樂的恬逸與對社會政治的恐懼和無奈，但他們終於找到可以安慰心靈的模式，尋到自己的精神寄託。正是這些複雜的原因，眾多晚唐文人開始面向山林田園，在某種意義上，他們的仕宦生涯不如說是隱逸生涯。且看幾個有代表性的事

〔註171〕許渾〈李生棄官入道因寄〉，《全唐詩》，卷 530，頁 6062。北京：
　　　　中華書局，1996 年。
〔註172〕同上，吳融〈贈方干處士歌〉，卷 687，頁 7898。

例。〈石園詩話〉說：

> 李文山（群玉）性曠逸，才健邁，赴舉一上而止。惟以吟
> 詠自適。其《授校書郎制詞》云：「放懷丘壑，吟詠性情，
> 孤雲無心，浮磬有致」云云，可以想其高致。〔註173〕

李群玉的曠放高致在當時是出了名的，雖然曾受宰相裴休、令狐綯等
力薦，做過校書郎的的閑官，但不久即棄官南歸。他好吹笙，擅草書，
閑來與當時名詩人方干、張祜、杜牧、段成式等以詩唱酬，真如閑雲
野鶴一般。

又，《新唐書‧隱逸傳》載陸龜蒙：

> 龜蒙少高放，通六經大義，尤明《春秋》。舉進士，一不中，
> 往從湖州刺史張摶遊。摶歷湖、蘇二州，辟以自佐。嘗至饒
> 州，三日無所詣。刺史蔡京率官屬就見之，龜蒙不樂，拂衣
> 去。……有田數百畝，屋三十楹。田苦下，雨潦則與江通，
> 故常苦饑。身畚鍤，茠刺無休時。……不喜與流俗交，雖造
> 門不肯見。不乘馬，升舟設蓬席，齎束書、茶灶、筆床、釣
> 具往來。時謂「江湖散人」，或號「天隨子」、「甫里先生」。
> 自比涪翁、漁父、江上丈人。後以高士召，不至。〔註174〕

對於「江湖散人」的稱號，陸龜蒙曾專門作了一個解釋：「散人者，散
誕之人也。心散、意散、形散、神散。既無羈限，為時之怪民。束於
禮樂者外之曰：此散人也。散人不知恥，乃從而稱之。」〔註175〕其〈江
湖散人歌〉描寫「散人」的形貌是：「江湖散人天骨奇，短髮搔來蓬半
垂。手提孤篁曳寒繭，口誦太古滄浪詞。」〔註176〕他要追求的，正是
這樣一種「心散、意散、形散、神散」而「無羈限」的人生境界。

〔註173〕《清詩話訪佚初編‧石園詩話》，〈李群玉〉，頁205。台北，新文豐
　　　　書局，民國76年。

〔註174〕《新唐書》卷196，〈隱逸傳‧陸龜蒙傳〉，頁4311。北京：中華書
　　　　局，1999年。

〔註175〕《甫里先生文集》，卷16，〈江湖散人傳〉，頁234。河南大學出版，
　　　　1996年。

〔註176〕陸龜蒙〈江湖散人歌〉，《全唐詩》，卷621，頁7146。北京：中華
　　　　書局，1996年。

而《新唐書・司空圖傳》載：

> 龍紀初，複拜舊官，以疾解。景福中，拜諫議大夫，不赴。
> 後再以戶部侍郎召，身謝闕下，數日即引去。昭宗在華，
> 召拜兵部侍郎，以足疾固自乞。會遷洛陽，柳璨希賊臣意，
> 誅天下才望，助喪王室，詔圖入朝，固陽墮笏，趣意野耄。
> 璨知無意於世，乃聽還。圖本居中條山王官谷，有先人田，
> 遂隱不出。作亭觀素室，悉圖唐興節士文人。名亭曰「休
> 休」……因自目為耐辱居士。其言詭激不常，以免當時禍
> 災云。豫為塚棺，遇勝日，引客坐壙中賦詩，酌酒裝回。
> 客或難之。圖曰：「君何不曠邪？生死一致，吾寧暫遊此中
> 哉！」每歲時，祠禱鼓舞，圖與閭裏耆老相樂。〔註177〕

司空圖的退居林下主要緣於他對渾濁官場的厭惡和對政治的絕望，所
以朝廷多所徵召，他都不為所動，在其〈休休亭記〉裏，司空圖說：

> 休，休也，美也，既休而且美在焉。司空氏王官谷休休亭，
> 本濯纓也。濯纓為陝軍所焚，愚竄避逾紀。天復癸亥歲，
> 蒲稔人安，既歸，葺於壞垣之中，構不盈丈。然遽更其名
> 者，非以為奇，蓋量其才，一宜休也；揣其分，二宜休也；
> 且耄而瞶，三宜休也。而又少而惰，長而率，老而迂，是
> 三者，皆非救時之用，又宜休也。〔註178〕

文為心聲，這是司空圖真實的晚年心態。

走向市井山林，以獲得一份性情的放縱、心靈的寧靜、精神的自
由，這就是超越，在動亂的時世、遍野的哀鴻、蒼涼的悲歌，從不同
方面染濃了那個時代的悲意，司空圖雖然貌似輕鬆地在「休休亭」中
怡養天年，但其心理深處，也還是有眼看大唐王朝易主而無能為力的
悲哀的，否則，他就不會在唐哀帝被弒後，還以七十二歲之齡「不食
而卒」（《新唐書》本傳）了。然而，他畢竟還是在行動上擺脫了政治，

〔註177〕《新唐書》卷 194〈卓行・司空圖傳〉，頁 4285。北京：中華書局，
　　　　　1999 年。
〔註178〕司空圖〈休休亭記〉，《全唐文》卷 807，頁 8489。北京：中華書局，
　　　　　1983 年。

走向歸隱，這也是多數晚唐文人人生道路的縮影。從歷史發展的角度看，晚唐文人的仕宦生涯是窮途末路的，已不復盛、中唐階段的充滿希望與機會，他們已然為整個唐代文人的人生路途和心理歷程劃上了一個超然而又沈重的句號。

第六節　仕宦文人與隱士間的交遊

　　唐代隱士一直以相對完整的社會群體面貌出現在歷史舞臺，不僅具有部份傳統隱士的人格特徵，同時又因不游離於社會政治之外，反而與社會政治關係密切。隱士與沈浮官場的文人共同構建起唐代文化的風貌。這其中，二者間的交遊尤為引人注意。唐代隱士不像前代隱者那樣絕跡世俗，「遠辭百里君」，「終年獨掩扉」。大部分隱者社會活動十分頻繁，或四方遊歷，或聚眾講學，或拜謁公卿。而唐代文人或貴為執宰官吏，或屈為幕府僚屬，也多與隱士交相往來。他們或與隱士宴賞游集，或自己親自造訪山居，或招隱士來訪敝居，或送隱士歸山，或痛悼隱士的仙逝，也有與隱士吟詠唱和、以文字交遊者，翻開唐人文集，文人與隱士間的贈答送別詩篇更是俯拾即是，便可證明隱士與文人間的關係密切。

　　由於唐代特殊的政治經濟條件和文化背景，廊廟文人與隱士間交往的密切在歷史上是特殊的現象。觀察這種交往，我們不僅可以透視唐代詩人的獨特文化心態，而且可以看到它對唐詩發展所帶來的深刻影響。《文苑英華‧隱逸》中已有處士、徵君與山人之章目。可以說隱士謳歌自己隱逸生活的作品以及俗世詩人以其為引發詩歌的媒介的作品，在在都構成唐詩中極有風姿的一部分。

　　唐代隱士與世俗文人的密切社交，尋隱訪逸於是蔚為當代風尚，上自公卿大夫，下至州郡長吏，士子文人，競染此風。終唐一世，造訪隱士或題贈酬唱的詩歌流延不絕已如前述（第三章第七節）。未能隱居的仕宦通過與隱士的交遊來滿足他們的滄洲之想與超塵之念，也

藉此抬高自己出塵的形象，而隱者則依靠仕宦文人的題贈來擴大自己的影響，兩者之間呈現出互相倚重的關係。當然這不是否定二者之間的真正情誼，事實上，其中不乏情誼深厚者。如中唐著名詩人方干，自己不僅是一位處士，而且與之交遊的既有隱士、僧侶、羽流，也不乏文人士子。如戴叔倫、周賀、李群玉、李山甫、羅鄴、羅隱、唐彥謙、周樸、鄭谷、崔塗、吳融、杜荀鶴、徐寅、曹松、翁挑、崔道融、貫休、齊己、尚顏、虛中、王朋等。

除了方干，李白、王維、大曆十才子、權德輿、白居易、張籍、王建、朱慶餘、許渾、張祐、薛能等所交的隱者也不少。王績與仲長統；王維與綦毋潛、祖詠、盧象、崔興宗、閻防等；孟浩然與魏萬，常建與王昌齡、張憤；崔曙與薛據，賈島與徐凝；于武陵與皮日休、陸龜蒙；李昭象與張喬、顧云等。

現根據《全唐詩》中所載並綜合其他筆記材料，列舉如下：

孟浩然：張子容是孟浩然的同鄉，早年曾與孟浩然同隱鹿門，「為死生交，詩篇唱答頗多。」〔註179〕

王維：《舊唐書·王維傳》載其與友人裴迪、弟王縉、表弟崔興宗等常在輞川別業「浮舟往來，彈琴賦詩，嘯詠終日。」祖詠是王維的好朋友，詩集中有〈贈祖三詠〉、〈齊州送祖三〉、〈喜祖三至留宿〉等作，兩人過從密切。丘為的詩甚得王維稱許，二人有贈答來往。王維集中有與張翹贈答之作計七首。王維亦曾與錢起交遊，錢起受王維詩歌影響，其〈藍田溪雜詠〉與王維〈輞川集〉相彷彿。

李白早年學道于趙蕤。出川後，曾與好友元丹丘隱於離山。在東魯期間，又與韓准、裴政、孔巢父等隱于祖徠山，號稱「竹溪六逸」。崔宗之是李白的重要交遊對象，二人酬贈之作有崔宗之的〈贈李十二〉、李白的〈酬崔五郎中〉、〈贈崔郎中宗之〉等五首。李白應徵入京前，仍有一段時間處於進身無門、苦悶仿徨的境地，在「奈何無良

〔註179〕傅璇琮《唐才子傳校箋》卷 1，頁 159。北京：中華書局，2002年。

圖」時尋訪崔宗之，希望得到崔宗之的舉薦，而崔卻勸他同隱嵩山，說：「平日心中事，今日爲君說：我家有別業，寄在嵩之陽」，「子若同斯遊，千載不相忘」。〔註180〕李白雖然也表示將離長安而再作神仙之游：「從此淩倒景，一去無時還」，〔註181〕但邀請崔宗之同往終南山，「希君同攜手，長往南山幽。」〔註182〕

　　錢起約在天寶十四年春任藍田縣尉，這期間他與王維交遊酬唱。王維天寶末官給事中，常悠游於終南山中的輞川別業，任藍田縣尉的錢起遂得從其遊。王維有〈春夜竹亭贈錢少府歸藍田〉云：「夜靜群動息，時聞隔林犬。卻憶山中時，人家澗西遠。羨君明發去，采蕨輕軒冕。」〔註183〕錢起則有〈酬王維春夜竹亭贈別〉詩作答：「山月隨客來，主人興不淺。今宵竹林下，誰覺花源遠。惆悵曙鶯啼，孤雲還絕巘」〔註184〕此外兩人還有〈送錢少府還藍田〉和〈晚歸藍田酬王維給事〉的贈答之作。

　　由於安史之亂，文人多避難江東，故隱士與仕宦文人的交遊機會大增。大曆四、五年前後，顧況與皎然、陸羽等在湖州詩酒唱和。戴叔倫與隱士秦系等人交游，在遊宴中彼此唱和。李嘉佑隱居蘇州，與劉長卿、皎然均有唱和之作。

　　大曆初年，盧幼平任湖州刺史，便有〈秋日盧郎中使君幼平泛舟聯句〉及重聯二首，參加者就有處士陸羽等人。

　　大曆七年顏眞卿遷湖州刺史，掀起了一個規模較大的浙西聯唱詩會，彼此唱和遊從，關係密切，參加者有處士陸羽、強蒙等人。

　　秦系「閉戶不曾出，詩名滿世間」。〔註185〕浙東節帥往任必招邀

〔註180〕崔宗之〈贈李十二白〉，《全唐詩》，卷 261，頁 2906。北京：中華書局，1996 年。以下引書同。
〔註181〕李白〈酬崔五郎中〉，卷 178，頁 1814。
〔註182〕李白〈贈崔郎中宗之〉，卷 169，頁 1742。
〔註183〕卷 125，頁 1238。
〔註184〕卷 236，頁 2606。
〔註185〕戴叔倫〈題秦隱君麗句亭〉，《全唐詩》，卷 274，頁 3101。北京：

致敬，而居於浙東的劉長卿、嚴維、皎然以及錢起、苗發等朝中詩人也都與其唱和酬答。大曆十三年秋，秦系流寓睦州、泉州，後隱居于南安九日山，「穴石爲研，注《老子》，彌年不出」。〔註186〕直到德宗建中末他才返會稽，游於湖州、江西吉州、撫州一帶，與皎然、李尊、戴叔倫、韋應物、丘丹、朱放等名詩人酬唱。最遲在貞元十三年隱居茅山，與顧況毗鄰。大約在貞元末年，重返泉州，與貶爲泉州別駕的宰相姜公輔遊。

　　白居易與李渤往還有詩爲證：〈京使回累得南省諸公書因以長句寄謝……李十楊三樊大楊十二員外〉、〈贈江州李十使君員外十二韻〉、〈題別遺愛草堂兼呈李十使君〉後一首自注云：「李亦廬山人，常隱白鹿洞。」〔註187〕

　　白居易與徐凝、李善白的往還之作：白居易有〈期宿客不至〉、徐凝有〈寄白司馬〉。《唐才子傳》載：

　　　　凝，睦州人。元和間有詩名，方干師事之。與施肩吾同里，
　　　　日親聲調。無進取之意，交眷悉激勉，始游長安。不忍自
　　　　衒鬻，竟不成名。將歸，以詩辭韓吏部云：『一生所遇惟元
　　　　白，天下無人重布衣。欲別朱門淚先盡，白頭遊子白身歸。』
　　　　知者憐之。遂歸舊隱，潛心詩酒。人間榮耀，徐山人不復
　　　　貯齒頰中也。老病且貧，意泊無惱，優遊自終。〔註188〕

又白居易在開成二年寫下〈憑李睦州訪徐凝山人〉云：「郡守輕詩客，鄉人薄釣翁。解憐徐處士，唯有李郎中。」題下自注云：「凝即睦州之民也。」李睦州爲睦州刺史李善白。〔註189〕

　　白居易與劉軻的交往：劉軻根據《唐摭言》所載：

　　　　劉軻，慕孟軻爲文，故以名焉。少爲僧，止于豫章高安縣

　　　　中華書局，1996 年。以下引書同。
〔註186〕卷 260，頁 2895。
〔註187〕卷 443，頁 4952。
〔註188〕傅璇琮《唐才子傳校箋》卷 6，頁 93～96。北京：中華書局，2002
　　　　年。
〔註189〕《全唐詩》，卷 457，頁 5192。北京：中華書局，1996 年。

南果園：複求黃老之術，隱於廬山。既而進士登第。文章
與韓、柳齊名。〔註190〕

白居易〈劉十九同宿〉中稱劉十九爲「嵩山處士」。此外，亦有〈問
劉十九〉〈雨中赴劉十九二林之期，及到寺，劉已先去，因以四韻寄
之〉、〈薔薇正開，春酒初熟，因招劉十九張大夫崔二十四同飲〉四首
作品寫二人交往之事。

白居易與駱峻的交往：白居易〈過駱山人野居小池〉詩自注云：
「駱生棄官居此二十年」、〈授駱峻太子司儀郎梧州刺史賜排魚袋兼改
名玄休制〉，據《樊川文集》有〈駱處士墓誌〉，可見駱峻是爲處士身
份殆無疑意。

皮日休與李中白：據《皮子文藪》卷7〈通玄子棲賓亭記〉云：
「昔余與中白有俱隱湘、衡之志。中白以時不合己，果償本心。余以
尋求計吏，不諧夙念。」言李中白於此時已至彭澤隱居，而皮日休則
留襄陽應試。

皮日休與陸龜蒙：晚唐咸通十年至十一年間以皮日休、陸龜蒙爲
核心的一群文人在蘇州唱和，其詩輯爲《松陵集》。集內見載實際參
與唱和的詩人有陸龜蒙、張賁、魏樸等隱士。

除此之外，尚有權德輿與茅處士、呂溫與何處士、杜牧與冀處士、
柳宗元與謝山人、孟郊與殷山人等，皆有詩文可查索。然而，有唐一
代，文人和隱士的交遊還遠不止這些，這不是個別詩人的嗜好，而應
視爲一個時代的社會風尚。這固然與唐代崇隱的特殊文化背景有關，
正是這種文人與隱士的普遍交往，給唐代詩人提供了詩歌創作的題材
與靈感來源。

隱士是暫時或永久從政治上引退的士人，隱逸行爲反映了士大夫
渴望超越現實的文化心態。唐代統治者對隱者在政治上的獎勵、輿論
上的褒揚以及精神上的誘導，都大大影響了唐代文人對隱士的見重，

〔註190〕《唐摭言》卷 11，〈反初及第〉條。收入《歷代筆記小說集成·唐
代筆記小說》第 2 冊，頁 489。河北教育出版社，1993 年。

而且廊廟文人在守選制度下可能也暫時成爲隱士，二者間的身份是會轉換的。而隱逸之士往往除了學識淵博、道德可敬，他們恬逸的生活情趣更受到廊廟文人士大夫的欣羨。即使因爲經濟重擔使他們不能從仕途上抽身，但與隱士的交遊唱和也可使生命意識在遠離俗世的林野吟唱中得以片刻舒展。

唐代廊廟文人與隱士的交遊正好呈現了一種集體崇尚隱逸的心理。具體而言，表現爲以下幾點：

（一）隱士雅好讀書，有學識修養

雅好讀書既是文化素養的標誌，也展現了無意于奔競榮華、重視高雅生活情趣的形象。讀書本是士人之本色，也就成爲隱者主動選擇自我安頓的方式之一。所以優遊山林的隱士大多銳意經典，以讀書爲消遣陶養之道，帶有自娛、自慰色彩的讀書著述遂成爲唐代隱士所珍視的具有價值的日常生活型態之一。

對於隱士來說，讀書生活沖淡了那種因閒居靜處所導致的枯索寂寥，而顯得富有詩意美感，而且，隱居多暇，所以隱士常以怡然自得的享受態度來閱讀書卷，心境是沖和閒逸的。而且，隱士讀書所感受到的愉悅與陶醉或多或少表現了他們超越世俗社會的願望。對於那些歷經生活艱辛或仕途挫敗而隱歸的士子而言，經籍著述也可撫慰創傷，託付生命的志意，調劑物質生活的壓迫和生命的焦慮。

（二）隱士道德、人格可敬

道德作爲基本的社會價值，是構成其他價值的基礎或核心。隱士作爲士階層中的一個獨特的群體尤重於此。他們顧惜名行、潔身自守。隱士的氣質、趣味、情韻等已潛移默化地深入社會人心，成爲時人傾慕的中心。唐代的隱士不像前代那樣自我封閉，躲在自我的狹小角落，但大體上還是珍視自我道德操守。只不過唐代的名節意識不是依群體社會爲參照，而是以個體自我爲標準，例如有的奉養守親，有

的廉潔慎行，有的謙和退讓，有的性格孤傲，狂放不羈。在這樣的道德文化價值參照下，仕宦文人與隱士的情誼因爲包含著對隱士的道德情操的欽慕就顯得更具理想色彩了。

唐代隱士重視自身的道德修養，就奉養守親來說，這種隱不絕親的美德傳統在唐詩中多有歌詠。具有品德的唐代隱士還爲數不少。如呂向托外祖母隱陸渾山；張彪應舉不第，適逢喪亂，奉老母避地隱居嵩山；鄭殉瑜，少孤，值天寶亂，退耕陸渾山以養母；述睿「少與兄克符、弟克讓，皆事親以孝聞」等。尤爲突出的是王友貞：「弱冠時，母病篤，醫言唯啖人肉乃差。友貞獨念無可求治，乃割股肉以飴親，母病尋差。則天聞之，令就其家驗問，特加旌表。」〔註 191〕這種割肉怡親之舉可以上達天子，並得到褒揚，可見唐人對儒家孝悌美德的認同。唐代統治者還多次頒詔舉孝悌之士，以示存問。如貞觀十一年的「採訪孝悌儒術等詔」、儀鳳元年的「訪孝悌德行詔」等。在上者的權威保證了對隱士品德操守的由衷讚美。

有的隱士廉潔慎行，不受無妄之財。如隱士李元愷「性恭愼」，洛州刺史元行沖邀元愷至州，問以經義，因遺衣服，元愷辭曰：「微軀不宜服新麗，但恐不能勝其美以速咎也。」行沖乃以泥塗汙而與之，不獲已而受。及還，乃以己之所蠶素絲五兩以酬行沖，曰：「義不受無妄之財。」〔註 192〕

有的隱士謙沖恬和，與世無爭。如蘇州隱士史德義、孔述睿；有的隱士縱悠孤傲。如王績、朱桃椎、賀知章，而唐代士大夫處於政治機制的運作中，常常因政治、經濟、人倫所困而難享身心自由，但隱士卻很少受社會教化及朝綱政績的束縛與操縱，既有清雅的文化品味又有相當的心靈自由，仕宦文人於是可以通過與隱士的交遊來達到獲取身心愉悅的目的。

〔註 191〕《舊唐書》卷 192，〈隱逸・王友貞傳〉，頁 3481。北京：中華書局，1999 年。

〔註 192〕同上，〈隱逸・李元愷傳〉，頁 3483。北京：中華書局，1999 年。

（三）唐代隱士多才華、多文化藝術素養

隱士中不乏詩人、畫家、書法家，音樂家，這一點也爲唐代文人所青睞。如王績隱居以琴酒自娛，多爲好事者諷詠。張志和「善圖山水，酒酣，或擊鼓吹笛，舐筆輒成。嘗撰《漁歌》。」〔註193〕其他如顧況、秦系、方干、李群玉、司空圖等其本身既是隱者，也是文人。他們彼此以詩文交流，切磋詩藝，對詩歌藝術品味的提升有一定影響。

此外，唐代隱士善書法者很多，而且多兼工繪畫。《歷代名畫記》卷9載司馬承禎云：「至王屋山，救造陽臺觀居之。嘗畫於屋壁，又工篆隸，詞采眾藝，皆類隱居焉。」〔註194〕從諸多史料中可知，唐代隱者不乏畫家和書法家：盧藏用「工篆隸」；〔註195〕盧鴻工八分書，善畫山水樹石；賀知章善草隸書；張旭善草書，當時與李白歌詩、裴曼劍舞並稱三絕；呂向工草隸，能一筆環寫百字，若縈發然，世號「連錦書」；〔註196〕王維「書畫特臻其妙，筆蹤措思，參於造化，而創意經圖，即有所缺，如山水平遠，雲峰石色，絕跡天機，非繪者之所及也。」〔註197〕張諲「善草隸，工丹青，與王維、李頎等爲詩酒丹青之友，尤善畫山水」，〔註198〕王維在〈戲贈張五弟諲〉贊其詩賦書法云「染翰過草聖，賦詩輕《子虛》」；〔註199〕張彪善草書；劉方平工

〔註193〕《新唐書》卷196，〈隱逸傳·張志和〉，頁4308。北京：中華書局，1999年。
〔註194〕《歷代名畫記》，頁299～300。台灣：商務印書館，民國60年。
〔註195〕《新唐書》卷123，〈王維用傳〉，頁4374。北京：中華書局，1999年。《舊唐書》卷94〈盧藏用傳〉，頁2031。北京：中華書局，1999年。
〔註196〕《歷代名畫記》，頁299～300。台灣：商務印書館，民國60年。
〔註197〕《新唐書》卷123，〈王維用傳〉，頁4374。北京：中華書局，1999年。《舊唐書》卷94〈盧藏用傳〉，頁2031。北京：中華書局，1999年。
〔註198〕《新唐書》卷202，〈文藝中·呂向〉，頁4408。北京：中華書局，1999年。
〔註199〕《全唐詩》，卷125，頁1239。北京：中華書局，1996年。

山水樹石，被皇甫冉譽爲「墨妙無前，性生筆先」；〔註200〕顧況善畫
山水，有〈畫評〉一篇，評述古今畫家及其作品風神氣格；蕭裕畫山
水甚有意思；張志和「畫跡狂逸，自爲漁歌，便畫之甚，甚有逸思」；
〔註201〕劉商工畫山水樹石……等皆可爲例。

　　可見，繪畫更多地體現了隱逸超脫的精神，唐代廊廟文人欲隱不
能，於是在與隱者交遊以及題贈、觀賞其山水畫之中，滿足他們在現
實生活中尋求不得的青山白雲之念。張九齡在〈題畫山水障〉一詩中
就說：

> 心累猶不盡，果爲物外牽。偶因耳目好，復假丹青妍。嘗抱
> 野間意，而迫區中緣。塵事固已矣，秉意終不遷。良工適我
> 願，妙墨揮巖泉。……對玩有佳趣，使我心渺綿。〔註202〕

是上述結論很好的註腳。

　　總之，唐代隱士大體上是博學多聞、道德可敬且多才多藝的，與
他們往還，既可以談經說理、切磋詩、文、琴、棋、書、畫，也可以
型塑自己追求超脫境界的出世形象，所以仕宦文人與隱士的交往也在
呈現了社會對「隱士」身份的認同。

第七節　宗教與隱逸

　　唐朝的宗教活動極爲活躍，主政者並不排除人民宗教上的信奉自
由，其中以佛、道二教最爲重要，它們對於社會具有廣大的影響力，
也助長了隱逸風氣，故在此獨立一節加以探討。

　　首先略述當時佛、道二教流行的概況：佛教自漢世傳入中國以
後，傳佈日廣，歷東漢、魏晉南北朝以至唐代，其發展可謂達到最高
峰，一方面宗派林立，成實、淨土、三論、律、禪、天台六宗都盛行

〔註200〕皇甫冉〈劉方平壁畫山〉，《全唐詩》，卷 249，頁 2803。北京：中
　　　　華書局，1996 年。
〔註201〕《全唐詩》，卷 125，頁 1239。北京：中華書局，1996 年。
〔註202〕張九齡〈題畫山水障〉，《全唐詩》，卷 47，頁 578。北京：中華書
　　　　局，1996 年。

於世，又有不少新宗派興起，重要的有法相、華嚴、密、俱舍諸宗，前三者爲大乘教義，俱舍則爲小乘。這許多舊有和新興的宗派，互相雄長，再加上玄奘、義淨、不空、會寧、道琳、善行等名僧西行求法，攜回經典甚多，隨即由政府贊助，展開大規模的譯經工作，成就極大。此外，唐代除武宗有滅佛舉動外，諸帝對佛教都採取尊重或獎勵的態度，尤其高宗武后、都篤信佛教，經常齋僧、布施、超度、建廟，在這幾位君主提倡下，佛教便更加興盛起來，王公貴戚競相度牒僧尼，營造佛寺。〔註203〕

《武宗本紀》載武宗毀佛時，所拆除的寺、蘭若共四萬四千六百餘所，勒令還俗的僧尼達二十六萬五百人，收寺院奴婢十五萬人，并爲國家稅戶，〔註204〕可見當時佛教勢力之大，且實際僧尼數恐怕還要多於此數甚高。流風所及，無怪當時人把出家當成是大丈夫當然之事。〔註205〕士大夫之流，篤信佛法者，不少，如蕭瑀、王維、白居易、裴休等，皆爲顯例；〔註206〕王守愼辭官請爲僧，曾爲武后賜號；〔註207〕馬嘉運、賈島、劉軻、蔡京皆於早年爲沙門；〔註208〕在在顯

〔註203〕 此論參考傅樂成《隋唐五代史》一書第十八章〈唐代的宗教〉，頁154～163。台北：眾文書局 79 年二版。參閱王壽南《隋唐文》第十七章〈社會與宗教〉頁 695～713。台北：三民書局，民國 75 年。

〔註204〕 見《舊唐書》卷 18〈武宗本紀〉「會昌五年四月……敕祠部檢括天下寺及僧尼人數，大凡寺四十六百，蘭若四萬，僧尼二十三萬五百。」「八月……天下所拆寺四千六百餘所，所還俗僧尼二十六萬五百，收充兩稅戶，拆招提蘭若四萬餘所……」頁 397。北京：中華書局，1999 年。

〔註205〕 《唐國史補》：「出家大丈夫」條，又見《唐語林校證》卷 4〈栖逸條〉，頁 393。北京，中華書局，1987 年。

〔註206〕 分見《舊唐詩》各傳，北京：中華書局，1999 年。白居易傳見《舊唐書》卷 166，頁 2955；王維傳見《舊唐書》卷 190 下〈文苑下〉，頁 3438；蕭瑀傳見《舊唐書》卷 63，頁 1619；裴休傳見《舊唐書》卷 177，頁 3126。

〔註207〕 王守愼傳見《舊唐書》卷 192〈隱逸傳〉，頁 3484。北京：中華書局，1999。

〔註208〕 馬嘉運見《舊唐書》卷 73，頁 1758。北京：中華書局，1999；賈島傳見《新唐書》卷 176，頁 4077。北京：中華書局，1999；蔡京

示唐人奉佛的普遍。

　　至於道教，大致而言是始終爲唐皇室所尊奉的，雖不如佛教風行，卻也不曾受到破壞打擊，這是因爲唐高祖在開國之初，可以說是天時、地利、人和的「時勢造英雄」，基本上唐室一族並非傳統士族，所以唐高祖就沒有巨大的地方力量爲其憑藉，自然人民對統治者之向心力就不大了！〔註 209〕爲求收攬民心，於是有老君的神蹟出現，假造神話，說李氏乃其苗裔；而老子也因與唐室同宗，獲得特殊的尊榮。據《唐會要》卷 50，尊崇道教條云：

　　　武德三年五月，晉州人吉善，行於羊角山，見一老叟，乘
　　　白馬朱鬣，儀容甚偉。曰：『爲吾語唐天子，吾汝祖也，今
　　　年平賊後，子孫享國千歲。』高祖異之，乃立廟於其地。

此事雖《新‧舊唐書》高祖本紀武德三年皆未有記載，《資治通鑑》武德三年也沒紀錄，但《舊唐書‧高祖本紀》於七年下卻有：

　　　（七年）冬十月丁卯，幸慶善宮。癸酉，幸終南山，謁老
　　　子廟。〔註210〕

的記載。太宗貞觀年間亦下詔稱：「皇室本系出於老子」，〔註 211〕又下「令道士在僧前詔」，〔註212〕於是道教便成了唐代的國教。高宗也曾至亳州老君廟拜謁，上尊號爲「太上玄元皇帝」。玄宗尤其著意提倡，不惟屢上尊號，並將謁廟之舉立爲定制，其後諸帝，除順宗與哀

　　　傳見《唐詩紀事》卷 49，頁 1329。成都，巴蜀書社，1989；劉軻
　　　事見《唐摭言》卷 11，〈反初及第〉條。收入《歷代筆記小說集成‧
　　　唐代筆記小說》第 2 冊，頁 489。河北教育出版社，1993 年。
〔註209〕參考陳寅恪先生之《唐代政治史述論稿》與孫克寬先生之《唐代道
　　　教與政治》一文。《唐代政治史述論稿》頁 1～128，出自《陳寅恪
　　　先生文集》第三冊，台北：里仁書局，民國 71 年。《唐代道教與政
　　　治》頁 1～37。《大陸雜誌》第 51 卷第 2 期，64 年 8 月。
〔註210〕見《舊唐書》卷 1，〈高祖本紀〉，頁 1。北京：中華書局，1999 年。
〔註211〕參考《新唐書》卷 70，宗室世系表。頁 1341。北京：中華書局，
　　　1999 年。
〔註212〕見《全唐文》卷 6，頁 73，太宗〈令道士在僧前詔〉。北京：中華
　　　書局，1983 年。

宗以在位日短外，莫不遵行。玄宗開元二十五年，下詔將道士、女道士改隸宗正寺，與皇族並列，更又大大提高了道教的地位。開元二十九年，設崇玄學，置生徒，令習老子、列子、文中子，每年准明經例考試，是爲「道舉」。天寶十四年，又頒御注老子義疏於天下。凡此種種，皆足以見道教在唐代政治地位的特見尊崇。〔註213〕儘管道教有皇室的大力提倡，在社會中的風行程度仍不能與佛教相比，觀《新唐書》卷48〈百官志〉所載：

> 天下觀一千六百八十七，道士七百七十六，女冠九百八十八。寺五千三百五十八，僧七萬五千五百二十四，尼五萬五百七十六。〔註214〕

可見出風行程度的懸殊。這大概是道教與佛教有其教義本質上的差異之故。然而由於道教是一種偏於現世的功利宗教，肯定生活，講長生攝養，而求壽祈福的意願乃人之常情，因此它很容易爲一般人所接受，作爲一種基層的信仰。〔註215〕唐代的知名之士中，篤信道教的也不少，如李泌以好談神仙詭道出名，〔註216〕詩仙李白曾受眞籙，〔註217〕魏徵、吉中孚、曹唐都曾一度出家爲道士；〔註218〕上表請致仕度爲道士者，則有賀知章、載叔倫、蕭俛、蔣曙等人。〔註219〕

〔註213〕本段所述各點皆出兩唐書各帝本紀。

〔註214〕見《新唐書》卷 48〈百官志三·崇玄署條下〉，頁 822。北京：中華書局，1999 年。

〔註215〕參閱日人小柳司氣太《道教概說》中〈中國國民性與道教〉一節。：商務印書館，1923。

〔註216〕見《舊唐書》卷 130，〈李泌傳〉，頁 2463。北京：中華書局，1999 年。

〔註217〕李白有詩二首言其事：「訪道安陵遇蓋寰爲余造眞籙臨別留贈」見《李白集校注》卷 10，頁 1521，及「奉餞高尊師如貴道士傳道籙畢歸北海」見《李白集校注》卷 17，頁 997。臺灣，里仁書局，1980。

〔註218〕魏徵出家事見《舊唐書》卷 71〈魏徵傳〉云：「徵少孤貧，落拓有大志，不事生產，出家爲道士。」（頁 1717。北京：中華書局，1999 年。）吉中孚事見《唐才子傳校箋》卷 4，頁 161。北京：中華書局，2002 年。曹唐事見《唐詩紀事》卷 58，頁 1590。成都，巴蜀書社，1989 年。

〔註219〕賀知章事見《舊唐書》卷 190，〈文苑中〉，頁 3425。北京：中華書

　　除了在上位者的尊奉，唐代寺院道觀本身也多在山谷清幽之地，吸引好佛慕道的人群趨入山林，應該是自然的結果。同時，寺院道觀多位於山林之中，且尚有食宿之便，更有豐富藏書，乃至有義學僧可資學，故學子每樂於寄寓其中讀書。〔註 220〕這種情形在本章第二節中已有討論。這些人日後學有所成，仍要出山參加科考，求取功名當然不能算是真隱居，但是僅就形跡而言，也可說是曾有短暫的隱逸。

　　換個角度來看，僧道之流居於山林，屏絕俗務，在行為上無異於隱士，而一般人也把他們與高人逸士們一體看待。此所以兩唐書隱逸傳多載道士，而《唐語林・栖逸篇》〔註 221〕每錄僧人。試看《舊唐書・隱逸傳》對王希夷的記載：

> 孤貧好道，……隱於嵩山，師道士黃頤，向四十年，盡能傳其閉氣導養之術。頤卒，更居兗卅徂徠山中，與道士劉玄博為棲遁之友。好易及老子，嘗餌松柏葉及雜花散。〔註222〕

如此則當為道士一流人物無疑，而玄宗下制，乃稱其為「徐州處士王希夷」。再如王守慎，是因為請為僧，才被列入隱逸傳的。唐初篤嗜佛法的蕭瑀，早年得病，不即醫療，卻說：

> 若天假餘年，因此望為栖遁之資耳。〔註223〕

皇帝對隱士們下詔褒揚，措辭不外是些「深歸解脫之門」或「絕學棄智，抱一居貞」之類的話。從這裡，不難看出緇黃方外之徒與高隱逸人之間的界線是如何不易分清；或者也可以說，佛、道二家盛行與在位者之信奉，在唐代士人眼中，常是藉以保身、療慰不遇痛苦的護身

局，1999；戴、蕭、蔣三人見《唐摭言》卷8，〈入道條〉。收入《歷代筆記小說集成・唐代筆記小說》第 2 冊，頁 475。河北教育出版社，1993 年。

〔註220〕參閱嚴耕望先生之《唐人習業山林寺院之風尚》一文。

〔註221〕見又見《唐語林校證》卷4，〈栖逸條〉，頁 393。北京，中華書局，1987 年。

〔註222〕見《舊唐書》卷 192，〈王希夷傳〉頁 3483。北京：中華書局，1999 年。

〔註223〕見《舊唐書》卷 63，〈蕭瑀傳〉，頁 1619。北京：中華書局，1999 年。

符與安慰劑，在論述隱逸的時代環境時，常被提及。

綜合上述種種，可以發現，這些社會風氣常是相互作用影響的，在上位者的信仰宗教、獎勵隱淪，可以刺激宗教的興盛與在野之人求在朝之實；朝野姦宦當道，朋黨相爭，官宦之路競爭激烈，在在都提供士人在有志難伸之下，以宗教與隱逸做為自保的方式成為一種選擇；而朝廷特重進士，實與欲瓦解舊勢力，建立新勢力有關，本質上仍不脫政治因素，卻造成士人喜讀書於山林寺院之間的社會風氣，故本章探討社會／歷史階段，所欲展現的是不能抹煞這些因素彼此相互影響的事實，在這些因素的交互作用下，唐人的隱逸不但是一種流行，而且有其時代特色。

綜上所述，可以看到唐代隱逸行為的特殊性，有其特別的歷史與社會因素存在，文人選擇隱逸既有階段性的現實目的，在必須待時而起（不論是讀書山林或守選或時代動亂或其他因素）的客觀限制下，隱居並非終身性質的選擇，且常不是返回家鄉，而是選擇有利的地點為之，隱士間又常以偕隱方式以增加聲望，所居往往是能享山林漁釣之樂的園林別業，生活條件早已超越傳統隱居的貧困，過的是享受著詩、茶、書、酒、琴、棋、藥、漁釣、遊山玩水樂趣的生活，相伴的是悠閒的雲朵、白鶴。有著頻繁社交的唐代隱者，不會門前冷落車馬稀，自然也少有畢生隱居不仕者，但非本文論述重點。在唐代，隱居作為一種呼應社會潮流性質的選擇，生活的品質相較於傳統的隱逸其實是悠閒且優渥的。

第六章　二度詮釋——變調之隱

　　綜合前述三個階段的分析，來到文化分析的最後一的分析階段是批判／二度詮釋，湯普森（John B.Thompson）認為文化分析的最後一階段是做創造性的整合，基於所有前述階段本身已是詮釋：文本、制度、社會歷史分析都構成詮釋的一部分，所以最後階段的綜合性分析是植基於前面已經形成的詮釋。再者，分析者本身的思考與理解與判斷也會影響原來的詮釋，所以文化分析是對一個已經被詮釋過的領域做再詮釋，以一首標榜隱逸情懷的詩為例，必定是一個作者根據其以前讀過的文本加上自己的經歷與想像、觀察而創造出來，這個特定意義的文本就包含了作者對隱逸傳統的詮釋，研究者再去分析此文本，已經是二度詮釋了。

　　至於文化分析的批判性則在於探索意義與權力之間的關係，意義不是被動的存在，而是社群成員互動過程中所共同構築起來的，沿著各個分析階段（文本、制度與社會／歷史）形成一道意義建構的軌跡，意義在這條軌跡上來回移動，經歷建構（觀念的建立與認同）、符碼化（當某種風格或主題被廣泛接受，並且被一再書寫，就會逐漸變成符碼化的公式。）、變形（時代與社會的變遷會影響意義的內涵）……等階段，使得意義成為一社會建構過程，而非僵硬固定的存物體。藉著揭露意義建構的過程，文化批判於是具有一種潛力，可以改變人們

對其周遭世界的了解。〔註1〕例如藉由此一觀念，讓我們重新檢視唐代盛行的隱逸文化的正當性由何處呈現？唐代知識份子又如何藉隱逸爲自己定義出什麼是理想的、有價值的、值得追求的文化？要強調的是，批判的觀點當然有其侷限，因爲意義總是包含不同層面：認知的、情感的、美學的等層面，所以本論文的二度詮釋著重的是對文本、制度、社會／歷史層面的綜合性觀察，並不只著重文本意義的探討。

本章標題所用「變調」二字無涉典故，只是相對於傳統隱逸內涵而產生的變化而言，隱逸的內涵到了唐代，受到大環境各方面的影響改變並且脫離原來發展脈絡已是不爭的事實。

第一節　隱逸觀念的轉變

如前所述，唐代社會相對的安定，政治的清明，經濟的繁榮，國力的強盛，都在在激發起盛唐人濃烈的時代自豪感，不同於前代士人的消極逃避。在這樣的文化環境中，隱逸的樣貌已不純粹是一種避世的選擇，不純粹是崇高精神生活的嚮往，更不純粹是出自宗教性質出世的追求，反而更多的是一種實現政治理想的手段。隱逸在唐代是積極入仕的方式之一，不但得到士人普遍的認同，他們更以隱互相標榜，並構成詩歌中的熱門主題。

檢視隱逸觀念的發展沿革會發現：隱逸最初是針對「仕」的挫折而起的一種暫時性的「待時」之隱，其中有著無奈與不得已。後來的莊子則出於對人世紛擾羈絆的拒絕而選擇「身隱」，是出於個人性情上的選擇。但不論隱逸是在求性分所至或避世何身，都可以看出魏晉前的隱與仕二者往往是對立且不可兼得的。

而魏晉政治的黑暗與社會的混亂，讓名士因不滿現狀而隱，加之時代風尚喜歡談玄論理，於是將隱逸觀念推到了一個自許爲高遠的逍

〔註1〕《意識形態與現代文化》（英）湯普森（Thompso, J.B）著：高銛等譯。南京：譯林出版，2005。

遙境界。王瑤認爲當隱逸行爲普遍以後，似乎已經無所謂「避」的問題，有的只是爲隱逸而隱逸，好像隱逸本身就有它的價值與道理。因爲隱士始終是懷道的、高尚的，於是隱士地位的高尚其表是肯定的。〔註2〕流風所及，在這個階段，有人把「隱逸」的意義擴大了，聲稱：「小隱隱林藪，大隱隱朝市。」竟把仕宦稱爲大隱，卻把眞正躲在山林裏的人降爲小隱。開始有人以隱逸爲手段，以求仕爲目的，企圖整合隱逸與仕宦的對立性質。

　　雖然在當代不乏有人反對隱逸觀念的轉變，並嚴正聲討借隱求仕的假隱士，例如〈北山移文〉的批判，但當代「出處同歸」的說法，仍企圖爲士人的平衡出與處作出努力。只是觀念並不普遍，時人還是比較認同「以處者爲優，出者爲劣」〔註3〕的觀點，亦即魏晉階段的文士與其選擇入仕，人們還是以隱逸爲尊。

　　到了唐代，隱逸蔚爲一種時代風氣。隨著科舉的施行，並成爲整個士人階層共同追求的目標，加上唐代入仕途徑的多樣化，其中由隱入仕成爲不僅可得盛名，甚且可得到免役或受賞賜的實惠，激發了庶族士人對布衣卿相的嚮往及追求。相對的，唐代統治者對隱者的禮敬也使仕隱的平衡可以實現。

　　唐代隱逸成爲通向功名的道路之一，與科舉考試、邊塞從軍、求仙學道、漫遊干謁一樣，是名正言順的潮流，盛唐士人求仕往往數途並用，隱逸成爲盛唐士人積極進取生活的精神調劑，山水田園詩人書寫隱居生活是當然現象，即使以邊塞詩聞名的詩人高適、岑參、李頎等人也不能免俗的有隱逸的行跡與詠隱的詩歌，有隱逸行爲者不限於山田園詩人，是對於唐代文化必須理解的狀況。

　　唐代士人很多有隱逸行跡卻又很少隱逸終身。在唐代，隱逸行爲

〔註2〕王瑤《中古文學史論》，〈論希企隱逸之風〉，頁 190。長安出版社，
　　　　民國 75 年。
〔註3〕余嘉錫箋疏《世說新語文學》注引謝萬〈八賢論〉，頁 296。上海：
　　　　上海古籍出版社，1980。

所關涉的一切是當時的一種潮流與創作素材。以隱待仕不只是文人釋
褐前所爲，即使已爲官者也會因守選規定等原因而暫時隱居。當時貴
族門閥把持各級政權的局面雖已被打破，但蔭制度的存在及其他種
種制度上的限制，還是阻礙了許多出身庶族才智之士的仕進之路。或
者當文人因仕途挫折時，在不放棄自己的濟世抱負之下也會選擇暫時
的隱居，如前章已述及王維曾有一段隱居淇水的時日。離開淇上後，
直到獻詩給張九齡被擢爲右拾遺之前，王維主要在嵩山隱居。但這種
隱逸只不過是以退爲進的一種權宜，並非眞正要終身遺世獨立，等到
張九齡執政的次年，王維就被授爲右拾遺，停止了隱居。

　　與王維一起隱居在太行山附近的淇上的儲光羲。從其「山澤時晦
暝，歸家暫閒居」〔註4〕之句可知他之所以隱居有心境上的不得已，
但強調「暫」時閒居，應該是在等待時機，爲重新入仕作準備。開元
末到天寶初他又一度隱居終南山，像儲光羲這樣屢次出入於山林與魏
闕的人在唐代是大有人在的，初唐時的王績也有三隱三出的紀錄。

　　再者，隱居生活清苦寂寞，沒有良好的經濟條件，便不可能過眞
正安逸的生活，故隱士文人對政治、經濟問題的解決成了個人最重要
的難題。巢父式的隱士應該完全沒有政治生活，必然的以隱士身份終
其一生標準的，才算眞隱居，但唐代隱士之中，始終不出仕的文人隱
士僅占很小的比例，這說明了當代隱士內在的決心、思想常會受到環
境、心理等影響而淡化而動搖而消滅，所以唐代的隱士如儲光羲者流
隱居之後又再度出山從政的可能性很高，以是依節操而論，唐代就出
現了許多道合（條件適合）而後進的隱士，他們無論進退都有其主觀
抉擇，已非先秦時期的傳統標準下的隱士。

　　但所謂眞隱是不是爲唐代文人所接納、認同？答案恐怕不盡然，
因爲眞隱者對於任何人事物，在理智上的不分善惡，在感情上亦無愛
憎，所以能安心於小我的世界中，自我欣賞，自我陶醉，基本上已退

〔註4〕〈田家雜興八首〉其二，《全唐詩》卷137，頁1378。北京：中華書
　　　　局，1996年。

出於物外，韓愈在〈後二十九日復上宰相書〉中談到：

> 山林者，士之所獨善自養，而不憂天下者之所能安也；如
> 有憂天下之心，則不能矣。〔註5〕

便是明白點出韓愈認為隱居山林者必須不憂天下，沒有政治上的企圖心，才算是真正隱居，以這樣的標準檢視唐代士人的隱居，真正能合格者並未超過三分之一，〔註6〕顯現唐人對於真隱的認同不是太高。

至於經濟問題，胡震亨在其《唐音癸籤》裡有一段話，可以做很好的解釋：他說隱如果能像王績的：「有客談名理，無人索地租。」〔註7〕就可以隱。但如果像陶潛之「饑來驅我去」，「扣門拙言辭」〔註8〕這樣的隱就不容易了。而白居易的「冒寵已三遷，歸期始二年，囊中貯餘俸，園外買閒田。」〔註9〕有這樣的條件罷官的話，是可以罷官的。但若像韋應物的「政拙忻罷守，閒居初理生」、「聊租二頃田，方課子弟耕」，〔註10〕這樣子的罷官，恐怕是不容易營生的。〔註11〕

〔註5〕 見清·董誥等奉敕編《全唐文》卷155，頁7086。北京：中華書局，1983年。

〔註6〕 參考拙著《足崖壑而志城闕——談唐代士人的真隱與假隱》，東海大學中國文學所81年12月碩士論文，第五章，頁98～120。

〔註7〕 王績〈獨坐〉，《全唐詩》卷37，頁482。北京：中華書局，1996年。

〔註8〕 陶潛〈乞食詩〉，《先秦漢魏晉南北朝詩》中冊，〈晉詩〉，頁992。北京：中華書局，1986年。

〔註9〕 白居易〈新昌新居書事四十韻因寄元郎中張博士〉，《全唐詩》卷442，頁4940。北京：中華書局，1996年。

〔註10〕 韋應物〈寓居永定精舍〉，《全唐詩》卷193，頁1989年。北京：中華書局，1996年。

〔註11〕 見明，胡震亨著《唐音癸籤》卷25，頁5。原文如下：「王績之詩曰：『有客談名理，無人索地租。』隱如是，可隱也。陶潛之詩曰：『饑來驅我去』，『扣門拙言辭』如是隱，隱未易也。白樂天之詩曰：『冒寵已三遷，歸朝始二年，囊中貯余俸，園外買閒田。』如是罷官，官亦可罷也。韋應物之持曰：『政拙忻罷守，閒居初理生』、『聊初二頃田，方課弟子耕』罷官如是，恐官正未易罷而。（影印文淵閣四庫全書集部第七七四冊，頁1482之674至1482之675。台灣商務印書館，民國75年。）

　　可見想要隱居、罷官，首先要解決的便是經濟問題，沒有挨餓的
疑慮，人才會得到真正的平靜，沒有煩惱，如果是連飯也沒得吃，要
隱居不出，要罷官不做，是需要有極大的毅力的。分辨唐人之隱逸，
經濟問題是政治之後的大前題，不能破此關者比比皆是。最好的例
子，便是那些「吏隱」的隱者。故而在隱逸真假的辨別標準上，除了
考慮到儒道二家自先秦以來的歸隱原則與南北朝以來的士風影響
外，從政與經濟問題也正在衡量標準之中，這是必須說明的重點。

　　正由於隱逸觀念的改變，隱與仕對立的消除，加上唐代的政治形
勢和物質條件都給予士人的或隱或仕有選擇的條件，說唐代士人不再
把隱逸看作是與社會相對抗的手段，反而能以樂觀灑脫的態度、按自
己興趣和條件選擇生活方式，他們不僅能以隱待仕，甚且也不以亦官
亦隱為忤，例如王維等人的隱逸模式正是這種時代氛圍孕育下的結
果。這樣的唐代文人，隱逸心態已與傳統隱逸有別：傳統隱逸或是身
處亂世的全身守道之法，或是士族文人標榜適性逍遙的藉口，不同於
唐代待仕之隱的富有時代特色。

　　隱逸在唐代的盛行，於是可以從唐代文人飽食安步的物質條件中
得到些許訊息：唐代的隱逸已少有像陶淵明那樣「夏日抱長飢，寒夜
無被眠」的困頓與「叩門拙言辭」〔註12〕的乞食經歷，他們的隱居具
有更多的富貴氣息。正如祖詠在〈清明宴司勳劉郎中別業〉中所說：

　　　田家復近臣，行樂不違親，……何必桃源裏，深居作隱淪。

　　〔註13〕

身份的亦官亦隱，讓詩中主人翁不必置身密林，自家別業就是桃花
源。即便自稱貧賤者但實際未必的秦系、陸龜蒙這樣的寒士（傳記中
二人皆有田產），他們的憂苦之吟也總是呈現一種適性的愉悅，看不
到生活的奔波勞苦。

〔註12〕陶潛〈乞食詩〉，《先秦漢魏晉南北朝詩》中冊，〈晉詩〉，頁992。北
　　　　京：中華書局，1986年。
〔註13〕《全唐詩》卷131，頁1336。北京：中華書局，1996年。

唐代文人在園林中的生活姿采豐煥，是唐代仕宦文人或有心仕宦的文人實踐其仕隱兩兼的圓滿場所，唐代宦者、避世者皆把園林視爲理想樂土與桃花源。玄宗時李橙「豐於產業，伊川膏腴，水陸上田，修竹茂樹，自城及閬口，別業相望。與吏部侍郎李彭年皆有地癖。」〔註14〕的敘述應該會令人感到羨慕。王維所得宋之問的藍田別墅，既是園林勝地，也是一個自給自足的莊園，此風尚感染文人士大夫社群，促使當代文人皆競置「恆產」。白居易就說「如何辦得歸山計，兩頃村田一畝宮。」〔註15〕元載在長安城南的「膏腴別墅，連疆接畛，凡數十所。」〔註16〕《南部新書》辛卷亦載：

> 司空圖侍郎，舊隱三峰。天祐末，移居中條山王官谷，周
> 回十餘里，泉石之美，冠於一山。〔註17〕

這些面積大小不等的莊園別墅，是唐人出處進退的資本，官吏們本來已有豐厚的職官田授受，擁有的田地十分可觀，若是再加上皇帝賜田賜園以及自身大量購地置園等因素，常使其土地累積到很大的數目，如：

> 公主當年欲占春，故將臺榭押城闉。欲知前面花多少，直
> 到南山不屬人。〔註18〕
> 有稅田疇薄，無官弟姪貧。田園何用問，強半屬他人。〔註19〕
> 破卻千家作一池，不栽桃李種薔薇。〔註20〕
> 將軍來此住，十里無荒田。〔註21〕

從這些略帶諷刺性的詩句中，含蓄宛轉地道出強勢者的占地廣大，亦

〔註14〕 宋・歐陽修《新唐書》卷 187 下，〈李橙傳〉，頁 4889。北京：中華書局，1999 年。
〔註15〕 同上，〈詠懷〉，卷 437，頁 4845。
〔註16〕 《舊唐書》卷 118，〈元載傳〉。北京：中華書局，1999 年。
〔註17〕 錢易《南部新書》乙卷，頁 12、辛卷，頁 97。中華書局，1958。
〔註18〕 韓愈〈游太平公主山莊〉，《全唐詩》卷 344，頁 3854。北京：中華書局，1996 年。以下引書同。
〔註19〕 白居易〈埇橋舊業〉，卷 446，頁 5008。
〔註20〕 賈島〈題興化園亭〉，卷 574，頁 6692。
〔註21〕 曹鄴〈甲第〉，卷 592，頁 6865。

可證明當時達官貴人的確是以園林大小多寡做為權勢象徵而樂此不疲的。自由買賣土地的情形在唐代相當普遍，《舊唐書》卷 152〈馬磷傳〉載：「及安史大亂之後，法度隳弛，內臣戎帥，競務奢豪，亭館第宅，力窮乃止。」〔註22〕由於土地的大量集中，形成了莊園經濟形態，而莊園經濟又促成了園林的興盛，私家園林的普及與盛行，是唐代隱逸少淒涼之音而多閑遠之趣的經濟動因。

隱逸風氣盛行在一定程度上也造成自然山水田園詩的大量增加，相對的，山水田園詩中的意象也在建構人們對隱逸內涵的認知，對於隱逸風氣不可否認的有推波助瀾之功──隱者選擇山泉林地闢建住屋，每日與山水煙霞為伍。此中不乏大型、知名的園林別業，但一般則不必太多人工雕飾。六朝時為隱逸而造設自然山水園林的風氣早已形成，這些來到山林藪澤的隱者很自然為居住而造屋結舍，財富充裕者可以購買大批田地山林，做為莊園別業；貧困者可以選擇簡單的茅舍，收納附近的山水景色成為日常生活的一部分。大部分的隱者都有居住別墅、別業、林園等記載，可見流風之盛。《全唐詩》中描述隱者園林景觀與活動的詩頗多，已如第三章第二節所論，園林是唐代隱者最佳的安頓處所，是時代現象。

除了末仕的隱者，隱逸風氣也深深影響了官宦階層，公卿貴臣們為了表示自己也具有隱者的清虛高潔，或是真心地嚮往悠遊閑逸的生活，也競相造園，享受類似隱者的生活。

> 借地結茅棟，橫竹卦朝衣。秋園雨中綠，幽居塵事違。……
> 子有白雲意、構此想巖扉。〔註23〕

> 隱几日無事，風交松桂枝。園廬含曉霽，草木發華姿。跡
> 似南山隱，官從小宰移。〔註24〕

> 每日在南亭，南亭似僧院……行簪隱士冠，臥讀先賢傳。

〔註22〕《舊唐書》卷 152，〈馬磷傳〉，頁 2763。北京：中華書局，1996 年。
〔註23〕韋應物〈題鄭拾遺草堂〉，《全唐詩》卷 192，頁 1984 年。北京：中華書局，1996 年。
〔註24〕同上，權德輿〈南亭曉坐因以示璩〉，卷 320，頁 3607。

〔註25〕

這些政務纏身的官貴藉著園林來滿足其好山水的隱心，並表現其恬淡高超的淨懷。通常他們都選擇退朝或休沐的時候享受園居之樂。劉禹錫「雨後退朝貪種樹，申時出省趁看山」〔註26〕「貪」「趁」二字最能點出爲宦者對園林生活的珍惜。爲了配合入朝廷公堂辦事，他們的園林多置於城市之內或近郊。即使因政事繁重或遷謫等原因無法時常回到園林，這對園主人而言並無太大妨礙，因爲他們崇尚自然、清虛自守的節操象徵仍然存在。帝王在尊禮隱士之餘，對官吏的這種園林生活是鼓勵的，太宗在其〈帝京篇十首序〉中說：

> 故溝洫可悅，何必江海之濱乎？麟閣可玩，何必兩陵之間乎？忠良可接，何必海上神仙乎？豐鎬可遊，何必瑤池之上乎？〔註27〕

這等於是宣導在京城中遊玩園林的風氣，而這也爲官宦們吏隱提供了強有力的理由。唐代城市和城郊園林大量出現，士人既能享受山林般的生活環境，同時又可調和仕與隱的兩難。對於既懷抱經濟理想又企慕隱逸的逍遙的人而言，它無疑是一種完滿境界的實現。從某種意義上說，唐代園林別業的普及與興盛，實現了仕與隱融合的可能。

　　這種思想在唐詩中多有體現。儲光羲〈同諸公秋霽曲江俯見南山〉一詩中說：「吾黨二三子，蕭辰怡性情。逍遙滄洲時，乃在長安城」。〔註28〕劉禹錫稱賞王郎中宣義里新居：「愛君新買街西宅，客到如遊鄠杜間。」，〔註29〕姚合則稱自己是「終年城裏住，門戶似山林」。〔註30〕城中的熱鬧與繁華自不同於隱逸山林藪澤的單純樸素，但園林的假山池泉，疏林芳草和幽徑卻能讓人想像山林藪澤的逸

〔註25〕韓偓〈南亭〉，《全唐詩》卷 681，頁 7812。北京：中華書局，1996年。以下引書同。
〔註26〕〈題王郎中宣義裏新居〉，卷 359，頁 4054。
〔註27〕卷 1，頁 3。
〔註28〕卷 138，頁 1398。
〔註29〕〈題王郎中宣義里新居〉，卷 359，頁 4054。
〔註30〕〈閒居遣興〉，卷 498，頁 5660。

趣，如此一來，紅塵與淨地僅有數步之遙，而城市與林泉的矛盾也因園林的存在而緩衝。這種園林「去朝廷而不遙，與江湖而自遠」〔註31〕「雖與人境接，閉門成隱居」〔註32〕既解除仕宦之勞辛，又無歸隱之苦寂；既可享受大自然的幽寧靜寂，又便於與人事交接來往且物資充裕，所以城市園林折衷仕隱矛盾更顯寬綽有餘。

甚且，有的文人因園林別業兼得幽靜野趣與方便而自喜不已，進而譏嘲或否定卜居僻壤深山的隱逸：

> 好閒知在家，退跡何必深。〔註33〕
> 何必桃源裏，深居作隱淪。〔註34〕
> 於焉已是忘機地，何用將金別買山。〔註35〕
> 渼陂水色澄於鏡，何必滄浪始濯纓。〔註36〕
> 豈知黃塵內，迥有白雲蹤。〔註37〕

他們認為園林已具備山林的景致與避俗的意蘊，只要精神超拔於世俗的紛雜喧囂，潔淨自身，在園林中即已等於或勝於深山幽谷的隱遁。「何必」、「何用」等都顯示他們寧以近居人世的園林為清淨的衡門棲地的看法。其實，這些園主們既享受著城市近郊方便優厚的物質供應，不冒勞頓之苦，尋求山水林泉之樂，因此就在邸宅近旁經營既有城市物質享受，又有山林自然意趣的城市園林，來滿足他們各方面的享樂欲望。基於此，城市與與鄉野、紅塵與白雲、人間與方外這些看似矛盾對立的存在，便都融合統一在園林這方天地之中了。

〔註31〕陳子昂〈薛大夫山亭宴序〉，清・董誥等奉敕編《全唐文》卷 214，頁 2163。北京：中華書局，1983 年。

〔註32〕王維〈濟州過趙叟家宴〉，《全唐詩》卷 127，頁 1290。北京：中華書局，1996 年。以下引書同。

〔註33〕蔡希寂〈同家兄題渭南王公別業〉，卷 114，頁 1158。

〔註34〕祖詠〈清明宴司勳劉郎中別業〉，卷 131，頁 1336。

〔註35〕朱慶餘〈歸故園〉，卷 514，頁 5877。

〔註36〕鄭谷〈郊墅〉，卷 676，頁 7751。

〔註37〕聶夷中〈題賈氏林泉〉，卷 636，頁 7299。

　　傳統上帶有抗議性質、脫離政治的隱逸在唐代已不多見。相反的，吏隱所主張的「出處之情一致」「廊廟與山林齊致」觀念成為潮流，那麼以為官之身行隱逸之樂就不必譏嘲，唐代文人倒很樂於做個「衣冠巢許」、「冠冕巢由」。隱逸的這種變化在白居易的園林思想中表現得最為充分。他的〈中隱〉詩很明白地道出了這種人生取向與別業的關係，白居易找尋到了一條恰宜其意的中隱之路，而園林別業正是這條人生道路的最佳去處，因為家池上的樂逸無憂助其洗去塵心，讓他得以擺脫官場上的種種羈絆，為疲憊的心靈在自然的懷抱中找到安棲之所。文人以琴書作伴，怡然自得於園林別業之中，從而實現了生命的自我完善。自此以後，以隱居園林的清曠與閒適來抗衡官場的污濁與競逐，就成了中國古代絕大多數具有隱逸傾向的士人孜孜以求的風尚，園林別業也就成為他們尋求精神及肉體自由與超脫的性靈空間及其人格精神的寄託與歸宿。

　　總之，唐代隱逸風氣的空前活躍，從文本的反覆歌詠隱逸情趣的認知中可以肯定此點。除了創作數量的肯定，也可以從特定語詞的語意演變與共同蘊含中，觀察到隱逸觀念在唐代的認知，顯現在詩作之中，隱逸已非傳統的面貌。

　　詩歌中意象的背後總有著悠遠而深厚的文化意蘊，假如這些意象在某個相對的歷史平面中反復出現，應該有相對一致的內在含義，而且這個含義不會因作者和作品的不同而出現理解上的混亂。照此劃分，從唐詩中隱逸慣用意象出現的頻率至少可以窺知某一時代社會風氣在文學中的反映。這些慣用意象在特定的文化氛圍中形成一個系統的、一致的整體，並在影響人們認為的客觀世界，反映了特殊的文化內涵，比如唐詩中的「園林、雲、鶴、藥、漁釣、尋隱」等很多詞語都有特別的時代與文化的函義，沒有相應的唐代文化知識和心理聯繫是無法理解的。前述諸多慣用意象展現出它們是由特定的語言社團（speech community）——文人、隱士所擁有，由於它們已深入潛意識，以致人們頻頻使用而不自知，所以很容易發現他們的存在。

　　而從認知的角度而言，個體對環境的注意，主要取決於作品內容的心理結構。個體在適應環境的過程中，會建立自己的認知思維活動的模型——以此觀察唐詩文本，可以發現：在文學創作的過程中，詩人分別與情境、心理活動變化以及相關的經驗聯繫，組織出己身的「認知網路」，進而表達出主觀的意志和情感。如果慣用隱喻或意象展現了文人的思維方式，則觀察詩歌中慣用的隱逸相關意象應可有助於掌握唐代文人對隱逸一事所認同的觀念。而從以上的論述中我們確實可以肯定，不論就文本數量或慣用意象的呈現來看，隱逸作為多數唐代士人所肯定的行為與價值，其實是帶有功利色彩的。

第二節　制度提供機會並影響選擇

　　如前第四章所述，盛唐時代士人入仕的主要途徑雖是科舉，但科舉並非唯一途徑，唐代朝廷期望野無遺才，嘗試為士人開闢了各種不同入仕管道，卻沒有詳備的配套措施，所以舉凡立功邊關、舉薦徵辟乃至任子制度、制舉考試等，等都是入仕途徑。在比較寬闊的仕進之路上，文人可以選擇不同的方式求仕，也或者，當某種求仕方式失敗時，還可以選擇另一種方式，所以唐代的掄才制度是多元的，充滿各種可能性，卻也相對的存在不少問題，不但提供了士人不同機會，當然也影響了選擇。

　　唐代科舉制度處在一個發展中的階段，表現在資格審定與考試過程中的「行卷」、「公薦」、「通榜」、「程榜」等人為因素對考試結果的制約，從而為科舉舞弊提供了條件。

　　唐代科舉考試的舞弊空間出現在每個考試的環節上，士子在參加禮部考試前，要先「行卷」。程千帆在《唐代進士行卷與文學》認為行卷是舉子將自己的文學創作加以編輯，寫成卷軸，在考試以前送呈當時在社會上、政治上和文學上有地位的人，請求他們向主司即主考持考試的禮部侍郎推薦，從而增加自己及第的希望的一種手段。投「行

卷」是爲了「公薦」。「公薦」則是唐代一種「台閣近臣的薦所知之負藝者」的制度。「行卷」與「公薦」本來是爲了避免一張考卷定取捨，求取士公允而集中多人的意見。但這個部份很容易出於私人目的、爲親戚、故舊、子弟，甚至是爲了回報賄賂、結交權勢而推薦考生，萌生舞弊。

　　畢竟能由科舉考試金榜題名者是少數人，更多的舉子只能是皓首青燈，而不得登第，於是產生違規犯禁、鋌而走險、或另謀入仕門徑的現象。參與舞弊者有舉子，也有考官；有平民，也有權貴。舞弊手法亦多種多樣，如抄襲行卷、關節請託（權貴者托以勢、富有者托以財、賢者托以才、親故者托以情、鄙陋者托以色）、洩漏考題、權貴把持等。事實上，唐代科舉舞弊絕大多數是在「合法」的掩護下進行的「違法交易」。因爲科舉的運作決定於人，成文的法規和人際關係都是影響科舉結果的重要因素，這種現象的形成：有統治者想「引天下英雄入彀」的企圖；有知識分子希企「朝爲田舍郎，暮登天子堂」的渴望；也有特定歷史時期所形成的社會氛圍與掄才制度的不夠完善，種種原因都把唐代士風推向的功利競進的方向。

　　就算舉子通過進士科考，還得通過吏部的選試，才能授官，考中甲第的進士授官從九品上，考中乙第的進士授官從九品下。從授官行政級別來看，進士科出身之人並不比其他科目出身的人授官級別高，不過因爲進士及第者升遷比較迅速，利祿爵位誘使人們因此趨之若鶩。因此即使及第困難，唐代士人也努力以赴，很多人都不是第一次就考中進士的，如韓愈「四舉於禮部方中」〔註38〕、京兆尹李敏求「應進士，八就禮部試不利」〔註39〕、宣州涇縣人許棠「應二十餘舉」〔註40〕始及第、公乘億「三十餘舉」才登第，其及第的困難不難想見。

〔註38〕《新唐書》卷176，〈韓愈傳〉，頁4069。《舊唐書》卷160，〈韓愈傳〉，
　　　　頁2857。北京，中華書局，1999年。
〔註39〕《太平廣記》卷157，〈定數十二〉，頁1126。台北：文史哲出版社，
　　　　1987年。
〔註40〕《唐才子傳校箋》卷9，頁23。北京：中華書局，2002年。

　　從唐代進士科考試對舉子資格的嚴格審核，可以想像應考的人數是有所限制的，至少不是人人可考。而錄取率的偏低更讓那些絕大多數的落榜者與資格不符者，在意欲求仕的心態下，轉而選擇其他入仕之路，例如立功邊關、舉薦徵辟乃至參與制舉考試等，是可以理解的邏輯。多元的選人用人制度有效而穩定地解決了前代以來仕與隱的矛盾，讓朝野雙方有機會聯結在一起，加上考試制度的發展中出現銓選、守選等規範也使朝野的流動性不斷加大，士人們隨時都在面臨著躋身廟堂或退處山林的不同選擇，使得隱逸變得更爲頻繁了而短暫。

　　唐代規定六品以下官員與及第舉子都要守選，這是爲了解決選人多而官缺少的矛盾所制訂的政策，不過，並非所有的六品以下官員都要守選（不守選的官員條件可以參考本論文第四章的敘述）。隨著每年落選的人越來越多，玄宗開元年間已開始不得不採取一些應變措施：例如設立長名榜以緩解選人多聚集京城的社會問題、制定州縣等級與擴大官位名額，讓朝廷按資格授官可以有法可循，使選人有相對公平的入仕機會。執政者既想用多封官來減輕選人多的壓力，又想博得貴戚親識的擁護和支持。在當時正員有限的情況下，也盡量用試官、員外、檢校、攝、判以及斜封等名目來增加官位，擴大名額。只是官職的大量設置會加重國家的財政負擔，而且時間一長，更會與正員搶奪職務權力，只好開始限制官員任職的資格。《新唐書》卷 45〈選舉志下〉云：

> 開元十八年，侍中裴光庭兼吏部尚書，始作循資格，而賢愚一概，必與格合，乃得銓授，限年躡級，不得逾越。於是久淹不收者皆便之，謂之「聖書」。〔註41〕

「循資格」在前文已有探討，此處探討的是：「守選」作爲在家守候吏部的銓選期限的規定，年數是各有差等的，賢愚一樣，不問才能，符合規定者才能銓選授官。對六品以下官員來說，守選期限最多十二年，最少一年。而守選的實質，就是分期分批地會集京城，分期分批

〔註41〕《新唐書》卷 45，〈選舉志下〉，頁 769。北京：中華書局，1999 年。

地輪流作官。因此對官吏制度而言，官階越小，官位越多，官吏數量也就越多，守選的人數會更多，每個人守選時間也就更長。

此措施既大大地減輕了數萬選人同時雲集京師的壓力，又爲國家財政節省了一大筆俸祿開支，同時又可以使所有選人（除犯法者外）做官升遷的機會相對均等。至於停家積年的時間應該是多少，唐初是按習以爲常的慣例來執行的，並沒有一定的標準和確切的概念。直到裴光庭在「循資格」中規定按官階大小作爲守選年限標準，守選才制度化、規範化了。從此以後，選人按規定的年限自覺地在家守選，吏部的銓選也有了依據的標準。

「循資格」規定，「賢愚一貫」，不問才能，凡官罷滿都要守選，以官階大小來定選數，守選期滿，即符合選格，才能授官。似乎只重視官資而不重視人才，但當時現實的情況是：大多數小官員「或老於下位，有出二十餘年不得祿者」。賢能者多出身於貧寒，在朝中力單勢孤，既乏權勢請托，又無賄賂之資，罷官後，只能憑其才能、逢其機遇了。而那些出身於勢族權貴人家的選人，憑借錢權及門第資蔭，又有著相當的活動能力，若遇賄貨縱橫、贓汙狼籍的時代與選官，則連選連任，「不次超遷」的往往是權貴。因此「循資格」的規定，看似不合理，但大體上使人人都有平等的機遇，在限制有才能者的同時，也遏止了那些善於鑽營之輩，方法不見得好，卻不失爲權宜措施。

另外，唐代舉子經禮部貢舉考試錄取後，也必須守選才能釋褐授官。若守選期未滿而想提前入仕，只有兩條路，一是參加吏部的書判拔萃科試，一是參加制舉試，考中才算登科，可立即授官。對絕大多數及第人來說，只能是「皆守選而後釋褐」，走守選期滿赴吏部參加平選常調之路，少數自許有才華的人，則是走「選未滿而再試」之路。

因爲唐人重京官輕外任，有時京官職等雖小於地方官，也讓文人寧可遲幾年釋褐，也不願走求選期滿赴吏部參加平選常調之路，所以士人往往會另謀其他登科之道。因爲往往守選期滿，只能授與一般縣尉，最高不過州府參軍，或縣簿尉。如果能以宏詞、拔萃登科，授官

就不一樣，盡管官職不及州府參軍品級，卻是清要之官，能博得有才之名，被人舉薦為拾遺、監察御史等官，像柳宗元、元稹都是例子。若老老實實走平選常調的授官之路，怕到老也熬不到五品的官位。所以有才華的六品以下官員，秩一滿，就參加科目選試，若中選，不僅縮短了守選期，而且得到了官位，博得了才名，升遷就比常調快得多。

科目選與制舉不同：科目選是吏部考試，制舉是皇帝下詔親試；科目選是吏部授官，只能授予六品以下旨授內的官；而制舉，是中書門下授官，屬敕授，故拾遺、補闕、監察禦史等類官也可以授與。可見在授官上制舉要比科目選優越，這令唐代科舉及第的文人再應制舉者不少。

且科目選解決的是選人中有才華者不必等守選期滿就可提前入仕的問題，是針對循資格有失才缺陷而進行的彌補性工作。故招考的對象只能是出身人和前資官兩類，而這兩類人原本就是吏部的選人，所以科目選仍在吏部選人這一範圍內進行，並未超出吏部總的銓選範疇。而制舉是為國家招攬種種「非常之才」，故各種人才、各色身份的人都可參加，除有出身和前資官外，白身人和現任六品以下官吏都可應舉，其招試對象廣泛。同時，隨政治形勢的變化，政策、時宜的需要，制舉可以不定期地進行考試，不但時間不固定，而且考試科目也不固定，所考試內容的政策性、實用性強。

制舉多與少的原因有政治形勢的變化與需要，國家的穩定，經濟的發展，以及君主本人愛才求賢的程度等等，都與之有密切關係，以玄宗一朝為例，共舉行過制科試 20 次，但從至德二年至天祐四年唐亡的一百五十一年間，朝廷才舉行過 16 次制舉。再從應考人數來看，玄宗時，應詔而舉者，多則二千八，少猶不減千人」（《通典》卷 15）。武后時，有萬人應舉的宏大場面，但至德以後就明顯地少了。可見，隨著科目選的設置日益完善與規範化，制舉已逐年沒落。

回到原來的問題，唐代特殊的隱逸風氣的構成有部份原因來自多

元掄才制度所顯露出來的缺點——唐人對於隱逸的評價來自先秦儒、道兩家爲隱逸融鑄了理論精魂與高道德的期許，魏晉名士又將其進一步落實在現實社會人生，並形成仕隱逸可以調和的示範，加上唐代皇室獎勵隱淪的舉措，都讓唐代士人在參與科考失敗，必須繼續努力或另謀其他入仕之道時，把隱逸當作是重要的選擇之一。

有唐一代的隱逸風尚遍及朝野，即使在朝顯貴也對隱逸有著嚮往。深受當時政治局勢影響的唐代隱逸，比較明顯的是在尚隱政策下交織衍生的種種風氣，促使隱逸廣泛地進入文人生活之中。唐代皇帝對隱士的榮寵優渥，是刺激唐代隱逸發展的強大動力，皇帝的好尚對一個時代的風氣有重要影響。唐室政權的建立即得到某些隱逸高人的傾力相助，而且歷史上也確曾有一些隱士如四皓出山參與政治的美談，所以唐王朝對隱士高人歷來十分尊崇。唐代統治者尊崇隱逸首先是出於求賢。爲了鞏固和穩定一統的政治局面，不能只是「抑貴遊，登寒峻」，而隱士歷來扮演賢者角色，所以唐代統治者每每徵召、褒揚隱士以表樂善求賢之意，在《唐大詔令集》裡就有許多這樣的詔令。表達了求賢搜隱並加以禮敬之意。

總之，唐代在多元掄才制度下，科考雖晉身困難，但帝王獎掖隱逸的鼓勵下，無論是以入仕爲目的者，或是已得政位者都會以隱逸爲尚，隱逸風氣因而在欲仕者、在仕者及隱者之間快速滋長興盛。士大夫與中央政權的關係因此變得靈活多樣，也更能達到仕與隱的有效制衡。尤其「制舉」是唐代中下層士人除了科舉之外的重要進身之階，當天子「自詔四方德行、才能、文學之士，或高蹈幽隱與其不能自達者，下至軍謀將略、翹關拔山、絕藝奇伎，莫不兼取。」〔註42〕時，對於統治者的熱衷徵招隱逸，士人當然有熱烈呼應。鄧嗣禹《中國考試制度史》所列與隱士有關的制舉涉及七位皇帝，科目就達 13 種之多，名目不同而實質則一，茲列舉如下：

〔註42〕《新唐書》卷 44，〈選舉志上〉，頁 761。北京：中華書局，1999 年。

帝　　王	時　　間	制　舉　科　目
高　宗	顯慶四年	養志丘園嘉遁之風戴遠科
	麟德元年	銷聲幽薇科
	乾封六年	幽素科
中　宗	神龍三年	草澤遺才科
	景龍二年	藏器晦跡科
玄　宗	開元二年	哲人奇士隱淪屠釣科
	開元十五年	高才草澤沈淪自舉科
	天寶四年	高蹈不仕科
代　宗	大曆二年	樂道安貧科
德　宗	建中元年	高蹈丘園科
	貞元十一年	隱居丘園不求聞達科
穆　宗	長慶二年	山人科
文　宗	太和二年	草澤應制科

　　都是針對隱者設置的科目，作爲「天子自詔」的考試，制舉一經
登第便可授官，應舉者一旦被帝王賞識就會受到重用。唐代隱士不乏
高人賢士的身份出仕者，參與開元末期和天寶四年的高隱制舉者人數
眾多，就是很好的證明。《唐大詔令集》中就有〈處分高蹈不仕舉人敕〉
和〈處分制舉人敕〉兩道詔令是宣示兩個高隱制舉結果的，前者云：

> 卿等各因放賁，來赴朗庭，誠合盡收，以光是舉。然孔門
> 荷條，唯數七人；商山采芝，空傳四老今之應辟，其數頗多。
> 膚頃緣幸湯，粗令探噴，或全誠抗跡，固辭避於呈試，或
> 含光隱器，不耀穎於文詞，未測津涯，難於處置，語默之
> 際，用舍遂殊。……其弟子春等，並別有處分。自餘人等，
> 宜各賜物十段，用成難進之美、以全至高之節宜皆坐食，
> 食訖好去，仍依前給公乘還貫。其華陰郡李崗等十六人，
> 雖所舉有名，或稱疾不到，宜令本郡取諸色官物，各賜二
> 十段，以充藥物之資。〔註43〕

〔註43〕《唐大詔令集》卷106，頁549～550。台北，鼎文，1972年。

又天寶四年五月〈處分制舉人敕〉曰：

> 卿等來膺辟命，至城闕，周文多士，既葉於旁求，虞舜疇
> 咨，亦在於會議。爰命臺省，詢於道業，或善行無跡，名
> 實難窺，或大器晚成，春秋尚少，津涯未測，輪栒何施？
> 事且隔于行藏、道遂分於出處。……其馬尚曾，常廣心、
> 賀蘭迪等三人，宜待後處分。崔從一、王元藉、韓宣、胡
> 責、趙玄獎等五人，年鬢既高，稍宜優異。各賜綠衣一副，
> 物二十段，餘並賜物十段，不奪隱淪之志，以成高尚之美。
> 〔註44〕

從皇帝的上述詔敕中，隱約透出應高隱制舉人數眾多的訊息，具有強烈的功名心的士子，選擇走上以隱逸之高名應制舉的捷徑是很自然的，於是，難免於邀名取譽的隱逸就產生了，《因話錄》卷4就載一例：

> 昔歲，德宗搜訪懷才抱器不求聞達者。有人于昭應縣逢一
> 書生，奔馳入京，問求何事，答云：「將應不求聞達科」此
> 科亦豈可應耶？詭欺聾俗，皆此類也。〔註45〕

這樣的隱逸性質與情況複雜，就隱者形跡來看固然是隱，究其心態則不盡然，他們或以隱士自居，或又不承認。當然這樣的人投跡山林時，生活雖似蕭瑟，心中卻充盈著熱切的希望，他們的隱居實際上是在為仕宦做準備，以精熟課業為重心。但其推崇隱逸的態度，往往讓他們自鳴清高，自引為隱逸者的同調。

　　每年大批求仕失敗的失意人有相當人數選擇托庇山林而隱居：如張彪「初赴舉，無所遇。適遭喪亂，奉老母避地隱居嵩陽。」〔註46〕方干舉進士不第，隱居鏡湖中。皮日休咸通七年射策不第，也曾經隱居鹿門。孟浩然在〈書懷貽京邑故人〉中表現出對家世儒風及個人才

〔註44〕《唐大詔令集》卷106，頁542。台北，鼎文，1972年。
〔註45〕趙璘《因話錄》卷4，〈角部〉（角為人，凡不仕者皆入此部），頁94。
　　　　北京：中華書局，民國74年。
〔註46〕傅璇琮《唐才子傳校箋》卷3，頁471。北京：中華書局，2002年。

華的自負以及強烈的用世之心，然而唯一的一次應舉經歷卻使他大受打擊，於是黯然離開長安，回鄉隱居。李白仕途的挫折與跋躓使隱逸思想很自然地顯現。羅隱十舉不第，亂世無爲遂憤而歸隱。陳子昂首次應試落第，內心感受是孤寂悽惶，展望前程更是迷茫，因而油然而生歸隱之念。有名的隨駕隱士盧藏用初舉進士選，不調，乃著〈芳草賦〉以見意，尋隱居終南山。〔註47〕祖詠在開元十二年登進士第，後因友人王翰事牽連而遭貶，以後一直「流落不偶」，仕途很不順利，「後移家歸汝墳間別業，以漁樵自終。」〔註48〕儲光羲二十一歲登第，二十八歲時辭官歸隱。常建亦因沉淪下僚而辭官歸隱。秦系、于鵠等也是在科舉場中角逐因功名無望乃轉而隱遁的。李頎因仕途坎坷，入仕不得意，於是憤而辭歸。

如果不幸再有戰亂，隱逸就更爲必要了。綦毋潛開元十四年登進士，曾任右拾遺、集賢院待制等職，「後見兵亂，官況日惡，掛冠歸隱江東別業。」當然，這種隱逸在唐代通常只是暫時性的。

中晚唐時，科舉的流弊日益顯現，也使隱逸行止更爲頻繁。由於唐時科舉考試成績不問德行，所以考生每於赴考以前，互相標榜，奔走鑽營，請托權貴以延譽，所以干謁、行卷之風盛起。著名詩人杜甫長安求仕時就曾奔走於豪貴權要之門。白居易初至京師應舉，也向當時著名詩人顧況行卷。杜牧應禮部試時，向國子監博士吳武陵行卷，並受其讚賞與推薦。即使是古文運動的發起者韓愈亦難免俗。《唐國史補》卷下載：

> 韓愈引致後進，爲求科第，多有投書請益者，時人謂之韓
> 門弟子。〔註49〕

加之以座主、門生以及同年等關係，互相援引，高據要津，把持科舉考試，乃至士風浮弊盛起。求謁者或有大遇，但更多不遇的文士則是

〔註47〕《舊唐書》卷94〈盧藏用傳〉，頁2031。北京：中華書局，1999年。
〔註48〕傅璇琮《唐才子傳校箋》卷1，頁209。北京：中華書局，2002年。
〔註49〕李肇《唐國史補》卷下，頁57。上海古籍出版社，1979年。

困頓牢落，不爲所用，因而隱逸山林。所以《全唐詩》中不少落第辭歸和送友人落第歸鄉的作品可爲例證。

　　只是盛唐應進士舉落第往往仍有田園別業作三徑之資，但中晚唐下第舉子則難免生活困窘，如韓愈〈送李愿歸盤谷序三〉中所說：

　　大丈夫之遇知於天子，用力於當世者之所爲也。吾非惡此
　　而逃之，是有命焉，不可幸而致也。窮居而野處，升高而
　　望遠，坐茂樹以終日，濯清泉以自潔。采於山，美可茹，
　　釣于水，鮮可食；起居無時，惟適之安。與其有譽於前，
　　孰若無毀於其後；與其有樂於身、孰若無憂於其心。〔註50〕

李愿的隱居看起來是無奈之舉，韓愈以安於窮居來勸勉他。這樣的士人對富貴利祿並非不熱衷，只是既不可幸而致之，只有棲遲衡門，以處士、逸人身份養名或以之終老。

　　總也有些不幸落了第的文人借隱逸山林以維護自尊。如沈千運：

　　天寶中，數應舉不第，時年齒已邁，邀游襄、鄧間，干謁
　　名公。……其時多艱，自知屯塞，遂浩然有歸于之志，賦
　　詩云：「棲隱無別事，所願離風塵。不來城邑游，禮樂拘束
　　人。」又曰：「如何巢與由，天子不得臣。」遂釋志還山中
　　別業。嘗曰：「衡門之下，可以棲遲。有薄田園，兒稼女織，
　　僵仰今古，自足此生，誰能作小吏走風塵下乎！」〔註51〕

沈千運由汲汲入世干謁名公到棲隱田園，譏嘲仕途小吏的不自由，或許就是隱士維持心理平衡的精神勝利法吧。

　　總之，龐大的處士群，構成唐代隱逸的重要社群基礎。在科舉考試制度與帝王重視隱逸的雙重政策交織下，山林中丘園養素者日漸增多，這樣的隱逸在意識形態上並不與現存政權對立，這些人多半是入仕不得的失意文人，所以唐代隱逸已很少像前代隱逸那樣，具有否定

〔註50〕韓愈〈送李愿歸盤谷序〉，《韓昌黎文集校注》，頁 244。台北：世界
　　　　書局，民國 61 年。
〔註51〕沈千運，見傅璇琮《唐才子傳校箋》卷 2，頁 426～427。北京：中
　　　　華書局，2002 年。

社會與政治的內涵，唐代隱逸或以隱鳴高，爲入仕做準備；或因科考失利，灰心喪志不得已而隱，或因守選制度而被迫修養身性……等，在在都賦予隱逸以新的內容。

第三節　唐代隱逸風尚遍布各階層

　　唐人崇尚隱逸，隱者的身份廣布社會各個階層。爲數最多的自然還是一般的布衣士庶。他們身處山林，清幽的環境不僅是讀書習業的最佳處所，而且可以怡情養性，并激發詩文靈感。加上友人的題詠唱酬及時人崇隱的心理，聲名自然漸漸大起來，到了適當的時機，這些便都成了他們步入仕途的憑藉。既有這種種好處，一般文士之隱居讀書就成了極常見的現象。文士們出於實際的需要而樂於隱居，是可以理解的，但並非所有隱居之士都有好際遇，孟浩然以布衣終身是顯例。也有功名未就而身先死的，如沈千運就在隱居與求仕之間幾度依違，蹉跎了一生，等到他的名聲終於大到讓唐肅宗知道，計議備禮徵聘的時候，無奈他已經謝世了。〔註52〕在唐代更爲常見的是像王維、儲光曦、常建、李白等周流於仕與隱之間的人。他們以爲權變，一旦仕途蹭蹬便隱居待時，等到時勢移遷又行出山，其中李泌是運用此法的高手，幾番的出入朝廷和山林之中，故「累爲權倖忌嫉，恒由智免。」〔註53〕這些人依時而決定其出處進退，只要情勢有利於己，隱士就成爲官吏，使得唐代隱者的身份愈益複雜，隱逸內涵愈趨現實。

　　當隱逸在社會上蔚爲風氣，連高門顯宦的子弟也紛紛以隱爲高。例如文宗時號爲「當世仲尼」的宰相王起之子王龜，其行事即是如此：

　　　　《龜》性簡澹蕭洒，不樂仕進，少以詩酒琴書自適，不從
　　　　科式，京城光福里第，起兄弟同居，斯爲宏敞。龜意在人

〔註52〕《唐才子傳校箋》卷2，〈沈千運〉，頁425。北京：中華書局，1999年。
〔註53〕《舊唐書》卷130，〈李泌傳〉，頁2463。北京：中華書局，1999年。

外，倦接朋游，乃於永達里園林深僻處刱書齋，吟嘯其間，
目爲半隱亭。及從父起在河中，於中條山谷中起草堂，與
山人道士游，朔望一還府第，後人目爲「郎君谷」。及起保
釐東周，龜于龍門西谷構松齋，棲息往來，放懷事外。起
鎮興元，又于漢陽之龍山立隱舍，每浮舟而往，其閒逸如
此。〔註54〕

王龜所到之處即構舍隱居，顯示他的一心向隱。劉禹錫以太子賓客分
司東都時，曾向朝廷舉荐王龜：

今見處士王龜，即居守之第三子也，天性貞靜，操心甚危，
不由門資，誓志自立。樂處士之號。不汩綺襦之間，自到
洛都，便居山寺。耽玩墳籍，放情烟霞。〔註55〕

《唐語林》也載李德裕曾奏王龜任諫官：

武宗時，李衛公（按：李德裕）嘗奏處士王龜有志業，堪
爲諫官。上曰：「龜是誰子？」對曰：「王起之子。」上曰：
「凡言處士者，當是山野之人；王龜父爲大僚，豈不自合
有官？」〔註56〕

在武宗看來，像王龜這樣的貴冑本來就該做官，怎麼能去當處士！這
正說明唐人對隱逸的崇尚程度。正所謂「高人出於華族，冠冕處乎山
林」，〔註57〕以致官僚們致仕以后，選擇歸隱山林的往往有之。如「大
歷十才子」之一的夏侯審「仕終侍御史。初於華山下多買田園爲別墅，
水木幽閟，雲煙浩渺。晚歲退居其下，諷吟頗多。」〔註58〕懿宗朝的
鄭熏，以太子少師致仕，「既老，號所居爲『隱岩』。蒔松於庭，號曰
『七松處士』」。〔註59〕他們飽嘗宦海滋味之後，甘心恬退，其心情與

〔註54〕《舊唐書》卷164，〈王龜傳〉，頁4281。北京：中華書局，1999年。
〔註55〕劉禹錫〈荐處士王龜狀〉，《全唐文》卷603，頁6093。北京：中華
　　　　書局，1983年。
〔註56〕周勛初校證《唐語林校證》卷7，頁609。北京：中華書局，1987年。
〔註57〕梁肅〈送書拾遺歸嵩陽舊居序〉，《全唐文》卷518，頁5266。北京：
　　　　中華書局，1983年。
〔註58〕傅璇琮《唐才子傳校箋》卷4，頁70。北京：中華書局，2002年。
〔註59〕《新唐書》卷177，〈鄭熏傳〉，頁4090。北京：中華書局，1999年。

那些以隱居爲出仕準備的人是大異其趣的。

除此而外，宗室貴戚中也不乏隱居之人。如李戡爲高祖兄湛的八世孫，「年三十，明六經，舉進士，就禮部試，吏唱名乃入，戡恥之。明日，徑返江東，隱陽羨里。」〔註60〕這固然是沒落王孫才會有的遭遇。也有得寵的貴戚亦加入隱者的行列中，如武則天兄惟良之子武攸緒，「固辭官，願隱居。」〔註61〕又如潁川郡王之子武平一，也於武后時隱於嵩山。〔註62〕

隱風的盛熾，連宦官、外國人也以此爲榮。如昭宗時宦官嚴遵美即隱青城山；〔註63〕而新羅人金可記也隱居終南山；〔註64〕另外，從賈島的〈送褚山人歸日本〉、馬戴的〈送朴山人歸新羅〉都可藉以知道這樣的事跡在唐代爲數不少。

但最值得注意的是，身處廊廟的文人士子也同樣企羨隱逸的生活，甚至在居官時行爲上已經透出與隱逸者相似的意趣。王維、韋應物的居官如隱已爲人所熟知。另外，還有趙元：「調宜祿尉。到職，非公事不言，彈琴蒔藥，如隱者之操。」〔註65〕自處士徵拜拾遺的蕭祐，「游心林壑，嘯咏終日，而名人高士，多與之游。給事中書溫尤重之，結爲林泉之友。」〔註66〕孟郊「年五十矣，調溧陽尉。縣有投金瀨、平陵城。林薄蓊鬱，下有積水。郊間往坐水傍，命酒揮琴，裴回賦詩終日，而曹務多廢。」〔註67〕官吏的這種在官之隱的生活，時人早有「仕隱」、「吏隱」的說法，一如前述，居官者公退之時，持身

〔註60〕《新唐書》卷78，〈宗室傳〉，頁2876。北京：中華書局，1999年。

〔註61〕《舊唐書》卷183，〈外戚傳〉，頁3225。北京：中華書局，1999年。

〔註62〕《新唐書》卷119，〈武平一傳〉，頁3401。北京：中華書局，1999年。

〔註63〕《新唐書》卷207，〈宦者傳〉上，頁4484。北京：中華書局，1999年。

〔註64〕《太平廣記》第1卷，卷53，神仙53引〈續仙傳〉，頁325。台北：文史哲出版社，民國76年。

〔註65〕《新唐書》卷107，〈趙元傳〉頁3258。北京：中華書局，1999年。

〔註66〕《舊唐書》卷168，〈蕭祐傳〉，頁2983。北京：中華書局，1999年。

〔註67〕傅璇琮《唐才子傳校箋》卷5，頁507。北京：中華書局，2002年。

略如隱士，是其個人生活的自由，但竟因此廢弛公務，不以爲意，便未免失於職守。到白居易爲江州司馬時營建廬山草堂，「三年爲郡吏，一半許山居」，〔註 68〕這眞是魚與熊掌兼得「大小隱俱成」〔註 69〕了。

　　其實，在職之隱古已有之，如漢代東方朔就避世金馬門，而六朝高門士族也以在官之位享隱逸之實。初盛唐時大隱、朝隱呼聲頗高，由於社會安定，這些官吏的隱逸生活只是一種姿態和標榜，以顯示其高雅脫俗、不苟於富貴的情操，在內心裏他們從來沒有退出官場的打算。如岑參性耽山水，常懷逸念，不但多置別業，而且在刺史任上還以仕爲隱，縱情游賞，「及茲佐山郡，不異尋幽棲。」〔註 70〕到了中晚唐，隨著整個政治體制不可挽回的頹落，仕途風波險惡，動輒得咎，飽受貶謫流離之苦的文人更是逐漸以隱爲心，以仕爲迹了。

　　對他們而言，從宦總是受拘束的，不能隨心所欲地從事山林之游。但是園林別業的興建使得在官者不必投身山林，在有限的人工園林中亦可尋得栖遲山林的身心自由。於是許多官吏廣置田產，相習成風。而其規模也頗爲可觀，裴度的綠野堂是最常見的例子：

> 東都立第于集賢里，築山穿池，竹木叢萃，有風亭水榭，
> 梯橋架閣，島嶼迴環，極都成之勝概。又於午橋創別墅，
> 花木萬株，中起涼臺署館，名曰綠野堂，引甘水貫其中，
> 釃引脈分，映帶左右。度視事之際，與詩人白居易、劉禹
> 錫酣宴終日，高歌放言，以詩酒琴書自樂，當時名士皆從
> 之游。〔註 71〕

在朝政日非的情勢下，裴度「不復以出處爲意」，在自家園林裏「酣飲終日，高歌放言」。當時人們對他們詩酒琴書的仕隱極盡頌諛之辭，說他們「衣冠爲隱逸，山水作繁華」，〔註 72〕「則知眞隱逸，未必謝

〔註 68〕〈山中酬江州崔使君見寄〉，《全唐詩》卷 440，頁 4904。北京：中華書局，1996 年。以下引書同。

〔註 69〕姚合〈和裴令公新成綠野堂即事〉，卷 501，頁 5694。

〔註 70〕〈虢州郡齋南池幽興因與閻二侍御道別〉，卷 198，頁 2034。

〔註 71〕《舊唐書》卷 170，〈裴杜傳〉，頁 4432，北京：中華書局，1999 年。

〔註 72〕郭良〈題李將軍山亭〉，卷 203，頁 2119。

區寰」。〔註73〕甚至帝王對這種以仕為隱的生活也是首肯認同的。

> （韋嗣立）嘗于驪山構營別業，中宗親往幸焉，自制詩序，令從官賦詩，賜絹二千匹。因封嗣立為逍遙公，名其所居為清虛原幽棲谷。〔註74〕

帝王的臨幸已屬一種寵幸的象徵，而又令從官賦詩助興，並賞賜獎勵，這種舉措難免對這種以仕為隱的生活有其推動的作用。所以翻檢《全唐詩》可以發現，唐代大大小小的官員，喜歡在生活中展現隱逸姿態，或在詩文中表露一番東山之志，甚至達到不自覺的程度，毫不諱言於此。李德裕就說「我有愛山心，如飢復如渴，出谷一年餘，常疑十年別。」〔註75〕殷堯藩則說：「吾一日不見山水，與俗人談，便覺胸次塵土堆積，急呼濁醪澆之，聊解穢耳！」〔註76〕杜甫在《寄題江外草堂》一詩中云：「我生性放誕，雅欲逃自然。嗜酒愛風竹，卜居必林泉。」〔註77〕其好隱雖有出自人類對山水的愛戀和親近的渴望，但也與當時流行的隱逸風尚不無關係。

崇尚隱逸的時代風氣難免造就沽名釣譽的假隱。他們的隱居行為固有虛偽投機的一面，但從一個側面印證了唐代隱逸風潮之盛。這些利祿之徒「托薜蘿以射利，假巖壑以釣名」，儼然扮出一副隱者的姿態獵取名利，圖謀仕進。《新唐書·隱逸傳序》云：「放利之徒，假隱自名，以詭祿仕，肩相摩於道，至號終南、嵩少為仕途捷徑，高尚之節喪焉」，可見此風之盛。其中最為人所熟知的盧藏用：

> 與兄徵明偕隱終南、少室二山，學練氣，為辟谷，登衡盧彷洋岷，峨。……長安中，召授左拾遺。……始隱山中時，有意當世，人目為「隨駕隱士」。晚乃徇權利，務為驕縱，

〔註73〕錢起〈裴僕射東亭〉，卷238，頁2665。

〔註74〕《舊唐書》卷88，〈韋嗣立傳〉，頁2873，北京：中華書局，1999年。

〔註75〕〈懷山居邀松陽子同作〉，《全唐詩》卷475，頁5401。北京：中華書局，1996年。

〔註76〕傅璇琮《唐才子傳校箋》卷6，頁65。北京：中華書局，2002年。

〔註77〕《全唐詩》卷220，頁2321。北京：中華書局，1996年。

素節儘矣。〔註78〕

司馬承禎說他走的是「終南捷徑」，真是一語道破了隱逸者的心事。「終
南表秦館，少室邇王城」〔註79〕在此隱居易於使名聲上聞達於天子而
受徵召，於是來此的隱者處士「肩相摩於道」。又如《舊唐書・隱逸
傳》中史德義的事跡：

> 咸亨初，隱居武丘山，以琴書自適，或騎牛帶瓢，出入郊
> 郭鄽市，號爲逸人。高宗聞其名，徵赴洛陽。尋稱疾東歸，
> 公卿以下，皆賦詩餞別。德義亦以詩留贈，其文甚美。天
> 授初，江南道宣勞使、文昌左丞周興表薦之，則天征赴
> 都。……后周興伏誅，德義坐爲所薦免官，以朝散大夫放
> 歸丘壑，自此聲譽稍減於隱居之前。〔註80〕

史德義的隱名隨宦海風波而升沉，在假隱士中很有代表性。竇群的兄
弟俱已進士及第，只有竇群仍爲處士身份，隱居在毗陵，頗有名聲，
著書、守喪，俺然是進退有据之士，後爲德宗所重，卻又性情狠戾。
〔註81〕其前期所展現的淡然守志，不爲仕進顯示了高格調隱者精神；
但後期又應對求官，使其前期隱居之用心昭然若揭。再如溫造：

> 造幼嗜學，不喜試吏，自負節概，少所降志，隱居王屋，

〔註78〕 宋・歐陽修《新唐書》卷 123，〈盧藏用傳〉，頁 4374～4375，北京：
中華書局，1999 年。

〔註79〕 沈約〈游鐘山詩應西陽王教〉。《先秦漢魏晉南北朝詩》，〈梁詩〉卷 6，
頁 1632。北京：中華書局，1984 年。

〔註80〕 《舊唐書》卷 192〈隱逸傳・史德義傳〉，頁 3480，北京：中華書局，
1999 年。

〔註81〕 《舊唐書》卷 155〈竇群傳〉：「群兄常、牟、弟鞏，皆登進士第，
唯群獨爲處士，隱居毗陵，以節操聞。及母喪，唶一指置棺中，
因廬墓次終喪。後學《春秋》於啖助之門人盧庇者，著書三十四
卷，號《史記名臣疏》。貞元中，蘇州刺史韋夏卿以丘園茂異荐，
兼獻其書，不報。及夏卿入爲吏部侍郎，奏曰：「陛下即位二十年，
始自草澤擢臣爲拾遺，是難其進也。今陛下以二十年難進之臣，
用爲和蕃判官，一何易也？」德宗異其言，留之，復爲侍御史。……
群性狠戾，頗復恩讎。臨事不顧生死。是時徵入，云欲大用。人
皆懼駭，聞其卒方安。」頁 4120～4121，北京：中華書局，1999
年。

以漁釣逍遙爲事。壽州刺史張封聞風致書幣招延，造欣然
謂所親曰：「此可人也。」徙家從之。建封動靜咨詢，而不
敢麋以職任。及建封授節彭門，造歸下邳，有高天下之心。
建封恐一旦失造，乃以兄女妻之。……造于晚年積聚財貨，
一無散施，時頗譏之。〔註82〕

前期的漁釣逍遙與後期的積聚財貨也是判若兩人。這些人顯示唐代隱
居求名是一條進可攻退可守的路，藉此達到入仕目的的人，也確實不
少。如韓愈〈寄盧仝〉一詩云：

水北山人（石洪）得名聲，去年去作幕下士。水南山人（溫
造）又繼往，鞍馬僕從塞閭里。少室山人（李渤）索價高，
兩以諫官徵不起。〔註83〕

這些都是以隱求名的例子。王貞白就說：「商山名利路，夜亦有人行」
〔註84〕、「地去搜揚近，人謀隱遁難」〔註85〕便是當時這種放利假隱
的風氣的最好寫照。這些形形色色的人出於不同的逸動機而投歸山
林，還衍生出值得附帶一提的唐代隱逸文化中的一個特殊景觀，那就
是以隱爲名的風尚：

自古以來，人們對命名都是愼重而嚴謹的。因爲人名常是文化內
涵與道德期望的體現，所以人們命名時總是通過語言和文化材料，考
慮生活時代的政治經濟生活、社會風俗時尚，乃至宗教信仰、地理環
境等諸多因素來進行命名。往往社會習尚的變遷對命名藝術的演變影
響尤爲重大。命名一事有其沿襲性的一面，也有其變異的一面。因爲
命名不可避免地總要或隱或顯地受到時代、社會環境的影響。當社會
結構、社會生活發生重大變更時，作爲人的稱謂符號的姓名及取名方
式也會隨之發生變易。所以，人名這個符號可以從一個側面反映出社

〔註82〕《舊唐書》卷165〈溫造傳〉，頁4314～4318，北京：中華書局，1999
年。
〔註83〕《全唐詩》卷340，頁3809。北京：中華書局，1996年。
〔註84〕同上，〈商山〉，卷701，頁8061。
〔註85〕同上，〈終南山〉，卷701，頁8061。

會性質的轉變，標示一個時期特定的文化現象。從姓名文化的命名規範中可以透露出時代風尚和文化特徵。因此，研究唐代社會隱逸風尚，注意一下人物姓名所反映社會習俗風尚是很有意思的。整體上，唐人取名依然遵照吉語命名的規範：如以美德命名，表現了中國人傳統的道德價值取向，從中更映射著儒家學說及道德標準對唐代文人的影響。名字在唐人文化中多表現出述志的色彩，有時還可顯示其人之性情風格。以「隱」爲名的風尚，似可引爲隱逸風氣盛行的旁證：

（一）以「隱」為名者

李朝隱（《舊唐書》卷 100）、閻朝隱（《舊唐書》卷 190）、馮朝隱（《新唐書》卷 200）、宋朝隱（《舊唐書》卷 161〈李光顏傳〉）、顏朝隱（《全唐文》卷 400）、李嘉隱（《新唐書》卷 192）、胡嘉隱（《全唐文》卷 402）、賈嘉隱（《太平御覽》卷 953 引《唐書》）、李尙隱（《舊唐書》卷 185）、李商隱（《舊唐書》卷 190 下）、李知隱（《新唐書》卷 195）、賈大隱（《新唐書》卷 198）朱懷隱（《全唐文》卷 189）、林昭隱（《新唐書》卷 207〈高力士傳〉）、謝蟠隱（《唐才子傳》卷 10）、鄭礒隱（《全唐文》卷 958）、閻德隱（《全唐詩》卷 773）、溫無隱（《舊唐書》卷 61）、林無隱（《全唐詩》卷 795）、崔隱甫（《舊唐書》卷 185 下）、王隱客（《全唐文》卷 205）、賈隱林（《舊唐書》卷 144）、蔡隱丘（《全唐詩》卷 114）、周隱遙（《全唐文》卷 543）、長孫正隱（《唐詩紀事》卷 7）、趙隱（《舊唐書》卷 178）、劉隱（《新唐書》卷 197〈偉丹傳〉）、周隱（《新唐書》卷 188〈揚行密傳〉）、羅隱（《新唐書》卷 69）、張隱（《全唐詩》卷 732）、李隱（《新唐書》卷 59〈藝文志〉三）、裴隱（《李太白全集》卷 14〈流夜郎至西塞驛寄裴隱〉）

（二）以「隱」為字者

蒯希逸字大隱（《唐詩紀事》卷 55）、李潛字德隱（《唐詩紀事》卷 55）、偉蟾字隱珪（《唐詩紀事》卷 58）

（三）以「隱」或相關字彙為號或別號者

王績號東皋子（《舊唐書》卷 192〈隱逸傳〉）、田游巖號許由東鄰（同上）、白履忠號梁丘子（同上）、鄧世隆號隱玄先生（《舊唐書》卷73）、賀知章號四明狂客（《新唐書》卷 196〈隱逸傳〉）、盧藏用號隨駕隱士（《舊唐書》卷 94）、沈千運號沈四山人（《唐才子傳》卷 2）、朱灣號滄洲子（《唐才子傳》卷 3）、李端號衡岳幽人（同上卷 4）、元結號琦玗子（《新唐書》卷 143）、秦系號東海釣客，又號南安居士（《唐詩紀事》卷 28）、陸羽號桑苧翁（《唐語林》卷 4〈栖逸〉）、鄭損號雲居先生（同上）、張志和號煙波釣徒（《新唐書》卷 196〈隱逸傳〉）、賈島號碣石山人（《唐才子傳》卷 5）、白居易號香山居士（《舊唐書》卷 166）、顧況號華陽真隱（《舊唐書》卷 130）、盧仝號玉川子（《唐詩紀事》卷35）、施肩吾號栖真子（《全唐文》卷 739 小傳）、司空圖號耐辱居士（《舊唐書》卷 190 文苑下）、皮日休號醉吟先生，又號間氣布衣（《唐才子傳》卷 8）、陸龜蒙號天隨子，又號江湖散人（《新唐書》卷 196〈隱逸傳〉）、王駕號守素先生（《唐詩紀事》卷 63）、唐求號唐隱居（同上卷 50）、韓偓號玉樵人（《唐才子傳》卷 9）、崔道融號東甌散人（同上）、杜荀鶴號九華山人（《唐詩紀事》卷 65）、陳陶號三教布衣（《唐才子傳》卷 8）、唐彥謙號鹿門先生（同上卷 68）、鄭熏號七松處士（《新唐書》卷 77）、范攄號雲溪子，又號五雲溪人（《雲溪友議》作者）

由以上的名、字、號可知，唐人以「隱」字取名者不少，以「閒散曠達」的意味取別號，似乎亦是前代隱逸所沒有的現象，凡此種種皆為唐代隱逸風尚的鮮明印記。

而唐代隱逸風尚的遍佈社會各階層，自有其歷史與社會因素存在，文人選擇隱逸既有階段性的功利目的，在必須待時而起（不論是讀書山林或守選或時代動亂或其他因素）的現實限制下，隱居之餘唐代文人並非終身性質的選擇，且通常文人不是返回家鄉隱居，而是選擇有利待時的地點為之，且隱士間又常以偕隱方式以增加聲望，所居之處往往是能同時享受山林與漁釣之樂的園林別業，生活條件早已超

越傳統隱居的貧困，過的是享受著詩、茶、書、酒、琴、棋、藥、漁釣、遊山玩水的悠閒生活。有著頻繁社交的唐代隱者，不會門前冷落車馬稀，雖然其中不乏真正能畢生隱居不仕者，但已非本文論述重點。總之，在唐代，隱居作爲一種迎合社會潮流性質的選擇與待時而起的手段，所展現的面貌是特殊的。

第四節　唐人看隱逸

　　那麼，唐代文人又如何看待隱逸這件事？唐人對隱逸的態度，可由以下幾個角度做探討：

一、希企隱逸的心理

　　文士懷抱傳統的儒生意識，以出仕爲進階之途。然而宦途多艱，與世浮沉也不是一件舒服的事，一方面爲官生涯往往有許多拘束不自由，而鞍馬勞頓和官場逢迎更是容易使人感覺厭煩無聊。反觀隱士生活的優游恬靜，怎能不生羨慕之心？杜牧〈題孫逸人山居〉一詩云：

　　　　長懸青紫與芳枝，塵剎無應免別離。馬上多於在家日，樽
　　　　前堪憶少年時。關河客夢還鄉遠，雨雪山程出店遲。卻羨
　　　　高人終此老，軒車過盡不知誰。〔註86〕

自己終日僕僕風塵，難得有在家安居的瀟灑適意，只能在醉鄉客夢裏偶一回味，而眼前竟然有這樣一個高人，全無碌碌俗志，任你軒車過盡，也絕不會興起動問的念頭。詩人不但表達了他的欣羨之意，字句間也隱然有一份悵惘。而武元衡〈南徐別業早春有懷〉一詩云「生涯擾擾竟何成，自愛深居隱姓名」，〔註87〕也標榜了隱姓埋名的心願。

　　此外，政治上的波詭雲譎，也時常使他們感到威脅。「由來君臣間，寵辱在朝暮」，〔註88〕這種由現實生活中深刻體會到的憂懼滋味，

〔註86〕《全唐詩》卷527，頁6033。北京：中華書局，1996年。以下引書同。
〔註87〕卷317，頁3561。
〔註88〕白居易〈寄隱者〉，卷424，頁4669。

使他們不期然地偏向道家明哲保身。孟郊〈隱士〉詩云：

> 本末一相返，漂浮不還真。山野多餓士，市井無飢人。虎
> 豹忌當道，麋鹿知藏身。寶玉忌出璞，出璞先為塵。松柏
> 忌出山，出山先為薪。君子隱石壁，道書為我鄰。寢興思
> 其義，澹泊味始真。陶公自放歸，尚平去有依。草木擇地
> 生，禽鳥順性飛。青青與冥冥，所保各不違。〔註89〕

就是強調隱的好處在於能避害全身。在元和、長慶兩朝都曾為宰相的
李逢吉，竟然也有「終期謝戎務，同隱鑿龍」〔註90〕的念頭。可見，
在人事倦怠之餘嚮往閑逸，實在是一種極自然而普遍的心理。

當然，人們希望企隱逸還是出於一種隱士崇拜，並不必是經過反
省思維的結果。隱逸的高尚如前所述既然早已無條件地被唐代社會所
承認，則人們造訪山林隱逸乃至僧道之徒時，說些贊美艷羨的話或寫
些崇尚隱逸的詩，是相當尋常的。唐人描寫隱士高情的詩中，有一種
最常見的模式，乃是先就其風度的超塵絕俗或居所的清幽雅致寫起，
到了結尾的二句或四句，則表示自慚落跡風塵，或稱美隱士的高潔超
逸，或由企羨進一步聲明來日亦將追效。這種在一片傾倒企羨的情緒
中結束的筆法，可以說成為一種慣例：

> 自惟負貞意，何歲當食薇。〔註91〕
> 餘生負丘壑，相送亦何心。〔註92〕
> 斯為真隱者，吾黨慕清芬。〔註93〕
> 高閒真是貴，何處覓侯王。〔註94〕
> 羨君隨野鶴，長揖稻梁愁。〔註95〕
> 何計能相訪，終身得在山。〔註96〕

〔註89〕《全唐詩》卷373，頁4191。北京：中華書局，1996年。以下引書
　　　　同。
〔註90〕〈奉送李相公重鎮襄陽〉，卷473，頁5365。
〔註91〕盧象〈家叔徵君東溪草堂二首〉其二，卷122，頁1218。
〔註92〕皇甫曾〈送孔徵士〉，卷210，頁2182。
〔註93〕李白〈贈張公洲革處士〉，卷168，頁1740，
〔註94〕白居易〈題施山人野居〉，卷436，頁4841，
〔註95〕李群玉〈送房處士閒遊〉，卷569，頁6591。

他年瀑泉下，亦擬置家林。〔註97〕

他年來此定，異日願相容，且喜今歸去，人間事更慵。〔註98〕

從上述詩作中可以看出時人以隱爲高、以隱爲樂的理想意識。那些亦官亦隱的官吏，多在別業營建林泉茅茨，相率以隱逸姿態爲清高，時人對他們也每加溢美。以下幾個例子，更是社會崇隱心理的具體表現：溫造隱王屋山，人號其居曰「處士墅」；〔註99〕王龜在中條山谷中起草堂，時與山人道士往來，後人目爲「郎君谷」；〔註100〕秦系曾居泉州南安九日山，南安人思念他，號其山爲「高士峰」。〔註101〕地以人靈以嘉名，可見隱士爲人景仰的程度。

由此可見，人們不僅自稱隱，而且也喜觀稱朋友隱，同時，朝野也普遍認可隱士的特殊地位和身份，隱士崇高的品德、卓越的才華以及他們在社會輿論中的廣泛影響，從當時人們假隱之名以濟私亦可反映出隱風的盛熾，在唐代，隱逸已完全成爲一種風尙。

二、批判的言論

僅管隱逸在唐代成爲一種社會時尙，但並非整個時代的所有人都認同隱逸。有些人就曾對隱逸這一文化現象提出無情的批判，如韓愈的〈後廿九日復上書〉就曾對隱逸給以批評：

> 古之士三月不仕則相弔，故出疆必載質，然所以重於自進者，以其於周不可則去之魯，於魯不可則去之齊，於齊不可則去之宋、之鄭、之秦、之楚也。今天下一君，四海一國，舍乎此則夷狄矣。去父母之邦矣。故士之行道者不得於朝，則山林而已矣。山林者，士之所獨善自養而不憂天

〔註96〕姚合〈寄崔之仁山人〉，卷497，頁5641。北京：中華書局，1996年。以下引書同。
〔註97〕張喬〈送韓處士歸少室山〉，卷638，頁7314。
〔註98〕劉得仁〈尋陳處士山堂〉，《全唐詩》卷545，頁6299。
〔註99〕《新唐書》卷91，〈溫造傳〉，頁3055。北京：中華書局，1999年。
〔註100〕《舊唐書》卷164，頁2917。北京：中華書局，1999年。
〔註101〕《新唐書》卷196，〈隱逸傳〉，頁4308。北京：中華書局，1999年。

下者之所能安也。如有憂天下之心，則不能矣。〔註102〕

韓愈明顯地認爲，那些混跡山林的隱逸，只知「獨善自養」而不知「憂天下」，它從根本上違背了士的傳統道德。在所有當代批判隱逸行爲的言論裏，最具有理論型態的要算皮日休的〈移元徵君書〉了。他在這篇文字中，把隱士按其動機分爲道隱、名隱、性隱三類，他說：

> 古之聖賢無不欲有意於民也。苟或退者，是時弊不可正，主惛不可曉，進則禍，退則安，斯或隱矣。有是者，也不可知其名，俗不能得其數，尚懼來世聖人責乎？無意於民故也，此謂之「道隱」。其次者，行不端於己，名不聞於人。欲乎仕，則懼禍；欲乎退，則思進。必爲怪行以動俗，詭言以矯物。上則邀天子再三之命，下則取諸侯殷勤之禮，甚有百世之風，次有當時之譽。此之謂「名隱」。其次者，行過過僻，志有深傲，佈身不由乎禮樂，行己不在乎是非。入其室者惟清風，穿其牖者惟明月。木石然，麋鹿然，期夫道家之用，以全彼生。此之謂「性隱」。然而道隱者，賢人也；名隱者，小人也；性隱者，野人也。有夫堯、舜救世，湯、禹拯救亂之心者，視道德之人，由夫樵蘇之民耳，況名與性哉？〔註103〕

道隱之人是因爲時勢確實不可爲，「進則禍，退則安」，不得已而只好「隱居以求其志」。符合隱逸一事的傳統認知，正如《莊子·繕性》所云：

> 古之所謂隱士者，非伏其身而弗見也，非閉其言而不出也，非藏其智而不發也，時命大謬也。當時命而大行乎天下，則反一無迹，不當時命而大窮乎天下，則深根寧極而待，此存身之道也。〔註104〕

存身以待時命，乃是權宜變通策。孔子也有「賢者避世」的說法，因

〔註102〕《韓昌黎文集校注》卷3，頁104。台北：世界書局，民國61年。
〔註103〕《皮子文藪》卷9，頁85～86。上海：上海古籍出版社，1959年。
〔註104〕《莊子集釋》外篇，〈繕性第十六〉篇，頁535。台北：漢京文化事業，民國72年。

此皮日休稱他們是賢士。至於性隱之人，則是如莊子所說的「刻意尚行，離世異俗」的「山谷之士，避誹世之人」，或是「就藪澤，處閑曠，釣漁閑處，為無而已」的「江海之士，避世之人」。他們的行為既然是出於「性分所至」，倒也就無可厚非，頂多是以「野人」視之罷了。唯獨名隱一類，怪行詼言，純為沽名釣譽，最是可恥，在皮日休看來，是十足的虛偽小人。然而真正具有「堯舜救世、湯禹拯亂之心」的人，卻是不論世之治亂、己身之安危，都會投身人事，竭盡所能，甚至「知其不可而為之」。由此看來，儒家這種積極入世、義無反顧的精神，便是向來用以批評隱士個人主義的理論依據，在這個標準下，隱者之中即使有高潔之士，也只是獨善其身，總不如以天下為己任之襟懷的偉大。如李渤隱居少室山，不應徵召，盧坦乃致書說：

> 足下抱濟世之資，抗出塵之迹，德全道備。雲臥谷飲，遺名而聲飛，晦耀而光發。天子所以聞風下詔，命作諫臣，朝野聳瞻，煙蘿動色。足下懷寶樂山，竟未為蒼生起，實一代之孤風，千年之曠躅，不可得而累也。……飽聞足下之高義，竊承足下詠堯舜之言，志周孔之道，以致君惠人為意，非特熊經鳥伸、長往而不返者也。……今天下觀康，異衰周之代也，萬方一統，非列國之時也，而足下猶獨超然高舉，不答天子之命，豈孔氏之徒歟！〔註105〕

韓愈〈與少室李拾遺書〉也說：

> 今可為之時，自藏深山，牢關而固距，即與仁義者異守矣。……務使合於孔子之道。〔註106〕

如依盧坦所言，李渤原也是習誦儒術之徒，「以子之矛，攻子之盾」，李渤當然是難再推諉的。所謂「赴明天子千年之運，成大丈夫萬世之業，勛銘于鐘鼎，德著于竹帛」，〔註107〕即是士大夫理所當然的抱負，

〔註105〕 〈與李渤拾遺書〉，清·董誥等奉敕編《全唐文》卷544，頁5516。北京：中華書局，1983年。
〔註106〕 清·董誥等奉敕編《全唐文》卷554，頁5607。北京：中華書局，1983年。
〔註107〕 皮日休〈移元征君書〉。《皮子文藪》卷9，頁86。上海：上海古籍

所以王維有詩：

> 聖代無隱者，英靈盡來歸，遂令東山客，不得顧采薇。〔註108〕

李端〈賦得山泉送房造〉一詩也以「聖朝無隱者，早晚罷漁竿。」〔註109〕鼓勵友人出仕。聖明之時，固然應該戮力報效；隳亂之世，更當發揮儒者以天下為懷的精神，故杜荀鶴在晚唐遭亂隱居時深為感慨，自嘆隱逸「也知不是男兒事」。〔註110〕而白居易〈春遊二林寺〉詩中所云：

> 是年淮寇起，處處興兵革。智士勞思謀，戎臣苦征役。獨
> 有不才者，山中弄泉石。〔註111〕

亦可信為其衷心慚愧之言。至於「願奉濯纓心，長謠反招隱」〔註112〕這一類的話，更是明白肯定隱不如仕的觀點。

然而有唐一代，名隱之徒特別多。杜甫入蜀後寫有一首詩：

> 白水青山空復春，徵君晚節傍風塵。楚妃堂上色殊眾，海
> 鶴階前鳴向人。萬事糾紛猶絕粒，一官羈絆實藏身。開州
> 入夏知涼冷，不似雲安毒熱新。〔註113〕

不滿友人常徵君隱居後又應徵辟。李華借詠史謹刺這些假隱士云：

> 巢許在嵩潁，陶唐不得臣。九州尚洗耳，一命安能親。綿
> 邈數千祀，丘中誰隱淪。朝遊公卿府，夕是山林人。蒲帛
> 揚側陋，薜蘿為縉紳。九重念入夢，三事思降神。且設庭
> 中燎，寧窺泉下鱗。〔註114〕

嘲諷那些所謂隱士，身處山林而實際上卻做著名利之夢。韓偓〈招隱〉詩辭意更為諷刺：

　　　　出版社，1959年。
〔註108〕〈送綦毋潛落第還山〉，《全唐詩》卷125，頁1243。北京：中華書局，1996年。以下引書同。
〔註109〕卷285，頁3246。
〔註110〕〈亂曲逢李昭象敘別〉，卷692，頁7965。
〔註111〕卷430，頁4743～4744。
〔註112〕孫逖〈和登會稽山〉卷118，頁1186。
〔註113〕〈寄常徵君〉，卷229，頁2494。
〔註114〕〈詠史十一首〉其三，卷153，頁1386。

立意忘機機已生，可能朝市汙高情。時人未會嚴陵志，不
釣鱸魚只釣名〔註115〕

刻意地做出一副隱者的姿態以表示清高，或者借隱逸的外衣以行求祿之
實，是同樣的虛僞卑污，不值識者一顧。可見出處沒有常操，容易遭人
物議，甚至對一向被視爲隱逸典型的商山四皓，元稹也有詩質疑之：

巢由昔避世，堯舜不得臣。伊呂雖急病，湯武乃可君。四
賢胡爲者，千載名氛氳。顯晦有遺跡，前後疑不倫。秦政
虐天下，黷武窮生民。諸侯戰必死，壯士眉亦顰。張良韓
孺子，椎碎屬車輪。遂令英雄意，日夜思報秦。先生相將
去，不復嬰世塵。雲卷在孤岫，龍潛爲小鱗。秦王轉無道，
諫者鼎鑊親。茅焦脫衣諫，先生無一言。趙高殺二世，先
生如不聞。劉項取天下，先生游白雲。海內八年戰，先生
全一身。漢業日已定，先生名亦振。不得爲濟世，宜哉爲
隱淪。如何一朝起，屈作儲貳賓。安存孝惠帝，摧簒戚夫
人。舍大以謀細，虯盤而蠖伸。惠帝竟不嗣，呂氏禍有因。
雖懷安劉志，未若周與陳。皆落子房術，先生道何屯。出
處貴明白，故吾今有云。〔註116〕

如果心存蒼生，則先前歷經戰亂不應當對天下無動於衷；若是眞隱
淪，則後來又不該率爾出山，行徑前後如此矛盾，使人不免懷疑。全
詩雖然針對前代之事而發。可是所表達的正是作者對隱逸一事所持的
原則性觀點。

　　隱士倘使接受朝廷的徵召，多半居諫議職或侍讀之官。一般人對
他們期望甚高，認爲他們理當有所表現，如果事實令人失望，時論便
會有所批評。陽城便是一例：

初未至京，人皆想望風采，曰：「陽城山人能自刻苦，不樂
名利，今爲諫官，必能以死奉職。」人咸畏憚之。及至，諸
諫官紛紜言事，細碎無不聞達，天子益厭苦之；而城方與二

〔註115〕　卷682，頁7827。
〔註116〕　元稹〈四皓廟〉，《全唐詩》卷396，頁4455。北京：中華書局，1999
　　　　　年。

弟及客日夜痛飲，人莫以能窺其際，皆以虛名譏之。〔註117〕

又如田游巖被徵爲太子洗馬，在宮竟無匡輔，蔣儼乃貽書以責之曰：

> 足下負巢，由之峻節，傲唐虞之聖主，養煙霞之逸氣，守
> 林壑之遁情，有年載矣，故能聲出區宇，名流海內，主上
> 屈萬乘之重，申三願之榮，遇子以商山之客，待子以不臣
> 之禮，將以輔導儲貳，漸染芝蘭耳。皇太子春秋鼎盛，聖
> 道未周，拾遺補闕，臣子恒務。……足下受調護之寄，是
> 可言之秋，唯唯而無一談，悠悠以卒年歲。向使不餐周粟，
> 僕何敢言，祿及親矣，將何酬塞？〔註118〕

這種情形顯示了唐人對隱士並不一昧崇拜，也有一些人是認眞批評的。

三、折衷的觀點

對於仕與隱的矛頓，晉人已提出了所謂「朝隱」來解決問題。他
們把棲遁山林認爲是形而下的行爲，隱身市朝才是形而上的心神超越
無累的表現。郭象注《莊子‧逍遙遊》云：

> 夫聖人雖在廟堂之上，然其心無異於山林之中，世豈識之哉！
> 徒見其戴黃屋、佩玉璽，便謂足以纓紱其心矣；見其歷山川、
> 同民事、便謂足以憔悴其神矣；豈知至至者之不虧哉！

也就是說聖人雖然身處廟堂，參與人事，而其神不虧。這套理論在注
重功利的唐代社會中十分受觀迎。被中宗封爲「逍遙公」的韋嗣立，
他的墓誌銘出自張說之手，其中便有「道濟明時，心樂幽地」之句。
〔註119〕崔泰之〈奉酬韋嗣立祭酒偶遊龍門北溪忽〉云：「謝公兼出處，
攜妓玩林泉」。〔註120〕也是把他當作朝隱的楷模，並將謝安與其相提
並論。楊炯作〈李舍人山亭詩序〉說「大隱朝市，本無車馬之喧；不

〔註117〕《舊唐書》卷192，〈隱逸傳‧陽城傳〉，頁5132。北京：中華書局，
1999年。

〔註118〕《舊唐書》卷185，〈良吏傳‧蔣儼傳〉上，頁4891。北京：中華
書局，1999年。

〔註119〕張說〈中書令逍遙公墓志銘〉，《全唐文》卷232，頁2349。北京：
中華書局，1983年。

〔註120〕《全唐詩》卷91，頁990。北京：中華書局，1996年。

出戶庭，坐得雲霄之致」，〔註121〕可見這些達官貴人真是得其所哉。
白居易也說「無妨隱朝市，不必謝寰瀛」，〔註122〕「吏隱本齊致，朝
野熟云殊。道在有中適，機忘無外虞。」〔註123〕這種觀點的認同，
必須強調到底還是重在得其意，不論行跡。強調一點的說法，則如韋
應物〈送褚校書歸舊山歌〉云：「莫厭歸來朝市喧，不見東方朔，避
世從容金馬門。」〔註124〕方干說得更乾脆：「由來朝市為真隱，可要
棲身向薜蘿？」〔註125〕承認朝隱為善策。這就無怪鄭熏把自己住的
地方號為「隱岩」，時人非但不覺得他招搖，反而作詩讚美：「朝退常
歸隱，真修大隱情。」〔註126〕而劉禹錫在元和十五年，再度牧連州
時修建一亭，即命名為「吏隱亭」，還以文為記。〔註127〕

　　但是朝隱一說，在事實上很成問題，不是被人拿來作為諛美之
辭，就是被塵俗之徒引為自飾的護身符。若究其原因，每不堪聞。所
以又有以謝絕人世，遠離塵囂為真隱的認識，如杜牧「自古雲林遠市
朝」〔註128〕似乎便不以棲身朝市的大隱為然。李白〈贈張公洲革處
士〉一詩中則推崇「長揖二千石，遠辭百里君」的處士張洲革為真隱。
孟浩然則以為真隱者只有向出世的方外之徒中去找，「平生慕真隱，
累日探靈異」，〔註129〕皮日休則把隱居嵩山不出的盧鴻推為真隱，
云：「傲大君者必有真隱，以盧徵君（鴻）為真隱焉」〔註130〕吏隱被
懷疑仍有戀棧，真隱又可惜太過於個人主義，李白對處理這個問題有

〔註121〕　《全唐文》卷191，頁1926。北京：中華書局，1983年。
〔註122〕　〈江州赴忠州至江陵已來舟中示舍弟五十韻〉，《全唐詩》卷440，
　　　　　頁4913。北京：中華書局，1996年。以下引書同。
〔註123〕　〈和微之詩二十三首〉其十八，卷445，頁4990。
〔註124〕　卷195，頁2005。
〔註125〕　〈題桐廬謝逸人江居〉，卷650，頁7467。
〔註126〕　許棠〈題鄭侍郎巖隱十韻〉，卷604，頁6982。
〔註127〕　〈吏隱亭述〉，卷607，頁6137。
〔註128〕　〈送隱者一絕〉，卷523，頁5988。
〔註129〕　〈尋香山湛上人〉，卷159，頁1623。
〔註130〕　〈七愛詩并序〉，《皮子文藪》卷10，頁104。上海，上海古籍出版
　　　　　社，1959年。

他的一套理想：

> 留侯將綺里，出處未云殊。終與安社稷，功成去五湖〔註131〕
> 功成謝人間，從此一投釣〔註132〕

他是要在人間創下一番轟轟烈烈的功績，然後作英雄式的歸隱，在心態的呈現上有其複雜的內涵，但或許才是多數自恃高才者選擇隱居的心態，在格調尚確實優於假隱鳴高，戀棧權位者。在出處之間，李白的理想似乎調和了自古以來仕隱不偕的問題，把隱變成是安社稷之後的退路──只是，在唐代，我們幾乎沒有看到種功成、名就、身退的典範，在隱逸的傳統且根本的原則下檢視唐人的隱逸，有其時代特色是確切的結論。

第五節　形成社會風尚──一個軌道式痕跡的呈現

　　唐代的隱逸看不到消極的避世或無奈的待時氛圍，不同於其他時代，國力的強盛、政治的清明、社會的安定、經濟的繁榮等，都讓唐人比任何一個時代的文人都要更自信與自豪，所以，隱逸在唐代不是逃避，也不是隱匿，反而常是一種以退爲進的實現政治理想的手段。對於唐代隱者，史書上的定位是：「形在江海之上，心存魏闕之下」。隱逸成爲時尚，表現在士人觀念的認同和行爲的實踐，文人甚且以此互相標榜，構成詩歌中的熱門話題。

　　如果從隱逸最初的文化意涵建構一條對隱逸的認知脈絡，會發現最初的隱逸有其不得已的無奈──如《論語・衛靈公》所云：「邦無道，則可卷而懷之」，這是孔子的「待時」之隱。到了莊子的「身隱」，則是在追求個人的自在逍遙，這樣的隱逸是出於對人世紛擾羈絆的拒絕，無論儒、道兩家的避人與避世（「道隱」與「身隱」有差異）各有何內涵與立場，至少仕與隱的絕對矛盾是確定的。

〔註131〕〈贈韋祕書子春二首〉其二，《全唐詩》卷 168，頁 1734。北京：
　　　　　中華書局，1996 年。
〔註132〕同上，〈翰林讀書言懷呈集賢諸學士〉，卷 183，頁 1865。

　　到了魏晉時期，政治的黑暗、社會的混亂，都使名士因不滿現狀
而選擇隱退。當代爲隱逸而隱逸的情形逐漸增加，並且對儒家隱逸的
正統觀念開始有了突破──有人把「隱逸」的意義任意擴大，把仕宦
稱爲大隱，把眞正躲在山林裏的人降格爲小隱，這個觀念爲抹平隱與
仕的界限提供了空間，方便文人把隱逸與求仕結合起來，以隱逸爲手
段，以求仕爲目的不必然要有道德上的負擔。不過魏晉當代還是會傾
向認同眞隱者，仕與隱在此時期仍然難以兼得。

　　唐代，隱逸已蔚爲一種時代風氣，多元的掄才制度與入仕方式提
供了仕與隱融合的可能，入仕途徑的多樣化，讓由隱入仕的人不僅可
得盛名，甚且可得到免徭役或受賞賜的實惠，因而激發了多庶族士人
將隱逸當成入仕的手段之一。相對的，唐代統治者也以搜訪隱淪、給
予獎勵的方式使得文人齊一出處，平衡仕隱的理想可以實現。

　　當隱逸成爲通向功名的道路之一，與科舉考試、邊塞從軍、求仙
學道、漫遊干謁一樣，都是當代名正言順的入仕門道，士人往往是數
途並用，隱逸於是成爲士人積極進取的手段。當代雖不乏眞心隱遁
者，恐怕不足以扭轉史家對唐代士風的評議。

　　在作品中以隱鳴高是唐代創作的風氣之一，山水田園詩人如是，
邊塞詩人也多有隱逸的行跡與詠隱的詩歌。但唐代士人多隱逸行跡卻
少有隱逸終身者，隱逸似乎只是被當作是當代的一種熱門話題與創作
素材，卻不是人生最終的追求。多數人的隱是用以待仕的手段，並不
只是釋褐前所爲，即使爲官時也會因守選等原因而選擇暫時隱居。這
是因爲當時貴族門閥把持各級政權的局面雖已被打破，但襲蔭制度的
存在，考試制度的不完備，還是讓許多出身庶族才智之士因爲仕進無
門，必須暫時隱居以待時機。

　　也有士人因一時仕途受挫而暫時歸隱，究其實並未放棄自己的濟
世抱負者。如前文所舉證的王維與儲光羲等人的早期歸隱。在此，我們
可以用王維的〈與魏居士書〉一文來作爲唐人齊一仕隱出處觀念的總結：

　　　聖人知身不足有也……知名無所著也。二故離身而返屈其

身，知名空而返不避其名也。降及裕康，亦云頓紲狂顧，
遺思長林而憶豐草。頓埃狂顧，豈與挽受維縈有異乎？長
林豐草，豈與官署門闌有異乎？近有陶潛，不肯把板屈展
見食邮，解印綬棄官去。後貧，《乞食》詩云：「叩門拙言
辭」，是屢乞而多慚也。嘗一見督邮，安食公田數頃，一慚
之不忍而終身慚乎？此亦人我攻中，忘大守小，不顧其後
之累也。孔宣父云：「我則異於是，無可無不可。」可者適
意，不可者不適意也。君子以布仁施義、活國濟人為適意，
縱其道不行，亦無意為不適意也。苟身心相離，理事俱如，
則何往而不適？〔註133〕

這篇文章既突破孔子那種隱與仕難以調和的觀念，也突破了由巢、
由、夷、齊開創而直到嚴光、嵇康、陶潛仍在繼承著的那種不與當權
者合作的傳統。在王維看來：君子以活國濟人，布仁施義為適意，縱
然不能實踐理想，也要追求心靈的自由。所以他勸魏居士出仕的理由
是站在「身名皆空義，身心可相離」的立場發言的。他認為，一切只
要順乎自然，心之所適則可，即使出仕也可以吏隱。在此觀念下延伸，
他指責陶淵明的掛冠歸隱是一慚之不忍而終身慚，是忘大守小，不顧
其後之累的不智之隱。

　　由於隱逸觀念的改變，隱與仕對立的消除，加上唐代相對穩定的
政治形勢與充裕的物質條件給士人的或隱或仕都提供了充分的條
件，士人不再把隱逸看作是與社會相對抗的手段，而視為一種能以樂
觀瀟脫的態度、按自己興趣和條件選擇的生活方式。不僅能以隱待
仕，甚且也不以亦官亦隱為忤。

　　總之唐代文人的隱逸心態不乏「形在江海之上，心存魏闕之下」
之隱。盛唐的恢宏氣度和高昂進取的時代激發了士子的用世之心，隱
逸在當代既有高名之譽，又可藉以走上仕途、獵取祿位，所以唐代文
士多有隱逸經歷。但唐代的隱逸與傳統隱逸是有區別的，傳統隱逸與

〔註133〕《王右丞集箋注》卷137，頁1386。台北：河洛圖書。1975年。

唐代隱逸的含有政治渴望、以入世為目的待仕之隱並不相同，唐人嚮往隱逸的思想反而是常常雜以懷才不遇的牢騷，但在根本上仍是待時而出的心態。

並且隱逸在唐代的盛行，也可以從唐代文人優渥的物質條件中找到訊息。唐代的隱逸已少有像陶淵明那種困頓和乞食經歷，他們的隱居有更多富貴氣。即便自言貧賤者，他們的憂苦之吟常常已帶有適性的愉悅。唐代文人的園林生活豐煥多彩，是唐人實踐其仕隱兩兼的圓滿場所，唐代宦者、避世者皆將園林視為理想樂土與桃花源。所以文人士大夫競置園林以為「恆產」，唐代買賣土地的情形相當普遍，《全唐詩》中頻頻可見，已如第五章所述。買地造園，在田地附近選擇佳山勝水做為休假閑憩的墅園，助長了隱逸風氣盛行，也在一定程度上造成自然山水田園詩的大量增加。隱者選擇山泉林地闢建住屋，終日與山水煙霞為伍。隱逸，不必是促成建造園林的充分條件或必要條件，但財富充裕者可以購買大批田地山澤，建造莊園別業；貧困者可以選擇簡單小型的茅舍，收納附近的山水景色成為日常生活的一部分，也是簡單的山居丘園。大部分的隱者都有居於別墅、別業、林園等記載。《全唐詩》中描述隱者園林的詩頗多，茲不贅述。

影響所及，官宦階層與公卿貴臣們為了表示自己也具有隱者的清虛高潔，或是真心地嚮往悠遊閒逸的生活，也競相造園，享受類似隱者的生活。通常他們都選擇退朝或休沐的時候享受園居之樂。為了配合入朝廷公堂辦事，他們的園林多置於城市之內或近郊，為官宦們吏隱提供了強有力的理由。園林是隱逸精神最直接的象徵物，唐代城市和城郊園林大量出現，士人既能享受山林般的生活環境，同時又可調和化解仕與隱的兩難。對於既懷抱經濟理想又企慕隱逸的逍遙的人而言，它無疑是一種完滿境界的實現。

唐人理想的在於仕的功業與隱逸灑脫的兩全，園林別業讓文人既可實現仕與隱的得兼，又可免除隱逸山林的清寂孤獨之苦，擁有了物資充沛的便利，還不致因遠離官場而遭到仇忌排擠。這樣得利避害、

不進不退的境況，正是園林調和兼融大隱、小隱特性的展現。基於此，城市與郊野、紅塵與白雲、人間與方外這些看似矛盾對立的存在，便都融合統一在園林的天地之中了。

　　嚴格來說，休沐閒居算不上隱逸，但隱逸行為既為高尚懷道之事，唐代人的隱逸就不免於形式化。如劉憲就以為自己是「非吏非隱晉尚書」，〔註134〕連一生以汲汲入世為念的杜甫也唱出「肯信吾兼吏隱名」〔註135〕的詩句，可見融合仕與隱的吏隱在唐代文人來說是自覺而流行的。傳統上有抗議精神的隱逸在唐代已不復多見。相反的折衷的吏隱成為中晚唐隱逸的主流，唐代文人很樂於做「衣冠巢許」、「冠冕巢由」。

　　隱逸的這種變化在白居易的園林思想中表現得最為充分。他的〈中隱〉詩很明白地道出了他的人生取向，園林別業成了其人生取向的最佳去路，家中的園林既可助其擺脫官場上的種種羈絆情緒，又可為疲憊的心靈找到安棲之所。在塵俗中被薰染與在官場中浮沈的唐代士人之靈魂於是得到了一個休養調理的樂園，讓繃緊的心神可以徹底的放鬆。他們以琴棋書酒作伴，追求生活的怡然自得，從而實現了人格的自我完善，自此，以隱居園林的優雅閒適來抗衡官場的污濁競逐，就成了中國古代絕大多數具有隱逸傾向的士人孜孜以求的風尚。

　　綜上所述，唐代社會隱逸風氣空前活躍。這種風氣形成的條件，從文本建構觀念上說，形成對隱逸價值的認知與接受；從多元的掄才制度觀察，入仕制度與唐代統治者的優禮鼓勵了仕競之心；從社會與歷史層面看，呼應隱逸價值的社會風氣，莊園經濟型態深入到文人的現實生活中也對隱逸風尚投注了影響力，當然必須加上唐代後期社會動亂、政治黑暗以及入仕出路的狹窄等現實作為隱逸各個不同的側面，其作用有隱有顯，交織在一起，形成了一個軌道式的痕跡，構成了唐代的隱逸文化土壤。

〔註134〕〈奉和聖制幸韋嗣立山莊〉，《全唐詩》卷71，頁783。北京：中華書局，1999年。
〔註135〕同上，〈院中晚晴懷西郭茅舍〉，卷228，頁2483。

第七章　結　論

　　論文鋪排至此，承前所述，隱士並不是唐代的特產，他們的出現與條件的形成有其歷史上的傳承，只是隨著時代的演進，每個階段各有其內醞：隱逸從最初不得已無奈的避人或避世，隱與仕二者往往是不可兼得的情況到了魏晉時期，將隱逸推到了一個自許爲高遠的逍遙境界。誠如王瑤所說：

> 到隱士的行爲普遍以後，道家的思想盛行以後，已經無所謂「避」的問題，而只是爲隱逸而隱逸，好像隱逸本身就有它的價值與道理。……這套理論盛行以後，隱士地位的崇高，就得到了社會的承認。而且不論社會情形是否令人滿意，隱士始終是懷道的、高尚的。〔註1〕

把隱逸視爲崇高的觀念一旦普遍被承認後，爲隱逸而隱逸的情形就逐漸增加，並突破了儒家隱逸的正統觀念——最顯而易見的是隱與仕的界限的泯滅，開始把仕宦稱爲大隱，卻把眞正躲在山林裏的人降爲小隱。到了這個階段，士人開始有人以隱逸爲手段，以求仕爲目的，融合隱逸與仕宦的對立。

　　唐代入仕途徑的多樣化，使得由隱入仕成爲不僅可得盛名，甚且

〔註1〕王瑤《中古文學史論》，〈論希企隱逸之風〉，頁190。長安出版社，民國75年。

可得到免徭役或受賞賜的實惠,終於激發了庶族士人對布衣卿相的嚮往,也刺激隱逸行爲蔚爲風氣。隱逸行爲在唐代背負了不少附加動機與目的,不再是單純的、消極的反對時政而已。

唐代隱逸成爲通向功名的道路之一,與科舉考試、邊塞從軍、求仙學道、漫遊干謁一樣,是名正言順的潮流,許多士人求仕往往數途並用,隱逸成爲多數士人生活的精神調劑,山水田園詩人致力書寫隱居生活自不待言,即使以邊塞詩聞名的詩人高適、岑參、李頎等人也不能免俗的有隱逸的行跡與詠隱的詩歌,有隱逸行爲者並一定只有山田園詩人,是必須理解的狀況。

唐代士人多有隱逸行跡卻又很少隱逸終身,可以說,隱逸行爲所關涉的一切是當時的一種潮流與時髦的創作素材。以隱待仕不只是釋褐前所爲,即使爲官時也會因守選等原因而暫時隱居。當時貴族門閥把持各級政權的局面雖已被打破,但襲蔭制度的存在,還是阻礙了許多出身庶族才智之士的仕進之路。當文人因仕途挫折時,在不放棄自己的濟世抱負之下也會選擇暫時的隱居以等待機會。

再者,隱居生活清苦寂寞,沒有良好的經濟條件,便不可能過眞正安逸的生活,故隱士文人對政治、經濟問題的解決成了個人最重要的難題,「吏隱」變成爲時代產物。唐代的隱逸已少有像陶淵明那樣的困頓與乞食的辛苦經歷,他們的隱居具有更多的富貴氣息。即便自稱貧賤者如秦系、陸龜蒙這樣的寒士,他們的憂苦之吟也總是呈現一種適性的愉悅,看不到生活的奔波勞苦。

唐代文人的園林生活姿采豐煥,是唐人實踐其仕隱兩兼的圓滿場所,唐代宦者、避世者皆視其爲理想樂土與桃花源。這些面積大小不等的莊園別墅,是唐人出處進退的資本,官吏們本來已有豐厚的職官田授受,擁有的田地十分可觀,若是再加上皇帝賜田賜園以及自身大量購地置園等因素,更使其土地累積到很大的數目。由於土地的大量集中,形成了莊園制度的經濟形態,而莊園經濟又促成了園林的興盛,私家園林的普及與盛行,是唐代隱逸少凄涼之音而多閑遠之趣的經濟動因。

隱逸風氣盛行在一定程度上也造成自然山水林園的大量增加，相對的，山水田園詩中的意象也在建構人們對隱逸內涵的認知，對於隱逸風氣不可否認的有推波助瀾之功——隱者選擇山泉林地辟建住屋，每日與山水煙霞為伍。大部分的隱者都有居住別墅、別業、林園等記載，可見流風之盛。《全唐詩》中描述隱者園林的詩頗多，園林是唐代隱者最佳的安頓處所，已是時代現象。

從文本的反覆歌詠隱逸情趣的認知中可以肯定唐代隱逸風氣的盛行。除了創作數量的肯定，也可以從特定語詞的語意演變與展現的共同蘊含中，觀察到隱逸觀念在唐代的認知狀態，顯現在詩作之中的隱逸面貌已非傳統蘊含。

而從認知的角度而言，個體對環境的注意，主要取決於作品內容所展露的心理結構。個體在適應環境的過程中，會建立自己的認知思維活動的模型——以此觀察唐詩文本，可以發現：如果慣用意象展現了文人的思維方式，從以上的論述中我們確實可以肯定，不論就文本數量或慣用意象的呈現來看，隱逸作為多數唐代士人所肯定的行為與價值，其實是帶有現實色彩的。

而唐代士人入仕的主要途徑雖是科舉，但科舉並非唯一途徑，唐代朝廷期望野無遺才，嘗試為士人開闢了各種不同入仕管道，卻沒有詳備的配套措施，所以舉凡立功邊關、舉薦徵辟乃至任子制度、制舉考試等，等都是入仕途徑。在比較寬闊的仕進之路上，文人可以選擇不同的方式求仕，也或者，當某種求仕方式失敗時，還可以選擇另一種方式，所以唐代的掄才制度是多元的，充滿各種可能性，卻也相對的存在缺點限制士庶文人出路，影響了文人的選擇。

例如唐代進士科考試對舉子資格嚴格審核，可以想像應考的人數是有所限制的，而錄取率的偏低更讓那些絕大多數的落榜者與資格不符者，在意欲求仕的心態下，轉而選擇其他入仕之路，像是立功邊關、舉薦徵辟乃至參與制舉考試等，是可以理解的邏輯。多元的選人用人制度有效而穩定地解決了前代以來仕與隱對立的矛盾，讓朝野雙方有

機會聯結在一起，加上考試制度的發展中出現銓選、守選等規範也使朝野的流動性不斷加大，士人們隨時都在面臨著躋身廟堂或退處山林的不同選擇，使得隱逸變得更爲頻繁了。

有唐一代，隱逸風尚遍及朝野，即使在朝顯貴也對隱逸有著深情的嚮往。唐代隱逸的興盛深受當時政治力量的影響，其中比較明顯的是向隱政策下交織衍生的種種風氣，促使隱逸廣泛地進入文人生活中。唐代統治者尊崇隱逸首先是出於求賢，爲了鞏固和穩定一統的政治局面，隱士歷來是官吏潛在的後備軍，所以唐代統治者每每徵召、褒揚隱士以表樂善求賢之意。所以唐代皇帝對隱士的優渥，是刺激唐代隱逸發展的強大動力，在帝王獎掖隱逸的鼓勵下，無論是以入仕爲目的，或是已得政位者都會以隱逸爲尚。隱逸風氣在欲仕者、在仕者及隱者之間滋長興盛。士大夫與中央政權的關係因此變得靈活多樣，也更能達到仕與隱的有效制衡。

尤其「制舉」是唐代中下層士人除了科舉之外的重要進身之階，當天子「自詔四方德行、才能、文學之士，或高蹈幽隱與其不能自達者，下至軍謀將略、翹關拔山、絕藝奇伎，莫不兼取。」〔註2〕時，對於統治者的熱衷徵招隱逸，士人當然要有熱烈的呼應。制舉往往一經登第便可授官，應舉者一旦被帝王賞識就會大用。唐代隱士不乏有心人，並且往往以高人賢士的身份出仕，刺激具有強烈的功名心的士子，紛紛走上以隱逸之高名應制舉的捷徑。這樣的隱逸性質與情況都是複雜的，就隱者形跡來看固然是隱，究其心態則不盡然，他們有時以隱士自居，有時卻又不承認。當然他們投跡山林時，生活雖似蕭瑟，心中卻充盈著熱切的希望，他們的隱居實際上是爲仕宦做準備。可是他們或者出於一時輕鬆的心理，或者不自覺地承襲了傳統的推崇隱逸的態度，往往自鳴清高，自引爲隱逸者的同調。

每年大批求仕失敗的失意人也有相當一部分選擇托庇山林而隱

〔註2〕周勛初校證《唐語林校證》卷4，頁189。北京：中華書局，1987年。

居，如果不幸再有戰亂，隱逸就更爲必要。中晚唐時，科舉的流弊日益顯現，也使隱逸行止更爲頻繁。由於唐時科舉考試不問德行，所以考生每於赴考以前，互相標榜，奔走鑽營，請托權貴以延譽，導致干謁、行卷之風盛起。加之以座主、門生以及同年等關係，互相援引，高據要津，把持科舉考試，乃至士風浮弊盛起。求謁者或有大遇，但更多的士人則是困頓流落，只好選擇隱逸林泉。所以《全唐詩》中有許多落第辭歸和送友人落第歸鄉的作品。他們中既有歸鄉以候來年再試者，也有許多人在仕途挫折後選擇遁跡田園，形成唐代隱逸特色中的一種。

總之，龐大的處士群，構成唐代隱逸的重要社會基礎。在掄才制度與帝王重視隱逸的雙重政策交織下，山林中丘園養素者日漸增多，這樣的隱逸在意識形態上並不與現存政權對立，他們多半是因爲種種因素不得入仕的失意文人，所以唐代隱逸已很少像前代隱逸那樣，具有否定社會與政治的內涵，他們或以隱鳴高，爲入仕做準備；或因科考失利，灰心喪志不得已而隱，或因守選制度而被迫修養身性⋯⋯等，在在都賦予唐代隱逸以新的內容。

唐人崇尚隱逸，隱者的身份廣布社會各個階層。爲數最多的自然還是一般的布衣士庶。他們身處山林，清幽的環境不僅是讀書習業的最佳處所，而且可以怡情養性，激發詩文靈感。加上友人的題詠唱酬及時人崇隱的心理，聲名自然漸大，待適當的時機，前述種種皆成爲士人步入仕途的憑藉。既有種種好處，一般文士之隱居讀書是極常見的現象。

崇尚隱逸的時代風氣難免造就了沽名釣譽的假隱者。他們的隱居行爲固有虛僞投機的一面，但從不同側面印證了唐代隱逸風潮之盛。這些利祿之徒假岩壑以釣名，以隱者的姿態企圖獵取名利，圖謀仕進。據《新唐書・隱逸傳序》的批判：「放利之徒，假隱自名，以詭祿仕，肩相摩于道，至號終南、嵩少爲仕途捷徑，高尚之節喪焉」，可見唐代隱風之盛。

　　文人選擇隱逸既有階段性的功利目的，在必須待時而起（不論是讀書山林或守選或時代動亂或其他因素）的現實限制下，很少終身性質的選擇，且通常文人不是返回家鄉隱居，而是選擇有利待時的地點為之。隱士間又常以偕隱方式以增加聲望，所居之處往往是能同時享受山林與漁釣之樂的園林別業，過的是享受著詩、茶、書、酒、琴、棋、藥、漁釣、遊山玩水的悠閒生活。有著頻繁社交的唐代隱者，不會門前冷落車馬稀，雖然其中不乏真正能畢生隱居不仕者，但已非本文論述重點。隱居在唐代作為一種迎合社會潮流性質的選擇與待時而起的手段，所展現的面貌是特殊的。

　　王維的〈與魏居士書〉或可作為唐人齊一仕隱出處觀念的總結：

> 聖人知身不足有也……知名無所著也。二故離身而返屈其身，知名空而返不避其名也。降及裕康，亦云頓紂狂顧，遺思長林而憶豐草。頓埃狂顧，豈與挽受維縶有異乎？長林豐草，豈與官署門闌有異乎？近有陶潛，不肯把板屈展見食郵，解印緩棄官去。後貧，《乞食》詩云：「叩門拙言辭」，是屢乞而多慚也。嘗一見督郵，安食公田數頃，一慚之不忍而終身慚乎？此亦人我攻中，忘大守小，不顧其後之累也。孔宣父云：「我則異於是，無可無不可。」可者適意，不可者不適意也。君子以布仁施義、活國濟人為適意，縱其道不行，亦無意為不適意也。苟身心相離，理事俱如，則何往而不適？〔註3〕

在王維認為，隱居貴乎一切順乎自然，心之所適則可，即使出仕也可以吏隱。在此觀念下延伸，他指責陶淵明的掛冠歸隱是一慚之不忍而終身慚，是忘大守小，不顧其後之累。

　　因為隱逸觀念的改變，隱與仕對立的消除，加上唐代相對穩定的政治形勢與充裕的物質條件給士人的或隱或仕都提供了選擇的條件，士人不再把隱逸看作是與社會相對抗的手段，反而視為一種能以樂觀灑脫的態度、按自己興趣和條件選擇的生活方式，所以他們不僅

〔註 3〕趙殿成箋注《王右丞集箋注》卷 137，頁 1386。台北：河洛圖書。

能以隱待仕，甚且也不以亦官亦隱爲忤。

最後，讓我們重新檢視唐代隱逸文化的正當性究竟由何處呈現？唐代知識份子又如何藉隱逸爲自己定義出什麼是理想的、有價值的、值得追求的文化？——隱逸有多項實質優惠：帝王的獎掖、尊崇、隱逸不但成爲被鼓勵、被允許的事，甚且有搜訪隱逸的制舉考試科目；隱逸可以增加聲名，展示不慕榮華的節操；當科考及第不易，及第後又必須守選等待吏部銓選，銓選任官又有考核與任職年限，任期屆滿後又必須守選至少三年才能再參加銓選，如果出仕的路非止於一條，一邊讀書山林、徜徉林園過著消散悠閒地生活，一邊漫遊干謁賦詩酬贈，養名以尋求機會其實正具實質效應，唐人素來有競進的士風，一旦標榜隱逸的高雅悠閒成爲社會風氣，講究實際效應的隱逸文化自然也就存在著正當性。

綜上所述，唐代社會隱逸風氣空前活躍。這種風氣形成的條件，從文本建構觀念上說，形成對隱逸價值的認知與接受；從掄才制度觀察，充滿限制與機會的制度與唐代統治者的優禮鼓勵了風氣；從社會與歷史層面看，呼應隱逸價值的社會風氣，莊園經濟深入到文人的現實生活中也對隱逸風尚投注了影響力，當然必須加上唐代後期社會動亂、政治黑暗以及入仕出路變狹窄等現實作爲隱逸各個不同的側面，其作用有隱有顯，交織在一起，構成唐代具有特色的隱逸文化土壤是本論文最後的結論。

附　錄

唐代士人隱逸事跡表（共計十一表）

說明如下：

一、本附錄依前述計得 195 人。

二、其人或於新、舊唐書有事跡可考，或出現於唐才子傳、唐詩紀事中，或筆記小說有收錄，僧、道之屬亦羅收其中。

三、附錄人物取材以新、舊唐書隱逸傳、文苑傳、文藝傳、唐才子傳、唐詩紀事等資料爲主、史傳闕如者，則以詩文所敘爲據，筆記小說記事若有可信者，亦行採入。

四、所錄事跡，以具體可述者爲限，儘量能在簡短的摘要其中呈現其人之出身、功名、隱逸動機、目的與處所，以呈現同組人物之共同特徵與歸類之憑據。

五、爲節省篇幅，傳記內容與出處務求簡要，選擇重要者列入，而不作詳細之敘述。

附錄一　栖隱山林，無心仕進之隱

姓　名	隱居地	內　容　摘　要	備　註
孫思邈	太白山	①北周宣帝時以王室多故，隱居太白山。 ②隋文帝徵之，稱疾不起。 ③唐太宗將授爵位，辭不受。 ④高宗召見，拜諫議大夫，辭不受。	①《新唐書‧隱逸》卷196 ②《舊唐書‧方伎傳》191
王遠知	茅　山	①父祖皆刺史，母亦官宦之後。 ②少聰敏，博綜群書，入茅山，師事陶弘景，宗道先生臧兢。 ③預言太子為天子，欲加重位，遠知固請還山。 ④貞觀九年，敕於茅山置「太受觀」，并度道士二十七人。	①《舊唐書‧隱逸》卷192 ②《新唐詩‧方伎》卷204
崔　曙	少室山	①少孤貧，不應薦辟。志況疏爽，擇交於方外。刻苦讀書，高栖少室山中，與薛據友善。 ②工詩、官詞款要，情興悲涼。	①《唐才子傳校正》卷2 ②《唐詩紀事》卷20
劉方平	穎陽大谷	隱居穎陽大谷，尚高不仕。汧國公李勉欲薦於朝，不忍屈，辭還舊隱。工詩。	①《唐才子傳校正》卷3 ②《唐詩紀事》卷28
道人靈一	①麻源第三谷 ②岑山	①童子出家，缾缽之外，餘無有。 ②天性超穎，追蹤謝客。 ③隱麻源第三谷中，結茅讀書。 ④後白業精進，居若耶溪雲門寺，從學者四方而至矣。 ⑤後順寂於岑山。	①《唐才子傳校正》卷3 ②《唐詩紀事》卷72 ③《全唐文》卷390
潘師正	嵩山逍遙谷	①隋大業中度為道士。少母喪，結廬墓側，以至孝聞。 ②師事王遠知，盡以道門隱缺及符籙授之。 ③居嵩山逍遙谷，積二十餘年。 ④高宗幸東都，因召見，尋敕造崇唐觀於師正居。 ⑤永淳元年卒，年九十八，高宗天后追思不已，贈太中大夫。	《舊唐書‧隱逸傳》卷192

神　秀	當陽山	①少遍覽經史，隋末出家爲僧，師事弘忍。 ②師事弘忍。 ③弘忍卒，往居荊州當陽山。 ④則天聞之，追赴都，肩輿上殿，親加跪禮， 　敕當陽山置度門寺，以旌其德。 ⑤中宗即位，尤加敬異。	《舊唐書·方 伎》卷191
李元愷	南和	①博學。 ②性恭順，口未嘗言人之過。 ③宋璟嘗師之，既當國，厚遺束帛，將薦舉 　之，拒而不答。 ④元行沖邀至之，問以經義，贈衣服，辭曰： 　義不受無妄之財。	①《舊唐書·隱 　逸》卷192 ②《新唐書·隱 　逸》卷196
衛大經	蒲州	①篤學善易，卓然高行。 ②則天詔徵之，辭疾不赴。 ③開元初，刺使畢構使縣令孔愼言就謁，辭 　不見。 ④預筮死日，自爲墓誌，如言終。	①《舊唐書·隱 　逸》卷192 ②《新唐書·隱 　逸》卷196
張　果	①中條山 ②恆山	①則天時，隱於中條山，屢召不赴。 ②後受玄宗召，肩輿入宮。 ③預知玄宗欲尙公主，固辭，不奉詔。 ④請歸恆山，玄宗爲之造棲霞觀。	①《舊唐書·方 　伎》卷191 ②《新唐書·方 　伎》卷204
盧鴻一 （盧鴻）	嵩山	①字浩然，隱居嵩山。……開元初，玄宗 　備禮徵，再三不至。 ②拜諫議大夫，固辭，復下詔書許還山，將 　行，賜隱居服，官營草堂。	①《舊唐書·隱 　逸》卷192， 　作盧鴻一 ②《新唐書·隱 　逸》196，作 　盧鴻
朱桃椎	蜀之山中	①澹泊無爲，隱居不仕，人莫能測其爲。 ②竇軌爲益州，聞而召之，遺以衣服，逼爲 　鄉正，桃椎不言而退，逃入山中。 ③凡所贈遺，一無所受，纖芒履置之於路。 ④爲鬻取米，置良本處，桃椎至夕取之，終 　不見人。 ⑤蜀人以爲美談。	①《新唐書·隱 　逸》卷196 ②《大唐新語》 ③《太平廣記》 　卷202
司馬承禎	①天台山 ②王屋山	①嘗遍遊名山，止於天台山，號「白雲子」。 ②則天曾召，讚美之。景雲二年（西元711 　年）睿宗引入宮中。承禎固辭還山，賜琴 　帔。 ③開元九年，玄宗迎入京，親受法籙。十年，	①《舊唐書·隱 　逸》卷192 ②《太平廣記》 　卷21

		請還天台山。 ④開元十五年，又召至都，並令承禎於王屋山自選形勝置壇室以居爲「陽台觀」。是年，卒於王屋山。	
皎然上人	杼　山	①謝靈運十世孫也。 ②初入道，肄業杼山，與靈徹、陸羽同居妙善寺。 ③一時名公，俱相友善。 ④公性放逸，不縛於常律。	①《唐才子傳校正》卷 4 ②《唐詩紀事》卷 37 〈唐湖州杼皎然傳〉
徐　凝	睦　州	①潛心詩酒，老病且貧，意泊無惱，優悠自終。 ②受交眷激勉，雖遊長安，不忍自衒鬻，竟不成名。 ③知者憐之，遂歸舊隱，潛心詩酒，人間榮耀。徐山人不復貯齒頰中也。	①《唐才子傳校正》卷 6 ②《唐詩紀事》卷 52 ③《太平廣記》卷 199
虛　中	①玉笥山 ②華山	①少脫俗從佛，讀書工吟不綴。 ②居玉笥山二十寒暑。 ③後來遊瀟、湘，與齊己、顧栖蟾等爲詩友，甚受敬重。 ④時司空圖懸車告老，處中欲造見論文未果，因歸華山。	①《唐才子傳校正》卷 8 ②《唐詩紀事》卷 75。
齊　己	①大潙山 ②遊江海名山	①長沙人，七歲穎悟，爲大潙山司牧。 ②爲大潙山司牧，往往抒思。 ③耆宿異之，遂共推挽入戒，風度日改，聲價益隆。 ④來長安數載，遍覽終南、條、華之勝，歸。 ⑤性放逸，不滯土木形骸，頗任琴樽之好。	①《唐才子傳校正》卷 9 ②《唐詩紀事》卷 75 ③〈梁江凌府龍興寺齊已傳〉
周　朴	①閩中蒲 ②田嵩山	①字見素，嵩山隱君也。取重當時。 ②朴本無奪名競利之心，特以道尊德貴，美價益超耳。 ③乾符中，爲黃巢所得，以不屈，竟及於禍。	①《唐才子傳校正》卷 9 ②《唐詩紀事》卷 71 ③《全唐詩》話卷 6

附錄二　可以仕則仕，可以止則止

姓　　名	隱居地	內　容　分　析	備　　註
張　登		①初隱居，性剛潔，幅巾短褐，交友名公。 ②後就辟，歷衛府參謀，遷延尉平。 ③久之，拜監察後使，貞元中，改河南士曹傳掾，遷殿中侍御史，潭州刺史，退居告老。	《唐才子傳校正》卷 5
薛　戎	毗凌之陽羨山	①少有學術，不求聞達，居毗凌之陽羨山。餘四十餘歲，不易其操。 ②李衡遣使者三返，始應辟從事，齊映代衡，又留職，府罷歸山，後柳晃又爲從事，以節操不曲人罪，遂與晃有隙，辭職寓居於江湖間。 ③間濟美又奏充副使，所歷官皆以政績聞，居數歲，以疾辭官，長慶元月十月卒。	《舊唐書》卷155
王　龜	①中條山 ②漢陽之龍山	字大年，性高簡，博知書傳，無貴冑氣。常以光福第賓客多，更往永達里半隱亭以自適，侍父至河中，廬中條山，朔望一歸省，州人號郎君谷，武宗雅知之，一左拾遺召。入謝，自陳病不任職，詔許，終父喪，召爲右補闕。稱疾去。崔瑯觀察宣歙，表爲副，龜樂宛凌山水，故從之。	《新唐書》卷167
石　洪	東　都	石洪者，字濬川，有至行，舉明經，爲黃州錄事參軍，十餘年隱居不出。公卿數薦，皆不答。重胤鎮河陽，求賢者以自重。乃具書幣邀辟，洪亦謂重胤知已，故欣然戒行。	《新唐書》卷171
馬　炫	蘇門山	字弱翁，燧之仲兄，少以儒學聞於時，隱居蘇門山，不辟召。至德中，掌書記、試大理評事、監察御使，歷侍御史。常參謀議，光弼甚重之。建中初，爲潤州刺史，黜陟使柳載以清白聞，徵拜太子右庶子，遷左散騎常侍。	《舊唐書》卷134
孔巢父	徂徠山	①孔子三十七世孫，少力學，與韓準、裴政、張叔明、陶沔隱於徂徠山，號「竹溪六逸」。 ②不應永王璘之辟，累上破賊方略，帝嘉納，未幾，兼御使大夫，宣慰使，紓難有功。 ③後爲河中節度使李懷光所害。	《新唐書》卷163 《舊唐書》卷154

姓　名	隱居地	內　容　分　析	備　註
陸　羽	苕　溪	①字鴻漸，不知所生，乃竟凌禪師智積得之於水濱，撫養之。 ②及長，恥從削髮，以易自筮，得其爲名陸羽。 ③上元初，結廬苕溪上閉門讀書，名爲高士，談謔終日。 ④自比接輿，與皎然上人爲忘年之交。 ⑤有詔拜太子文學，不應。 ⑥與皇甫冉善，欲往依鮑防，冉有序相贈。	《新唐書・隱逸》卷196 《唐才子傳校正》卷3

附錄三　皇新貴戚之隱

姓　名	隱居地	內　容　分　析	備　註
武攸緒	嵩　山	①則天兄之子也，恬淡寡欲，少變性名，賣卜長安市。 ②后革命，封安平郡王，固辭，願隱居。 ③后疑其詐，許之，以其我爲，其盤桓龍門、少室間。冬蔽茅椒，夏居石室，所賜階不御。 ④中宗初，降封巢國公，召拜太子賓客，苦其還山，詔可。 ⑤諸韋誅，武氏連禍，唯攸緒免禍。 ⑥開元十一年卒。	《新唐書・隱逸》卷196 《舊唐書》卷183
劉得仁		①公主之子也，開成至大中三朝，昆弟以貴戚，皆擢顯仕。 ②得仁獨苦工文，嘗立志，必不獲科第不願儕人之爵也。出入舉場二十年，竟無所成。 ③投跡幽隱，未嘗耿耿。	《唐才子傳校正》卷6

附錄四　以隱入召且就官者

姓　名	隱居地	內　容　分　析	備　註
李　泌	①衡山 ②嵩、華、終南間	①泌操尚不羈，恥隨常格仕進。 ②天寶中，自嵩山上書論當世務，玄宗召見，令待詔翰林，仍東宮供奉。 ③楊國忠忌其才辯，陷害之，乃遁名山，以習隱自適。 ④天寶末，肅宗在靈武即位，泌赴行在謁	①《舊唐書》卷130 ②《新唐書》卷139 ③《唐詩紀事》卷27

		見，延至臥內，動皆顧問。泌稱山人，固辭官秩，特以散官寵之，權逾宰相。 ⑤李輔國害其能，將有不利於泌，泌懼，乞遊衡山。 ⑥代宗即位，召爲翰林學士，頗承恩遇。 ⑦元載惡其異已，忌之。 ⑧元載誅，乃馳傳入謁，上見悅之，又爲宰相常袞所忌，出爲楚州刺史。 ⑨代宗時，拜中書侍郎平章事。 ⑩以詭道求客，不爲時君所重。 ⑪德宗初即位，惡巫祝怪誕之士，抑止之。	④《太平廣記》卷 38、79、96、149、150、152、289
葉法善		①自曾祖三代爲道士。 ②高宗召，不受，求爲道士，因留內道場，供待甚厚。 ③歷高宗、則天、中宗五○年，往來名山，數召入禁中，盡禮問道。 ④睿宗即位，先天二年，拜鴻臚卿，封越國公，仍爲道士，止於京師之景龍觀。 ⑤卒一○七歲。	①《太平廣記》卷 26 ②《舊唐書·方伎》卷 191 ③《新唐書方伎》卷 204
李淳風		岐州雍人。父播，仕隋高唐尉，棄官爲道士，號黃冠子，以論譔自見。淳風幼爽秀，通群書，明步天曆算。貞觀初，與博仁均爭曆法，議者多附淳風，故以郎直太史局。制渾天儀。	《新唐書·方伎》卷 204
薛　頤	大嵩山	①大業中，爲道士。 ②武德初，追直秦府，頤密言秦王，當有天下。 ③貞觀中，上表請爲道士。 ④太宗爲置紫府觀於九嵕山，拜頤中大夫，行紫府觀主事。	《舊唐書·方伎》卷 191
劉道合	嵩　山	①初與潘師正同隱於嵩山。 ②高宗聞其名，令於隱所置太一觀以居之。 ③召入宮中，深尊禮之。 ④前後賞賜，皆散失貧乏，未嘗有所蓄積。 ⑤高宗令合還丹，丹成上之。 ⑥咸亨中卒，尸解。	①《舊唐書·隱逸》卷 192 ②《新唐書·隱逸》卷 196

桑道茂		①大曆中遊京師，言事無不重。 ②代宗召之禁中，待詔翰林。 ③建中初，神策軍筑奉天城，道茂請高其垣牆，大為制度，德宗不之省。及朱泚之亂，帝蒼卒出幸，至奉天，方思道茂之言，時道茂已卒，命祭之。	①《舊唐書·方伎》卷 191 ②《新唐書·方伎》卷 204
尚獻甫		①初出家為道士。則天時召見，起家拜太史令。固辭曰：「臣久從放誕，不能屈事官長。」則天乃改太史局為渾儀監，不隸秘書省。 ②數顧問災異，事皆符驗。 ③預言死日，果驗。 ④則天甚嗟異惜之。	①《舊唐書·方伎》卷 191 ②《新唐書·方伎》卷 204
王希夷	①嵩山 ②徂徠山	①父母終，隱於嵩山，師道士黃頤。 ②頤卒，更居兗州徂徠山，與劉亨博為棲遁之友。 ③開元十四年，玄宗下制曰……可朝散大夫，守國子博士，聽致仕還山。	①《舊唐書·隱逸》卷 192 ②《新唐書·隱逸》卷 196
王友貞		①弱冠時，曾割股以飴親，則天特加旌表。 ②素好學，訓誨弟子如嚴君，尤好釋典，時論以為真君子。 ③長安中，歷任長水令，後罷歸田里。 ④中宗召，不就。 ⑤詔褒之。……可太子中舍人員外置，給全祿以畢其身，任其在家修道。 ⑥玄宗在東宮，又表請禮徵之，竟辭疾不赴。	①《舊唐書·隱逸》卷 192 ②《新唐書·隱逸》卷 196
白履忠	古大梁城	①博涉文史，嘗隱居於古大梁城。 ②景雲中，徵拜校書郎，尋棄官而歸。 ③詔封朝散大夫，履忠尋表請還鄉。 ④里人吳兢謂曰：子素食，不霑斗米匹帛，雖得五品何益？履忠曰……吾以讀書，縣為免，今終身高臥，寬徭役，豈易得哉？	①《舊唐書·隱逸》卷 192 ②《新唐書·隱逸》卷 196
史德義	武丘山	①咸亨初，隱居武丘山，以琴書自適，或騎牛帶瓢，出入郊郭廛市，號為逸人。 ②高宗聞其名，徵赴洛陽，尋稱疾東歸，公卿以下，皆賦詩餞別。 ③天授初，則天徵赴都，（由周興上表薦之）為朝散大夫。 ④後周興伏誅，德義坐為所薦免官，以朝散大夫放歸丘壑，自此聲那稍減於隱居前。	①《舊唐書·隱逸》卷 192 ②《新唐書·隱逸》卷 196

溫　造	王屋山	①字簡輿，幼嗜學，不喜試吏。 ②少所降志，隱居王屋山，以漁釣逍遙爲事。 ③壽州刺史張建封聞風致書幣招延，造欣然徙家從之。 ④爲官耿介直言，有軍功。 ⑤於晚年積聚財貨，一無散失，時頗譏之。	①《舊唐書》卷165 ②《太平廣記》卷144、187、190、310
田遊巖	①箕山 ②太白山	①初補太學三，後罷歸，遊於太白山。 ②母與妻並有方外之志，與遊巖同遊山水二十餘年。 ③入箕山居許由祠旁，自號「許由東鄰」頻召不出。 ④高宗幸嵩山，遣薛元超就問其母。 ⑤文明中，進授朝散大夫，拜太子洗馬。 ⑥垂拱初，坐與裴炎交，放還山，蠶衣耕食，不交當世。	①《舊唐書・隱逸》卷192 ②《太平廣記》卷202 ③《唐詩紀事》卷7 ④《新唐書・隱逸》卷196
尹元凱		坐事免官，乃棲遲山林，不求仕進，垂三十年。又詔爲右補闕，卒於幷州司馬。	《舊唐書・文苑》中，卷190
孔述睿	嵩　山	①少與兄、弟皆事親爲孝聞，既孤，俱隱於嵩山。 ②大曆中，代宗徵之，轉歷官任，述睿每加思命，暫至朝廷謝恩，旬日即辭疾，卻歸舊隱。 ③德宗立，以禮徵聘，述睿既至，又累表固辭，⋯⋯後懇辭不獲，方就職。 ④性謙和退讓，與物無競，時稱爲長者。 ⑤貞元九年，以疾上表，請罷官，再三上表，方獲允許。	①《舊唐書・隱逸》卷192 ②《新唐書・隱逸》卷196
陸希聲	義　興	①博學善屬文。 ②商州刺史鄭愚表爲屬。後去，隱義興。久之，召爲右拾遺。 ③昭宗聞其名，召爲給事中，拜戶部侍郎、同中書門下平章事。 ④在位無所輕重，以太子少師罷。	《舊唐書》卷116
崔　覲	城固南山	①以儒自業，不樂仕進，以耕稼爲業。 ②老無子，以田宅貨分奴婢，身與妻隱城固南山。 ③節度使鄭餘慶辟爲參謀，敦趣就職，不曉吏事，鄭以長者優客之。 ④文宗時，詔以起居郎，辭疾不至，卒於山。	①《舊唐書・隱逸》卷192 ②《新唐書・隱逸》卷196

崔元翰	白鹿山	①名鵬，以字行。 ②擢明經甲科，以母喪遂不仕，隱共北白鹿山之陽。 ③舉進士年五十矣，性剛褊，不能取容於時，孤特自恃。 ④晚年方取應……，後罷為比部郎中，時年已七十餘，卒。	《新唐書·文藝》下，卷203
徐仁紀		①聖曆中，徵左拾遺，三上書論得失，不納，遂移病鄉里。 ②神龍初以其行可激俗，又徵拜左補闕，三上書，又不省，乃詣執政求出，俄授歸昌令。	《舊唐書·隱逸》卷192
吳　筠	南陽倚帝山	①舉進士不中，隱居南陽倚帝山為道士。 ②天寶中，玄宗遣使詔至京師，與語甚悅，敕待詔翰林。 ③筠每陳設名教世務，帝重之。 ④筠性高鯁，後知天下亂，苦求還嵩山，詔為立道觀。	①《舊唐書·隱逸》卷192 ②《新唐書、隱逸》卷196 ③《唐才子傳校正》卷1
李　渤		①元和初，詔以右拾遺召，不拜，韓愈以書致之，始出家東都。 ②元和九年討淮西，上平賊三術，以著作郎召。歲餘，遷右補闕，以直忤旨，下遷十三年，乃謝病歸。	①《舊唐書》卷171 ②《新唐書》卷118
一　行	①嵩山 ②當陽山	①俗名張遂，少聰敏。 ②武三思慕之，欲與交，一行逃匿避之。 ③出家為僧，隱嵩山。 ④睿宗以禮徵，不應命。 ⑤在荊州當陽山習梵律。 ⑥玄宗強起之，置於光太殿，且數就之。 ⑦年四十五卒。	①《舊唐書·方伎》卷191 ②《新唐書·方伎》卷204
呂　向	陸渾山	①少孤，託外祖母隱陸渾山。 ②彊志于學，每賣藥，即市閱書，遂通古今。 ③玄宗開元十年，召入翰林，兼集賢院校理，侍太子及諸王為文章。 ④向因奏美人賦以諷，帝善之，擢左拾遺。 ⑤以起居舍人從帝東巡。 ⑥久之，遷主客郎中，專侍皇太子，眷賚良異，官途平坦。	《新唐書·文藝》中，卷202

陽　城	中條山	①家貧不能得書，乃求爲集賢院寫書吏，竊官書讀之，經六年，無所不通。 ②城謙恭簡素，遇人長幼如一。 ③隱中條山，遠進慕其德行，多從之學。 ④李泌薦之。 ⑤居官盡職守。 ⑥順宗欲召，已卒。	①《舊唐書・隱逸》卷192 ②《新唐書・卓行》卷119
李季蘭		①名冶，以字行，女道士也，美姿容，尤工格律。 ②時往來剡中，與山人陸羽、上人皎然意甚相得。 ③天寶間，玄宗聞其詩才，詔赴闕。留宮中餘，優賜甚厚，遣歸故山。	《唐才子傳校正》卷2

附錄五　曾登第又不務進取的矛盾之隱

姓　　名	隱居地	內　容　分　析	備　　註
王　績	絳　州 龍　門	①隋大業末，舉孝廉。不樂在朝，辭疾。 ②以嗜酒妨政，遂托病風，輕舟夜遁乃還故里，武德中，詔徵以前朝官待詔門下省。 ③貞觀初，以疾罷歸。 ④與仲長子光相近結廬，日與對酌。 ⑤姓簡傲，好飲酒。 ⑥遂掛冠引退	①《唐才子傳正》卷1 ②《唐詩紀事》卷4 ③《新唐書・隱逸》卷196 ④《舊唐書・隱逸》卷192
楊　播		楊炎父播，登進士第，隱居不仕，玄宗徵爲諫議大夫，棄官就養，亦以孝行禎祥，表其門閭。肅宗就加散騎常侍，賜號玄靖先生，名在逸人傳。	《新唐書・楊炎傳》卷181
閻　防	終南山 百丈溪	①河中人，開元二十二年及第。 ②爲人好古雅，詩語眞素，放曠山水，高情獨詣。 ③於終南山豐德寺，結茆茨讀書，百丈溪是其隱處。後信命不務進取，以此自終。	①《唐才子傳校正》卷2 ②《唐詩紀事》卷26
張眾甫	雲　陽	①京口人，隱居不務進取，與皇甫御史友善，精廬接近。 ②後各遊四方。 ③年過耳順，方脫章甫、爲太常寺太祝……罷秩，僑居雲陽。 ④建中三年卒。	①《唐才子傳校正》卷3 ②《唐詩紀事》卷29

竇　常	廣　陵	大曆十四年及進士第，居廣陵二十年，不求苟進，以講學著書爲事。	①《新唐書》卷175 ②《唐詩紀事》卷31
姚　係		①河中人，貞元元年進士。 ②有詩名，工古調，善單琴，好游名山。 ③希蹤謝、郭，終身不言祿，祿亦不及之。 ④乃林棲谷隱之士，往還酬酢，興趣超然。	①《唐才子傳校正》卷5 ②《唐詩紀事》卷27
費冠卿	九華山	登元和二年第，母卒，遂隱池州九華山。長慶中召拜右拾遺不赴。云：干祿養親耳，得祿而親喪，何以祿爲！	《唐詩紀事》卷60
施肩吾	洪州西山	①字希聖。 ②元和十五年進士。 ③不待除授，即東歸。 ④張籍群公吟餞，人皆知有仙風道骨，寧戀人間升斗耶？而少存箕，穎之惰，拍浮詩酒，搴攬煙霞。 ⑤以洪州西山十二眞君羽化之地，慕其眞風，高蹈於此。	①《唐詩紀事》卷41 ②《全唐詩》卷494 ③《唐才子傳校正》卷6 ④《唐摭言》卷8
項　斯	朝陽峰	①會昌四年進士，始官潤州丹徒縣尉，卒於任所。 ②其性疏曠，溫飽非其本心。 ③初築草廬於朝陽峰前，交結淨者，凡三十餘年。 ④晚汗一名，殊屈清致。	①《唐詩紀事》卷49 ②《唐才子傳校正》卷7
鄭　巢	兩浙之間	①錢塘人，大中間舉進士。 ②時姚合號詩宗，爲杭州刺史，巢獻所業，日遊門館，大得獎重，如門生禮。 ③巢性疏野，兩浙湖山，寺宇幽勝，多名僧，外學高妙，相與往還酬酢，竟不仕而終。	《唐才子傳校正》卷8
陸龜蒙	太　湖	①嘗從張摶遊歷湖、蘇二州，辟以自佐。 ②嘗至饒州，三日無所詣，刺史率官屬就見，不樂，拂衣去。 ③居松江甫里。 ④不喜與流俗交，雖造門，亦罕納。 ⑤時放扁舟，太湖三萬六千頃，往來自由，自稱「江湖散人」、「天隨子」、「甫里先生」，自此「涪翁」、「漁父」、「江上丈人」。 ⑥後以高士徵，詔方下，龜蒙卒。	①《新唐書・隱逸》卷196 ②《唐詩紀事》卷49 ③《唐才子傳校正》卷8

附錄六　仕而後隱者

姓　名	隱居地	內　容　分　析	備　註
孫處玄	會稽山	①長安（武后時）中徵爲左拾遺。頗善屬文。嘗恨天下無書以廣新文。神龍初，處玄遺彥範書，論時事得失，彥範竟不用其言，乃去官還鄉里。以病卒。 ②率履貞素，潛耀不起，逍遙雲海琴酒之間，放浪形骸繩檢之外，郡國交徵，不應。嘗謁湖州崔使君，不得志，以書作別，遂歸會稽山陰別業。	《舊唐書·隱逸傳》卷 192
祖　詠	汝　墳	①開元十二年進士。 ②以流落不偶，移家歸汝墳間別業，以漁樵自終。	《唐才子傳校正》卷 1
孟浩然	鹿門山	以詩自適。年四十來遊京師，應進士不第，還襄陽。張九齡鎮荊州，署爲從事，與之唱和。不達而卒。	《舊唐書·文苑》下，卷 190 《唐才子傳校正》卷 2
常　建	鄂　渚	大曆中，仕頗不如意，遂放浪琴酒，往來太白、紫閣諸峰，有肥遯之志。後寓居鄂渚，招王昌齡，張償同隱，獲大名於當時。	《唐才子傳校正》卷 2
薛　據	終南山	①荊南人，開元十九年王維榜進士，天寶六年，於吏部參選。 ②後仕歷司議郎，終水部郎中。 ③嘗自傷不得早達。 ④初婕棲遁，居嵩山鍊藥。 ⑤晚歲置別業終南山下，老焉。	《唐才子傳校正》卷 2
蕭　存	廬　山	惡裴延齡之爲人，棄官歸廬山，以山水自娛。	《因話錄》卷 3
顧　況	茅　山	①字逋翁，蘇州人，至德二年進士。 ②善歌詩，性恢諧，不修檢操，工畫山水。 ③況素善李泌，遂師事之，得其服氣之法能終日不食。 ④及泌相，自謂當得達官，久之，遷著作郎。 ⑤及泌卒，遂全家去，隱茅山。	《唐才子傳校正》卷 3
顧非熊	茅　山	①顧況之子，少俊悟。 ②滑稽好凌轢，在舉場垂三十年。 ③會昌五年，追榜放令及第。 ④援盱眙主簿，不樂拜迎，因棄官歸隱茅山。	《唐才子傳校正》卷 7 《唐詩紀事》卷 63

朱　灣	會稽山	牢履貞素，潛耀不起，逍遙雲山琴酒之間，放浪形骸繩檢之外，郡國交徵，不應。嘗謁湖州崔使君，不得志，以書作別。遂歸會稽山陰別業。	《唐才子傳校正》卷 3
張　祜	丹　陽	①字承吉，來寓姑蘇，樂高尚，稱處士。 ②爲元稹抑，由是自京師，寂寞而歸，遂客淮南幕府。 ③性愛山水，多遊名山。 ④晚與白樂天，日相聚譴謔。 ⑤大中中，卒於丹陽隱居。	《唐才子傳校正》卷 6
徐　寅	延壽溪	①莆田人，乾符元年進士及第。 ②其宦途蹭蹬，鬢鬚交白，始得秘書正字；竟蓬轉客途，不知所終，歸隱延壽溪	《唐才子傳校正》卷 10
孟　貫		①閩中人，爲性疏野，不以榮宦爲意，喜篇章。 ②後周世宗幸廣陵，時貫有詩價，世宗亦問之，惜獻詩句不當，引世宗不悅，不復終卷，賜釋褐，進士虛名而已，不知其終。	《唐才子傳校正》卷 10
陳　琡	茅　山	①陳鴻之子，良史也，咸通中，佑廉使郭常侍銓之幕于徐。 ②性耿介，非其人不與之交，仕不合，遂棄挈家居茅山，與妻子隔山而居。	《太平廣記》卷 202・第 25 則
李　白	徂徠山	少與魯中諸生隱於徂徠山，時號「竹溪六逸」。以道吳筠故詔赴師爲待詔翰林。懇求還山，賜黃金，詔放歸。是年冬，乞蓋寰爲造眞籙由高天師如貴道士授道籙于濟南郡紫極官。	①《舊唐書・文苑》中，卷 190 ②《新唐書・文藝》中，卷 202 ③《唐才子傳校正》卷 2 ④《唐詩紀事》卷 18
賀知章		性曠夷，善談說，晚節，尤誕放，自號四明狂客。天寶初，請爲道士，歸里，詔賜鏡湖；剡川一曲。	①《新唐書・隱逸》卷 196 ②《舊唐書・文苑》中，卷 190 ③《唐才子傳校正》卷 3 ④《唐詩紀事》卷 17

王守慎		原為則天朝之監察御史。時羅織事起，守慎舅秋官侍郎張知默推詔獄，奏守慎同知其事，守慎以疾辭，因請為僧。則天初甚怪之，守慎陳情，詞理甚高，則天欣然從之，賜號法成。識鑒高雅，為時賢所重。以壽終。	《舊唐書·隱逸》卷192
盧照鄰	①具茨山 ②太白山	①字升之，范陽人。 ②調鄧王府典籤，王愛重，後遷新都尉，因病去官。 ③居太白山草閣，以服餌為事，後疾轉篤，乃徙居具茨山，買園數十畝。疏潁水周舍，復預為墓，偃臥其中。殘廢不行已十年，遂自傷，作《釋疾文》與親屬訣，自沉潁水。	①《唐才子傳校正》卷1 ②《舊唐書·文苑》上，卷190 ③《新唐書》卷201 ④《唐詩紀事》卷7
孟詵	伊陽	①汝州梁人，舉進士，垂拱初，累遷鳳閣舍人。 ②少好方術，後因事出為「台州司馬」（則天時）。 ③睿宗在藩時，召充侍讀。 ④神龍初致仕，歸伊陽之山第，以藥餌為事。	①《舊唐書·方伎》卷191 ②《新唐書·隱逸》196
元德秀	陸渾	①河內人，字紫芝，開元二十一年登進士。 ②登第後，母亡，廬於墓所，食無鹽酪，藉無茵席，刺血劃像寫佛經。 ③久之，以孤幼牽於祿仕，調授刑州南和尉。佐治有惠政。秩滿，南遊陸渾，見佳山水，杳然有長往之志，乃結廬山阿。	①《舊唐書·文苑》下，卷190 ②《新唐書·卓行》卷119
包佶		①字幼正，天寶六年進士。 ②累官至諫議大夫，御史中丞。 ③居官謹確，所在有聲。 ④晚歲沾風痺之疾，辭寵樂高，不及榮利	①《新唐書·劉晏傳》卷149 ②《唐才子傳校正》卷3
張諲	少室山	①永嘉人，初隱少室下，閉門修肄。 ②應舉，官到刑部員外郎。 ③天寶中，謝官歸故山偃仰，不復來人間	《唐才子傳校正》卷2
張志和	越州東部	婺州金華人，親喪不復仕，隱居江湖，自稱煙波釣徒，亦號玄真子	①《新唐書·隱逸》卷196 ②《唐才子傳校正》卷3

李　端	①終南山草堂寺②廬山③杭州虎丘	少居廬山，依皎然讀書，及第後以清羸多病，辭官居終南山草堂寺。未幾，又起爲杭州司馬。買田園在虎丘下。自號衡嶽幽人，懷箕、穎之志。	《唐才子傳校正》卷4
夏侯審	華　山	①建中元年禮部侍郎令狐峘下試軍謀越眾科第一，釋褐校書郎，又爲參軍，仕終侍御史。②初於華山下買田園爲別業，晚年退居其中，諷吟頗多。	①《新唐書·文藝》中，卷202②《唐才子傳校正》卷4
劉　商	義興胡父渚	①字子夏，擢進士第，累官。②後辭疾挂印，歸舊業。③好神仙，錬金骨。後隱義興胡父渚，結侶幽人，世傳沖虛而去。	《唐才子傳校正》卷4
竇　牟	東都別業	①字貽周，貞元二年進士。②初學問於江東，家居孝謹，善事繼母，奇文異行，聞於京師。③未嘗干謁，竟捷文場。④轉仕至國子司業終。⑤晚從昭義從史，從史寖驕，牟度不可練，即移疾歸，居居東都別業	①《舊唐書》卷155②《新唐書》卷175③《唐才子傳校正》卷4
蕭　俛	濟源別墅	①字思謙。貞元七年進士擢第。②皇甫鎛用事，言於憲宗，拜俛御史中丞。俛與鎛及令狐楚，同年登進士。③楚作相，二人雙薦俛於上。自是顧眄日隆。④穆宗即位之月，議命宰相，令狐楚援之，拜中書侍郎、平章事。	《舊唐書》卷172
李　約		①字存博，李勉之子。②元和中，仕爲兵部員郎。③性清潔寡欲，一生不近粉黛，博古探奇。④坐間悉雅士，清談終日，彈琴煮茗，心略不及塵事也。⑤後棄官終隱。	《唐才子傳校正》卷6
雍　陶	廬　山	①字國鈞，成都人。②大和八年進士及第，然恃才傲睨，薄於親黨，其舅劉敬之下第，寄陶詩云責之，陶愧赧遂通問不絕。③後竟辭榮，閑居廬嶽。	①《唐才子傳校正》卷6②《唐詩紀事》卷56

段成式	襄　陽	①式字柯古，以蔭入官，爲秘書省校書郎。 ②研經古學，秘閣書籍，披閱皆遍。 ③咸通初，出爲江州刺史，解印，寓居襄陽。以開放自適。	①《舊唐書》卷176 ②《新唐書》卷89
王季文	九華山	①字宗素，池陽人。少厭名利，居九華，遇異人，授九仙飛化之術。 ②咸通中登進士第，授秘書郎，謝病歸九華。	《唐詩紀事》卷29
鄭　谷	仰山書堂 （九華山）	①字宋愚，表州人。 ②幼穎悟絕綸，七歲能詩。 ③光啓三年第進士，授京兆鄠縣尉，遷右拾遺補闕，未幾告歸仰山書堂，卒於北巖別墅。	①《唐才子傳校正》卷9 ②《唐詩紀事》卷70
王　駕		①字大用，浦中人。自號守素先生。 ②大順元年，登第，授校書郎，仕至禮部員外郎。 ③棄官嘉遁於別業。	①《唐才子傳校正》卷9 ②《唐詩紀事》卷63
李建勳	高　安	①字致堯，廣陵人。 ②仕南唐爲宰相，後罷，出鎮臨川。 ③未幾，以司徒致仕，賜號鍾山公，年已八十。 ④歸高安別墅，一夕無病而逝。	《唐才子傳校正》卷10
孟賓于	玉笥山	①字國儀，聰敏特異，有鄉曲之譽。 ②晉，天福九年，禮部侍郎符蒙知貢舉，賓于簾下投詩，蒙得詩，以爲相見恨晚，遂擢第，時已敗五舉矣。 ③後仕江南李主（南唐），調灊陽令。 ④興國中致仕，居玉笥山，年七十餘卒，自號「群黃峰叟」。	《唐才子傳校》卷10

附錄七　早年讀書山林者

姓　名	隱居地	內　容　分　析	備　註
李　紳	①惠山 ②華山	①居惠山讀書十年 ②元和元年進士。 ③官至宰相。	①《唐才子傳校正》卷6 ②《唐詩紀事》卷39 ③《太平廣記》卷27

劉長卿	嵩　山	①字文房，河間人。少居嵩山讀書，後移家來鄱陽最久。 ②開元二十一年及第。 ③長卿清才冠世，頗凌浮俗，性剛，多忤權門，故兩逢遷斥，人悉冤之。	①《唐才子傳校正》卷2 ②《唐詩紀事》卷26
徐　商	中條山	①幼隱中條山。 ②咸通四年，官至「同中書門下平章事」，出爲荊南節度使，累進「太子太保」，卒。	①《新唐書》卷113 ②《全唐詩》卷724
張　謂	嵩　山	①字正言。天寶二年進士 ②少讀書嵩山，清才拔萃，汎覽流觀，不屈於權勢。 ③自矜奇骨，必笑談封侯。 ④累官爲禮部侍郎。 ⑤性嗜酒，簡淡，樂意湖山。	①《唐才子傳校正》卷4 ②《唐詩紀事》卷25
岑　參	嵩　山	①全唐文358《感舊賦》序云：「十五歲隱於嵩陽」。 ②累官左補闕、起居郎，出爲嘉州刺史。 ③天寶三年及第。 ④杜鴻漸表置安西幕府。 ⑤別業不少，以中原紛亂，後終於蜀。	①《唐才子傳校正》卷3 ②《唐詩紀事》卷23 ③《全唐文》卷358
房　琯	①陸渾山 ②伊陽山	①房琯字次律。 ②琯少好學，風度沈整，以蔭補弘文生。 ③與呂向偕隱陸渾山，十年不諧ій 人事。 ④開元中，作封禪書，說宰相張說，說奇之，奏爲校書郎。舉任縣令科，授盧氏令。 ⑤……累官至宰相 ⑥天寶十五載，帝狩蜀，琯馳至普安上謁，帝喜甚，即拜文部尙書、同中書門下平章事，從至成都，賜一子官。	①《新唐書》卷139 ②《唐詩紀事》卷19 ③《舊唐書》卷111
李　賀	昌　谷	全唐詩卷392：少時讀書昌谷。	①《唐才子傳校正》卷5 ②《唐詩紀事》卷40 ③《全唐詩》卷390
徐彥伯	太行山	早年結廬太行山下。薛元超安撫河北，表其賢，對策高第調軍職，歷仕中宗、武后、中宗、睿宗、玄宗。以疾乞歸，許之，開元二年卒。	①《新唐書》卷114 ②《唐詩紀事》卷9

崔　從	太　原	①寓居太原，與仲兄能同隱山林，苦心力學，如是十年不出。 ②貞元初進士登第，釋褐山南西道推官，累官。	①《舊唐書》卷177 ②《新唐書》卷114
李商隱	王屋山 終南山	①早年習業王屋山、終南山。 ②仕宦之途因王茂元、令狐綯之故，蹭蹬不已，終罷官客滎陽卒	①《舊唐書·文苑》下，卷190 ②《新唐書·文藝》下，卷203
韓　偓	紫閣峰	①居紫閣峰讀書，自號「玉樵山人」，工詩。 ②龍紀元年，禮部侍郎趙崇下擢第。累官至兵部侍郎，翰林承旨。	①《唐才子傳校正》卷9 ②《唐詩紀事》卷65
皮日休	鹿門山	①初隱居鹿門山。 ②咸通八年及第，爲著作郎，遷太常博士。時值末年天下亂，遂作《鹿門隱居》譏切繆政。 ③乾符喪亂，東出關，爲賊所陷，黃巢惜其才，求之未果，遂殺之。	①《唐才子傳校正》卷8 ②《唐詩紀事》卷64 ③《北夢瑣言》卷2
殷文圭	九華山	初隱九華山，刻苦於學，後仕南唐（唐乾寧五年進士）其子且更姓名歸朝	①《唐才子傳校正》卷10 ②《唐詩紀事》卷68
許　渾		①大和六年進士，爲當塗、太平二縣令。 ②嘗分司朱方，買田築室，後抱病退居，丁卯澗橋村舍。 ③渾樂林泉，早歲嘗遊天台，傲然有思歸之想。 ④大中三年任監察御史，以疾乞東歸，終郢、睦二州刺史	①《唐才子傳校正》卷7 ②《唐詩紀事》卷56
李　頻	西　山	①少秀悟，長，結廬西山。與同里「方干」爲師友。 ②姚合時稱詩穎，頻不憚走千里丐其品第。 ③大中八年進士。 ④姓耿判，難干以非禮，宋正不阿，卒於建州刺史官下。	①《唐才子傳校》卷7 ②《唐詩紀事》卷60 ③《新唐書·文藝》下，卷203
李　中	廬　山	①嘗讀書廬山。 ②字有中，九江人。唐末嘗第進士。 ③爲新塗、滏陽、吉水三縣令，仕終水部郎中。	①《唐才子傳校正》卷10 ②《全唐詩》卷750

伍　喬	廬　山	①少隱居廬山讀書，工爲詩。 ②南唐詩舉進士第，仕至考功員外郎。	①《唐才子傳校正》卷7 ②《全唐詩》卷744
符　載	①青城 ②廬山	①載，字厚之，蜀人，有奇才。 ②始與楊衡、宋濟習業青城山，復隱廬山。 ③以王霸自許，爲地方官之幕僚以終。	《唐詩紀事》卷51
李　郢	餘　杭	①大中十年進士。 ②初居餘杭，出有山水之興，入有琴書之娛，疏於馳競。 ③歷爲藩鎮從事，後拜侍御史。	①《唐才子傳校正》卷8 ②《唐詩紀事》卷58
羊士諤	女几山	①貞元元年禮部侍郎鮑防下進士。 ②順宗時，爲王叔文所惡，貶汀州寧北尉。 ③元和初，宰相李吉甫知獎，爲監察御史，掌制誥。 ④後以竇群、呂溫等誣論宰相執，出爲資州刺史 ⑤早歲嘗游女几山，有卜築之志。勳名相迫，不遂初心。	①《唐才子傳校正》卷5 ②《唐詩紀事》卷43
邵　謁	詔州翁源縣	①詔州翁源縣人，居離縣之某湖，環室皆水，發憤讀書。 ②咸通七年抵京師，隸國子監，詩溫庭筠主試，憫擢寒苦，乃榜其詩，以振公道。 ③已而釋褐，後赴曾，不知所終。	①《唐才子傳校正》卷8 ②《全唐詩》
丘　爲		①初累舉不第，歸山讀書數年。王維甚稱許之，嘗與唱和。 ②天寶中進士。 ③事母孝，累官太子右庶子。 ④以行止爲人所敬。	①《唐才子傳校正》卷2 ②《唐詩紀事》卷17
陳子昂	梓　州	①字伯玉。開耀二年進士。 ②年十八未知書，以富家子任俠尚氣，後感悔，即於州東南金華山觀讀書，痛自修飾。 ③武后奇其才。 ④貌柔雅，爲性褊躁，輕財好施，篤朋友之義。	①《舊唐書·文苑》中，卷190 ②《唐才子傳校正》卷1
于　鵠	漢　陽	①初買山於漢陽高隱，三十年猶未成名。 ②大歷中，嘗應薦歷諸府從事，出塞入塞，馳風逐沙。	①《唐才子傳校正》卷4 ②《唐詩紀事》卷29

附錄八　久舉不第的失意隱者

姓　名	隱居地	內　容　分　析	備　註
沈千運	襄、鄧間	①天寶中，數應舉不第，時年齡已邁，遨遊襄、鄧間，干謁名公。 ②嘗感懷賦詩：一生但區區，五十無寸祿。 ③其時多艱，自知屯蹇，遂浩然有歸歟之志，還山中別業。 ④肅宗議備禮徵致，會卒而罷。	①《唐才子傳校正》卷2 ②《唐詩紀事》卷22
張　碧		①字太碧，貞元間舉進士，累不第。 ②慕李白，一杯一詠，必見清風，故其名、字，皆亦逼似。 ③委興山水，言多野意。	《唐才子傳校正》卷5
長孫佐輔		①朔方人，舉進士不第，放懷不羈。 ②後卒不宦，隱居以求志。 ③風流醞藉，一代名儒。	《唐才子傳校正》卷5
方　干	鏡　湖	①大中中，舉進士不第，隱居鏡湖中。 ②家貧，素吟醉臥以自娛。 ③王公嘉其操，欲薦於朝，惜以疾逝去，事不果成。 ④干早歲往來兩京，公卿好事者爭廷納，名竟不入手，遂歸，無復榮辱之念。	①《唐才子傳校正》卷7 ②《唐詩紀事》卷63
任　藩	會稽、苕、雪	①會昌時人，家江東。 ②舉進士不第，歸江湖，多遊會稽、苕、雪。 ③初不第，牓罷謁謝主司曰：「……。侍郎豈不聞江東一任藩，家貧吟苦，忍令其去如來日也？敢從此辭，彈琴自娛，學道自樂。」主司慚，欲留不可得。	①《唐才子傳校正》卷7 ②《唐詩紀事》卷64
趙　牧		①大中，咸通中，累舉進士不第。 ②有俊才，負奇節，遂捨場屋，放浪人間。 ③效李長吉為歌，頗涉狂怪。 ④竟不知所終	《唐才子傳校正》卷8
于武凌	嵩　陽	①名鄴，以字行，杜曲人。大中中，舉進士不第。 ②攜書與琴，往來商、洛、巴、蜀之間，或隱於卜中，存獨醒之意。 ③少與時輩交遊。 ④嘗南來蕭、湘愛汀洲芳草，況是古騷人舊國，風景不殊，欲卜居未果，歸老嵩陽別墅。	①《唐才子傳校正》卷8 ②《唐詩紀事》卷58

姓　名	隱居地	內　容　分　析	備　註
喻坦之		咸通中舉進士不第，久寓長安，囊罄，憶漁樵，還居舊山，與李頻爲友。	①《唐才子傳校正》卷 9 ②《唐詩紀事》卷 70
陳　摶	華　山	①舉進士不第，時戈革滿地，遂隱名，辟穀練氣。 ②僖宗召之，封清虛處士，居華山雲台觀。 ③後宋祖登基，抵掌長歎曰：天下自此定矣。 ④宋太宗徵赴，賜號「希夷先生」。	《唐才子傳校正》卷 10
賈　島	終南山	①范陽人，初爲浮屠，名「無本」。 ②連敗文場，囊篋空甚，來東都，旋往京，居青龍寺。 ③嘗歎曰：知余素心者，惟終南、紫閣、白閣諸峰隱者耳。 ④嵩丘有有草廬，欲歸未得，逗留長安，雖行坐寢食，苦吟不輟。 ⑤韓愈與之結爲布衣交，去浮屠，舉進士，島自此名著。	①《唐才子傳校正》卷 5 ②《唐詩紀事》卷 40 ③《全唐詩》卷 496 ④《新唐書·韓愈附賈島傳》卷 176
孟雲卿		①天寶間不第，氣頗難平，志亦高尚，懷嘉遯之節。 ②與薛據相友善，杜工部有酬唱贈答之作。 ③仕忠校書郎。	①《唐才子傳校正》卷 2 ②《唐詩紀事》卷 20

附錄九　沽名釣譽，別有所圖之隱

姓　名	隱居地	內　容　分　析	備　註
盧藏用	終南少室	①字子潛，幽州范陽人，能屬文，舉進士，不得調。 ②與兄徵明偕隱終南、少室二山，學練氣，爲辟穀，彷洋岷、峨。 ③與陳子昂、趙貞固友善。 ④長安中，召授左拾遺，上疏諫武后勿與兵建別宮，不從。 ⑤姚元崇爲靈武節度使，奏爲管記，後應縣令舉，爲濟陽令。 ⑥附太平公主，主誅，玄宗欲斬之，後流放，禦交趾叛，有功，後卒于始興。	①《新唐書》卷 123 ②《唐詩紀事》卷 10

竇群	毗凌	①群，字丹刑，京兆金城人。兄弟皆擢進士第，獨群以處士客隱毗陵，以節操聞。 ②母卒，齧一指至棺中，廬墓次終喪。 ③蘇州刺史韋夏卿薦之朝，并表其書，報聞，不召。 ④後夏卿入爲京兆尹，復言之，德宗擢爲左拾遺。 ⑤王叔文黨盛，柳宗元；劉禹錫等雅不喜群，群亦悻悻不肯附，王叔文終不用。 ⑥憲宗時，出爲唐州刺史，本與李吉甫以事伎恨，構陷之，爲憲宗所貶，卒於召還途中。 ⑦群很自用，果於復怨，始召，將大任之，眾皆懼，及聞其死，乃安。	①《舊唐書》卷155。 ②《新唐書》卷175。 ③《唐才子傳校正》卷4
王琚	韋、杜間	①少孤，敏悟有才略，年甫冠，會王同皎（駙馬）謀刺武三思，事洩亡命揚州。 ②玄宗爲太子，聞游獵怠休樹下，琚以儒服見，自是太子每到韋、杜，輒止其廬。 ③玄宗時爲太子曰：「先生何以自隱，而日與寡人游？」琚曰：「臣善丹沙，且工諧隱，願比優人」太子喜，恨相知晚，眷委特異。 ④琚自以立勳，至天寶時爲舊臣，性豪侈，既失志，稍自放，不能遵法度，右相李林甫按其罪誅之。	①《舊唐書》卷106。 ②《新唐書》卷121。
姜撫	牢山	①宋州人，自言通僊人不死術，隱居不出。 ②開元末，太常卿韋韜祭名山，因訪隱民，時撫已數百歲。 ③召至東都，舍集賢院。 ④以常春藤、旱藕欺騙人主，以取俸祿。 ⑤被揭穿後；請求藥牢山，遂逃去。	《新唐書·方伎傳》卷204
李虞	華陽	①紳族子虞，有文學名，隱居華陽，自言不願仕，時來省紳，雅與伯耆、程昔範善，及耆爲拾遺，虞以書求薦，紳惡其無操立，痛誚之。 ②虞失望，後至京師，悉暴紳所言於逢吉，欲構陷之。	①《新唐書》卷181 ②《舊唐書》卷173 ③《唐才子傳校正》卷6
吉中孚	鄱陽	①楚州人，居鄱陽最久。 ②初爲道士，山阿寂寥，後還俗。 ③來長安謁宰相，有薦於天子，日與王侯高會，名動京師，無幾何，第進士，授萬年尉，除校書郎。 ④貞元初卒。	①《唐才子傳校正》卷4 ②《唐詩紀事》卷30

僧清塞	①盧山 ②終南少室	①字鄉南，居盧嶽爲浮屠。 ②客南徐亦久，後來少室、終南間，俗姓周名賀。 ③工近體詩，格調清雅，與賈島、無可齊名。 ④寶曆中，姚合守錢塘，因攜書投刺以丐品第。 ⑤姚合延待甚異，見其《哭僧詩》大愛之，因加以冠巾，使復姓字。 ⑥《唐才子傳校正》以爲其終依名山高僧至死。而《唐詩紀事》《郡齋讀書志》卷四（清塞詩集）皆以有還俗，而辛氏以爲未還俗。	①《唐才子傳校正》卷6 ②《唐詩紀事》卷76
僧靈徹	何山	①姓湯氏，字澄源，會稽人。 ②受詩法於嚴維。 ③及維卒，乃抵吳興，與皎然居何山遊講，因以書薦於包佶，佶又書致李紓。 ④貞元中，西游京師，名振輦下。 ⑤緇流疾之，遂造飛語，激動中貴，因誣奏，得罪徙汀州。 ⑥元和十一年，終於宣州開元寺，年七一。	《唐才子傳校正》卷3
高駢	鄱陽	①少閑鞍馬、弓、刀，善射，有臂力，更剗銳爲文學，與諸侯儒交，硜硜談治道，以戰討之勳，累拜節度，國家倚之。 ②巢賊甚異，兩京亦陷，大駕蒙塵，遂無勤王之意，包藏禍心，帝知之，以王鐸代之，駢失兵柄，方棄人間，絕女色，屢意神仙。	《唐才子傳校正》卷9

附錄十　以祿代耕的吏隱

姓　名	隱居地	內　容　分　析	備　註
王　維	藍田 終南山	①字摩詰，以一曲「鬱輪袍」出第。 ②開元十九年狀元及第，擢左拾遺，遷給事中。 ③安賊陷二京，維扈從不及，復京後，唯維以凝碧詩獨免，仕至尚書右丞。 ④篤志奉佛，蔬食素衣，喪妻不再娶，孤居三〇年。 ⑤別墅在藍田南輞川，亭館相望 ⑥日與文士丘丹、裴迪、崔興宗游覽賦詩，琴樽自樂。	①《新唐書·文藝》中，卷203 ②《舊唐書·文苑》下，卷190 ③《唐才子傳校正》卷2 ④《唐詩紀事》卷16

白居易	盧山 香山	①字樂天。 ②貞元十六年釋褐，會昌初，致仕，卒。 ③居易累以忠鯁遭擯，乃放縱詩酒，既復用，又皆幼君，仕情頓爾索寞。 ④卜居覆道里，與香山僧如滿等結淨社，疏沼種樹，構石樓鑿，八節灘，爲游賞之樂，茶鐺酒杓不相離。 ⑤酷好佛，亦經月不葷，稱「香山居士」。	①《新唐書》卷119 ②《舊唐書》卷166 ③《唐詩紀事》卷16 ④《唐才子傳校正》卷6
孟　郊	嵩山	①字東野。 ②初隱嵩山，稱處士。 ③性介，不和諧，韓愈一見爲忘形交，與唱和於詩酒間。 ④貞元十二年進士，時年五十矣，調溧陽尉。 ⑤縣有投金瀨，平陵城，林薄翁翳，下有積水，郊間坐水傍，命酒揮琴，徘徊終日賦詩，而曹務多廢，縣令白府，以假尉代之，分其半俸。 ⑥郊拙於生事，一貧徹骨，裘褐懸結，未嘗俛眉爲可憐之色。 ⑦工詩，大有理致，韓愈稱之，多傷不遇。	①《新唐書》卷176 ②《舊唐書》卷160 ③《唐才子傳校正》卷5 ④《唐詩紀事》卷35
暢　當	天桂山	①河東人，大曆七年及第，少諳武事，生亂離間，盤馬彎弓，博沙寫陳，人曾伏之。 ②時山東有寇，以子弟被召參軍，貞元初，爲太常博士，仕終果州刺史。 ③多往來嵩、華間，結念方外，頗參禪道，故多松桂之興，深存不死之志。天桂山有隱所。	①《唐才子傳校正》卷4 ②《唐詩紀事》卷27 ③《全唐詩》卷278
殷　遙		①丹陽人。 ②天寶間，常仕爲忠王府倉曹參軍。 ③與王維結交，同慕禪寂，志趣高疏，多雲岫之怨，而苦家貧。	《唐才子傳校正》卷3
李　頎		①東川人，開元二十三年進士及第，調新鄉縣尉。 ②性疏簡，厭薄世務，慕神仙，服餌丹砂，期輕舉之道。 ③結好塵喧之外，一時名輩，莫不重之。	①《唐才子傳校正》卷2 ②《唐詩紀事》卷20
馬　戴	玉女洗頭盆	①會昌四年進士。 ②苦家貧，爲祿代耕，歲廩殊薄，然終日吟事，清虛自如。 ③早耽幽趣，結茅堂玉女洗頭盆下，軒窗甚僻，對懸瀑三十仞，往還多隱人。	①《唐才子傳校正》卷2 ②《唐詩紀事》卷16 ③《全唐詩》卷573

嚴　維	桐廬	①初隱居桐廬。 ②至德二年及第。 ③以家貧親老，不能遠離，授諸暨縣尉。 ④嚴中丞節度河南，辟佐幕府，遷餘姚令。 ⑤少年宦情，懷家山之樂，以業素從升斗之祿，聊代耕耳。	①《唐才子傳校正》卷3 ②《唐詩紀事》卷47
曹　唐		①初爲道士，工文賦詩。 ②大中間舉進士，咸通中爲諸府從事。 ③始得清流，志趣澹然，有凌雲之骨，追慕古仙子高情。往往奇遇，已才思不減前人。 ④平生之志甚激昂，至是薄宦，頗自鬱悒。	《唐才子傳校正》卷8
盧　仝	少室山	①范陽人，初隱少室山。號玉川子。 ②家甚貧，後卜居洛城，破屋數間而已。 ③朝近知其清介之節，凡兩備禮徵爲諫議大夫，不起。 ④韓愈愛其操，敬侍之。 ⑤坐王涯禍被吏卒誤殺。 ⑥干祿代耕，非近榮也，安卑從政非離群也，弱冠舉孝廉授州望江縣丞	①《唐才子傳校正》卷5 ②《唐詩紀事》卷35 ③《新唐書》176
蕭　祐		①少孤貧窶，隱居，以孝養聞。 ②自處士徵拜左拾遺，累官。 ③爲人喜遊心林壑，嘯詠終日，所交游多高士。	《舊唐書》卷168
司空曙		①字文明，磊落有奇才。 ②韋皋節度使，辟致幕府。 ③後累官左拾遺，終水部郎中。 ④性耿介，不干權要，家無石，晏如也。 ⑤嘗病中不給，遣其愛姬，亦自流寓長沙。 ⑥遷謫江右，多結契山林，暗傷流景。	①《新唐書·文藝》下，卷203 ②《唐才子傳校正》卷4
劉愼虛		①嵩山人，姿容秀拔，九歲拜童子郎。 ②開元間，調洛陽尉，遷夏縣令。 ③性高古，脫略勢利，蕭傲風塵，後欲卜隱廬阜，不果。 ④交游多山僧道侶，善爲方外之言。	①《唐才子傳校正》卷1 ②《唐詩紀事》卷25
王季友		①家貧賣屨，好事者多攜酒就之。其妻柳氏，疾季友窮醜，遣去，來客鄮城。 ②洪州刺史李公，一見傾敬，即引佐幕府。 ③嘗有詩云：「山中誰余密？白髮日相親。雀鼠晝夜無。知我廚廩貧」。觀其篤志山水，可謂遠性風疏，逸情雲上矣。	《唐才子傳校正》卷4

附錄十一　避亂之隱

姓　名	隱居地	內　容　分　析	備　註
元　結	商　山	①少不羈，弱冠，始折節讀書，天寶十三年進士。 ②後舉制科，會天下亂，沼浮人間。 ③蘇源明薦於肅宗。 ④始隱於商山中，稱元子，逃入琦玕洞，稱「琦玕子」或稱浪士，漁者或稱聱叟。	①《唐詩紀事》卷22 ②《唐才子傳校正》卷3 ③《新唐書》卷143
令狐峘	南山豹林谷	以天寶末，及進士第，遇祿山亂，隱南山豹林谷，谷中有峘別業，司徒楊綰未仕時，避亂南山，止於峘舍。後綰薦之修國史，然後人不以為是良史。	①《新唐書》卷103 ②《舊唐書》卷149
楊　綰	南山	未仕時，避亂南山，止於令狐峘舍。	《舊唐書》卷149
李　華	江南	①字遐叔。開元二十三年進士擢第。 ②為權幸見疾。 ③祿山陷京師，玄宗入蜀，百官解竄，華母在鄴，欲間行輦母以逃，為盜所得，偽署鳳閣舍人，賊平，貶之。 ④華自傷踐危亂，不能完節，欲終養而母亡，遂屏居江南。 ⑤李峴表置幕府，擢檢校吏部員外郎，苦風痺，去官，隱山陽。晚事浮風，不甚著書。	①《新唐書·文藝》下，卷203 ②《舊唐書·文苑》下，卷190
盧　綸	鄱　陽	①字允言。避天寶亂，客鄱陽。與郡人吉中孚為林泉之友。大曆中，數舉進士不入第。 ②元載取綸文以進，補閿鄉尉。累遷監察御史，輒稱疾去。	①《唐詩紀事》卷30 ②《唐才子傳校正》卷4 ③《新唐書·文藝》下，卷203
張子容	鹿門山	①襄陽人，開元元年進士，仕為樂城令。 ②初與浩然同隱鹿門山，後值亂離，流寓江表，棄官歸舊業以終。	①《唐詩紀事》卷3 ②《唐才子傳校正》卷1
王昌齡		①字少伯，開元十五年進士，授汜水尉。 ②又中宏辭，遷孝書郎。 ③以不護細行，貶龍標尉。 ④以兵火之際，歸鄉里，以刺史閭丘曉所忌而殺。	①《新唐書·文藝》下，卷203 ②《舊唐書·文苑》下，卷190 ③《唐才子傳校正》卷2

康洽		①酒泉人。 ②盛時攜琴劍來長安，謁當道，氣度豪爽。 ③工樂府詩篇。 ④玄宗亦知名，嘗歎美之。 ⑤後遭天寶亂離，飄蓬江表。	《唐才子傳校正》卷4
秦系	剡溪	天寶末，避亂居剡溪，自號東海釣客。後客居泉州南安，結廬九日山，自號南安居，終年不出	①《唐詩紀事》卷28 ②《唐才子傳校正》卷3 ③《新唐書·隱逸》卷196
齊抗	會稽剡中	①少值天寶之亂，隱居會稽剡中讀書 ②爲文長於牋奏，爲官多佐幕府。 ③遇疾，上表請罷，改太子賓客，竟不任朝謝。 ④貞元二〇年卒，時年六十五。	《新唐書》卷136
皇甫冉	陽羨山	①冉，避地來寓丹陽，耕山釣湖，放適閑淡。 ②張九齡歎以清才。 ③天寶十五年進士。 ④調無錫尉，營別墅陽羨山中。 ⑤大曆中爲王縉掌書記。 ⑥仕終拾遺左補闕。	①《唐詩紀事》卷27 ②《唐才子傳校正》卷3
蕭穎士	太室山	①開元中，登進士第，縉紳多譽之。 ②爲李林甫所疾惡。 ③貝安祿山寵恣，預見亂事，即託疾游太室山。 ④安祿山反，因藏家書於箕，穎間，身走山南。 ⑤又預見劉展之反，授揚州功曹參軍，至官，信宿去，客死汝南逆旅，年五十二。	①《新唐書·文藝》中，卷202 ②《舊唐書·文苑》下，卷190
楊衡	廬山	①字中師。 ②天寶間避地西來，與符載、李群、李渤同隱廬山，結草堂於五老峰下，號「山中四友」。 ③日以琴酒寓意，雲月遣懷。 ④往來多山僧道士，爲方外之期。	①《唐詩紀事》卷51 ②《唐才子傳校正》卷5

甄　濟	衛州青岩山	①少孤，獨好學。 ②天寶中，隱居衛州青岩山，遠近服其仁。 ③採訪使苗晉卿表之，諸府五辟，詔十至，堅臥不起。 ④天寶十年以左拾遺召，未至，安祿山辟爲范陽書記，久之，查有反意，遂託病亡歸。 ⑤安史亂平，濟詣軍門上謁泣涕，王爲感動，拜太子舍人。	①《舊唐書·忠義》下，卷187 ②《新唐書·卓行》卷194
權　皋	洪　州	①安祿山強召之，皋僞稱病，逃至江南。 ②曾爲高適充判官。 ③永王璘反，皋懼見迫從，又變名易服以免。 ④玄宗在蜀，聞而嘉之，除監察御史，會丁母喪，因家洪州，逾歲不聞詔命。 ⑤兩京蹂於胡騎，士君子多以家渡江東。 ⑥大曆三年，卒於家。	①《舊唐書》卷148 ②《新唐書·卓行》卷119
綦母潛	江　東	①字孝通，開元十四年進士。授宜壽尉。遷右拾遺，入集賢院待制，復授校書，終著作郎。 ②見兵亂，官況日惡，乃掛冠歸隱江東別業。	①《唐詩紀事》卷20 ②《唐才子傳校正》卷2
司空圖	中條山	①咸通十年進士，見重當時。 ②黃巢亂，間關至河中，僖宗次鳳翔，知制誥，中書舍人。 ③景福中，拜諫議大夫，不赴。 ④圖家本中條山王官谷，有先人田廬，遂隱不出。 ⑤自號知非子，耐辱居士，言涉詭激不常，欲免當時之禍。	①《舊唐書·文苑》下，卷190 ②《新唐書·卓行》卷194 ③《唐才子傳校正》卷2
顧　雲	九華山	①字垂象。 ②與杜荀鶴、殷文圭友善，同隸業九華山。 ③咸通中登第，因亂退居，杜門著書。 ④顧文賦爲時所稱，而切於成名，嘗有啓事陳於所知，只望兩科盡處，竟列於尾株之前也。	《唐詩紀事》卷67
李昭象	九華山	字化文。懿宗末年，以文干相國路巖，巖薦於朝，會其貶，遂還秋浦，移居九華山，與張喬、顧雲輩爲方外友。	①《唐詩紀事》卷67 ②《全唐詩》

張濬	商山	①性通脫無檢，汎知書史，喜高論，士友擯薄之。 ②不得志，乃羸服屏居金鳳山，學縱橫術，以揣閣干時。 ③黃巢之亂，稱疾，挾其母走商山。 ④僖宗西出，獻計厭士兵食，帝急召濬至行在，再進諫議大夫。 ⑤乾寧中致仕，居洛，長水墅，雖自屏處，然朝廷得失，時時言之。	《新唐書》卷185
孫魴	宜春	①唐末處士也。 ②與沈彬，李建勳同時，唱和亦多。 ③終於南唐。 ④唐末鄭谷避亂歸宜春，魴往依之。	①《唐詩紀事》卷71 ②《唐才子傳校正》卷10
張彪	嵩山	①初應舉不第，適逢喪亂，奉老母避地隱居嵩山。供養至謹。 ②性高簡，善草書，志在輕舉。	①《唐詩紀事》卷23 ②《唐才子傳校正》卷2
張南史	揚州揚子	①工奕棋，神算無敵。 ②游心太極，嘗幅巾藜杖，出入王侯之宅十年，高談闊論，慷慨奇士也。 ③肅宗時為參軍，後避亂寓居揚州揚子，再召未及赴而卒。	①《唐詩紀事》卷41 ②《唐才子傳校正》卷3
李涉	白鹿洞少室 終南山	①洛陽人，自號清溪子。 ②早歲客梁園，數逢兵亂，避地南來，樂佳山水，卜隱匡、香爐峰下石洞間。 ③嘗養一白鹿，甚馴狎，因名所居白鹿洞。 ④與弟渤、崔膺昆季茅舍相接，後徙居終南。 ⑤偶從陳許辟命從事行軍，未幾，以罪謫夷陵宰。十年蹭蹬峽中。 ⑥後遇赦得還，因盤桓歸洛下，營草堂，隱少室。	①《唐詩紀事》卷30 ②《唐才子傳校正》卷5 ③《新唐書》卷118
戴叔倫	鄱陽	①師事蕭穎士為門生。 ②賦性溫雅，善舉止，能清談，無賢不肖，相接盡心。 ③貞元中罷客管都督，上表請度為道士，累官，有治聲，德宗遣使寵賜，世以為榮。 ④叔倫初以淮，汴寇亂，攜親族避地來鄱陽。	①《唐詩紀事》卷29 ②《唐才子傳校正》卷5

朱　放	剡溪、鏡湖間	①初居臨漢水，遭歲饉，南來卜隱剡溪、鏡湖間，排青紫之念，結廬雲臥，釣水樵山。 ②時江，浙名士如林，風流儒雅，俱從高義。 ③大曆中，王皋鎮江西，辟爲節度參謀。未幾，不樂鞅掌，扁舟告還。	①《唐詩紀事》卷 26 ②《唐才子傳校正》卷 5
鮑　溶	江　南	①元和四年進士。 ②初隱江南，山中避地，家苦貧，勁氣不擾，羈旅四方，登臨懷昔，皆古今絕唱。 ③卒飄蓬薄宦，客死三川。	①《唐詩紀事》卷 41 ②《唐才子傳校正》卷 6
來　鵬	荊　襄	豫章人，家徐孺子亭邊，林園自樂。後遭廣明庚子之亂，避地遊荊襄，艱難險阻南返，中和客死於維揚逆旅	①《唐詩紀事》卷 56 ②《唐才子傳校》卷 8
陳　陶	洪州西山	屢舉進士不第，遂隱居不仕，自稱三教布衣。大中中，避亂於洪州西山，學神仙咽氣有得，出入無間。	①《唐詩紀事》卷 60 ②《唐才子傳校正》卷 8
羅　隱		①少英敏，善屬文。 ②乾符初，舉進士累不第。 ③廣明中，遇亂歸鄉里。 ④姓簡傲，高談闊論，滿座生風，好諧謔，感遇輒發，東方朔者流。 ⑤隱恃才忽睨，眾頗憎忌，自以當得大用，而一第落落，傳食諸侯，因人成事，深怨唐室。	①《唐才子傳校正》卷 9 ②《全唐詩》卷 663 ③《唐詩紀事》卷 69
唐彥謙	漢　南	①乾符末，攜家避地漢南。 ②中和，王重榮表爲河中從事，歷節度副使，晉、絳二州刺史。……後爲閬州刺史卒。 ③才高負氣，唐人效杜甫者唯彥謙。	①《唐才子傳校正》卷 9 ②《唐詩紀事》卷 68
杜荀鶴	九華山	①父，杜牧，早得詩名，嘗謁梁王朱全忠。 ②寒酸，連敗文場，甚苦，大順二年登科。 ③荀鶴居九華山，號九華山人。 ④梁王立，薦爲翰林學士，頗恃勢侮慢縉紳。 ⑤天祐元年卒。	①《唐詩紀事》卷 65 ②《舊五代史》卷 24 ③《唐才子傳校正》卷 9
沈　彬	①宜春 ②雲陽山	①字子文。自幼苦學，以離亂南遊湖、湘，隱雲陽山數年。 ②獻詩李昇，赴辟，授秘書郎，保大中，以尚書郎致壁歸，徙居宜春。	①《唐詩紀事》卷 71 ②《唐才子傳校正》卷 10

張　喬	九華山	①巢寇為亂，隱居九華山。 ②有高致，十年不窺園以苦學。 ③大順中，京兆府解試及第。 ④與喻坦之受許下薛尚書知，欲表於朝，以它不果，竟齟齬名途，徒得一進耳。	①《唐詩紀事》卷70 ②《唐才子傳校正》卷10
呂　巖	終　南	①字洞賓。 ②咸通初中第，兩調縣令，值巢亂，浩然發棲隱之志，攜家歸隱終南，自放跡江湖。 ③學神仙，變化莫測。	《唐才子傳校正》卷10
王貞白		①字有道，乾寧二年登第。 ②見世亂，退居著書，不復干祿。 ③其深惟存亡取捨之義，進而就祿，退而保身，君子也。	①《唐詩紀事》卷67 ③《唐才子傳校正》卷10
曹　松	洪州西山	①字夢徵，舒州人。早年未達，嘗避亂居洪州西山。 ②初在建州依李頻，頻卒後，往來一無所遇。 ③光化四年，登「五老榜」。 時值新平內難，朝廷以放進士為喜，特授校書郎而卒。	①《唐詩紀事》卷65 ②《唐才子傳校》卷10
唐　求	味江山	①求生於唐末，至性純愨，篤好雅道，放曠疏遠，邦人謂之「唐隱居」。 ②唐末遇亂，絕念鐘鼎，放曠疏逸，居蜀之味江山。 ③方外物表，是所遊心。	①《唐才子傳校正》卷10 ②《唐詩紀事》卷50
崔信明	太行山	①青州人，少英敏，及長，強記，美文章。 ②隋大業中，為堯城令。 ③竇建德僭號，信明弟仕賊，為建德鴻臚卿，勸信明降則當得美官，信明踰城而遁，隱於太行山。 ④唐貞觀六年，應詔舉，授興世丞，遷秦川令。 ⑤恃才蹇亢，又矜其門族，輕侮四海士望，由是為世所譏。	①《新唐書·文藝》下，卷203 ②《舊唐書·文苑》下，卷190

徵引文獻

一、古籍與史料

（一）古　籍

1. 南懷瑾、徐芹庭註譯《周易今註今譯》，台北，台灣商務印書館，1995 年修訂版。

2. 《十三經注疏》，北京大學出版社，1999 年。

3. 屈萬里《詩經詮釋》，台北，聯經出版事業，1994 年。

4. 朱熹集註《詩集傳》，台北，台灣中華書局，1982 年。

5. 朱熹集註、蔣伯潛廣解《四書讀本》，台北，啓明書局，1956 年。

6. 蔣錫昌《老子校詁》，台北，東昇出版社，1980 年。

7. 郭慶藩輯《莊子集釋》，台北，漢京文化，1985 年。

8. 洪興祖撰《楚辭補注》，漢京文化事業有限公司印行，1983 年。

9. 許慎《説文解字》，台北，世界書局，1960 年。

10. 吳廷燮《唐方鎮年表》，台北，開明書局，《二十五史補編》。

11. 司馬遷《史記》，台北，新象書店，1985 年。

12. 《漢書》，北京，中華書局，1996 年。

13. 《後漢書集解》，北京，中華書局，1984 年。

14. 《晉書》，台北，鼎文書局，1976 年。

15. 《齊書》，台北，鼎文書局，1975 年。

16. 《梁書》，台北，鼎文書局，1975 年。

17. 《南齊書》，台北，鼎文，1975 年。

18. 《新校本南史》，台北，鼎文，1976 年。

19. 《隋書》，台北，鼎文，1987 年。

20. 《舊唐書》，北京，中華書局，1999 年。

21. 《新唐書》，北京，中華書局，1999 年。

22. 清·沈炳震合鈔、王先謙補注《新舊唐書合鈔》，台北，鼎文書局。

23. 《唐大詔令集》，台北，鼎文，1972 年。

24. 葛洪《抱朴子》，上海，上海書局，1986 年。

25. 歐陽詢撰《藝文類聚》，上海，上海古籍出版社，1999 年。

26. 司馬光《資治通鑑》（全 10 冊）。台北，啓明書局，1960 年。

27. 清·王夫之《讀通鑑論》卷 20 至 27 唐代部分，船山遺書本。台北，河洛出版社。

28. 劉義慶《世説新語》，北京，中華書局，1991 年。

29. 王應麟《玉海》，上海，上海古籍出版社 1987 年影印《文淵閣四庫全書》本第 946 冊。

30. 余照春亭編輯《增廣詩韻集成》，台中，增文書局，1980 年。

（二）史 料

1. 皇甫謐《高士傳》，台北，藝文印書館，1966 年。

2. 唐·杜佑《通典》，台北，大化書局，1963 年。

3. 唐·李林甫《唐六典》，北京，中華書局，1992 年。

4. 宋·王欽若《冊府元龜》，台北，大化書局，景明崇禎 15 年刻本。

5. 宋·王溥《唐會要》100 卷，上海，上海古籍出版社，1991 年。

6. 清·劉承幹輯《海東金石苑》，新文豐出版公司，1922。

7. 清·張英《淵鑑類函》，台北，新興，1977 年。

8. 趙翼《陔餘叢考》，華世書局，1979 年。

9. 清·徐松撰《登科記考》，北京，中華書局，1993 年。

10. 陳夢雷編《古今圖書集成》，台北，鼎文書局，1977 年。

11. 馬端臨《文獻通考》，北京，中華書局，1986 年。

12. 王壽南《隋唐史》，台北，三民書局，1986 年。

13. 傅樂成《漢唐史論集——周南》，台北，聯經出版事業公司，1985 年。

14. Arthur F.Wright 等著、陶普生等譯《唐史論文選集》，台北，幼獅，1990 年。

15. 李樹桐《唐史新論》，台灣，中華書局。

16. 李樹桐《唐史研究》，台北，中華書局，1979 年。

17. 《唐史研究叢稿》，香港，新亞，1969 年。

18. 郁賢皓、陶敏《唐代文史考論》，台北，洪葉文化，1999 年。

19. 《中國歷史紀年表》，台灣，華世出版社，1978 年。

（三）雜史、筆記

1. 張溥《漢魏六朝百三家文選》，台北，文津，1979 年。

2. 陶潛《搜神後記》，北京，中華書局，1985 年。

3. 顧俊《隋唐史話》，木鐸出版社，1988 年。

4. 唐・范攄撰《雲溪友議》3 卷，古典文學出版社，1957 年 4 月。

5. 唐・劉肅撰《大唐新語》13 卷，北京，中華書局，1958 年 3 月。

6. 唐・康駢《劇談錄》，古典文學出版社，1958 年 6 月（另有全唐小説本）。

7. 唐・張鷟撰《朝野僉載》，台北，台灣商務印書館，1966 年。

8. 唐・李肇撰《唐國史補》3 卷，上海古籍出版社，1979 年（另有全唐小説本）

9. 唐・段成式撰《酉陽雜俎》，20 卷、續集 10 卷，北京，中華書局，1981 年 12 月版。

10. 唐・牛僧儒《玄怪錄》，中華書局，1982 年 9 月（另有全唐小説本）。

11. 唐・李復言《續玄怪錄》，中華書局，1982 年 9 月（另有全唐小説本）。

12. 唐・李亢（冗）《獨異志》，中華書局，1983 年 6 月（另有全唐小説本）。

13. 唐・劉餗《隋唐嘉話》，北京，中華書局，1997 年 12 月版。

14. 唐・鄭處誨《明皇雜錄》，北京，中華書局，1994 年。

15. 唐・裴庭裕《東觀奏記》，北京，中華書局，1997 年 12 月版。

16. 唐・薛用弱撰《集異記》3 卷（另有全唐小説本）。

17. 《唐五代筆記小説大觀》，上海，上海古籍出版社，2000 年。

18. 五代・孫光憲撰《北夢瑣言》，20 卷。上海古籍出版社，1981 年 11 月。

19. 五代・王仁裕撰《開元天寶遺事》4 卷，上海古籍出版社，1985 年 1 月。

20. 《歷代筆記小說集成·唐代筆記小說》全 2 冊。河北教育出版社，1993 年。

21. 宋·趙令畤撰《侯鯖錄》8 卷。

22. 宋·錢易《南部新書》，中華書局，1958 年 11 月。

23. 宋·洪邁《容齋隨筆》，上海，上海古籍出版社 1987 年影印《文淵閣四庫全書》本第 851 冊。

24. 宋·李昉撰《太平廣記》，台北，文史哲出版社，1987 年。

25. 宋·王應麟《困學紀聞》，上海，上海古籍出版社 1987 年影印《文淵閣四庫全書》本第 854 冊。

26. 宋·趙彥衛撰《雲麓漫鈔》15 卷，北京，中華書局，1997 年 12 月。

27. 宋·羅大經《鶴林玉露》，北京，中華書局，1997 年 12 月版。

28. 宋·姚寬《西溪叢語》，北京，中華書局，1997 年 12 月版。

29. 宋·莊綽《雞肋編》，北京，中華書局，1997 年 12 月版。

30. 沈括《夢溪筆談》，北京，中華書局，1985 年。

31. 傅璇琮主編《唐才子傳校箋》全 5 冊。北京，中華書局，2002 年。

32. 王士禎《香祖筆記》，學苑出版社，2001 年。

33. 《道藏》，台北，藝文印書館發行，1962 年影印本。

34. 趙璘《因話錄》，北京，中華書局，1985 年。

35. 周勛初校證《唐語林校證》，北京，中華書局，1987 年 7 月版。

36. 周勛初主編，嚴杰、武秀成、姚松編《唐人軼事彙編》精裝上下冊。上海古籍出版社，1995 年 12 月。

37. 《列仙傳校箋》，台北，中研院文哲所，1995 年。

38. 《宋元筆記小說大觀》，上海，上海古籍出版社，2001 年。

（四）政教、制度

1. 薩孟武《中國社會政治史》，台北，三民書局。

2. 劉伯驥《唐代政教史》，台灣，中華書局，1974 年。

3. 鄧嗣禹《中國考試制度》，台北，台灣學生，1982 年。

4. 陶希聖《唐代經濟史料叢編·第四種、唐代之交通》全一冊。台北，食貨出版社，1982 年。

5. 湯用彤《隋唐佛教史稿》，台北，木鐸出版社，1983 年。

6. 潘英編《中國歷代職官辭典》，台北，明文書局，1986 年。

7. 毛漢光《中國政治史論》，台北，聯經出版社，1988 年。

8. 王道成《科舉史話》，台北，國文天地雜誌社，1990 年。

9. 任繼愈主編《中國道教史》，上海人民出版社，1990 年。

10. 吳宗國《唐代科貢舉制度研究》，遼寧大學出版社，1992 年。

11. 陳寅恪《唐代政治史述論稿》，台北，臺灣商務印書館，1994 年。

12. 李新達《中國科舉制度史》，文津出版社，1995 年。

13. 王穎樓《隋唐官制》，成都，四川大學出版社，1995 年。

14. 劉俊文《唐律疏議箋解》上、下冊。北京，中華書局，1996 年。

15. 高明士《隋唐貢舉制度》，文津出版社，1999 年。

16. 尚永亮《科舉之路與宦海浮沉——唐代文人的仕宦生涯》，台北，文津出版社，2000 年。

17. 楊寄林《中華狀元卷·大唐狀元卷、大宋狀元卷》，太原，山西教育出版，2001 年。

18. 陳飛《唐代試策考述》，北京，中華書局，2002 年。

19. 石雲濤《唐代幕府制度研究》，中國社會科學出版社，2003 年。

20. 賴瑞如《唐代基層文官》，台北，聯經出版社，2004 年。

21. 王仲犖《隋唐五代史》，台北，頂淵文化出版，2005 年。

（五）傳記與其他

1. 嚴耕望《唐代交通圖考》，中央研究院歷史語言研究所，2006 年。

2. 楊蔭深《中國文學家列傳》（隋唐五代部份）。台灣，中華書局，1978 年。

3. 楊蔭深《中國學術家列傳》（隋唐五代部份）。台灣，西南書局，1979 年。

4. 傅璇琮《唐代詩人叢考》，北京，中華書局，1980 年 1 月。

5. 譚優學《唐詩人行年考》，四川人民出版社，1981 年。

6. 傅璇琮、張枕石、許逸民編撰《唐五代人物傳記資料綜合索引》，北京，中華書局，1982 年。

7. 羅聯添《唐代詩文六家年譜》，台灣，學海出版社，1986 年。

8. 譚優學《唐詩人行年考續編》，巴蜀書社，1987 年。

9. 林耀福等編《大辭典》，台北，三民書局，1985 年。

10. 《中國歷代名人勝跡大辭典》，旺文社股份有限公司，1993 年。

11. 吳文治《中國文學史大事年表》上中下冊。黃山書社，1996 年 2 月 2 刷。

12. 彭一剛《中國古典園林分析》台北，博遠出版社，民 78。

二、文學總集、別集與評論

1. 韓嬰《韓詩外傳》，北京，中華書局，1985 年。

2. 逯欽立《先秦漢魏晉南北朝詩》三冊。北京，中華書局，1984 年。

3. 嚴可均《全上古三代秦漢三國六朝文》，山東，河北教育出版社，1997 年。

4. 周啓成《新譯昭明文選》，台北，三民書局，1997 年。

5. 《中國期刊網》，（http：//192.83.186.79/index.html）

6. 元智大學羅鳳珠──中國文學網路研究室──唐宋文史資料庫（http，//cls.admin.yzu.edu.tw）《全唐詩》檢索系統

7. 清・聖祖御定、清・季振宜等奉敕編《全唐詩》九百卷 12 冊 （北京，中華書局，1996 年。）

8. 王重民、孫望、童養年輯錄《全唐詩外編》，臺北，木鐸出版社，1983 年。

9. 清・董誥等奉敕編《全唐文》，北京，中華書局，1983 年。

10. 清・陸心源編《唐文拾遺》72 卷，《唐文續拾》16 卷，北京，中華書局，1983 年。

11. 唐・孟棨等《本事詩、續本事詩、本事詞》，上海，上海古籍出版，1991 年。

12. 王績《王無功文集》，上海，上海古籍出版社，1987 年。

13. 岑參《岑參集校注》，上海，上海古籍出版社，1981 年。

14. 瞿蛻園注《李白集校注》兩冊。臺灣，里仁書局，1980 年。

15. 清・王琦注《李太白全集》，北京，中華書局，1990 年。

16. 趙殿成箋注《王右丞集箋注》，台北，河洛圖書。1975 年。

17. 韓愈《韓昌黎文集校注》，台北，世界書局，1972 年。

18. 唐・柳宗元《四部刊要・柳宗元集》，台北，漢京文化事業有限公司，1982 年。

19. 朱金城《白居易集箋校》，中華書局，1988 年。

20. 皮日休《皮子文藪》，上海，上海古籍出版社，1959 年。

21. 宋景昌等點校《甫里先生文集》，河南大學出版，1996 年。

22. 宋・歐陽修《歐陽修全集》，北京，中國書局，1986 年。

23. 宋・李昉等十七人編纂《文苑英華》，北京，中華書局，1995 年。

24. 宋・魏慶之編《詩人玉屑》人人文庫本。臺灣商務印書館，1972年。

25. 宋・嚴羽《滄浪詩話》，郭紹虞校釋《滄浪詩話校釋》，台灣，河洛圖書出版社，1979年。

26. 胡應麟《詩藪》，台北，廣文書局，1973年。

27. 明，胡震亨著《唐音癸籤》，台灣商務印書館，1986年。

28. 清・何文煥編《歷代詩話》上下冊。台北，木鐸出版社，1982年。

29. 《清詩話訪佚初編・石園詩話》，台北，新文豐書局，1987年。

30. 丁福保編《歷代詩話續編》上中下冊。台北，木鐸出版社，1988年。

31. 陳鴻墀纂《全唐文記事》全3冊。上海古籍出版社，1987年10月。

32. 王仲鏞著《唐詩紀事校箋》上下冊。成都，巴蜀書社，1989年。

33. 夏敬觀《唐詩說》，台北，河洛圖書出版社，1975年。

34. 陳貽焮《唐詩論叢》，湖南人民國出版社，1981年。

三、唐代文學、文化研究論集

1. 〔日〕松浦友久著，陳植鍔、王曉平譯《唐詩語匯意象論》，北京，中華書局，1992年。

2. 王勛成《唐代銓選與文學》，北京，中華書局，2001年。

3. 王壽南《唐代人物與政治》，台北，文津出版社，1999年。

4. 王曉毅《放達不羈的士族》，台北，文津出版社，1990年。

5. 何寄澎《唐宋古文新探》，台北，大安出版社，1990年。

6. 余英時《士與中國文化》，上海古籍出版社，1984年。

7. 余恕誠《唐詩風貌》，安徽大學出版社，1997年。

8. 呂正惠《唐詩論文選集》，台北，長安出版社，民國74年4月。

9. 吳在慶《唐代文士的生活心態與文學》，合肥市，黃山書社，2006年9月。

10. 吳宗國《科舉制與唐代高級官吏的選拔》，載《北京大學學報》，1982期第一期。

11. 吳懷東《唐詩流派通論》，北京，新華出版社，2004年6月。

12. 李志慧《唐代文苑風尚》，台北，文津出版社，1989年。

13. 李季平《唐代奴婢制度》，上海，上海人民出版社，1986年。

14. 李建崑《中晚唐古吟詩人研究》，台北，秀威資訊科技股份有限公司，2005年。

15. 李浩《唐代園林別業考論》（修訂版）。西北大學出版社，1998 年 10 月。

16. 李浩《唐代關中士族與文學》，台北，文津，民國 88 年。

17. 李斌城、李錦綉、張澤咸、吳麗娛、凍國棟、黃正建著《隋唐五代社會生活史》，北京，中國社會科學出版，2004。

18. 李豐楙《六朝隋唐仙道類小說研究》，台灣學生書局印行，1986 年 4 月。

19. 杜曉勤《初盛唐詩歌的文化闡釋》，北京，東方出版社，1997 年 7 月。

20. 卓清芬《唐代詠鶴詩的傳承發展》，國立編譯館館刊，民國 85 年。

21. 卓遵宏《唐代進士與政治》，國立編譯館，1987 年。

22. 周勛初《詩仙李白之謎》，台北，台灣商務，1996 年 11 月。

23. 尚定《走向盛唐》，北京，中國社會科學出版社，2001 年 1 月。

24. 侯迺慧《詩情與幽境，唐代文人的園林生活》，台北，東大出版，民國 80 年。

25. 施蟄存《唐詩百話》，華東師範大學出版社，1996 年 5 月 1 版 1 刷。

26. 柳詒徵《中國文化史》，台北，正中書局，1978 年。

27. 孫昌武《唐代文學與佛教》，台灣，谷風出版社民國 76 年。

28. 孫昌武《道教與唐代文學》，北京，人民文學出版社，2001 年 3 月。

29. 孫崇恩等主編《辛棄疾研究論文集》，北京，中國文聯出版公司，1993 年。

30. 孫繼民國《唐代行軍制度研究》，台北，文津出版社，1999 年。

31. 徐連達《唐朝文化史》，上海，復旦大學，2003 年。

32. 馬自力《中唐文人之社會角色與文學活動》，中國社會科學出版社，2005 年 8 月。

33. 張瑞君撰《大氣恢宏──李白與盛唐詩研究》，太原，山西古籍出版社，1997 年。

34. 許友根《武舉制度史略》，蘇州，蘇州大學出版社，1997 年。

35. 許友根《唐代狀元研究》，吉林人民出版社，2004 年。

36. 許總《唐詩體派論》，台北，文津出版社，民國 83 年 10 月初版。）

37. 陶敏、李一飛《隋唐五代文學史料學》，北京，中華書局，2001 年。

38. 傅紹良《盛唐文化精神與詩人人格》，台北，文津出版社，1999 年 6 月。

39. 傅璇琮《唐代科舉與文學》，台北，文史哲出版社，1994 年 8 月臺 1 版。

40. 傅璇琮《唐詩論學叢稿》，台北，文史哲出版社，1995 年 9 月臺 1 版。

41. 喬象鍾、陳鐵民編《唐代文學史》全二冊。北京，人民文學出版社，2006 年。

42. 程千帆《唐代進士行卷與文學》，上海，上海古籍出版社，1980 年。

43. 程薔、董乃斌《唐帝國的精神文明，民俗與文學》，北京，中國社會科學出版社，1996 年。

44. 葛兆光、戴燕撰《晚唐風韻》，香港，中華書局，1990 年 8 月初版。

45. 葛曉音撰《山水田園詩派研究》，瀋陽，遼寧大學出版社，1993 年 1 月第 1 版。

46. 葛曉音撰《詩國高潮與盛唐文化》，北京大學出版社，1998 年 5 月第 1 版。

47. 葛曉音撰《漢唐文學的嬗變》，北京大學出版社，1990 年 11 月。

48. 廖芮茵《唐代服食養生研究》，台灣學生書局印行，2004 年 5 月。

49. 趙榮蔚《晚唐士風與詩風》，北京，上海古籍出版社，2004 年 12 月。

50. 歐麗娟《唐詩的樂園意識》，台北，里仁，民國 89 年。

51. 蕭麗華《唐代詩歌與禪學》（現代佛學叢書）。台北，東大圖書公司，1997 年。

52. 羅香林《唐代文化史》，商務印書館，民國 35 年。

53. 羅龍治《進士科與唐代的文學社會》，台北，精華印書館，民國 60 年 12 月。

54. 羅龍治《論唐初功利思想與武曌代唐的關係》（參見《史原》，1970 年 7 月第 1 期）

55. 羅聯添《唐代文學論集》上下冊。台灣，學生書局，78 年 5 月。

56. 嚴耕望《唐史研究叢稿》，香港，新亞研究所，1980 年。

四、文化研究、文學理論與其他

（一）文化研究

1. 〈Culture〉Chris Jenks 著、余智敏、陳光達、王淑燕譯《文化》〈Culture〉。台北，巨流圖書公司，1998 年。

2. 《陳寅恪先生文集》，台北，里仁書局，1981 年。

3. 《聞一多全集》，三聯書店，1982 年。

4. 王仁祥《先秦兩漢的隱逸，從政治史與思想史角度考察》，台北，台大出版委員會，1995 年。

5. 王文進《仕隱與中國文學——六朝篇》，台灣書店印行，1999 年。

6. 王瑤《中古文學史論》，長安出版社，1986 年。

7. 王德保《仕與隱》，北京，華文書店，1997 年

8. 余英時《中國知識人之史的考察》，廣西師範大學出版社，2004 年。

9. 余英時《中國知識階層史論》，台北，聯經出版，1997 年。

10. 李豐楙《探求不死》，久大文化，1987 年 9 月。

11. 周勛初《周勛初文集》，南京，江蘇古籍出版社，2000 年。

12. 林文月《中古文學論叢》，台北，大安出版社，1989 年。

13. 柯慶明《中國文學的美感》，台北，麥田出版，2000 年。

14. 胡適《白話文學史》，胡適紀念館，1974 年。

15. 范子燁《中古文人生活研究》，濟南，山東教育出版社，2001 年。

16. 孫昌武《佛教與中國文學》，台灣，東華書局，1989 年。

17. 孫昌武《詩與禪》，臺北，東大圖書公司，1994 年。

18. 馬蹟高等《中國古代文學史》，台北，萬卷樓，民國 87 年。

19. 高友工《中國美典與文學研究論集》，台北，國立台灣大學出版中心，2004 年。

20. 張立偉《歸去來兮——隱逸的文化透視》，三聯書店，1995 年 9 月。

21. 淨空法師《淨土五經讀本》，高雄，高雄淨宗學會，民國 80 年。

22. 許尤娜《魏晉隱逸思想及其美學涵義》，文津出版社，2001 年 7 月。

23. 許倬雲《求古編》（台北：聯經出版，1989 年。）

24. 陶希聖《辯士與遊俠》，台灣商務印書館，1995 年 11 月。

25. 傅錫壬《兩晉南朝的士族》，台北，聯經出版，1987 年

26. 程千帆《程千帆選集》（上下冊），瀋陽，遼寧古籍出版社，1996 年。

27. 黃長美《中國庭園與文人思想》，台北，明文書局，民國 74 年 4 月。

28. 萬繩楠《魏晉南北朝文化史》，黃山書社出版，1989 年。

29. 葛兆光《道教與中國文化》，上海人民出版社，1987 年。

30. 齊益壽《論史傳中的陶淵明事迹及形象》，民國 74 年。

31. 劉大杰《中國文學發展史》，台北，華正書局，民 85。

32. 劉紀曜《仕與隱——傳統中國政治文化的兩極》，聯經出版事業公司，民國 71 年。

33. 劉揚忠《詩與酒》，文津出版社，1994 年 1 月。

34. 蔣星煜《中國隱士與中國文化》，上海，中華書局，1949 年。

35. 錢鍾書《管錐篇》第一冊。北京，中華書局，1979 年。

36. 戴武軍《中國古代文人人生方式與詩學特色》，廣東人民出版社，2006 年 4 月。

（二）文學理論

1. Goerge Lakoff 著、梁玉玲等譯《女人、火與危險事物——範疇所揭示之心智的奧祕》，桂冠圖書股份有限公司，2002 年 2 月。

2. John B.Thompson 著《意識形態與現代文化》（Ideology and Modern Culture）Stanford University 1990。

3. 束定芳《隱喻學研究》，上海外語教育出版社，2003 年。

4. 亞里斯多德（Aristotle）著、陳中梅譯《詩學》，北京，商務印書館，1996 年。

5. 周世箴《語言學與詩歌詮釋》，晨星出版公司，2003 年 3 月。

6. 周世箴譯注、雷可夫&詹森著《我們賴以生存的譬喻 Metaphors We Live By》，聯經出版事業股份有限公司，2006 年 3 月。

7. 林芳玫《解讀瓊瑤愛情王國》，台北，時報出版，1994 年。

8. 胡壯麟《認知隱喻學》，北京，北京大學出版社，2004 年。

9. 韋勒克（Wellek,Rene）、華倫（Warren, Austin）著、梁伯傑譯《文學理論》，台北，大林出版社。

10. 許世瑛《中國文法講話》，台北，台灣開明書店，1980 年。

11. 黃慶萱《修辭學》，台北，三民書局，2002 年。

12. 馮廣藝《漢語比喻研究史》，武漢，湖北教育出版社，2002 年。

13. 簡政珍《語言與文學空間》，台北，漢光文化，1989 年。

（三）其 他

1. Peter France 著、梁永安譯《隱士》，台北，紅螞蟻圖書有限公司，民國 90 年。

2. Ziauddin Sarder 原著，陳貽寶譯《文化研究》，台北，立緒文化，1998 年。

3. 高振鐸主編《古籍知識手冊（2）古代漢語知識》，台北，萬卷樓出版，民國 86

4. 張健《中國文學批評史》，台北，五南圖書出版公司，1984 年。

5. 張健《文學批評論集》，台北，學生書局，1985 年。

6. 樂蘅軍《意志與命運》，台北，大安出版社，1992 年。

7. 黎活仁等主編《女性的主體，宋代的詩歌與小說》，大安出版社，2001 年。

五、論文期刊

1. 文師華〈孟浩然的心態與詩境〉，《襄樊學院學報》第 23 卷第 1 期，2002 年 1 月，頁 89～93。

2. 方連祥〈王績飲酒詩探研〉，《東方人文學誌》第 3 卷第 4 期，2004 年 12 月，頁 29～42。

3. 王志清〈流貶，人性詩性的急轉彎——沈宋流貶詩與盛唐山水詩的關係研究〉，《學術論壇》第 5 期，2005，頁 162～166。

4. 王卓華〈唐代士族與文學摭議〉，《濮陽職業技術學院學報》第 3 期，2005.8，頁 10～13。

5. 王迎春〈自我放逐者的曠達之歌——試論中古時代隱逸文化及比較阮籍與陶淵明之隱逸人格特徵〉，《池州師專學報》第 18 卷第 4 期，2004 年 8 月，頁 68～70。

6. 王建平〈唐代科舉的社會功能〉，《華南師範大學學報》（社會科學版）第 4 期，2005 年，頁 83～89。

7. 王剛〈隱逸之士與漢代政治文化〉，《淮陰師範學院學報》（哲學科學版）第 27 卷 2006 年 6 月，頁 801～805。

8. 王晶冰〈從唐詩中看古人的交友之道〉，《太原理工大學學報》（社會科學報）第 21 卷第 3 期，2003 年 9 月，頁 70～72。

9. 王壽南〈唐代社會的特質〉，《錢穆先生紀念館館刊》第 4 期，1996 年，頁 18～22。

10. 王輝斌〈王維「亦官亦隱」說質疑〉，《唐都學刊》第 20 卷第 1 期，2004 年，頁 37～40。

11. 王繼訓〈試論兩漢隱逸之風〉，《青島大學師範學院學報》第 22 卷第 1 期，2005 年 3 月，頁 73～102。

12. 〈漢代「隱逸」考辨〉，《山東大學理論學刊》總第 135 期，2005。

13. 付興林〈王維與孟浩然隱逸的差異性〉，《唐都學刊》第 20 卷第 5 期，2004 年 9 月，頁 38～42。

14. 田恩銘〈從王維詩作看其仕隱矛盾的解決過程〉,《安西聯合大學學報》第 7 卷第 6 期,2004 年 12 月,頁 52～54。

15. 朱丁〈盛唐隱逸文化教議〉,《哈爾濱學院學報》第 23 卷第 1 期,2002 年 1 月,頁 134～138。

16. 朱學忠〈唐代士人進取意識的強化與公關意識的自覺〉,《江淮論壇》第 1 期,2002 年,頁 109～113。

17. 池萬興〈試論晚唐詩人的綺艷情思與清高遯世的心態〉,《武警工程學院學報》第 21 卷第 1 期,2005 年 2 月,頁 48～51。

18. 余子俠〈唐代秀才科考論〉,《中國史研究》第 5 期,1997 年,頁 62。

19. 吳在慶〈略論唐代隱逸詩歌的特色〉,《漳州師範學院學報》(哲學社會科學報) 第 1 期,2004 年,頁 32～38。

20. 〈唐代文士隱逸生活述略〉,《寧夏社會科學》第 3 期,2004 年 5 月,頁 111～114。

21. 〈談唐代隱士的隱逸動機與歸隱之路〉,《周口師範學院學報》第 21 卷第 4 期,2004 年 7 月,頁 26～29,,頁 33。

22. 〈略談隱逸對創作的促進及題材的影響〉,《華中科技大學學報》‧《社會科學版》第 6 期,2004 年,頁 60～69。

23. 吳在慶、李菁〈唐代文士貶謫途中的生活與心態述論〉,《東南大學學報》(哲學社會科學版) 第 7 卷第 2 期,2005 年 3 月,頁 90～94。

24. 吳思增〈盛唐士流園林和山水田園詩〉,《青島科技大學學報》(社會科學版) 第 20 卷第 1 期,2004 年,頁 87～90。

25. 宋大川〈略論唐代士人的隱居讀書〉,《史學月刊》,1989 年 2 月。

26. 李松〈唐代知識份子的旅遊生活〉,《安徽廣播電視大學學報》第 2 期,2004 年,頁 112～114。

27. 李紅霞〈論唐人對陶淵明的受容〉,《益州大學學報》(社會科學版) 第 3 第第 3 期,2002 年,頁 68～73。

28. 〈論唐詩中的垂釣意象〉,《西南民族大學學報》(人文社科版) 第 12 期,2003 年 12 月,頁 48～52。

29. 〈論白居易中隱的特質、淵源及其影響〉,《天津師範大學學報》(社會科學版) 第 2 期,2004 年,頁 160～164。

30. 〈白居易中隱的社會文化闡釋〉,《江蘇社會科學》第 3 期,2004。

31. 〈論唐詩中的尋隱主題〉,《學習與探索》第 3 期,2004 年,頁 106～108。

32. 〈論唐詩中的隱逸旋律〉,《社會科學家》第 2 期,2004 年 3 月,頁 24〜27。

33. 〈唐代士人的社會心態與隱逸的嬗變〉,《北京大學學報》(哲學社 會科學版) 第 41 卷第 3 期,2004 年 5 月,頁 114〜120。

34. 〈論唐代園林與文人隱逸心態的轉變〉,《中州學刊》第 3 期,2004 年 5 月,頁 120〜122。

35. 〈論唐詩白雲語詞意象的隱逸情調〉,《天水師範學院學報》第 3 期, 2004 年 6 月,頁 33〜36。

36. 李紹華〈隱逸文化與文學休閒功能〉,《廣西社會科學》第 3 期,2002, 頁 172〜173。

37. 李翔〈唐人致仕制度初探〉,《中國史研究》,1991 年 1 月。

38. 李樹桐〈唐代的政教關係〉,《師大學報》第 12 期,1967 年 6 月。

39. 〈唐代的科舉制度與士風〉,《華崗學報》第 6 期,1970 年 2 月。

40. 沈明得〈唐代全國人口數字之檢討〉,《興大歷史學報》第 10 期, 2000 年 6 月,頁 97〜113。

41. 周建軍〈孟浩然詩歌隱逸情懷之文化背景追索〉,《中國韻文學刊》 第 2 期,2003 年,頁 45〜49。

42. 周凌雲〈淺談孟浩然的隱逸及其詩歌的藝術特色〉,《江蘇社會科學 第 2 期,1999 年,頁 148〜152。

43. 周期政〈論陶淵明隱逸的表達模式〉,《三峽大學學報》(人文社會 科學版) 第 26 卷第 1 期,2004 年 1 月,頁 48〜50。

44. 周蓉〈唐末詩人的隱逸風尚與淡泊情思〉,《西北師大學報》(社會 科學報) 第 42 卷第 6 期,2005 年 11 月,頁 63〜66。

45. 屈小寧〈唐代儒隱的基本模式〉,《唐都學刊》總 67 期第 1 期,2001 年,頁 47〜49。

46. 屈小寧、余志海〈儒家隱逸觀與自然觀自先秦至唐的演變〉,《陝西 師範大學學益》(哲學社會科學報) 第 32 卷第 3 期,2003 年 5 月, 頁 51〜57。

47. 房銳〈從《北夢瑣言》看晚唐落第士人的心態〉,《社會科學家》第 5 期,2004 年 9 月,頁 52〜54。

48. 〈從《北夢瑣言》看晚唐重進士科之風氣〉,《唐都學刊》第 21 卷 第 5 期,2005 年 9 月,頁 1〜4。

49. 林晉士〈從《王績集》五卷本看王績用世之志〉,《中山中文學刊》 第 2 期,1996 年 6 月,頁 121〜144。

50. 邱少平〈魏晉隱逸論〉,《湖南城市學院學報》第 25 卷第 5 期,2004.9,頁 33～36。

51. 金五德、卞慕東〈如何正確看待王維的隱逸思想〉,《長沙水電師院社會科學學報》第 11 卷,1996 第 2 期,頁 52～57。

52. 侯敏〈「遁乃得通」與「終南捷徑」——《周易》中的隱遁思想及其對盛唐隱逸之風的影響〉,《哈爾濱工業大學學報》(社會科學版),第 4 卷第 2 期,2002 年 6 月,頁 87～89。

53. 俞鋼〈唐代進士入仕的主要途徑及特點〉,《上海師範大學學報》(哲學社會科學報) 第 32 卷第 6 期,2003 年 11 月,頁 94～101。

54. 姜榮剛〈取王績非隱士說〉,《山西大學學報》(哲學社會科學版) 第 27 卷第 5 期,2004 年 9 月,頁 20～23。

55. 施逢雨〈唐代道教徒式隱士的崛起,論李白隱逸求仙活動的政治社會背景〉,《清華學報》,1984 年 12 月,頁 27～48。

56. 查正賢〈論初唐休沐宴賞詩以隱逸為雅言的現象〉,《文學遺產》第 6 期,2004 年,頁 36～45。

57. 洛入文〈中國古代隱士的人格價值當議〉,《青海民族學院學報》(社會科學版) 第 4 期,1997 年,頁 124～125。

58. 胡志國、劉季冬〈試述孔子隱逸思想中的矛盾〉,《武漢交通管理幹部學院學報》第一卷第 3 期,1999 年 9 月,頁 71～72。

59. 胡秋銀〈漢魏士人隱逸觀〉,《中國社會科學院研究生院學報》第 5 期,2003 年,頁 50～54。

60. 〈南朝士人隱逸觀〉,《安徽大學學報》(哲學社會科學版) 第 28 卷第 1 期,2004 年 1 月,頁 139～143。

61. 胡遂〈晚唐山林隱逸詩派概論〉,《中國古代近代文學研究》第 3 卷,1992 年 6 月,頁 142～146。

62. 胡遂、饒少平〈試論晚唐山林隱逸詩人〉,《文學評論》第 4 期,2003 年,頁 75～79。

63. 苑汝杰、張金桐〈唐代河朔幕府納士與士人入幕心理〉,《鹽城師範學院學報》(人文社會科學版) 第 23 卷第 1 期,2003 年 2 月,頁 42～45。

64. 唐啓翠〈從文人心態看盛唐山水田園詩興盛的原因〉,《青海師專學報》(社會科學) 第 3 期,2002 年,頁 66～67。

65. 孫丹虹〈從高蹈走向世俗——從隱逸文化的發展看隱逸文學的轉化過程〉,《福州大學學報》(哲學社會科學報) 第 3 期,2005 年,頁 55～57。

66. 孫克寬〈唐代道教與政治〉,《大陸雜誌》,1975 年。

67. 孫崇恩等主編〈辛棄疾研究論文集〉北京中國文聯出版公司,1993 年,頁 270。

68. 徐旭、元弓〈實踐理性與自然情懷的交接──從陶潛、王維看中國隱逸詩人群的審美風範及文化心理〉,《湖北大學學報》(哲社版──武漢) 第 2 期,1994 年,頁 90～95。

69. 徐清泉〈論隱逸文化在中國傳統文學藝術發展中的意義〉,《文學評論》第 4 期,2000,頁 125～133。

70. 馬自力〈論中唐文人社會角色的變遷及其特徵〉,《陝西師範大學學報》(哲學社會科學版) 第 34 卷第 6 期,2005 年 11 月,頁 58～64。

71. 高原〈隱逸新概念與亦隱非隱的陶淵明〉,《蘭州大學學報社會科學版》第 2 期,1997 年,頁 97～103。

72. 張立偉〈隱逸貢獻論〉,《西南師範大學學報哲學社會科學版》第 2 期,1993 年,頁 61～66。

73. 〈隱逸的類型〉,《重慶師院學報》(哲社版) 第 4 期,1993 年,頁 98～105。

74. 〈莊子論隱逸三要素〉,《江漢論壇》總 163 第 2 期,1994 年,頁 56～62。

75. 〈隱逸文化積極因素的消解〉,《社會科學研究》第 2 卷 1994.2,頁 121～126

76. 〈論隱逸的自由要素〉中《國古代史〈一〉先秦到隋唐》第 6 卷 1994 年 3 月,頁 59～64。

77. 〈道德尊嚴與文化批判──論隱逸的正義要素〉,《重慶師院學報》(哲社版) 第 2 期,1995 年,頁 65～70。

78. 張自華〈陶淵明與王維山水田園詩意境的比較〉,《華南理工大學學報》(社會科學版) 第 4 卷第 2 期,2002 年 6 月,頁 62～65。

79. 張浩遜〈唐代科舉詩論略〉,《鐵道師院學報》第 15 卷第 2 期,1998 年 4 月,頁 13～16。

80. 張曼娟〈王維學佛不得已──從詩中看王維的矛盾衝突〉,《中華文化復興月刊》,1986 年 2 月。

81. 張朝富〈初唐下層文人仕路偃蹇探因〉,《廣西師範大學學報》,2002 年,頁 66～69。

82. 張濤、章曉嵐〈試論晚唐山林隱逸詩人〉,《榆林學院學報》第 14 卷第 4 期,2004 年 10 月,頁 67～68。

83. 張駿、夏琴〈試論隱逸文化成熟的顯性標志及其他〉,《天府新論》

第 6 期，2003 年，頁 76～79。

84. 張駿犖〈試論隱逸文化對文學之影響〉，《樂山師範學院學報》第 17 卷第 6 期，2002 年 12 月，頁 28～31。

85. 梁紅燕〈「逸」從隱逸人格向審美範疇的演進〉，《華北電力大學學報》（社會科學版）第 1 期，2005 年，頁 101～104。

86. 梁桂芳〈論唐初唐宮廷文人山水詩〉，《雲南師範大學學報》第 36 卷第 2 期，2004 年 3 月，頁 91～96。

87. 梁德林〈古代詩歌中的雲意象〉，《廣西師院學報》（哲學社會科學版）1995 年第 1 期，頁 15～21。

88. 許友根〈唐代科舉舞弊原因初探〉，《海南師範學院學報》（社會科學）版第 15 卷第 6 期，2002 年，頁 73～77。

89. 許尤娜〈魏晉人物品鑑的一個新尺度，隱逸——以《世說新語》（棲逸）篇爲例〉，《鵝湖月刊》第 24 卷第 4 期總號第 280，1998 年 10 月，頁 1～14。

90. 〈隱者、逸民、隱逸概念內涵之釐清——以東漢之前爲限〉，《哲學與文化》第 25 卷第 11 期，1998 年 11 月，頁 1061～1074。

91. 許鴻翔〈唐代社會風尚與唐詩之繁榮〉，《大連大學學報》第 22 卷第 3 期，2001 年 6 月，頁 99～101。

92. 陳文忠〈唐人「尋隱」之冠走向現代之路——兼談唐人「尋隱」詩〉，《安徽師範大學學報》（人文社會科學版）第 33 卷第 2 期，2005 年 3 月，頁 140～147。

93. 陳昌寧〈魚與漁・仕與隱〉，《解放軍外國語學院學報》第 6 期，2000 年，頁 102～104。

94. 陳邵明〈隱逸文化與古代文學審美視野的拓展〉，《中國古代、近代文學研究》第 2 期，1997 年，頁 220～226。

95. 陳飛〈唐代科舉制度與文學精神品質〉，《文學遺產》第 2 期，1991 年。

96. 陳貽焮〈唐代某些知識份子隱逸求仙的政治目的〉，《李白研究論文集》，1964 年 4 月。

97. 陳慧俐〈唐代文人詩歌中的酒〉，《飲食詩詞篇》第 7 卷第 2 期，2001 年 5 月，頁 44～45。

98. 陶慶梅〈隱逸，仕途憧憬的逆向緩沖——唐末詩人的隱居與詩歌創作〉，《常德師範學院學報》（社會科學報）第 27 卷第 4 期，2002 年 7 月，頁 70～73。

99. 傅樂成〈李唐皇室與道教〉，《食貨復刊》1980 年 1 月。

100. 傅璇琮〈唐代文學研究，社會——文化——文學〉，《華南師範大學學報》（社會科學版）第 2 期，2005 年，頁 45～48。

101. 渠紅岩〈試談孟浩然的隱逸〉，《徐州教育學院學報》第 20 卷第 2 期，2005 年 6 月，頁 81～83。

102. 黃世中〈論唐人山水詩的道意〉，《益陽師專學報》第 15 卷第 1 期，1991 年 1 月，頁 50～53。

103. 黃敏枝〈唐代寺院經濟的研究〉，《台大文史叢刊》，1971 年 12 月。

104. 〈唐代寺領莊園的研究〉，《思與言》，1970 年 7 月。

105. 黃惠菁〈試論唐代文人二重心理結構的形成與特色〉，《藝術學報》第 60 卷 1997 年 6 月，頁 191～205。

106. 楊乃喬〈文人，士大夫、文官、隱逸與琴棋書畫〉，《香港浸會大學人文中國學報》第 7 期，2000 年 7 月，頁 49～106。

107. 楊文全〈成語中的鏡像——中國古代隱逸文化闡微〉，《四川大學學報》（哲學社會科學版）第 2 期，1998 年，頁 108～113。

108. 楊柳〈仕與隱——唐代文人難解的心結〉，《岳陽職業技術學院學報》第 20 卷第 2 期，2005 年 6 月，頁 74～77。

109. 楊恩成、張英〈佛教對唐代山水文學的影響〉，《陝西師範大學學報》（哲學社會科學版）第 29 卷第 4 期，2000 年 12 月，頁 31～36。

110. 楊國宜、陳慧群〈唐代文人入幕成風的原因〉，《安徽師大學報》第 19 卷第 3 期，1991 年。

111. 楊華榮〈唐代道教與政治〉，《文史知識》總 78 期，1987 年 12 月。

112. 楊墨秋〈既歡懷祿情復協滄洲趣——從宋之問的隱逸詩談其性格的兩重性〉，《古典學知識》第 4 期，1994 年，頁 56～62。

113. 董素貞〈論唐代干謁之風及其對文學的影響〉，《鷺江職業大學學報》第 12 卷第 3 期，2004 年 9 月，頁 55～57。

114. 賈豔紅〈唐代擇官理念變化原因淺析〉，《河北師範大學學報》（哲學社會科學版）第 26 卷第 3 期，2003 年 5 月，頁 108～111。

115. 寧松夫〈孟浩然隱逸思想定位論〉，《江西社會科學》第 8 期，2003 年，頁 40～42。

116. 〈論孟浩然隱逸思想的成因〉，《襄樊學院學報》第 25 卷第 4 期，2004 年 7 月，頁 78～82。

117. 臺靜農〈唐代自然派的詩人——王維、孟浩然〉，《臺靜農先生遺稿》，1991 年 6 月，頁 1～8。

118. 趙明義〈唐代科舉考試述評〉，《復興崗學報》第 18 期，1978 年 1

月。

119. 趙杰〈無奈的退隱感傷的超脫——晚唐隱逸詩人的生活與創作〉，《滁州職業校技術學院學報》第 3 卷第 3 期，2004 年 9 月，頁 35 ～37。

120. 趙建梅〈從白居易有關履道池台的詩看其中隱思想〉，《鄭州大學學報》(哲學社會科學版)第 37 卷第 6 期，2004 年 11 月，頁 111～1147。

121. 〈唐大和初至會昌年間洛陽閑適文人群形成的原因〉，《上海大學學報》(社會科學版) 第 12 卷第 4 期，2005 年 7 月，頁 75～80。

122. 趙映林〈中國古代的隱士與隱逸文化〉，《歷史月刊》，1996 年 4 月，頁 30～36。

123. 劉海峰〈唐代選舉制度與官僚政治的關係〉，《廈門大學學報》(哲學版) 1989 年 3 月。

124. 劉淑芬〈客至則設茶，欲去則設湯——唐、宋時期社會生活中的茶與湯藥〉，《燕京學報》新 16 期，2004 年。

125. 劉菊湘〈唐代旅遊研究〉，《寧夏社會科學》第 6 期，2005 年 11 月，頁 106～108

126. 劉繼波〈孟浩然「仕」與「隱」的矛盾心態探微〉，《連雲港師範高等專科學校學報》第 1 期，2005 年 3 月，頁 67～69。

127. 鄭小泉〈唐代制舉興盛研究〉，《中國文化月刊》第 264 期，2002 年 3 月，頁 106～110

128. 鄧小泉〈唐代科舉人才區域分布概況及原因〉，《西華師範大學學報》(哲社版) 第 5 期，2003 年，頁 78～81。

129. 鄧民興〈"田園"異趣"隱逸"別情——陶淵明與王維比較〉，《唐都學刊》第 4 期，1998 年 4 月，頁 5～10。

130. 鄧安生〈從隱逸文化解讀陶淵明〉，《天津師範大學學報》(社會科學版) 2001 年 1 月，頁 52～58。

131. 霍志軍〈試論盛唐詩人的文化心態〉，《重慶電學院學報》(社會科學版) 第 5 期，2005 年，頁 741～744。

132. 霍然〈論唐代隱逸與山水田園詩的美學意蘊〉，《浙江社會科學》1997 年，第 6 期，頁 101～104。

133. 薛亞軍〈追求與幻滅——晚唐士子科舉心態的文化透視〉，《黃河科技大學學報》，2001 年 1 月，頁 122～128。

134. 顏進雄〈唐代服食風氣探析〉，《花蓮師院學報》第 10 期，2000 年，頁 249～272。

135. 羅時進〈晚唐詩人的仕隱矛盾與許渾隱逸詩〉，《文史哲》總 242 期

第 5 期，1997 年，頁 65～71。

136. 羅斯寧〈宋代隱逸詞研究〉，《宋詞與宋文化國際研討會論文》，2001年 6 月。

137. 蘇藝〈從應試詩看唐代社會風氣及士人心態〉，《北京大學學報》（國內訪問學者、進修教師論文專刊）2004 年，頁 119～125。

138. 蘭翠〈論唐代咏物詩與士人生活風尚〉，《齊魯學刊》第 1 期，2003年，頁 18～22。

六、學位論文

1. 毛漢光，〈唐代統治階層的社會變動〉，政大博士論文，1969 年。

2. 李遠志，〈盛唐山水詩研究〉，國立高雄師範大學國文學系博士論文，2000 年。

3. 林宏安，〈孟浩然隱逸形象重探〉，清華文學研究所碩士論文，1991年。

4. 林珍瑩，〈唐代茶詩研究〉，國立中正大學中國文學系博士論文，2002年。

5. 林燕玲，〈足崖壑而志城闕——談唐代士人的眞隱與假隱〉，東海大學中國文學研究所碩士論文，1991 年。

6. 侯迺慧，〈唐代文人的園林生活——以全唐詩人的呈現爲主〉，國立政治大學中國文學所博士論文，1990 年。

7. 紀志昌，〈魏晉隱逸思想研究——以高士類傳記爲主所作的考察〉，輔仁大學中文系碩士論文，1998 年。

8. 高逸華，〈唐代佛教寺院功能之探討〉，文化大學史學研究所碩士論文，1995 年。

9. 許尤娜，〈魏晉隱逸的內涵——道德與審美側面之探究〉，淡江大學中國文學系碩士論文，1999 年。

10. 許翠琴，〈太平廣記所反映之唐人仕宦觀念研究〉，國立中正大學中國文學所碩士論文，1992 年。

11. 陳坤祥，〈唐人論唐詩研究〉，文化大學中文所博士論文，1986 年。

12. 陳玲娜，〈六朝隱逸思想研究〉，輔仁大學中國文學研究所碩士論文，1985 年。

13. 陳凱莉，〈唐代遊士研究〉，國立台灣大學中國文學研究所碩士論文，1992 年。

14. 陳雅賢，〈唐代干謁詩文研究〉，國立政治大學中國文學系碩士論文，1997 年。

15. 陳瑞忠，〈唐代選士制度研究〉，國立高雄師範大學中文研究所碩士論文，1986 年。

16. 陳瓔婷，〈當代隱喻理論在小說的運用——以陳映眞、宋澤萊、黃凡的政治小說爲中心〉，私立東海大學中國文學系博士論文，2007 年 2 月。

17. 傅及光，〈唐代茶文化之研究〉，逢甲大學中國文學所碩士論文，2005 年。

18. 彭壽綺，〈唐詩中「雲」意象之承襲與延展——以初、盛唐爲主〉，中興中文研所碩士論文，1998 年。

19. 黃喬玲，〈唐詩鶴意象研究〉，國立政治大學中國文學研究所碩士論文，2002 年。

20. 葉美妏，〈唐代的文學傳播活動研究〉，淡江大學中國文學研究所碩士論文，1990 年。

21. 詹宗祐，〈隋唐時期終南山區研究〉，中國文化大學史學研究所博士論文，2002 年。

22. 趙國光，〈唐代官場文化與飲酒生活〉，中國文化大學史學研究所碩士論文，1998 年。

23. 劉翔飛，〈唐人隱逸風氣及其影響〉，國立臺灣大學中國文學研究所碩士論文，1976 年。

24. 歐純純，〈唐代琴詩研究〉，國立中興大學中國文學系碩士論文，1998 年。

25. 蔡麗雪，〈唐代文官考選制度〉，國立台灣大學政治研究所碩士論文，1969 年。

26. 顏鸝慧，〈唐代茶文化與茶詩〉，輔仁大學中文系博士論文，1994 年。